Lily King

Vater des Regens

Daley Amory muss als Elfjährige nach der Trennung ihrer Eltern erleben, wie der charismatische, jedoch erzkonservative und selbstzerstörerische Vater seine alte Familie schnell durch eine neue ersetzt. Daley gelingt es, ein eigenes Leben, eine Liebesbeziehung aufzubauen, und doch bleibt sie auf eine gefährliche Weise auf ihren Vater fixiert, auf die Vorstellung, ihm helfen zu müssen. Mühsam muss sie sich aus dieser Verstrickung befreien.

Feinfühlig und eindringlich erzählt Lily King in «Vater des Regens» von dem Zusammenhang zwischen Liebe und Verantwortung, von der Unfähigkeit, dem eigenen Familiengefüge zu entfliehen. Ihr dritter Roman mit seinen faszinierenden und aufwühlenden Charakteren zeigt das ganze psychologische und sprachliche Können der Autorin, die es ihren Leserinnen und Lesern unmöglich macht, sich dem Sog dieser Geschichte zu entziehen.

Lily King, geboren 1963, wuchs in Massachusetts auf und lebt heute mit ihrer Familie in Maine. Für ihre Romane erhielt sie zahlreiche Preise. Ihr Roman «Euphoria» (C.H.Beck 2015) wurde mit dem Kirkus Prize ausgezeichnet und von «The New York Times» unter die fünf besten literarischen Bücher des Jahres 2014 gewählt. Die deutsche Übersetzung wurde zu einem Bestseller. Von der Autorin erschienen bei C.H.Beck außerdem der Roman «Writers & Lovers» (2020) und «Hotel Seattle» (2022).

Sabine Roth ist seit 1991 als Übersetzerin tätig. Zu den von ihr übersetzten Autoren gehören Jane Austen, Henry James, Agatha Christie, John le Carré, V.S. Naipaul, Elizabeth Strout, Richard Osman und Lemony Snicket. Für C.H.Beck übersetzte sie «Euphoria» und «Writers & Lovers» von Lily King sowie «Mr Thundermug» von Cornelius Medvei.

Lily King

Vater des Regens

Roman

Aus dem Englischen
von Sabine Roth

C.H.Beck

Titel der Originalausgabe:
Father of the Rain
© Lily King 2010
Zuerst erschienen 2010 bei Grove/Atlantic in New York

1. Auflage im Taschenbuch 2024
Dieses Buch erschien zuerst 2016 in gebundener Form im Verlag C.H.Beck
© Verlag C.H.Beck oHG, München 2016
Alle urheberrechtlichen Nutzungsrechte bleiben vorbehalten.
Der Verlag behält sich auch das Recht vor, Vervielfältigungen dieses Werks
zum Zwecke des Text and Data Mining vorzunehmen.
www.chbeck.de
Umschlaggestaltung: geviert.com, Christian Otto
Umschlagabbildung: © shutterstock/Pogorelova Olga
Satz: Fotosatz Amann, Memmingen
Druck: Druckerei Beck, Nördlingen
Printed in Germany
ISBN 978 3 406 82234 6

verantwortungsbewusst produziert
www.chbeck.de/nachhaltig

Für Lisa und Apple

Wer ist des Regens Vater? Wer hat die Tropfen des Taus gezeugt?
Hiob 38,28

I

1

Mein Vater singt.

Hoch an Lake Cayugas Ufern stinkt es schauerlich.
Mancher sagt, das ist der See: das ist Cornell, sag ich!

Beim Autofahren singt er immer. Seine Stimme ist tief und verkratzt, vom Rauchen und weil er so oft so laut rumschreit. Sein großer, spitzer Adamsapfel hüpft auf und nieder und drückt sich weiß durch die braune Haut ab.

Er langt herüber zu dem Welpen auf meinem Schoß. «Na, du kleiner Racker? Na, du kleiner Strolch?», sagt er mit seiner Hundestimme, einer freudigen, hoffnungsvollen Stimme, die er nicht oft bei Menschen macht.

Der Hund war eine Überraschung für mich zum elften Geburtstag, der gestern war. Ich habe mir den hässlichsten im ganzen Laden ausgesucht. Mein Vater und der Verkäufer haben mir die reinrassigen Neufundländer hingehalten, lauter wuschlige schwarze Fellbündel, die sie eins nach dem anderen hochgehoben haben, um mich mit ihren breiten, dicken Köpfen an der Backe zu kitzeln. Aber ich bin nicht weich geworden. Bei so einem Hund wäre das Fortgehen nur noch viel schwerer. Ich habe sie weggeschoben und auf den struppigen Mischling für fünfundzwanzig Dollar gezeigt, der schon seit dem Winter in dem Käfig hinten im Eck saß.

Mein Vater hat den letzten Neufundländer zurück in seine Sägespäne gesetzt. «*Sie* hat Geburtstag», sagte er mit beleidigter Stimme wie ein kleiner Bruder, der selbst nicht Geburtstag hat.

Bis wir im Auto saßen, kam kein Wort mehr von ihm. Dann,

bevor er den Motor anließ, hat er den Hund zum ersten Mal angefasst, ihm die Stummelohren fest an den Kopf gedrückt. «Mann, bist du hässlich. Richtig potthässlich bist du. Aber ganz ein Braver, hmm?»

«Von den Hallen Montezumas», schmettert er jetzt zu den Granitblöcken hinaus, die den Highway nach Hause begrenzen, «bis zur Küste Tripolis!»

Das Genesis-Projekt haben wir beide völlig vergessen. Der blaue Bus steht in unserer Einfahrt und versperrt meinem Vater den Weg zur Garage.

«Jesus, Maria und Josef», sagt er mit gespieltem Schluchzen und schlägt die Stirn ans Lenkrad. «Womit hab ich das verdient?» Er schielt zu mir herüber, um sicherzugehen, dass ich lache, dann wimmert er wieder: «Womit hab ich das bloß verdient?»

Wir hören sie, bevor wir sie sehen. Kreischen, Rumsen, Platschen, ein Mädchen quiekt in einer Tour «William! William!», es ist ein einziges Durcheinandergeplärre: «Schau her! Guck mal, was ich kann!»

«Ich sein dein neua Nachba!», sagt mein Vater zu mir mit Grunzstimme.

Ich trage den Welpen, und mein Vater folgt mit dem Hundekorb, den Näpfen und dem Futter. Mein Pool ist nicht wiederzuerkennen. Er ist voll kabbeliger Wellen, wie draußen auf dem Meer, mit Schaumkronen. Die Betonplatten am Rand, die normalerweise heiß und trocken sind und zischen, wenn man sich mit dem nassen Bauch drauflegt, schwimmen von dem ganzen Wasser, das über die Kante geschwappt ist.

Es ist mein Pool, weil ihn mein Vater für mich gebaut hat. An meinem fünften Geburtstag wollte er mit mir in unserem Club schwimmen gehen. Ich hatte meine Füße gerade auf die erste breite Stufe am flachen Ende gesetzt und sah auf die dicken blauen und roten Striche am Grund und das dunkle, tiefe Wasser dahinter, da rief der Bademeister von seinem Hochsitz, Kinder dürften erst in einer Viertelstunde ins Becken. Mein Vater, der schon zwanzig Jahre Mitglied war und bis heute sämtliche Tennisturniere organisiert und gewinnt, erklärte ihm, dass ich Geburtstag hätte.

Der Junge, Thomas Novak, schüttelte den Kopf. «Tut mir leid, Mr Amory», rief er herunter, «sie muss die Viertelstunde warten wie alle anderen auch.»

Mein Vater lachte sein Ich-glaub-ich-spinne-Lachen. «Aber es schwimmt doch keiner!»

«Tut mir leid. So sind die Vorschriften.»

«Weißt du was?», sagte mein Vater. Sein Hals hatte rote Flecken. «Dann bau ich mir eben meinen eigenen Pool!»

Den Nachmittag über hing er mit den Gelben Seiten und einem Block auf den Knien am Telefon, verhandelte mit Bauunternehmern, schrieb Zahlen auf. Als ich abends im Bett lag, drang seine Stimme aus dem Fernsehzimmer herauf. «Die Vorschriften, die Vorschriften!», hörte ich ihn mit Babystimme greinen; wenn dieser Novak-Bengel nicht den Job dort hätte, würden sie ihn im Club gar nicht reinlassen, erklärte er meiner Mutter mehrmals und äffte das «Hallöchen!» nach, mit dem Mrs Novak, die im Drugstore an der Kasse saß, die Leute begrüßte. In den Wochen danach wurden Bäume gefällt, ein Loch wurde gegraben, mit Zement ausgegossen, gestrichen und mit Wasser gefüllt. Daneben entstand ein Häuschen mit Umkleidekabinen, einem Technikraum und einem Klo. An die Klotür hängte mein Vater ein Schild: WIR SCHWIMMEN NICHT IN EUREM KLO – PINKELT IHR NICHT IN UNSEREN POOL!

Meine Mutter, die mit einem rosa Hänger und Sonnenbrille mit ihrem Freund Bob Wuzzy, dem Leiter des Genesis-Projekts, im Gras sitzt, macht mir Zeichen, dass ich herkommen soll. Aber ich halte den Welpen hoch und gehe weiter zum Haus. Ich bin wütend auf sie. Wegen ihr konnte ich keinen Neufundländer nehmen.

«Wuzzy, der Wutz», sagt mein Vater, als er seine Ladung auf der Küchentheke absetzt. «Der Wutzi-Fuzzi.» Er sieht durch das Fenster zum Pool hinaus. «Schau ihn dir an, diesen Fuzzi.»

Mein Vater hasst alle Freunde meiner Mutter.

Charlie, Ajax und Elsie wittern den neuen Hund sofort. Sie umkreisen uns mit peitschenden Schwänzen, und mein Vater scheucht sie ins Esszimmer und drückt die Tür zu. Dann eilt er mit komischen Stelzschritten durch die Küche und schließt auch die Tür zum Wohnzimmer, bevor die Hunde ganz herumgelaufen sind. Sie kratzen an der Tür und winseln, dann lassen sie sich davor auf den Boden plumpsen. Ich setze meinen Hund auf dem Linoleum nieder. Er kommt nicht gleich hoch und flüchtet dann pfeilschnell in die Ritze zwischen Kühlschrank und Wand. Es ist ein warmes Plätzchen. Früher, als ich mich noch hineinzwängen konnte, habe ich mich dort oft versteckt und Spion gespielt. Das Fell des Hündchens steht ab wie Stacheln, seine Haut schlackert, so sehr zittert es.

«Armer kleiner Kerl.» Mein Vater hockt sich vor den Kühlschrank, die langen Beine rechts und links hochgewinkelt wie Froschbeine, seine Knie spitz und knochig durch die Khakihose. «Ist ja gut, du kleiner Strolch. Ist ja gut.» Er dreht sich zu mir um. «Wie soll er heißen?»

Durch das zitternde Hündchen in dem Spalt bekommt das, was ich mit meiner Mutter abgemacht habe, eine ganz neue Realität. Adios, denke ich. Nenn ihn Adios.

Vor drei Tagen hat mir meine Mutter gesagt, dass sie für den Sommer zu meinen Großeltern nach New Hampshire zieht. Wir standen in unseren Nachthemden in ihrem Bad. Mein Vater war schon in die Arbeit gefahren. Ihr Gesicht war ganz glänzig von der Mondtau-Lotion, mit der sie sich jeden Morgen und Abend eincremt. «Ich möchte gern, dass du mitkommst», sagte sie.

«Und was ist mit meinem Segelkurs und dem Mal-Camp?» Ich bin für alle möglichen Sachen angemeldet, die nächste Woche anfangen sollen.

«Segeln kannst du dort auch lernen. Sie wohnen an einem See.»

«Aber nicht mit Mallory und Patrick.»

Sie biss sich auf die Lippen, und in ihren Augen, die braun und rund sind, kein bisschen wie Dads gelbgrüne Schlitze, glitzerten Tränen, also sagte ich Ja.

Mein Vater langt in den Spalt und hebt das Hündchen heraus. «Wir warten erst mal ab, was du für einer bist, und geben dir dann einen Namen, einverstanden?» Das Hündchen kuschelt sich in seine Halsbeuge, schnüffelnd und leckend, und mein Vater lacht sein hohes Kitzellachen, und ich wünschte, er wüsste alles, was passieren wird.

Ich stelle das Hundebett an die Tür und die Näpfe daneben. In einen schütte ich Wasser, den anderen lasse ich leer, weil mein Vater alle Hunde zur gleichen Zeit füttert, um fünf, direkt vor seinem ersten Drink.

Ich laufe hoch und ziehe einen Badeanzug an. Durch das Fenster meines Bruders habe ich Blick auf meine Mutter und Bob Wuzzy, die jetzt auf Stühlen sitzen und Eistee mit dicken Zitronenscheiben und büschelweise Pfefferminze trinken, und auf die Kinder, die herumspritzen und sich schubsen und untertauchen – die Art Getobe, das meine Mutter am Pool normalerweise nie erlaubt. Ein paar springen vom Sprungbrett, aber nicht Köpfer oder Arschbombe, sondern mit den irrsten Verrenkungen, und kurz vor dem Fallen erstarren sie, wie diese Zeichentrickfiguren, die über einen Felsrand laufen und in der Luft weiterspazieren, bis sie zufällig nach unten schauen. Die Größeren machen das zigmal hintereinander, reißen mit ihren Körpern Witze für die anderen unten, die so lachen, dass sie fast untergehen. Wenn sie aus dem Pool klettern und zurück zum Sprungbrett rennen, schimmert das Wasser auf ihrer Haut, die so glatt wirkt wie mit Möbelwachs poliert. «Schwarz» sind diese Kinder alle nicht – braun in lauter verschiedenen Schattierungen, aber nicht schwarz. Ärgert es sie nicht, die falsche Farbe aufgedrückt zu bekommen? Das hätte ich letztes Jahr auch schon gern gewusst. «Sie *wollen* Schwarze genannt werden», hat mir mein Vater mit Bill Cosbys Fat-Albert-Akzent gesagt. «Komm bloß nicht auf die Idee, sie braun zu nennen. Black is beautiful! Braun ist das Grau'n!»

Das Gras fühlt sich gut an unter meinen Füßen, dicht und pieksig. Ich lege mein Handtuch auf den Stuhl neben meiner Mutter.

«Dass Sonias Gruppe keine Gelder mehr kriegt, hast du gehört, oder?», sagt Bob eben. Bei Bob Wuzzy weiß ich nie, ob er weiß oder schwarz ist. Er hat keine Haare, nicht ein Härchen irgendwo, und karamellfarbene Haut. Als ich meine Mutter deswegen gefragt habe, wollte sie wissen, was für eine Rolle das spielt, und als ich meinen Vater gefragt habe, sagte er, falls er nicht schwarz ist, sollte er es sein.

«Oje», sagt meine Mutter mit ernster Stimme, «das wusste ich nicht.»

«Kevin muss ihnen den Hahn zugedreht haben.»

«Vollidiot», sagt meine Mutter und dann, munterer: «Was macht Maria Tendillo?» Sie spricht den Namen richtig schön spanisch aus. Mein Vater macht sie dafür manchmal nach.

«Die ist seit Freitag wieder auf freiem Fuß. Keine Anklage.»

«Gary ist unschlagbar.» Meine Mutter lächelt. Dann schaut sie zu mir hoch.

«Guten Tag, Mr Wuzzy», sage ich und gebe ihm die Hand.

Er steht auf und schüttelt sie. Seine ist kalt und feucht von dem Eistee. «Wie geht's dir, Daley?»

«Danke, gut.»

Sie wechseln einen Blick; meine Mutter ist mit meinen Manieren zufrieden. «Hüpf rein, Herzchen», sagt sie.

Heute früh hat sie mir erklärt, dass ich jetzt groß genug bin, um mit ihr zusammen Gastgeberin für das Genesis-Projekt zu sein, dass die Kinder alle grob mein Alter sein werden und ich sie in diesem Neuland willkommen heißen und mithelfen kann, die Wunden zu heilen. Ich hatte keine Ahnung, wovon sie redet. Schließlich meinte sie, ich soll einfach nur nett und freundlich sein und sie einbeziehen.

«Wie kann ich sie einbeziehen, wenn ich ganz allein bin und sie so viele?»

Das war nicht das, was sie hören wollte, aber weil sie Angst hat, ich verrate meinem Vater, dass wir weggehen, hat sie mich nur leise gebeten, auf jeden Fall mit ihnen zu schwimmen.

Ich stehe auf der ersten Stufe und sehe meine Füße vom Wasser vergrößert und bleich unter mir. Nun mach schon, spüre ich meine Mutter denken, aber das geht nicht. Ich kann mich nicht einfach ins Getümmel stürzen. Woher soll ich wissen, ob die anderen mich dabeihaben wollen? Ich kann nur ein höfliches Gesicht machen und abwarten. Die älteren Kinder veranstalten immer noch ihre wilden Sprünge. Die jüngeren sind hier am seichten Ende, mehr wassertretend als schwimmend, ihre Gesichter nach oben gereckt wie Seerosenblätter. In der Ecke führen zwei Mädchen ein Unterwassergespräch. Ein Junge in brauner Badehose schlängelt sich zwischen ihnen hindurch, und sie schießen beide an die Oberfläche und schimpfen auf ihn ein, dabei ist er längst wieder abgetaucht und hört sie nicht. Es sind vier Jungen und drei Mädchen, alle verschieden alt, und ich überlege, ob ein paar von ihnen Geschwister sind. Wahrscheinlich schon, so, wie sie sich gegenseitig anpflaumen. Aber niemand ist beleidigt oder fängt an zu weinen wie ich so oft.

Ich gehe langsam die Stufen hinunter und dann auf Zehenspitzen weiter. Sie sehen nicht zu mir her, aber sie weichen aus, als ich näher komme. Auf der Schräge zum tiefen Ende lasse ich meine Füße unter mir wegrutschen und mich hinabsinken. Es ist kühl und still am Grund, bis ein Körper hereinplatscht, ein Sack voller Blasen. Wenn ich sonst von hier unten hochschaue, ist die Oberfläche nur leicht bucklig, wie die Fensterscheiben im Speicher, aber jetzt schäumt sie weiß. Der Junge in der braunen Badehose schwimmt direkt über mich drüber. Seine Zehen streifen mein Haar, und er quietscht los.

Als ich auftauche, hundspaddelt der kleinste Junge in meine Richtung. Die anderen beobachten uns.

«Ist das dein Pool?», fragt er. Das Wasser glitzert in seinem Haar wie Kristalle.

«Ja.»

«Schwimmst du jeden Tag?»

«Wenn's draußen warm ist.»

«Aber er ist doch geheizt, oder?» Er schwenkt die Arme hin und her, sodass seine Finger die Oberfläche entlanghüpfen.

«Schon.»

«Ich würde jeden Tag schwimmen», sagt er. «Auch wenn's zwanzig Grad minus hätte. Ich würde gleich in der Früh reingehen und erst abends wieder rauskommen.»

«Du müsstest aber was essen, sonst stirbst du.»

«Dann würde ich drin im Pool sterben. Ist doch ein super Platz dafür.»

Ich beschließe, ihm lieber nichts von Mrs Walsh zu erzählen, die das offenbar auch fand. Sie hatte einen Herzinfarkt. «Ist das Mrs Walsh, die da dümpelt?», fragt mein Vater manchmal, wenn ich ein Badefloß im Wasser vergessen habe. Meine Mutter findet es nicht komisch.

Das Gespräch ist ins Stocken geraten, und der Junge paddelt weg. Ich fühle mich schuldig und erleichtert zugleich.

Meiner Mutter vergeht das Lächeln etwas, als sie merkt, dass ich rauskomme. Bob erzählt ihr von irgendeiner Benefizveranstaltung, und sie kann ihn nicht unterbrechen, um mich wieder reinzuschicken. Als ich abgetropft bin, laufe ich über den Rasen und die Treppe hoch.

Mein Vater sitzt rauchend im Fernsehzimmer und guckt Baseball, die Red Sox. Ich setze mich im nassen Badeanzug neben ihn. Ihm ist es egal, ob die Schonbezüge sich verfärben. In der Werbepause sagt er: «War's nicht schön im Wasser?»

«Mir ist kalt geworden.»

Er schnaubt. «Der Pool muss an die dreißig Grad haben, so wie die da sicher reinpinkeln.»

«Sie pinkeln nicht rein.»

Ich warte darauf, dass er sagt, ich klinge genau wie meine Mutter, aber er legt mir nur die warme Hand aufs Bein. «Das war das letzte Mal, dass du das mitmachen musst, Zwerglein. Ich schieb da einen Riegel vor, versprochen.»

Es war so oder so das letzte Mal, denke ich.

Sie kommen nur zwei, drei Samstage jeden Sommer. An den anderen Wochenenden sind sie in den Pools oder an den Privatstränden von anderen Leuten in anderen Städten. «Das Genesis-Projekt», sagte mein Bruder neulich bei seinem Kurzbesuch zwischen Internat und seinen hochgeheimen Sommerplänen und machte eine tiefe, seriöse Fernsehansager-Stimme dazu: «Am Anfang war blaues Chlorwasser in Gärten. Am Anfang waren Trampoline und Mercedesse und edelmütige Hausfrauen in Lilly-Pulitzer-Kleidchen, die gerne etwas abgeben wollten, nur bitte nicht zu viel.» Meine Mutter kicherte. Mein Vater schaute muffig. Wenn er sie aufzieht, lacht sie nie so wie bei meinem Bruder.

Sie schwimmen stundenlang, bis Bob sie alle herauspfeift und ins Poolhaus scheucht, damit sie sich abtrocknen und anziehen. Er und meine Mutter werfen den Grill an, und als die Kohle glüht, legen sie fünfzehn Hamburger auf den Rost. Die Kinder erkunden den Garten, hin und her flitzen sie, von der Seilrutsche rüber zur Schaukel und von da zu dem Apfelbaum mit den niedrigen Ästen. Sie trauen sich Sachen, die ich mich nie trauen würde, hängen kopfüber vom Reifen, während er von einem Baum zum anderen saust, klettern über das schmale Rohr oben am Schaukelgestell und machen Saltos von der Steinmauer um Moms Rosengarten.

Ich beobachte sie durchs Küchenfenster.

«Eine Horde Affen», sagt mein Vater, der sich an der Bar einen Drink mixt.

Sie platzen beinahe vor Energie. Gegen sie komme ich mir wie eine Behinderte vor. Das kleinste Mädchen schlägt sich an einem der Steine, die aus dem Gras hervorschauen, das Knie auf, und die beiden Großen schuckeln es abwechselnd auf dem Arm, küssen es aufs Haar und wischen ihm die Tränen ab. Es klammert sich lange an ihnen fest, und sie schubsen es nicht weg.

«Daley.» Meine Mutter steht an der Fliegentür. «Kommst du bitte raus und isst mit uns?»

«Genau», sagt mein Vater. «Geh und iss mit dem Schwuli und seinen kleinen Freunden.»

Meine Mutter tut so, als hätte niemand was gesagt. Auf den Stufen, ein Stück weg von ihm, legt sie den Arm um mich. Sie duftet immer ganz zart nach Blumen. «Ich weiß, das ist schwer, aber versuch, ein bisschen weniger distanziert zu sein. Das hier ist wichtig, Herzchen», flüstert sie.

Normalerweise esse ich mit Nora zu Abend, aber sie ist für zwei Wochen in Irland, ihre Verwandten besuchen. Das macht sie jeden Sommer, und mir ist es nie recht. Das übrige Jahr wohnt sie bei uns, außer sonntags, wenn sie nach der Kirche rüber nach Lynn zu ihrer Schwester fährt und dort übernachtet. «Lynn, Lynn, du alte Synndenstadt, wo jeder Mensch sein Laster hat», zitiert mein Vater oft, wenn sie abfährt, aber nie so, dass sie es hört. Sie ist streng katholisch, und sie fände so etwas nicht witzig. Ich war schon an vielen Sonntagabenden mit bei ihrer Schwester. Sie essen Koteletts und spielen Karten und gehen früh schlafen. An Sünde ist bei ihnen in Lynn nicht zu denken. Auf ihrer Kommode bei uns hat Nora ein Foto stehen, sie und mein Vater auf einem Felsen am Meer. Sie ist achtzehn, und mein Vater ist eins. Er hält sich mit beiden Händen an ihrer Hand fest. Ursprünglich hatte Dads Mutter sie nur für einen Urlaub in Maine angeheuert, aber am Ende des Sommers ging sie mit ihnen nach Boston und blieb die ganzen neun Jahre, bis mein Vater aufs Internat kam. Als mein Bruder Garvey geboren wurde, hatte sie eine Stellung bei einer Familie in Pennsylvania, aber als dann ich kam, war sie frei. Nach dem Essen gucken Nora und ich auf ihrem Bett fern, *Mannix* und *Hawaii Fünf-Null*, wir beide schon im Bademantel. Dann bringt sie mich ins Bett, und wir beten jedes Mal «Müde bin ich, geh zur Ruh» und das Vaterunser, das aber in ihrer Kirche einen anderen Schluss hat. Meine Mutter sagt, wenn wir weg sind, bleibt Nora hier und kümmert sich um meinen Vater, der nicht mal ein Ei kochen kann.

Der Name Garvey kommt nicht von meinen Eltern. Sie haben mei nen Bruder Gardiner getauft, nach meinem Vater, und so hieß er mein ganzes Leben, bis er aufs Internat kam und als Garvey zurückkehrte. Meine Mutter hat sich dagegen zu sperren versucht, aber sie hatte keine Chance. Bei seiner Abschlussfeier vor ein paar Wochen nannte ihn sogar der Direktor Garvey.

Wir sitzen in einem gezackten Kreis auf dem Rasen. Das Kleid meiner Mutter ist zu kurz, um damit im Schneidersitz zu sitzen, deshalb hat sie die Beine zur Seite geklappt, sodass sie ein bisschen zu Bob Wuzzy hinlehnt. Ich denke daran, wie das für meinen Vater aussehen muss, der mit seinem Glas am Küchenfenster steht.

Bob lässt uns reihum unsere Namen sagen, aber danach fällt uns nichts mehr ein. Nicht mal die beiden Erwachsenen schaffen es, ein Gespräch am Laufen zu halten. Wir essen unsere Hamburger, dann fragt Bob: «Wer will alles Sardinenbüchse spielen?», und sie rufen: «Ich, ich!» Ich weiß, dass mein Vater es lieber hätte, wenn ich reingehen und mich zu ihm setzen würde, aber meine Mutter fixiert mich streng.

Wir dürfen uns nicht jenseits der vorderen und hinteren Einfahrt verstecken, sagt Bob, und auch in keinem der Gebäude auf dem Gelände. Man könnte denken, er redet von einer Fabrikanlage. Dann bestimmt er ein Mädchen namens Devon, das sich als Erstes verstecken soll. Wir anderen zählen laut bis fünfzig und verschlucken so viele Vokale und Silben vor Hast, dass es ein Gefühl ist, als würde man in riesigen Sätzen die Treppe runterrennen. Dann verteilen wir uns, um Devon zu finden, ohne dass einer von den anderen es mitkriegt. Ich bin mir sicher, ich finde sie als Erste, weil ich mich hier auskenne und alle guten Verstecke weiß. Zuerst gehe ich vor zu den Rhododendren, dann zu dem kleinen Brunnen im Rosengarten. Als Nächstes schaue ich hinter dem Granitblock neben der Straße nach. Bald sind auch alle anderen verschwunden, alle bis auf den kleinen Jungen namens Joe, meinen Freund aus dem Pool.

«Suchen wir da drüben», rufe ich ihm zu und zeige auf die kleinen Kiefern hinterm Pool, aber Joe trottet in die andere Richtung.

Auf Höhe der Hinterveranda höre ich plötzlich ein Rascheln. Sie haben sich alle unter der Treppe zusammengepfercht, in diesem engen, dunklen, spinnwebigen Loch, das mir noch nie so recht geheuer war. Als ich näher komme, ist das Gezischel ihrer Stimmen so laut, dass ich mich frage, wie ich zweimal an ihnen vorbeilaufen konnte, ohne sie zu bemerken. Ich bücke mich und krieche zu ihnen hinein. Damit ich ganz reinpasse, muss ich mich richtig zwischen sie quetschen. Wir schwitzen alle, unsere Haut klebt. Ihr Gezischel ist verstummt. Niemand sagt mehr ein Wort. Es ist, als würden sie alle die Luft anhalten. Ich zermartere mir das Hirn nach einer Bemerkung, einem von Patricks schrägen Sprüchen, der uns alle zum Kichern bringt. Draußen im dämmrigen Garten fängt der kleine Joe zu weinen an, und Bob Wuzzy befiehlt uns, rauszukommen.

Der Junge, der Devon als Erster gefunden hat, versteckt sich, und die anderen laufen los und zählen. Ich stehle mich die Verandastufen hoch.

Mein Vater isst ein Minutensteak mit dick A-1-Soße darüber. Große Schweißperlen stehen ihm auf Stirn und Nase, wie immer, wenn er sein Abendessen isst. Er stiert geradeaus, und ich bin mir unsicher, ob er mich überhaupt bemerkt.

«Du bist 'ne Brave, weißt du das, Zwerglein?» Seine Worte schlittern eine Spur seitwärts.

Als er aufgegessen hat, mixt er sich noch einen Drink. Er gibt mir zwei winzige essiggetränkte Zwiebeln aus dem Glas ab. In vier Tagen wohne ich nicht mehr bei ihm. Wenn wir im Herbst nach Ashing zurückkommen, sagt meine Mutter, mieten sie und ich unsere eigene Wohnung, und ich komme nur noch am Wochenende hierher.

Draußen muss das Spiel zu Ende gegangen sein, kein Laut dringt mehr durch die Fliegentür. Dann flammt die Poolbeleuchtung auf, die kleinen pilzförmigen Lämpchen im Gras und die große Unterwasserleuchte unter dem Sprungbrett. Gestalten strömen aus dem Poolhaus und platschen ins Wasser. Mein Vater wird ganz starr bei dem Geräusch.

Er trinkt seinen Martini aus, das Eis klimpert, als er noch den letzten Tropfen in sich hineinkippt. Dann stellt er das leere Glas auf die Küchentheke. «Ich hab eine Idee», sagt er.

Ich sage nie Nein zu den Ideen meines Vaters, so wie ich auch zu den Ideen meiner Mutter nie Nein sage. Wenn mein Vater von mir gewollt hätte, dass ich mit ihm weggehe, dann hätte ich genauso Ja gesagt. Mein Bruder sagt ständig Nein zu allem, wenn er hier ist, und verdirbt damit nur allen die Laune.

Wir ziehen uns auf der Veranda aus. Das Hündchen ist bei uns und wuselt um unsere Knöchel; es spürt, dass etwas im Busch ist.

«*Un, deux, trois*», zählt mein Vater. Französisch kann er vom Angeln in Quebec. «Los!»

Er sprintet auf den Pool zu, seine langen Tennisspielerbeine weit ausgreifend auf dem borstigen Gras, ein Muskelknubbel oben an jeder Wade, seine Schenkel dünn und straff, sein Hintern hoch und flach und weiß leuchtend im Dunkeln, seine langen Arme aufblitzend beim Laufen, der rechte stärker als der linke, weil das Handgelenk einbandagiert ist. Er bewegt sich wie niemand sonst in unserer Familie, fließend wie Wasser. Als er den Pool erreicht, fängt er zu grunzen an. Er schwenkt nach rechts, weg von der Ecke, wo meine Mutter und Bob Wuzzy mit ihrem Eistee sitzen, und prescht das Stück Rasen zwischen dem Pool und der Gartenmauer entlang.

Ein Junge, der sich auf meinem roten Schwimmfloß treiben lässt, sieht uns als Erster.

«Blitzer!», schreit er.

Mein Vater setzt über die kleinen Pilzlämpchen, eins nach dem anderen, sein Grunzen wird lauter, er krümmt die Arme einwärts, macht einen Buckel. Er umrundet das tiefe Ende, in dem grünlichen Schein des Pools zeichnen sich die Adern und Muskeln auf seinem kraftvollen, sehnigen Körper ab wie Silberstränge.

Alle Kinder schreien jetzt durcheinander, sie johlen und patschen auf das Wasser und lachen so, dass sie sich am Beckenrand festhalten müssen.

Den Platz meiner Mutter an der Ecke hat er sich bis zum Schluss aufgespart. Nun nimmt er Kurs auf sie, spurtet am Poolhaus vorbei auf ihren Liegestuhl zu, seine Eier wild baumelnd, sein Pimmel wie der eines kleinen Jungen, mausegroß. Er hat die Arme jetzt vollends gekrümmt, kratzt sich die Achselhöhlen, grunzt ihr ein «*Uuuuu-uuu-uu-uuuuu*» ins Gesicht und ist verschwunden.

Meine Mutter schaut einen Moment lang, als hätte man sie aus einem Flugzeug geworfen. Dann ringt sie sich ein Lächeln für Bob ab, der um der Kinder willen so tut, als wäre es ein seltsamer, aber harmloser Streich. Als sie jedoch mich sieht, brennt bei ihr eine Sicherung durch. Sie macht einen Satz aus ihrem Stuhl, um mich zu packen, aber ich bin schnell und glitschig ohne meine Kleider. Die harten Grasstängel stechen mir in die Fußsohlen, die feuchte Nachtluft streicht durch die Härchen auf meinen Armen und zwischen meinen haarlosen Schenkeln hindurch. Auch mein Körper ist jungenhaft, meine Brustwarzen zwei winzige, feste Knöpfchen, heute Nacht bin ich fast so geschmeidig und wendig und flink wie mein Vater. Meine Lunge pumpt wie wild. Ich will nie aufhören zu rennen, bis in alle Ewigkeit will ich das Brennen meiner Bauchmuskeln und das Ziehen in meiner Kehle spüren, will mit meinem nackten Elfjährigenkörper unter den Sternen dahinjagen, so anmutig und schnell wie ein Reh im Wald.

Lachend und keuchend erreichen wir beide die Veranda, stehen da zwischen unseren am Boden verstreuten Kleidern, unser Hündchen umkreist uns mit verzückten Sprüngen, mein Vater grinst bis über beide Ohren, und er schaut mich an, als ob er mich liebt, mich so liebt, wie er sein ganzes Leben niemanden geliebt hat.

2

Einen Tag, bevor meine Mutter und ich aus Ashing wegfahren, radle ich zur Baker's Cove. Der Strand dort ist schmal, und bei Ebbe riecht er brackig, deshalb sind wir in der Baker's Cove meistens für uns. Wenn man ein Stück um die Felsen herumklettert, kann einen vom Weg aus keiner sehen.

Mallory hat die Larks von ihrer Mutter dabei, ich die L&Ms von meinem Vater und Gina die Marlboros, die ihr Vater raucht. Patrick sagt, seiner Mutter sind die Zigaretten ausgegangen, und Neal sagt, seine Eltern rauchen beide nicht. Niemand glaubt ihm. Das ist das erste Mal, dass Neal Caffrey mit uns runter zur Bucht kommt. Ich weiß nicht, wer ihm Bescheid gesagt hat.

«Du bist doch nur zu feige zum Klauen», sagt Teddy und holt ein silbernes Etui mit Mentholzigaretten heraus.

«Mein Vater hat Asthma», sagt Neal. Er nimmt sich eine von Teddys Salems und klappt das Etui zu. «Wer ist G.E.R.?»

Alle schauen wir auf die schnörkeligen Initialen, die in das Silber graviert sind. Teddy heißt mit Nachnamen Shipley.

Er zuckt die Achseln. «Doch egal.» Er zieht seinen Schuh aus. «Was ist jetzt, spielen wir?»

«Ich will erst fertig rauchen», sagt Mallory. Sie sieht genau wie ihre Mutter aus, wenn sie raucht, die freie Hand unter den Arm geklemmt, den sie zum V abgeknickt hält, die Zigarette nie mehr als ein paar Zentimeter von ihrem Mund.

Die Jungen wollen immer nur sie küssen, also warten sie.

Die Luft ist heiß und dumpf, aber ab und zu weht vom Wasser ein Schwall Kühle heran. Man kann ihn kommen sehen, ein Runzeln weit draußen auf der Meeresoberfläche wie von einem riesigen dunklen

Flügel. Danach wird alles wieder hell und glatt. Neals Locken sind ganz zerzaust. Ich war noch nie verliebt, aber ein bisschen bin ich es in Neal, glaube ich, und mein Herz klopft eine Spur schneller als sonst. Ich darf Patrick nicht anschauen, weil ich weiß, dass er es weiß. Für so was hat er einen Riecher.

«Wer fängt an?», fragt Teddy.

«Ich.» Mallory drückt ihre Zigarette an einem Stein aus und bindet sich die Haare ganz geschäftsmäßig zu einem Pferdeschwanz.

Sie dreht Teddys Bootsschuh. Als er anhält, zeigt die Spitze auf mich, und alle lachen. Sie dreht noch mal. Jetzt zeigt er zwischen Patrick und Gina.

«Wenn er zwischen zwei Leute zeigt, hast du freie Wahl», sagt Teddy.

«Patrick», sagt sie, und Patrick verdreht die Augen. Er tut immer so, als fände er Geküsst-Werden grässlich.

Sie beugen sich zueinander vor, und ihre Lippen treffen sich flüchtig. Mallory sagt, ihr ist Patrick am liebsten, weil seine Lippen so schön trocken sind.

Es geht im Uhrzeigersinn. Nach Mallory ist Neal dran. Er dreht den alten, schlammverkrusteten Schuh mit beiden Händen. Schlingernd kommt er zum Stillstand, die Spitze zeigt ganz klar auf mich.

Neal steht richtig auf und kommt zu mir herum, zieht mich an der Hand hoch und küsst mich. Es ist ein warmer Kuss, nicht ganz so kurz wie der von Mallory und Patrick. Meine Hand lässt er als Letztes los. Mein Gesicht fühlt sich flammend rot an, und ich halte den Kopf gesenkt, bis das Brennen aufhört.

Gina küsst Teddy. Teddy küsst Mallory. Dann bin ich an der Reihe. Neal, Neal, Neal, bettle ich, aber der Schuh zeigt auf Teddy.

«Hattrick!», sagt er, weil er uns jetzt alle drei durch hat.

Ich bringe es schnell hinter mich. Seine Lippen sind nass und rissig, wie aufgeweichtes Brot.

Als Neal das nächste Mal dran ist, zeigt der Schuh zwischen Gina und Teddy.

«Du darfst wählen», sagt Gina hoffnungsvoll.

«Daley.»

Und dieses Mal führt er mich ein Stück von den anderen weg, fast bis zu den Bäumen.

«Hast du ein Bett da hinten?», fragt Teddy.

«Ich mag keine Zuschauer», sagt Neal. Und zu mir, leiser: «Stört es dich, dass ich wieder dich genommen habe?»

Ich schüttle den Kopf. Ich will ihm sagen, dass ich es gehofft habe, aber ich bringe die Worte nicht hervor, ehe er mich küsst, länger; sogar den Mund öffnet er dabei ein klein wenig.

«Das war schön», sagt er.

«Ja.» Alles fühlt sich so merkwürdig an, als wäre ich in das Leben von jemand anderem spaziert.

«Teddy hat gesagt, ihr trefft euch hier jede Woche.»

«Das ist jetzt erst das dritte Mal.»

«Kommst du nächste Woche?»

«Weiß noch nicht.»

«He, hört auf zu quasseln. Ich bin dran», sagt Gina. «Und Patricks Oma will mit ihm im Strandclub zu Mittag essen.»

Alle sehen jetzt zu uns her. «Versuch's, ja?», sagt er leise.

Kurz danach löst das Spiel sich auf. Wir rauchen noch ein paar Zigaretten und beobachten die Möwen, die Muscheln auf die Steine herabfallen lassen und sich um die zerdepperten Stücke zanken.

«Stellt euch vor, ihr müsstet so euer Leben verbringen», sagt Patrick.

«Ich würde mich von einem Felsen stürzen», sagt Teddy.

«Könntest du aber nicht, weil du ja eine Möwe wärst», sagt Gina. «Deine Flügel würden einfach zu schlagen anfangen. Macht ihr dieses Jahr den Segelkurs?»

«Jep», sagt Teddy. «Und du?»

«Wir alle drei.» Sie zeigt mit dem Daumen auf mich und Mallory.

«Glaubt ihr, irgendein Tier in der Geschichte der Tiere hat je Selbstmord begangen?», fragt Neal.

«Nein. Ihre Hirne sind so klein, dass sie nicht mal kapieren, wie bescheuert ihr Leben ist», sagt Teddy.

Ich weiß nicht, ob es an den Zigaretten liegt, dass ich mich so komisch fühle, aber alle erscheinen endlos weit weg. Wenn ich etwas sagen würde, müsste ich schreien, damit sie mich verstehen.

Als wir aufbrechen, lasse ich die anderen vorausfahren. Die fünf nehmen die ganze Straße ein, so wie sie eiern und schlängeln. Ich drehe mich zur Bucht um. Ich dachte, ich hätte den ganzen Sommer zum Rauchen und Schuhedrehen. Eine Möwe landet neben dem Pflaumenkern, den Teddy ausgespuckt hat, pickt zweimal danach und fliegt wieder auf. Das Wasser steigt jetzt, kriecht an den muschelverkrusteten Felswänden hoch. Neal schaut durch die Lücke zwischen seinem rechten Arm und dem Lenker seines Zehngangrads zu mir zurück, ganz nebenher, als würde er nur runter auf sein Bein schauen.

In der Einfahrt setzt meine Mutter bei meinem Fahrrad den Schraubenschlüssel an. Ich habe sie noch nie mit einem Werkzeug aus der Garage gesehen. Sie bekommt beide Räder problemlos ab und lädt sie zusammen mit dem Rahmen auf unsere Taschen im Kofferraum ihres Cabrios. Um ihren Kopf ist ein Tuch gebunden wie zur Gartenarbeit. Ihre Bewegungen sind zügig und sicher, wie einstudiert. Sie drückt den Kofferraumdeckel ein paarmal herunter, und als er schließlich einrastet, lacht sie auf, obwohl nichts komisch ist.

Manchmal, wenn sonst keiner es einrichten kann, fährt mich eine Lehrerin von der Schule nach Hause. So ein Gefühl ist das jetzt: als würde mich ein Lehrer, ein Fremder, irgendwohin fahren.

«Steig ein, Süße», sagt sie.

Das hässliche Hündchen scharrt an der Fliegentür. Wenn mein Vater heimkommt, werden die Zeitungen, mit denen ich die Küche ausgelegt habe, voll sein mit seinen grellgelben Pfützen und weichen Haufen. Erst vor einer Stunde musste ich ihm versprechen, den Hund die meiste Zeit über im Freien zu lassen.

«Du musst ihn ganz doll loben, wenn er sein Geschäft draußen macht», hat mein Vater gesagt. Er hatte den Anzug an, den er im Sommer fast immer zur Arbeit trägt, hellbraun mit blassblauer Krawatte; sein Haar mit dem sauber gezogenen Rechtsscheitel war noch feucht nach dem Duschen. «Du musst sagen: Braver Junge, braver Junge, braver Junge, so» – und er rieb mir Bauch und Rücken gleichzeitig, schnell und mit so viel Kraft, dass er mich praktisch vom Boden hochhob.

Ich lachte und sagte: «Okay, okay.» Trotzdem hielt ich mich noch ein bisschen an seinen Armen fest, Füße in der Luft.

«Und du glaubst, das schaffst du?»

«Ja.»

Er hat breite Hände, knochig und braun, mit abgekauten Nägeln und blaugrünen, knotig hervortretenden Adern. «Also dann», sagte er, und ich küsste diese Hände und ließ los.

Bei meiner Mutter im Auto ist immer der Nachrichtensender eingestellt. «Nur fünf Tage nach Abschluss seiner Rundreise durch den Nahen Osten», sagt der Sprecher, «ist Präsident Nixon zu Beratungen mit den westeuropäischen Regierungschefs in der belgischen Hauptstadt Brüssel eingetroffen. Am Donnerstag reist er von dort weiter nach Moskau.»

Meine Mutter redet mit dem Radio. «Ja, lauf nur davon, Dick. Lauf davon, aber das wird dir nichts nützen.»

An der großen Kreuzung schaue ich die Bay Street entlang. Mallorys Haus ist das große weiße gleich an der Ecke, Patrick wohnt in der letzten Einfahrt links, gegenüber vom Strandclub. Sie werden nachher beide bei mir anrufen, aber niemand wird abheben.

«Während die Maschine des Präsidenten heute den Atlantik überquerte, bestätigte sein Arzt den Reportern, dass er nach wie vor an einer Venenentzündung im linken Bein leidet. Der Präsident wisse von dieser Erkrankung, die auch unter dem Namen Phlebitis bekannt ist, bereits seit mehreren Wochen, habe aber Stillschweigen darüber angeordnet, sagte sein Arzt.»

Meine Mutter schnaubt das Armaturenbrett an.

Wir fahren durch die Stadt. Im Park werden schon die Karussells für den Jahrmarkt aufgebaut, der jeden Sommer für eine Woche hierherkommt. Männer laden riesige bunte Metallteile von den Anhängern und setzen sie auf dem Gras ab. Da, wo die großen runden Calypso-Gondeln mit ihren hohen Rückenlehnen und roten Ledersitzen verstreut liegen, fängt eigentlich das Baseballfeld an. Wenn erst alle Fahrgeschäfte und Buden und die Pizza- und Schmalzgebäckstände an ihrem Platz sind, wird von dem alten Park nichts mehr zu erkennen sein. Ein paar kleine Kinder schauen vom Zuschauergerüst aus zu wie wir früher.

Das Stadtzentrum ist klein, nur eine einzige Straße mit Geschäften. Neals Mutter arbeitet manchmal im Strickladen. Ihr Auto steht auch jetzt davor, ein orangefarbener Ford Pinto mit einer kleinen Delle in der Fahrertür. Der Gegenverkehr ist zäh, das sind die Touristen, die zum Ruby Beach wollen. Leute winken uns – Mrs Callahan und Mrs Buck –, aber meine Mutter nagt an ihrer Lippe und hört den Nachrichten zu und achtet nicht auf sie. Als wir den Highway erreichen, nimmt sie meine Hand und tritt hart aufs Gas.

Wir legen eine Essenspause bei Howard Johnson's ein. Ich mag die frittierten Muscheln dort, weil es nur die Hälse sind, nicht die Bäuche. Bei den Bäuchen würgt es mich immer. Aber auf meinem Teller liegt so ein riesiger Berg. Sie sehen wie dicke frittierte Würmer aus. Ich kriege nur drei herunter. Meine Mutter isst auch nicht viel von ihrem Club-Sandwich. Die Kellnerin fragt, ob sie uns den Rest einpacken soll, aber wir schütteln beide den Kopf.

«Wir schaffen das schon, du und ich», sagt meine Mutter und reibt mir den Arm.

«Ich weiß», sage ich, und sie macht ein erleichtertes Gesicht.

Als wir wieder im Auto sitzen, lässt sie mich eine Kassette einlegen. Ich spiele John Denver, das Lied über das Federbett von seiner Großmutter. Ich spiele es immer wieder, bis sie mich bittet, aufzuhören. Es macht mir jedes Mal gute Laune, dieses Lied, die ganzen Kinder und Hunde und das Schweinchen, wie sie zusammen im Bett liegen.

Wir kommen nach New Hampshire. Bis zu ihrer Hochzeit, mit neunzehn, hat meine Mutter jeden einzelnen Sommer ihres Lebens am Lake Chigham verbracht. Sie sagt, ich war auch schon dort, aber ich habe keine Erinnerung daran. Ich sehe meine Großeltern nur bei uns zu Hause vor mir, an Thanksgiving oder an Weihnachten, auf Stühlen sitzend. Stehend kann ich sie mir gar nicht vorstellen.

Nach einer Weile fahren wir vom Highway ab und weiter auf einer schmaleren Straße, und dann auf einer noch schmaleren. Die Bäume scheinen immer höher zu werden. Wir kommen zu einem Schotterweg mit einem kleinen weißen Schild mit blauer Schrift: CHIGHAM POINT ROAD. Darunter, ganz klein geschrieben: *Privatweg.*

Meine Mutter holt tief Luft und sagt im Ausatmen: «Da wären wir.»

Ich schaue den Weg entlang. Es sind keine Häuser zu sehen, nur Bäume – Kiefern und Ahorn –, die jedes bisschen Sonne aussperren.

«Erinnerst du dich jetzt?», fragt meine Mutter.

«Nein.»

Wir biegen in den Weg ein. Er ist sehr lang, Einfahrten führen von ihm weg, lange Einfahrten, die man nur daran erkennt, dass an die Baumstämme Holzbretter mit Nachnamen darauf genagelt sind. Manchmal ahnt man durch Bäume und Büsche und Unterholz den dunklen Umriss eines Hauses oder Wasserglitzern. Wir folgen einer der letzten Einfahrten und parken neben einem braunen Auto. Das Haus, ein dunkelbraunes Holzhaus, steht nur ein paar Meter vom See entfernt, der glatt ist und so hell nach der dunklen Straße, dass es mir in den Augen wehtut.

«Wieder daheim», sagt sie mit einem Seufzer.

Mein Großvater kommt heraus. Sein Mund ist verkniffen, als ob ihn etwas wütend macht. Eilig steigt er die Verandastufen herunter, und meine Mutter rennt regelrecht auf ihn zu, und sie umarmen sich fest. Meine Mutter stößt ein Geräusch aus, und Grindy sagt: «Schscht,

schscht, ist ja gut», und streichelt ihr übers Haar, bis das Kopftuch auf den Boden fällt. Sie sagt etwas Leises, und er sagt: «Ich weiß. Das weiß ich doch. Du hast es dreiundzwanzig Jahre versucht, das reicht.»

Er winkt mich mit einem Arm zu sich her, und als ich nahe genug bin, zieht er mich an sie beide heran und gibt mir einen Kuss auf die Stirn.

Nonnie wartet schon an der Tür, als wir mit unseren ganzen Taschen hereinkommen. Sie küsst uns beide auf die Wange. Ihre Haut ist flaumig, und sie riecht nach diesen kleinen Säckchen, die man in die Schubladen legt, damit die Wäsche nicht müffelt. Sie ist nicht meine richtige Großmutter, erzählt mir meine Mutter an diesem Abend, als wir in unseren nebeneinanderstehenden Betten liegen. Das habe ich nicht gewusst. Jetzt stellt sich heraus, dass ich meine echte Großmutter gar nicht kenne. Sie lebt in Arizona, und meine Mutter hat sie zuletzt gesehen, als Garvey ein Baby war.

Nonnie hat ein junges Gesicht, aber ihre Haare sind alt, völlig weiß. Sie trägt sie hochgesteckt, nur wenn man morgens früh genug in die Küche kommt, sieht man sie manchmal noch in ihrem Bademantel aus blauem Plaid und mit offenem, frisch ausgebürstetem Haar, das ihr bis zur Taille herabfällt. Den Rest des Tages ist es versteckt, geflochten und hinten am Kopf aufgerollt.

Beim Abendessen streitet Grindy mit meiner Mutter über Nixon. «Diese ganzen Zeugenaussagen und Anhörungen legen doch nur alles lahm! Diese lächerlichen Tonbänder! Dass sich das Land diesen Unsinn anhören muss! Wir befinden uns mitten in einer schweren Rezession. Lasst den Mann die Dinge anpacken, die wirklich zählen.»

«Nichts zählt so viel wie das hier, Dad. Politiker müssen Rechenschaft ablegen. Sonst ebnen wir nur dem nächsten Hitler den Weg.»

Grindy schüttelt den Kopf. «Kindchen», sagt er, aber dann wird seine Stimme scharf. «Untersteh dich und wirf Richard Nixon in einen Topf mit Adolf Hitler. Untersteh dich. Richard Nixon wusste nichts von Watergate.» Meine Mutter will etwas einwenden, aber er hält die Hand hoch. «Er wusste nichts davon, und seine einzige

Schuld besteht darin, dass er seine eigenen Männer vor dem Gefängnis bewahren will. Du bist naiv, Kindchen. Es gibt immer interne Spionage. Immer. Diese Leute fliegen irgendwann auf. Aber der Präsident muss sich wieder seiner eigentlichen Aufgabe widmen und regieren können.»

Meine Mutter macht ein Gesicht, als säße mein Vater vor ihr. Nonnie fragt, ob jemand noch Bohnen möchte.

Nach dem Essen guckt mein Großvater die Red Sox. Ich stehe hinter seinem Sessel und poliere ihm mit dem Ärmel die Glatze. Ich bin fasziniert von ihrer Blankheit, von den weißen Altersflecken, den braunen Altersflecken. Meine Mutter sagt, ich soll ihn in Frieden lassen, aber er sagt, nein, es ist ein angenehmes Gefühl. Die dünne Schicht blanker bräunlicher Haut riecht wie Pilze, bevor man sie in den Topf gibt. Als ich ins Bett gehe, legt er mir die Hände über die Ohren und pflanzt mir einen harten, stachligen Schmatz auf die Stirn.

Mein Vater weiß, wo wir sind, behauptet meine Mutter, aber dann kann ich nicht verstehen, warum er noch nicht angerufen hat oder hergekommen ist. Immer wieder einmal hebe ich den Hörer ab, um zu kontrollieren, ob das Telefon noch geht, dann lege ich wieder auf. Er muss dermaßen wütend auf mich sein.

Auf der Karte der Seen im Esszimmer meiner Großeltern ist unser See rot umringelt. Unsere Landspitze sieht wie ein kleiner Blinddarm aus, der vom Nordufer herabbaumelt.

«Du fühlst dich wie in einem Bunker», sagt meine Mutter zu jemandem am Telefon, wahrscheinlich ihrer Freundin Sylvie. «Es kommt keinerlei Licht durchs Fenster. Wenn du die Sonne sehen willst, musst du auf den See hinausrudern.»

Oben im Flur hängt ein Foto, auf dem meine Mutter in einem weißen Bikini auf dem Steg steht und sich am Bein kratzt. Das Weiß lässt ihre Haut sehr braun aussehen, und sie lächelt. Im Hintergrund warten ein paar Freundinnen im Wasser auf sie. Diese Freundinnen machen bis heute hier Urlaub, mit ihren eigenen Familien jetzt, und meine Mutter rätselt in unserem Zimmer mit den schrägen Wänden darüber, wie sie es aushalten: Sommer für Sommer, Jahr um Jahr, mit immer denselben Leuten, denselben Cocktailpartys, dem Picknick am Unabhängigkeitstag, dem Squaredance im August, den endlosen Gedenkgottesdiensten für all die alten Leute, die über den Winter gestorben sind.

Schließlich schleppt meine Mutter ein Mädchen namens Gail für mich an. Sie kommt auch in die sechste Klasse, wirkt aber viel älter. Ich nehme sie mit rauf in unser Zimmer und zeige ihr meine Platten.

«Du bist echt dünn», sagt sie und misst mein Handgelenk mit zwei Fingern. Sie zieht eine Schachtel Zigaretten heraus, und wir rauchen ein paar oben auf dem Dachboden neben einer alten Schneiderpuppe. Der Geschmack erinnert mich an Neal und den Kuss mit ihm.

Ab da kommt sie fast jeden Tag. Außer mir gibt es hier keine Mädchen in ihrem Alter. Wenn es regnet, spielen wir im Wohnzimmer Schnapsen oder Leben und Tod, und bei gutem Wetter schwimmen wir raus zu dem Floß, das für alle Familien auf der Landzunge da ist, oder spielen Tennis auf dem holprigen Platz im Wald. Sie stellt mich den anderen Kindern vor. Die meisten sind um irgendwelche Ecken mit mir verwandt, was sie mir aber nicht abnehmen. Vielleicht interessiert es sie auch einfach nicht. Obwohl keine Schule ist, merke ich gleich, dass Gail zu den Beliebten gehört. Sie hat diese Ausstrahlung, die so viel mehr zählt als Hübschsein. Ich halte mich an sie, folge ihr wie der Schwanz seinem Drachen, dankbar für dieses unerklärte Band zwischen uns.

Nach zwei Wochen ruft mein Vater an, als wir beim Abendessen sitzen. Nonnie hebt ab und kommt schnell zurück.

«Es ist Gardiner.» Sie ist an der Tür stehen geblieben, um die Reaktion meiner Mutter abzuwarten.

«Ich weiß nicht, ob das klug ist», sagt mein Großvater, aber meine Mutter erhebt sich und geht zum Telefon, das im Wohnzimmer unter der Treppe steht. Sie redet so leise, dass wir fast nichts verstehen, aber ihr steifer, gerader Rücken und die Art, wie sie den Hörer ein Stück vom Ohr weghält, sagen genug. Als sie mich ruft und mir den schweren schwarzen Hörer in die Hand drückt, sagt mein Vater zu mir, ich soll heimkommen.

«Das ist das, was ich möchte. Dass du und deine Mutter wieder heimkommen.» Seine Stimme ist hoch, ein bisschen, als würde er irgendwen nachmachen, aber er macht niemanden nach, er weint fast. Ich rieche ihn, rieche das Steak und die A-1-Soße und die kleinen Zwiebeln in seinem Glas.

Ich weiß nicht, was ich antworten soll. Nach einem langen Schweigen sagt er, dass er den Welpen Scratch genannt hat und dass Mallory und Patrick gestern zum Schwimmen da waren. Seine Stimme wird immer normaler, und er erzählt mir, dass er heute Nachmittag mit Scratch beim Tierarzt war. Scratch hat vier Spritzen bekommen und war so was von brav.

«Er ist hier bei mir», sagt er, «er sitzt gleich neben mir und lässt dich grüßen, und er will auch, dass du heimkommst, Zwerglein.»

«Ich versuch's, Dad.»

Als ich eingehängt habe, sehe ich seine Hände vor mir und die Schweißperlen auf seiner Nase, und er fehlt mir so, dass es sich anfühlt, als würde mir jemand die Haut abziehen.

Im Esszimmer beschwert sich meine Mutter über ihn und über die Martinis; offenbar hat er inzwischen ja mit einem Anwalt gesprochen, sagt sie, und soll jetzt so tun, als wollte er sie zurückhaben. «Wartet's nur ab», sagt meine Mutter, «er wird einen Brief schreiben. Er wird es schriftlich festhalten.»

Meine Großmutter sieht, dass ich zuhöre, und fragt, ob jemand noch von dem Hühnchen möchte.

Ich schreibe an Mallory, Patrick und Neal Caffrey. Mallory antwortet als Erste. Ihr Brief hat die Form einer Giraffe:

Liebe
Daley!
Wie geht's Dir? Ich
vermiss
Dich
total.
Dass Du
echt so
ohne ein
Wort abge-
hauen bist!
Was hältst Du
noch alles vor
mir geheim?? Nur
ein Witz! Hast Du's
lustig bei deinen Groß-
eltern? Und hast Du schon eine
neue beste Freundin? Beim Segelkurs hast
Du nichts verpasst. Der Lehrer hat eine Hasen-
scharte und ist total schräg. Vorgestern ist er
bei uns im Boot mitgefahren – so was von eklig!
Im August fahren wir auf eine Ferien-

ranch in	Wyoming,
als Geburts-	tagsüberra-
schung	für
meine	Mom
(nur hat	mein
Dad	es mir
verra-	ten –
er kann	nicht
so gut	dicht-
halten	wie
Du!)	Drück
mir	die
Daumen	fürs
Western-	reiten!
Freu mich	schon,

wenn Du zurückkommst. Tausend liebe Grüße – M.P.G.

Patrick schreibt als Nächster, auf einer türkisen Karte, bei der oben in Prägeschrift sein Name steht.

Liebe Daley,

ich habe dieses Briefpapier zu Weihnachten gekriegt und es noch nie vorher benutzt. Irgendwie finde ich es kindisch. Wir baden ziemlich viel in Deinem Pool. Ich hoffe, das macht Dir nichts aus. Es ist heiß hier. Mr Amory und ich haben neues Chlor und einen neuen DPD-Test besorgt. Danach waren wir noch bei Payson's und haben ein Verlängerungskabel und Reißzwecken gekauft. Wann kommst Du zurück? Der Jahrmarkt ist wieder weg. Elyse hat in der Riesenkrake gekotzt. Alles war voll. Gestern sind wir dreimal gekentert.

Viele Grüße von

Patrick

Die Wochenendbesorgungen hat mein Vater sonst immer mit mir gemacht. Als wir das letzte Mal bei Payson's waren, hat er mir eine runde Schlüsselkette gekauft, so eine dicke silberne, wie die Hausmeister in unserer Schule sie haben, die man sich an den Gürtel haken kann, mit einem kleinen harten Knopf in der Mitte, den man drückt, damit sie sich aufrollt. Ich habe sie daheim vergessen, und als ich Patricks Brief lese, heule ich Rotz und Wasser wegen dieser dämlichen Schlüsselkette.

Dann schreibt mein Vater, wie meine Mutter es vorausgesagt hat, einen Brief an sie und mich gemeinsam, in dem er uns bittet, zurückzukommen. Er hat einen von den weißen Briefbogen vom Wohnzimmerschreibtisch benutzt, auf denen in Rot unser Name und die Adresse stehen. Der Brief ist mit blauem Kuli geschrieben, und er hat so fest aufgedrückt, dass es sich auf der Rückseite fast wie Blindenschrift anfühlt. Er schreibt, dass er uns vermisst und uns liebt und dass wir nach Hause kommen und wieder mit ihm zusammenleben sollen. Meine Mutter erlaubt mir, den Brief in der Außentasche meines Koffers aufzuheben. Sie antwortet ihm nicht. Ich schon, aber ich will nicht so klingen, als ob ich schöne Ferien hätte, aber auch nicht so traurig, dass er sich Sorgen um mich macht, deshalb wird es ein schlechter, langweiliger Brief. Er schreibt nicht zurück.

Nach dem Brief von meinem Vater fängt Nora an, mir Karten mit Blumen oder Rotkehlchen vorne drauf und kleinen Versen innen drin zu schicken. Einer geht so:

Der kleine Vogel zwitschert: «Piep!
Ich weiß da wen, der hat Dich lieb.»

Sie unterschreibt mit *Immer Deine Nora.*

Ich warte auf einen Brief von Neal. Fast jeden Morgen begleite ich meinen Großvater zum Chigham General Store, wo er den *Boston Globe* und für mich eine Schachtel Zimtbonbons kauft. Dann gehen wir in das kleine Postamt auf der anderen Straßenseite. Hinter dem Schalter sitzt eine Frau, die Mavis heißt und bei allem, was mein Großvater zu ihr sagt, errötet. Ich stelle mich jedes Mal anderswohin in dem kleinen Raum – wenn ich haargenau am richtigen Platz stehe, denke ich, dann wird im Postfach meines Großvaters ein Brief von Neal liegen. Mein Großvater plaudert mit Mavis, fünf Minuten, zehn Minuten, und scheint überhaupt nicht zu bemerken, wie tiefrot ihre flaumüberzogenen Wabbelbäckchen glühen. Dann endlich zieht er den Schlüssel aus der Tasche und geht hinüber zu Fach Nummer 5, und ich starre auf die Dielenbretter vor meinen Füßen, bis ich das Türchen zuklicken höre, und mein Herz klopft wie irr, und erst wenn feststeht, dass von Neal nichts gekommen ist, beruhigt es sich langsam wieder.

Ende Juli besucht uns mein Bruder mit seiner neuen Freundin Heidi.

«Hermey!», sagt er und hebt mich hoch und drückt mich. Er ist unrasiert und mieft ein bisschen. «Hermey ist ja eine Riesin geworden! Und noch krisselhaariger, wenn das überhaupt geht!» Er findet, ich sehe aus wie Hermey, der kleine Spielzeugmacher bei *Rudolph mit der roten Nase*, der lieber Zahnarzt wäre.

«Das ist von der feuchten Luft», sage ich und versuche, die Kräusel platt zu drücken.

Er stellt uns Heidi vor. Sie hat lange glatte Haare und klare grüne Augen. Er hat sie Ende Juni auf einer Party in Somerville kennengelernt, wo er den Sommer über wohnt.

«Welches Datum?», frage ich, als wir nach dem Essen auf der Couch sitzen.

«Keine Ahnung. Montag, jedenfalls.»

«Am vierundzwanzigsten.» Sie gibt meinem Bruder einen Klaps.

«Aua», sagt er, aber es tut ihm nicht echt weh.

«Einen Abend, bevor wir aus der Myrtle Street weggegangen sind», sage ich. Alles teilt sich für mich in Vorher und Nachher.

«Ich heirate sie, Daley», sagte er, als sie einmal auf dem Klo ist. Er legt sich beide Hände an den Kopf und drückt zu. «Shit. Ich heirate sie.»

Als sie zurückkommt, schlingt er beide Arme um sie, tatscht an ihren Haaren rum und lacht in ihren Hals. Ich habe ihn noch nie mit einem Mädchen erlebt. Bis jetzt hat er immer nur irgendwelche Freunde mit heimgebracht, mit denen er das ganze Wochenende in seinem Zimmer gehockt und Gitarre gespielt und kleine Papiervierecke um etwas gerollt hat, was wie bröslige Erde aussah. Sie haben Platten aufgelegt, von denen ich noch nie gehört hatte, Kühlschrank und Speisekammer bis auf den letzten Krümel leer gefuttert, und das war's bis zum nächsten Mal. Aber bei Heidi ist Garvey völlig anders. Er ist lieb und sanft und fragt sie ständig, was sie denkt und was sie möchte.

«Ihn hat's richtig erwischt», sagt meine Mutter.

Wir liegen in unseren Betten und hören sie drüben in Heidis Zimmer murmeln. Meine Mutter erzählt mir von ihrer ersten Liebe. Sie hat ihn in einem ihrer Sommer hier kennengelernt. Er war bei ihrem Cousin Jeremy zu Besuch. Jeremy kenne ich. Seine Haut ist so ledrig, dass er jetzt schon wie ein alter Mann aussieht. Er will immer, dass wir Kinder mit ihm segeln gehen, aber man muss nur einmal an der falschen Leine ziehen, schon schnauzt er einen an. Jeremys Freund hieß Spaulding. Er hatte meine Mutter von Jeremys Veranda aus beobachtet.

«‹Du bist ja eine Hübsche›, hat er einfach zu mir gesagt, auf so eine gedehnte Art, weil er aus Georgia kam, und das hat mich neugierig gemacht. Ich war vierzehn. Ich bin zu ihm auf die Veranda geklettert. Als wir zum ersten Mal abends ausgingen, sagte ich zu ihm, dass ich mir vorkäme wie in einem Roman. So ein Gefühl war das mit ihm. Das ist das Gefühl, das ich immer habe, wenn ich mich verliebe.»

Garvey und Heidi haben zu reden aufgehört und machen jetzt andere Geräusche. Ich weiß, was das ist, aber es klingt, als würden sie beide auf dem Bett herumspringen, was mir immer verboten wird.

«Ein Glück, dass Grindy inzwischen so taub ist», sagt meine Mutter.

Am nächsten Tag rudern wir mit einer Riesenportion Fried Chicken zu einer Insel mitten auf dem See. Beim Picknick leckt mein Bruder Heidi das Fett von den Fingern, bis meine Großmutter sie beide daran erinnert, dass es auch Servietten gibt. Hinterher drehen sie eine Runde um die Insel. Meine Großeltern machen die Runde andersherum, Schuhe an den Füßen, Arm in Arm, aneinandergelehnt, redend. Meine Mutter in ihrem gelben Bikini und der riesigen Sonnenbrille liest die Zeitung und diskutiert mit ihr wie immer. «Eine Lücke von fünf Minuten und achtzehn Sekunden auf dem neuesten Tonband. Was für ein Skandal!»

Für einen Sekundenbruchteil denke ich, dort auf der Titelseite ist mein Vater – die gebeugte Haltung, die schweren Brauen, die kleinen Augen –, aber es ist Nixon, der von der Eisentreppe seines Flugzeugs winkt.

Spät am Abend laufen Garvey, Heidi und ich bis vor zur Hauptstraße, wo der Himmel sich öffnet, und er ist so übersät von Sternen, dass ich Mühe habe, Kassiopeia und den Großen Wagen zu finden. Ich schaue hinauf, und sie scheinen zurückzuweichen, aber so fühlt sich diesen Sommer alles an; alles scheint wegzurücken von mir. Heidi erklärt mir, dass es die meisten Sterne, die wir sehen, schon nicht mehr gibt. Sie sind gestorben. Aber weil sie so weit weg sind und ihr Licht so lange braucht, um bis zu uns zu gelangen, können wir sie immer noch sehen, auch wenn sie gar nicht mehr da sind.

«Gibt es denn gar keine neuen?», frage ich.

«Doch, aber die sehen wir noch nicht.»

Ich biege den Kopf zurück und starre die toten Sterne an. Es ist ein unheimlicher Gedanke, dass wir das Licht von etwas sehen, das nicht existiert. Das Leben ist gar nichts, das ganze Weltall ist gar nichts. Von mir bleibt nicht mal ein Fünkchen Licht, wenn ich sterbe. Ich reiße meinen Blick los, schaue vor mir auf die Erde, aber es hilft nichts. Nirgends sind Straßenlaternen. Irgendwie kann ich nicht durchatmen. In meinen Händen und dann auch den Armen kribbelt es, als wären sie eingeschlafen, als würde fast kein Blut mehr darin fließen. Eine halbe Sekunde später, ohne jeden Grund, rast plötzlich mein Herz, viel schneller als jemals im Postamt, so schnell, dass es eigentlich nur noch explodieren kann. Ich sterbe. Ich weiß es ganz sicher. Ich gehe weiter, aber am liebsten würde ich mich zu einer Kugel zusammenrollen und um Hilfe betteln, bis jemand kommt und das Gefühl vertreibt. Mein Bruder und Heidi sind ein Stück vor mir, und es sieht aus, als würden sie über die Kante einer hohen Felswand hinauslaufen, und ich weiß, ich muss sterben, aber ich kann nicht nach ihnen rufen. Meine Stimme ist weg. Ich verschwinde. Sie schlagen den Weg zurück zur Landspitze ein. Ich befehle meinen Beinen, ihnen zu folgen.

«Blödsinn», höre ich Garveys Stimme.

«Wenn ich's doch sage!»

Mein Bruder lacht, und einen Moment lang klingt er genau wie mein Vater. Er tippt ihr an die Stirn. «Was hast du da drin? Marshmallows?»

«Es stimmt wirklich. Mein Dad und ich sind oft im Dunkeln spazieren gegangen, und er hat mir alles über die Sterne erklärt.»

«Der Frittenbrater als verkappter Astronom?»

Sie haut ihn. Fest. Er lacht, dann haut er genauso fest zurück.

Ich kriege nicht richtig Luft. Mein Herz hört nicht auf zu rasen. Ich spüre gar keine Pause zwischen den einzelnen Schlägen mehr.

«Leck mich doch», sagt Heidi und rennt weg.

«Garvey», beginne ich. Ich will ihm sagen, dass er mich ins Krankenhaus bringen muss.

«Sie meint es nicht so», sagt er. «Sie kriegt nur manchmal einen kleinen Koller.»

Dass er mit mir redet, hat etwas Beruhigendes. «Sie ist nett», sage ich. Meine Stimme klingt komisch, wie aus einer Blechdose. Aber ich hoffe, dass er trotzdem weiterredet, und das tut er. Er erzählt mir, dass sie dieses Muttermal an der Hüfte hat, das ihn völlig wild macht, und dass sie küsst wie ein brünstiger Katzenwels.

Als wir beim Haus ankommen, ist sie nicht da. Garvey ruft nach ihr, und sie antwortet von weit weg. Schließlich finden wir sie: Sie sitzt vor Cousin Jeremys Haus im Gras.

«Alle diese Einfahrten sehen gleich aus», sagt sie.

Mein Bruder beugt sich vor, und sie zieht ihn zu sich herunter, und ich warte nicht ab, was danach kommt. Ich sage mir, dass ich wohl doch nicht sterbe, und laufe zurück zu meinen Großeltern.

Jeden Freitag fährt meine Mutter gleich morgens zu ihrem Anwalt nach Boston. Sie verbringt den Tag in der Stadt und isst dort zu Abend, und ich warte auf sie, bis ich auf dem Sofa einschlafe. Sie bringt mir jedes Mal etwas mit, ein Springseil, ein Päckchen Sammelkarten, ein Watergate-Malbuch, in dem irgendwelche Klempner vorkommen und ein Hippie, der in einem Parkhaus mit einem gesichtslosen Mann namens Deep Throat redet. Die übrige Zeit ist sie hier, bei mir. Sie sagt, ich darf einen Segelkurs machen, aber ich möchte gar nicht. Ich finde es schön, nur wir zwei. Wir sitzen in unserem Zimmer und hören die Musik, die ich mitgenommen habe – Helen Reddy, Cat Stevens, die Carpenters. Wir radeln zu dem Eisladen an der Hauptstraße. Ich bringe ihr Schnapsen bei, aber sie schafft es nie, mich zu schlagen. Sie trifft sich mit niemandem zum Mittagessen, organisiert keine Benefizveranstaltungen, besucht keine Kundgebung. Wenn sie etwas aus der Apotheke oder ein Geschenk für jemanden braucht oder zum Friseur geht, begleite ich sie, so wie ich meinen Vater immer überallhin begleitet habe. Sie erzählt mir Geschichten über ihre Verwandten, aus ihrer Kindheit, sie erzählt mir von Büchern, die sie gelesen, und von Theaterstücken, die sie gesehen hat. Ich höre alle möglichen Geschichten von ihr, die ich noch nicht kenne.

Als wir eines Tages mit Grindys Boot hinausrudern, zeigt sie auf ein rotes Bootshaus am anderen Ufer. «Da hab ich deinen Vater kennengelernt», sagt sie.

«Wo?»

«Das ist ein Tennisclub da drüben. Dein Vater hat bei einem Turnier mitgespielt. Ich habe ihn auf dem Platz gesehen und bin langsam am Zaun vorbeigegangen. Er war gerade beim Aufwärmen, er hat Aufschläge geübt. Und als er kam, um seine Bälle einzusammeln, hat er mich gefragt, ob ich mit ihm hinterher einen Eistee trinke.»

War das früher wirklich so? Dass ein Mann einfach kam und einen pflückte wie eine Blume? «Und du hast Ja gesagt?»

«Nein. Ich habe gesagt, ich hätte einen Friseurtermin. Also sind wir ins Kino gegangen, was sowieso besser als Eistee war.»

«Mochtest du ihn?»

«Natürlich. Natürlich mochte ich ihn.» Sie lässt die Ruder sinken. Sie schaut mich an, glaube ich, aber es ist schwer zu erkennen hinter der Sonnenbrille. Ihre Unterlippe faltet sich unter die Oberlippe, als ginge ihr erst jetzt auf, wie viel die Geschichte mit mir zu tun hat. «Er war sehr attraktiv, sehr lustig. Ich weiß gar nicht mehr, was wir sahen, aber mitten in dem Film stieg dieses Paar in ein Bett mit getrennten Matratzen, und dein Vater beugte sich zu mir herüber und sagte: ‹Wenn wir heiraten, haben wir natürlich ein französisches Bett.› Das gefiel mir unheimlich gut.» Sie schüttelt den Kopf. «Mehr braucht es fast nicht – bloß ein richtiger Satz im richtigen Moment. Man kann sich endlos lang festhalten an solchen Sätzen. Und den Rest mit der eigenen Phantasie auspolstern.»

Sie beginnt wieder zu rudern.

«Aber wann hat er dir den Heiratsantrag gemacht?»

«Am Ende des Sommers. Ich weiß nicht, warum es alles so schnell ging, aber so war das damals. Wir hatten es alle so eilig. Und dein Vater war ein Einzelkind. Er hatte gerade seinen Abschluss in Harvard gemacht, und ich glaube, er hatte Angst davor, allein zu leben.»

Nixons Rücktritt im August müssen wir oben in unserem Zimmer sehen, auf dem kleinen Küchenfernseher, den wir aus der Myrtle Street mitgebracht haben, weil mein Großvater von der ganzen Sache nichts wissen will.

«Guten Abend», sagt Nixon. Er trägt einen schwarzen Anzug mit schwarzer Krawatte. «Heute spreche ich zum siebenunddreißigsten Mal aus diesem Amtszimmer zu Ihnen, in dem so viele Entscheidungen gefällt wurden, die die Geschichte unserer Nation geprägt haben.»

Meine Mutter beschimpft Nixon normalerweise bei jedem seiner Fernsehauftritte, aber an diesem Abend sitzt sie stumm auf dem Bett. Sie lauscht konzentriert, die Lippe zwischen die Zähne geklemmt. Nixon hält seinen Stoß Papiere, liest vom obersten ab, legt es dann behutsam zur Seite und liest vom nächsten. Seine Hände scheinen nicht zu zittern. Seine Worte rauschen an mir vorbei: politischer Rückhalt, nationale Sicherheit, die Interessen Amerikas. Es klingt wie jede andere Ansprache auch. Er blickt immer nur ganz kurz in die Kamera, außer einmal, als er seine Blätter senkt und ohne abzulesen sagt: «Ich war nie ein Drückeberger.»

Nach langer Zeit wird seine Stimme langsamer, und ich weiß, dass er zum Ende kommt.

«Als Träger dieses Amtes fühle ich eine tiefe persönliche Verbundenheit mit jedem einzelnen Amerikaner. Und wenn ich nun aus dem

Amt scheide, tue ich es mit diesem Gebet: Möge Gottes Gnade an allen künftigen Tagen mit euch sein.» Damit schiebt er seine Seiten zusammen, und die Kameras werden abgeschaltet.

«Und einen Fußtritt kriegst du noch gratis dazu!», ruft meine Mutter und lässt sich in die Kissen fallen, erschöpft, tief befriedigt.

3

Ende August brechen wir vom Lake Chigham auf. Es ist wie unsere Ankunft im Rückwärtslauf, erst werden wir bei der Tür von Nonnie geküsst, dann zieht uns Grindy auf dem Gras neben dem vollgepackten Auto alle beide in seine Arme. Aber wir fahren nicht direkt nach Ashing. Wir fahren nach Boston, wo Garvey schon an der Park Street wartet und ich aussteige und meine Mutter allein weiterfährt. Sie wird mich in drei Tagen bei Garvey abholen. Er und ich gehen ein paar schmuddelige Treppen hinunter und nehmen die T-Line nach Somerville.

Garvey wohnt im Dachgeschoss eines Hauses, das seitlich von seinem Fundament gerutscht ist. Eine Ecke der Veranda hat sich in die Erde gegraben. Alles ist zerborsten – das Verandageländer, die Fenster. Sogar die Haustür hat einen Sprung von der Mitte aufwärts.

«Jetzt kommt das Beste, warte», sagt er, und er bleibt im dunklen Treppenaufgang stehen und atmet tief ein. «Riechst du das?»

Ich rieche eine Menge Gerüche, die alle ekelhaft sind. «Bist das du?»

Garvey lacht. «Nein. Das ist indisches Essen. Sie kocht jeden Mittag. Sie sieht auch umwerfend aus. Sie trägt diese» – sein Arm fährt schwungvoll das Bein entlang Richtung Boden –, «Tücher. Und dazu hat sie dieses sphinxhafte Lächeln im Gesicht.» Er schüttelt den Kopf und steigt die Stufen hinauf, ohne etwas zu den Leuten hinter der Tür im ersten Stock oder zu der Musik zu bemerken, die aus ihrer Wohnung dröhnt. Je höher wir kommen, desto drückender wird es. Ganz oben ist es sehr hell – die Sonne strömt zu zwei großen Fenstern herein – und brüllend heiß. Er stößt eine Tür auf, die keinerlei Griff hat.

«Da sind wir. Meine Bude.»

Es riecht nach Essig und nassen schmutzigen Socken. Der Boden ist aus Linoleum, nicht nur in der Küche, sondern in der ganzen Wohnung, und meine Turnschuhe bleiben kleben, als ob ich an beiden Sohlen Kaugummi hätte.

«Da. Bring dein Zeug in mein Zimmer.»

Von dem kurzen Flur gehen drei Zimmer ab. «Deena», sagt er und deutet in ein ordentliches blaues Zimmer mit lindgrüner Tagesdecke und Bändern an der Wand, an denen Hunderte von Ohrringen hängen, solche langen, baumelnden, wie meine Mutter sie mir noch nicht erlaubt. «Heidi» – ihr Zimmer ist nur ein Haufen Kleider ohne Bett – «und meins.» Garveys Zimmer besteht nur aus Bett, zwei breite, aneinandergeschobene Matratzen. «Unsere Spielwiese», sagt er. «Ich pack die eine wieder rüber zu Heidi, dann hast du hier deine Ruhe.»

«Wissen Mom und Dad, dass ihr zusammenwohnt?» Ich habe meinen Vater oft genug über Garveys Generation wettern hören, um zu wissen, dass er dafür absolut kein Verständnis hätte.

Garvey reißt die Augen auf und schlägt sich in gespieltem Entsetzen die Hände vor den Mund. «Oh, bitte, bitte, verrat mich nicht! Was sollen ‹Mom und Dad› sonst von mir denken?»

«Sie sind nicht tot. Sie lassen sich nur scheiden.»

«Ups, danke für die Klarstellung.»

«Es sind immer noch deine Eltern.»

«Meine Erzeuger vielleicht, aber meine Eltern ganz bestimmt nicht. Unter *Eltern* stelle ich mir was ein *klein* bisschen Greifbareres vor.» Er fängt an, die eine Matratze zur Tür zu schleifen. «Außerdem kriegen sie zurzeit beide deutlich mehr ab als ich.»

«Wovon?»

Er lässt die Matratze auf den Boden rutschen und tätschelt mir den Kopf. «Du kleiner Unschuldsengel. Du musst noch so viel lernen.»

In der Ecke steht ein Ventilator. Ich kauere mich davor und halte mein Gesicht in den Luftstrom. Mein Schweiß kühlt ab und trocknet dann.

Garvey hat sich auf die Matratze plumpsen lassen. «Ich wundere mich eh, dass du Mom für ihr Tête-à-Tête mit ihrem Galan freigegeben hast.»

Was er da sagt, macht mir ein komisches Gefühl. «Kannst du auch so reden, dass man dich versteht?»

«Du lässt Mom mit ihrem Macker wegfahren.»

«Sie ist bloß bei Sylvie. Da war ich auch schon.»

«Sie ist bei Sylvie. Aber Sylvie ist in Frankreich. Und deshalb bekommt Mom dort Besuch von einem Typen namens Martin. Du hast die Intelligenz nicht gerade gepachtet, oder?»

Tränen schießen mir in die Augen, und der Ventilator bläst sie mir über die Schläfen. *Sag Sylvie schöne Grüße von mir*, habe ich vorhin im Auto noch gesagt, als sie mich abgesetzt hat. Und sie: *Mach ich.*

«Wusstest du das ernsthaft nicht?»

Ich schüttle den Kopf. Als meine Stimme mir wieder gehorcht, sage ich: «Ist er aus Ashing?»

Mein Bruder lacht, laut, weil er auf dem Rücken liegt und weil ihm meine Begriffsstutzigkeit solchen Spaß macht. «Mensch, Daley, träum weiter. Was will sie denn mit den aufgewärmten Kadavern in diesem Kaff?»

«Aber da wohnen wir. Wir ziehen am Montag wieder hin. Ich komme in die sechste Klasse. Mom hat uns eine Wohnung in der Water Street gemietet.» Ich sage das alles, um mich zu vergewissern, dass es noch stimmt.

«Ich weiß. Und zwar deinetwegen. Das macht sie alles nur für dich. Für Mom ist dieses Nest längst zu klein geworden.»

«Und wer ist Martin?» Ich kann kaum die Lippen bewegen. Ich hatte vergessen, wie sehr mein Bruder mich quälen kann, wenn er es darauf anlegt.

«Keine Ahnung. Ich dachte, *du* würdest mir das sagen.»

Wenn meine Mutter darüber gelogen hat, mit wem sie zusammen ist, dann hat sie vielleicht auch darüber gelogen, wo sie hinfährt. Die Vorstellung, ein ganzes Wochenende im Dunkeln zu tappen, macht mich leicht schwindlig.

Wenigstens kann ich mir sicher sein, wo mein Vater ist. Freitag-
abend um halb sechs sitzt er mit seinem zweiten Martini im Fernsehzimmer. Er sieht die Lokalnachrichten und denkt dabei an den Pool,
daran, wie er ihn morgen früh reinigen und den Chlorgehalt testen
wird. Die Hunde sind frisch gefüttert, sie traben durch den Garten
und suchen nach geeigneten Plätzen für ihr Geschäft. Scratch wird
inzwischen stubenrein sein, aber wenn er das Bein an Moms Rosen-
sträuchern hebt, dann wird mein Vater aufspringen und ihn anschreien.

«Warst du mal bei Dad?»

«Jep, letztes Wochenende. Keine gute Idee.»

«Wieso?»

Mein Bruder deckt die Hand über die Augen und stöhnt. «Ich
glaube, das sag ich dir besser nicht.»

«Was ist mit Dad? Was fehlt ihm?» Aus irgendeinem Grund sehe
ich ihn vor mir, wie er auf dem Küchenboden liegt und nicht aufstehen kann. Ich sehe es, als wäre ich dort. Ich stehe selber auf, wie um
zu ihm zu laufen.

«Gar nichts fehlt ihm, Daley. Setz dich.» Er sagt es wie ein Klassen-
lehrer. «Er hat nur ein Verhältnis mit ...» Er schaut mich an, unschlüssig, ob er mir die Wahrheit zumuten kann. Aber ich kenne sie
ja schon.

«Mit Patricks Mutter.»

«Na, schau, du bist ja doch nicht so doof, wie du aussiehst.»

*Mr Amory und ich waren bei Payson's. Mr Amory und ich haben
den Pool sauber gemacht.* Ich habe den ganzen Sommer davon berichtet bekommen.

Um sechs gehen wir zu der Eisdiele, in der Heidi arbeitet. Nach der
Gluthitze in der Wohnung ist es im Freien beinahe angenehm; Heidis
Brigham's-Filiale fühlt sich an wie ein Kühlschrank. Heidi bedient gerade einen Jungen und seine Großmutter. Sie lächelt flüchtig und
dreht sich dann weg, um die Eisbecher für die beiden fertig zu ma-

chen. Ihre blaue Schürze ist locker gebunden, das Haar hängt ihr in einem zerfransten Zopf über den Rücken. Sie schiebt ihren Kunden die hohen Gläser und zwei Strohhalme hin und kassiert ab, ohne ein Wort mit ihnen zu wechseln. Ihr Gesicht ist feucht, trotz der Klimaanlage. Sie sieht anders aus als in meiner Erinnerung, trüber irgendwie.

«Hallo», sagt sie zu mir, aber sie freut sich nicht über das Wiedersehen mit mir, und mit Garvey auch nicht. Ihre Augen sind von einem viel matteren Grün, als ich es im Gedächtnis habe. «Hat alles geklappt?»

Garvey und ich teilen uns an einem Ecktisch einen Himbeer-Shake, bis ihre Schicht um ist. Draußen empfängt uns wieder die Hitze, und der Gehsteig wimmelt von Menschen, die aus den U-Bahn-Eingängen geströmt kommen oder auf die U-Bahn-Eingänge zueilen. Nach meinem Sommer im Wald ist mir so viel Gedränge unheimlich. Ich halte mich dicht an meinen Bruder, der uns zu einem griechischen Imbiss führt.

«Hier war ich ja schon seit gestern nicht mehr», murmelt Heidi.

«Tja, das Dolce Vita kann ich mir leider nicht leisten», sagt Garvey und zeigt auf ein schickes Lokal ein Stück weiter.

«Du würdest das *dolce vita* nicht erkennen, selbst wenn du drüberstolperst.» Sie lächelt, aber mein Bruder lächelt nicht.

In dem Imbiss ist es heiß und muffig, kein Wunder, dass Heidi nicht gern herkommt. Wir quetschen uns in eine Ecke. Mein Bruder bestellt mir ein Falafel-Sandwich, das wie Sägespäne mit Zwiebeln schmeckt. Er selber isst einen großen Teller geschnetzeltes Fleisch, und Heidi fragt mich, ob mir schon mal aufgefallen ist, dass er kaut wie eine wiederkäuende Kuh. Mein Bruder sagt ihr, sie hätte eben bei Graham bleiben sollen, und ihre Augen färben sich rosa. Sie tupft die Tränen mit dem Daumen weg. Sie trinken etwas, das Ouzo heißt, und es macht sie beide nur noch feindseliger.

In der Nacht fühlt sich die Wohnung meines Bruders an wie ein Backofen, die geballte Hitze der Stadt scheint heraufzusteigen und sich hier zu sammeln. Ich liege im Dunkeln auf meiner Matratze, und meine Haut spannt wie eine Wurstpelle im kochenden Wasser. Sie haben den Ventilator mit zu sich rübergenommen. Die Luft steht, trotz der drei offenen Fenster. Ich vermisse das Wasser mit seiner kühlen Brise. Weder in Ashing noch am Lake Chigham wird es jemals so heiß. Scheinwerfer und Bremslichter streichen die Zimmerdecke entlang. Mir ist, als würden die Autos und Menschen da unten immer noch mehr Hitze hochsenden. Eine Sirene heult, heißer Wind pustet mich an. Ich träume, dass ich Heidis Zopf neu flechte, immer wieder von vorn. Ich kriege ihn nicht straff genug. Eine zuklappende Tür weckt mich.

Durchs Fenster sehe ich meinen Bruder und Heidi weggehen. Sie gehen mit Abstand zwischen sich. Garvey hat mir gestern Abend gesagt, dass sie gleich morgens etwas erledigen müssen und gegen zehn zurück sind. Ich bleibe so lange im Zimmer, wie ich nur kann, aber der Hunger und meine volle Blase treiben mich hinaus. Das Bad ist bei Tageslicht noch versiffter. Ich pinkle im Stehen, wie meine Mutter es mir gezeigt hat. In der Küche finde ich Cornflakes und Milch, und als ich mich mit meiner großen Schüssel gerade auf die Couch setze, geht Deenas Tür auf, und ein nackter Mann kommt heraus. Er ist sehr haarig.

«Morgen», sagt er, angelt sich seine Jeans und das T-Shirt, die neben mir auf der Couch liegen, und spaziert, immer noch nackt, zu der schwingenden, grifflosen Wohnungstür hinaus. Ich höre, wie er sich auf dem Treppenabsatz anzieht und dann auf nackten, klebenden Sohlen die Stufen hinunterschmatzt.

Die Hitze hat eine Spur nachgelassen; ein Luftzug, ein fühlbarer Luftzug, streicht zu den Fenstern herein.

Deenas Tür öffnet sich wieder. «Scheiße. Ist er weg?»

«Ja», sage ich.

«Mist.» Sie schaut auf die Brille, die sie in der Hand hält. «Mist.»

Sie wirft sie aus dem Fenster. Dann reckt sie die langen Arme zur Decke hoch, biegt sich hin und her. Auch sie ist nackt, und ihre Brüste sind riesig, dreimal so groß wie die von meiner Mutter. Sie ist sehr dünn, sodass der Busen kaum Platz an ihrem Brustkorb hat; die Brustwarzen zeigen fast nach innen. Um die Taille ist sie ganz schmal und in den Hüften breit, und die Schenkel darunter sind dick und stark. Ihr Körper fasziniert mich, er ist fraulich auf eine Art, wie ich es weder von meiner Mutter noch von meinen Tanten am Lake Chigham kenne.

«Ich zieh mir nur schnell was über», sagt sie, als sie meinen Blick sieht. Sie kommt in einem kurzen, glänzenden Morgenrock wieder heraus, der ihr kaum über die Pobacken reicht.

«Eure Eltern lassen sich also scheiden», sagt sie und setzt sich dahin, wo der Mann seine Sachen hatte.

«Hmm.»

«Wie fühlst du dich damit?»

Wie fühle ich mich damit? Die Frage scheppert in mir nach. Ich zucke die Achseln.

«War es sehr schlimm mit dem ganzen Gestreite?»

«Sie haben nicht gestritten. Sie haben überhaupt nicht besonders viel miteinander geredet.»

Sie lacht. «Dann müsst du und Garvey aber unterschiedliche Eltern haben.»

«Nein», sage ich schnell, bevor ich kapiere, was sie meint.

«Hat er dir erzählt, wo sie jetzt gerade sind?»

«Nein», sage ich wieder.

Nachdenklich stülpt sie die dicken Lippen vor und zurück. Wenn ich sie fragen würde, dann würde sie es mir sicher sagen, aber sie kommt mir gefährlich vor, voller Geheimnisse, die ich nicht wissen will.

«Dein Bruder ist ein total kaputter Typ, das ist dir schon klar, oder?»

Mein Herz klopft plötzlich rasend schnell, so wie bei dem Tote-Sterne-Gefühl neulich. Ich stelle meine Schüssel in die Spüle und gehe zurück in Garveys Zimmer. Ich sperre die Tür ab. Als ich aus dem Fenster schaue, stehen sie unten vor dem Haus, beide reglos. Heidi hat die Stirn an seine Brust gelehnt, und er hält sie ungeschickt umschlungen. Ohne seine Arme, denkt man, würde sie einfach auf dem Boden zusammenklappen.

Eine halbe Stunde später kommen sie herauf. Ich warte darauf, dass Garvey kommt und nach mir schaut, aber er kommt nicht. Ich höre sie in Heidis Zimmer herumräumen, dann pfeift ein Kessel, und mein Bruder ruft über den Gang: «Mit Milch und Honig?», und sie sagt: «Ja, bitte», mit einer leisen, schartigen Stimme, als hätte sie sie heute noch gar nicht benutzt, oder als hätte sie sie viel zu viel benutzt.

Sie scheinen dort bleiben zu wollen, auf der anderen Seite der Wand. Sie reden leise und mit Pausen, ruhig: kleine Wellen, die gegen einen Bootskiel schlagen. Dann höre ich etwas Schreckliches, eine Art Winseln oder Aufjaulen wie von einem wilden Tier im Wald, ob Frauen- oder Männerstimme, kann ich nicht sagen, nur, dass es aus dem Zimmer nebenan kommt. Danach wird es still.

Auf dem Boden liegt ein dünnes Taschenbuch mit dem Titel *Die Brust*. «Es begann merkwürdig», beginnt es. «Aber, wie auch immer der Beginn war, hätte es anders beginnen können?» Ich lese ein paar Kapitel. Ein ganz normaler Mann ist in eine riesige, hundertvierzig Pfund schwere Brust verwandelt worden. Sein Penis verwandelt sich als Erstes, in die Warze. So ein Buch kann nur Garvey haben. Als es mir zu blöd wird, versuche ich zu spionieren, aber ich finde nichts, kein geheimes Tagebuch, keine in seinen Schubladen versteckten Papierschnipsel. Ich bin wütend auf ihn, dass er mich so vergisst, und würde gern irgendwas Fürchterliches über ihn herausfinden, das ich ihm an den Kopf werfen kann.

Als er endlich doch reinkommt, lässt er sich vornüber auf die Matratze kippen und liegt dann lange so da, ohne sich zu rühren. Sein abgetragenes Flanellhemd ist hochgerutscht, und ich sehe die blasse Haut an seinem mageren Rücken und ein paar dunkle Härchen unten am Steiß. Sein Hintern ist so flach wie der von meinem Vater, die Jeans am Gesäß regelrecht schwarz vor Dreck. Ich merke genau, dass er nicht schläft, sein Atem geht laut, aber ungleichmäßig, als ob Worte mitflattern würden, die ich nicht hören kann. Er hat mich angeschaut, als er reinkam, aber ich bin mir nicht mehr sicher, dass er mich gesehen hat. Schließlich wälzt er sich auf den Rücken und richtet seinen unsteten Blick auf mich, stößt noch einen von diesen lauten, flattrigen Atemzügen aus und sagt: «Versprich mir, Daley, egal, was du tust, lass bloß keinen Kerl an dich ran. Nie. Nicht, bis du dreißig bist. Oder vierzig.»

Neal fällt mir ein, den ich in nicht ganz zwei Wochen wiedersehen werde, Neal, der mir nie zurückgeschrieben hat.

«Bitte. Bitte hör auf mich. Die tun dir nur weh. Verlieb dich nicht. Lass keinen an dich ran, bevor du nicht genau weißt, wer du bist und was du willst.»

«Okay», sage ich leise, damit er mich nicht mehr so ansieht.

Stattdessen schaut er zur Decke hoch und fängt zu weinen an. Ich habe meinen Bruder noch nie weinen sehen. Er kann es nicht richtig, er weint krampfartig, mit verzogenem Mund und Händen, die vor seinem Gesicht herumfuchteln, als wüssten sie nicht, wohin mit sich. Ich erkenne meinen eigenen Bruder kaum wieder und lege die Finger an seine Arminnenseite, um mich zu vergewissern, dass das hier Garvey ist, da packt er mich plötzlich, reißt mich an seine Brust und hält mich dort fest, dass mein Kopf zu seinen Schluchzern auf und ab hüpft. Dann, ebenso plötzlich, ist es vorbei, «Scheiße», sagt er, schiebt mich von sich weg und geht raus.

Drüben in Heidis Zimmer reden sie erst ruhig, aber schon bald fängt mein Bruder an, sie anzuschreien. Und sie schreit zurück, aber dann wird daraus etwas, das kein Schreien ist. Es ist ein Geräusch ohne Worte, ein bisschen wie das entsetzliche Aufjaulen von vorhin, nur dass es nicht aufhört, es ist ein lang gezogenes, kehliges Heulen, das andauert und andauert, und auch in mir will sich etwas zusammenballen, ein Geheul tief in meinem Bauch, ein paar Sekunden fürchte ich schon, dass die Laute aus *mir* herauskommen, so hohl und flau fühlt mein Magen sich an.

Schließlich wird es still, und ich lege mich aufs Bett und schlafe ein. Als ich aufwache, ist es dunkel draußen, vor den Fenstern hängt ein blassgrüner Dunst. Ich höre Stimmen aus dem Wohnzimmer und folge ihnen. Mein Bruder und Heidi sitzen sich auf der Couch gegenüber und essen Nudeln aus blauen Schalen.

Er sagt etwas, und sie kichert, und dann sehen sie beide mich an.

«Topf steht auf dem Herd», sagt Garvey.

«Warte, ich schaue, ob wir noch Milch haben.»

«Wozu denn Milch? Sie trinkt keine Milch zum Essen. Sie ist nicht vier.»

«Kinder brauchen Milch für ihre Knochen.»

«Ja, kleine Mama.»

«Keine mehr da», sagt Heidi mit dürrer Stimme und knallt die Kühlschranktür zu. Als sie mit ihrer Schale zur Couch zurückkommt, setzt sie sich weiter von meinem Bruder weg.

«'tschuldige», höre ich ihn hinter mir flüstern, als ich mir zu essen nehme. «Ich bin so ein Idiot.»

Ich setze mich in einen Schaumstoffsessel.

«Tja, Heidi war ja am Wochenende mit mir dort.»

«Bei Dad?»

«Sie hat das volle Programm mitgekriegt. ‹Patrick! Wo ist der beknackte Köter schon wieder?›» Mein Bruder ist genial darin, meinen Vater nachzumachen, er trifft genau diesen Ton, diesen heiseren, kratzigen, stinksauren Ton. «‹Verdammt, das Vieh ist ausgebüxt. Habt ihr Kinder keine Augen im Kopf, oder wie?›»

«‹Hat er wieder mal in den Pool gepisst?›», fällt Heidi ein, aber bei ihr klingt es völlig unecht.

«‹Nein, auf meine Tennissachen gekackt hat er! Verdammt, da kommt ein Golfball aus seinem Arsch!›»

Heidi bricht in quiekendes Gelächter aus. Wahrscheinlich reden sie schon die ganze Woche so.

«Mom hat einen neuen Namen», sagt Garvey.

«Wie?»

«Sie heißt nicht mehr Mom oder Meredith, sondern Drecksschlampe. Stell dich besser schon mal drauf ein. ‹Weißt du, was diese Drecksschlampe sich geleistet hat?›» Es ist irr, wie seine ganze Körperhaltung plötzlich der von meinem Vater gleicht. «‹Den Familienschmuck gestohlen hat sie!› Wusstest du das eigentlich?»

Ich habe keine Ahnung, wovon er redet.

«Ich glaube, ich muss mich hinlegen», sagt Heidi.

«Warte.» Mein Bruder nimmt ihr die Schale ab und stellt sie neben die Spüle, dann kommt er und hilft ihr hoch.

«Das kann ich schon selber», sagt sie, aber sie lässt ihm ihren Arm. Sie beugt sich noch einmal zu mir herunter und gibt mir einen Kuss auf die Stirn, genau so einen Gutenachtkuss wie mein Großvater immer. Sie riecht gut, und ich hoffe, dass mein Bruder sie heiratet, wie er gesagt hat. Über die Schulter rufen sie mir «Schlaf schön» zu und verschwinden Arm in Arm in ihrem Zimmer.

Ich wasche unsere Schalen ab. In der Ecke steht ein Fernseher, aber ich schalte ihn lieber nicht an, damit nicht wieder Deena herauskommt und mit mir redet. Stattdessen gehe ich zurück in Garveys Zimmer, lese noch ein bisschen über den Mann, der eine Brust ist, und schlafe ein.

Ich habe vergessen, aufs Klo zu gehen, deshalb wache ich mitten in der Nacht auf. Als ich leise meine Tür öffne und über den klebrigen Flur tappe, höre ich im Geist wieder meinen Bruder, wie er meinen Vater nachmacht. *Habt ihr Kinder keine Augen im Kopf, oder wie?* Ich sehe diesen Fünfundzwanzig-Dollar-Mischling vor mir, sein borstiges Fell, das lange, hässliche Gesicht. *Ihr Kinder. Ihr Kinder.* Und damit meint er nicht mehr mich oder meinen Bruder.

Ich spüle nicht und wasche mir auch nicht die Hände, um niemanden aufzuwecken, aber auf dem Weg zurück schaue ich den Flur entlang und sehe, dass doch noch jemand auf ist. Garvey. Ich sehe den schmalen Umriss seines Rückens. Er bewegt sich – streckt sich oder kratzt sich –, den Kopf schräg gelegt. Lieber möchte ich ins Bett zurück, aber irgendwie spüre ich, dass er mich braucht, dass er Gesellschaft braucht.

«Hey», flüstere ich, als ich näher herankomme, aber er hört mich nicht.

Noch ein paar Schritte, und die Szene springt um, statt des einsamen Garvey, der sich den Rücken kratzt, ist da etwas völlig anderes. Die Hand auf seinem Rücken gehört nicht ihm, und es ist keine Hand, sondern ein Fuß und ein Schienbein. Es sind zwei Körper, ineinander verschlungen, die sich im Gleichtakt bewegen, sich küssen, sich krümmen, alles vollkommen lautlos. Und dann drehen sie sich, Garvey hat sie huckepack, aber huckepack vorwärts, mit leicht einknickenden Beinen trägt er sie zur Couch, und sie hat die Beine um seine Hüften gehakt, zwei nackte Körper, die sich aneinander scheuern, die zusammen in die Kissen fallen, ihre riesigen Brüste platschen zur Seite, und Garvey grapscht danach, schnappt mit dem Mund nach ihnen, während sein Hintern vor und zurück stößt, und sie hat beide Hände zwischen den Beinen, und ihr Gesicht, Deenas Gesicht, ist zu einem stummen Schrei verzerrt.

4

Am Montag holt meine Mutter mich ab, und wir fahren ohne Umweg nach Ashing. Es kommt mir vor, als wäre ich Jahre weg gewesen. Wir fahren an der Christbaumplantage vorbei, an dem Gasthaus Ecke Baker Street, der Citgo-Tankstelle, aber danach biegt meine Mutter, anstatt durch die Stadt durch und dann den Berg hoch zu fahren, rechts in die Water Street ein und gleich darauf links auf einen Parkplatz. Das Haus sieht wie ein kleines Motel aus, beige mit weißen Fenstereinfassungen, drei Wohnungen oben, drei unten. Meine Mutter klopft mir aufs Bein. «Wir sind da.»

Unsere Wohnung ist die mittlere im Erdgeschoss. An der Tür steht eine große 2, und meine Mutter schließt mit einem Schlüssel auf, den sie schon in der kleinen Lampe über dem Klingelknopf versteckt hat.

«Wir wollen ja wohl beide keinen Schlüssel mit uns herumschleppen», sagt sie. Für unser altes Haus haben wir nie einen Schlüssel gebraucht, ich weiß gar nicht, ob die Türen überhaupt Schlösser haben.

Die Möbel sind schon aufgestellt, all die Stühle und Sofas und Betten aus der Myrtle Street. Ich setze mich auf das Sofa mit den gelben Blümchen, das immer im Fernsehzimmer stand. Sitzt mein Vater jetzt auf dem Boden?

«Komm, ich zeig dir dein Zimmer.»

Ich folge ihr den langen Flur entlang. Mein Zimmer ist klein und dunkel. Durch das Fenster schaue ich direkt auf unser Auto in seiner Parkbucht. Aber meine beiden Betten mit ihren weißen Tagesdecken stehen da, und obendrauf sitzen meine sämtlichen Stofftiere. Im Juni habe ich sie einzupacken vergessen, und jetzt kommen sie mir fremd und dumm vor mit ihren runden Bäuchen und dem aufgenähten Grinsen.

«Und? Gefällt's dir?»

«Ja.» Ich hasse es jetzt schon. «Kann ich deins sehen?»

Ihres ist am Ende des Flurs, so groß wie das Wohnzimmer, mit Flügeltüren, die auf eine Terrasse hinausführen, und dem Himmelbett, das sie aus dem Gästezimmer mitgenommen hat. Seit ich klein war, bettle ich darum, dieses Bett zu bekommen.

«Es fehlen natürlich noch ein paar Bilder, und Pflanzen müssen wir auch kaufen, aber das wird schon», sagt sie. «Und es ist doch auch praktisch, in der Stadt zu wohnen. Jetzt kannst du dich jederzeit mit deinen Freunden treffen.»

Ich nicke.

«Weiß Dad, dass wir zurück sind?»

«Ich habe keine Ahnung», sagt sie.

«Kann ich hinfahren?»

«Jetzt?» Sie schaut auf ihre Uhr. Es ist erst halb drei.

Ich hole mein Rad aus dem Auto und hänge die Räder wieder ein.

Es ist Labor Day, und die Straßen sind verstopft von Autos und Fußgängern, die mit dem Zug aus Boston gekommen sind und jetzt zum Strand pilgern. Ein paar Kinder in meinem Alter lungern auf der Treppe von Bruce's Resterampe herum. Zwei oder drei kenne ich vom Sehen, aber ich weiß von keinem den Namen. Ich war immer nur auf der Privatschule und kenne in Ashing nur die Kinder, die auch dorthin gehen.

«Bonzentusse», sagt ein Junge, als ich vorbeiradle. Wenn sie so etwas sagen, weiß ich nie, ob es deshalb ist, weil sie mich persönlich kennen, oder nur, weil ich auf eine andere Schule als sie gehe.

Ich wohne jetzt in den Water Street Apartments!, möchte ich ihnen zurufen. Meine Mutter sucht eine Stelle, und sie hat Angst, dass mein Vater ihr keinen Unterhalt für mich zahlt!

Da ist der Strickladen. Kein orangefarbener Pinto. Ich halte den ganzen Weg über nach Neal Ausschau. Wenn ich bei Dad angekommen bin, rufe ich Patrick an, damit er mir alles erzählt, was im Sommer passiert ist. Mallory ist noch bis Mittwoch bei ihrer Tante auf Cape Cod.

Ich strample den Hügel hinauf, biege bei der blinkenden Ampel nach links in die Myrtle Street und bleibe vor dem stuckverzierten Haus mit dem Halbrondell davor stehen wie ein Tourist. Die Vorderseite unseres Hauses ist nichts als Fassade. Nur der Postbote benutzt diesen Aufgang mit seinen hübschen weißen Steinplatten, von denen eine Schiefertreppe zwischen Rhododendren hinauf zu der breiten Terrasse zickzackt. Dahinter kommt Dads Fernsehzimmer, aber tagsüber sitzt er dort nur, wenn es regnet. Als ich in der zweiten Klasse war, hat mich eine Mutter, die nicht Bescheid wusste, nach einer Geburtstagsfeier einmal hier vorn rausgelassen. Nachdem ich endlich alle Stufen hochgestiegen war, stand da ein streunender Hund, der aus dem Untersetzer eines Blumenkübels Regenwasser trank. Er sprang mich sofort an – stieß mich um und ratschte mir mit seinen Zähnen beide Arme und das linke Ohr auf. Ich schrie wie am Spieß, aber niemand hörte mich, bis mir schließlich die Tüte mit den Geleebonbons einfiel, die ich noch in der Jackentasche hatte. Ich warf sie die Stufen hinunter, der Hund hinterher, und ich floh ins Haus. Die Narben auf meinen Armen sind bis heute nicht ganz weg. Die Vorderseite dieses Hauses ist nur Fassade; alles Leben spielt sich auf der Rückseite ab. Vom Pool dringt lautes Rufen.

Ich fahre bis zum Ende der Myrtle Street und die schotterbedeckte Hintereinfahrt hoch, durch das kleine Waldstück, wo sich im Winter manchmal das Wasser sammelt und gefriert, sodass man zwischen den Bäumen schlittschuhlaufen kann. Da vorn wartet das Poolhaus mit seinen summenden Maschinen. Daheim. Endlich bin ich daheim.

Aus dem flachen Ende des Beckens erhebt sich, mit wasserströmendem Bikinihöschen, Mrs Tabor.

Patrick schneidet das Gras um die kleinen Pilzlämpchen. Er sieht mich als Erster. Die Schere fällt ihm aus der Hand.

«Daley», sagt er.

«Daley?» Seine Mutter lacht, als ob das ein alter Witz zwischen ihnen ist. Und dann sieht sie mich und sagt: «O mein Gott.»

Ein bisschen fühle ich mich, als käme ich von den Toten zurück, wie Tom Sawyer und Huck Finn, die bei ihrer eigenen Beerdigung aufkreuzen. Nur Frank, Patricks großer Bruder, ignoriert mich, taucht mit einem Hechtsprung ins Wasser und gleitet über den Boden des Pools wie ein Rochen.

«Zuckermäuschen, seit wann seid ihr wieder da?», sagt Mrs Tabor und zieht sich eilig ein Frotteekleid über den Kopf, bevor sie zu mir herüberkommt.

«Seit heute.»

Sie umarmt mich. Sie ist ganz kalt vom Pool, aus ihren Haaren tropft Wasser auf meinen Hals. Ihr schwarzes Haar ist nass auch nicht glatter als trocken und zipfelt fast bis hinunter zum Po. Normalerweise hat sie blasse Haut, aber jetzt ist sie kupferbraun. Sie muss sehr oft an meinem Pool gelegen haben diesen Sommer.

«Hm», sagt sie und schaut die Einfahrt entlang und dann zum Haus. Ich warte darauf, dass sie mich auszufragen beginnt – wenn ich Patrick besuche, überhäuft sie mich jedes Mal mit Fragen. «Das wird deinem Dad sehr leidtun, dass er dich verpasst hat.»

«Wo ist er denn?»

«Radio Shack. Er wollte zu Radio Shack, oder?», fragt sie Patrick, der nickt. «Kannst du vielleicht später wiederkommen?»

Es ist etwas Seltsames an der Art, wie sie dasteht, ich habe das Gefühl, wenn ich auch nur einen Schritt Richtung Haus mache, wirft sie sich mir in den Weg. Ich spähe zur Garage hinüber, aber sein Auto ist weg.

«Hey.» Patrick boxt mich an den Arm. «Ich zeig dir, was wir für den Pool gekauft haben.»

Seine Mutter macht den Mund auf, sagt aber nichts. Ich folge Patrick ins Poolhaus. Es ist fast unverändert, bis auf ein paar von den Handtüchern, die an den Haken hängen. Patrick führt mich zu einem neuen Schränkchen neben der Bar und lässt mich die Tür öffnen. Darin ist eine Stereoanlage mit Plattenspieler, Kassettenrekorder und Radio. Er drückt auf EIN, und drinnen und draußen plärrt Musik los. Er deutet auf ein paar gelbe Lautsprecher in den Bäumen neben dem

Pool. «Wasserfest», sagt er. «Für Regen. Ach, und das muss ich dir auch noch zeigen. Das ist so was von cool.»

«Bleibt draußen in der Sonne. Nicht reingehen», ruft Mrs Tabor, als wir auf dem Weg zum Haus an ihrem Liegestuhl vorbeikommen. «Patrick, hörst du nicht?» Aber Patrick kümmert sich nicht um sie, und bis wir die Treppe erreicht haben, hat sie sich wieder hingelegt.

Der Küchentisch ist weg. Das einzige Möbelstück hier drin ist jetzt ein roter Ledersessel, den ich noch nie gesehen habe. Den Tisch haben sie in den Anrichteraum gerückt und ein orange-braun gemustertes Tischtuch darübergelegt, keins von unseren. Im Wohnzimmer stehen zwei neue Lampen (die blau-weißen chinesischen hat meine Mutter genommen) mit schwarzem Fuß und silbernen Schirmen mit einem ädrigen grünen Reliefmuster darauf. Im Fernsehzimmer ist das gelbe Blümchensofa mit den dazu passenden Stühlen durch zwei himmelblaue Kippsessel ersetzt worden. Aus einem Plexiglasfoto auf dem Kaminsims schauen zwei fremde alte Leute.

Patrick geht mit besitzergreifenden Schritten die Treppe hinauf und ins Schlafzimmer meiner Eltern. Selbes Bett, keine Kommode, neuer Sessel mit Fußteil. Seltsame geometrische Bezüge auf dem ungemachten Bett. Patrick setzt sich auf die Seite von meinem Vater und zieht die schmale Nachttischschublade auf, aus der er ein Ding aus schwarzem Plastik holt; wie ein kleines Ei mit abgesägter Kuppe sieht es aus, und da, wo die Kuppe fehlt, ist ein hellroter Knopf. Von der Unterseite führt ein Kabel weg.

«Wenn du da draufdrückst, kommt die Polizei.»

«Was?»

«Notfallknopf heißt das. Gardiner – ich meine, dein Dad – hat eine Alarmanlage einbauen lassen. Unten ist ein Kasten, da schaltest du die Anlage ein, wenn du weggehst, und wenn jemand ins Haus einzudringen versucht, völlig egal, wo, geht auf dem Polizeirevier in der Stadt ein Alarm los, und dann müssen sie in zwei Minuten hier sein, sonst werden sie gefeuert. Cool, oder?» Er sitzt auf einem Bademantel aus goldenem Kunstsamt.

In der Schublade mit dem Notfallknopf liegen mehrere alte Armbanduhren, Quittungen, weiße Golf-Tees, ein einzelner Manschettenknopf und ein silberner Füller, den meine Mutter ihm zum vierzigsten Geburtstag geschenkt hat. Mit dieser Schublade habe ich früher an den Wochenenden gespielt, während mein Vater Mittagsschlaf machte und in dem Fernseher am Ende des Betts Baseball lief. Er schlief so tief, dass ich ihm die Golf-Tees durch die Haarkringel auf seiner Brust fädeln konnte, ohne ihn zu wecken. Manchmal bin ich auch neben ihm eingeschlafen. Die Schublade, diese ganze Zimmerhälfte, riecht nach ihm, ein feuchter, aromatischer Geruch.

Zwei Sachen in der Schublade sind neu: eine Tube, auf der Gleitgel steht, und der Zettel, den ihm meine Mutter am 25. Juni auf den Küchentisch gelegt hat. Er ist zerknüllt und ganz hinten, aber ich erkenne ihn trotzdem. Wenn ich allein wäre, würde ich ihn herausholen und lesen, aber ich will nicht, dass Patrick von ihm weiß, wobei er das wahrscheinlich längst tut.

Ich stehe auf und gehe zu meinem Zimmer. Die Tür ist zu. Patrick zischelt etwas, aber er ist nicht nah genug, und irgendwie mag ich von ihm gerade nichts hören. Ich öffne die Tür. Meine beiden Betten sind gegen ein fremdes Doppelbett vertauscht worden, und in dem Bett liegt ein kleines Mädchen. Komisch, Patricks kleine Schwester hatte ich völlig vergessen. Sie liegt fest schlafend auf der Seite, beide Fäuste unters Kinn geschoben. Über ihrem Ohr steht ein kurzes Rattenschwänzchen hoch.

«Wenn sie aufwacht, bringt Mom mich um», sagt Patrick hinter mir, also ziehe ich die Tür wieder zu.

Es ist Mittagsruhe in einem fremden Haus. Ich weiß nicht, was ich tun soll.

«Wir wohnen nicht hier», sagt er. «Ich meine, nicht richtig.»

Beide stehen wir auf dem dämmrigen Flur.

«Wir dachten, ihr kommt erst nächste Woche. Weil doch die Schule erst nächsten Mittwoch losgeht. Warum zitterst du?»

Ich halte meine Hand von mir weg. Ich zittere, als ob ich Schüttelfrost hätte. «Weiß nicht.»

«Gehen wir raus in die Sonne.»

Über die Hintertreppe gehen wir hinaus auf die Veranda.

«Er ist da», sagt Patrick und zeigt mit dem Finger.

Mein Vater sitzt in der Badehose im Liegestuhl. Er sitzt seitlich zu uns und redet mit Mrs Tabor. Sie wirft einen Blick in meine Richtung, aber er nicht. Ich gehe den ganzen Weg über den Rasen bis zu den Betonplatten am Beckenrand, bevor er aufblickt. Er heuchelt Überraschung. «Oh, hal-lo!» Er heuchelt Freude. Ich weiß, dass es nur geheuchelt ist, weil er dieselbe Stimme macht wie bei den Nachbarn, die er dick hat. Er hat Mr Seeley dick, weil der seine Garage so dicht an unsere Grundstücksgrenze gebaut hat, und er hat die Fitzpatricks dick, weil sie so viele Kinder haben. Die alten Vance-Schwestern unten an der Straße hat er dick, weil sie immer unsere Hunde füttern, und Mr Pratt von gegenüber, weil er abends immer den Zapfenstreich spielt. Er grummelt über sie, flucht über sie und äfft ihre Art zu gehen oder zu reden oder zu lachen nach. Aber wenn er sie in der Post oder beim Tanken trifft, sagt er: «Oh, hal-lo!», mit genau dieser selben erfreuten Stimme.

Ich werfe beide Arme um ihn, aber seine Arme bleiben schlaff.

«Bist du zum Schwimmen gekommen? Der Pool ist grade richtig heute.» Er langt nach seinem Glas, und ich sehe, dass seine Hand genauso zittert wie meine.

«Nein, ich hab keinen Badeanzug dabei. Ich wollte nur … »

«Warum nicht? Der Pool ist grade richtig heute», sagt er noch einmal, bevor er trinkt.

«Ich weiß nicht. Ich hab noch gar nicht ausgepackt», sage ich und bereue es sofort, weil ihm das auf die Nase bindet, dass ich weg war. Andererseits soll er doch wissen, dass ich gleich als Erstes hergekommen bin. «Wir sind erst seit einer Stunde zurück.» Das stimmt nicht ganz, wird mir klar. Inzwischen sind es sicher schon drei Stunden.

«Ach? Ich dachte, ich hätte das Cabrio heute früh in der Stadt gesehen.»

Jetzt lügt *er*! Wir sind erst nach Mittag angekommen! Ich schüttle den Kopf, aber das ist alles, was ich an Kampfgeist aufbringen kann.

Er schießt einen Blick zu Mrs Tabor hinüber. Auch diesen Blick kenne ich. *Hör sie dir an, dieses kleine Luder*, heißt dieser Blick. Auf seiner Nase steht der Schweiß.

«Ich hab dich vermisst», sage ich.

«Ach ja?»

«Gardiner», sagt Mrs Tabor.

«Ich dich auch.»

Unsere Augen begegnen sich kurz. Seine sind gelblichgrün. Das Weinen sitzt mir als kantiger Klumpen im Hals.

«Magst du deinem Dad vielleicht beim Ausladen helfen?», sagt Mrs Tabor.

Zusammen gehen wir über das kräftige, steife Gras. Er zündet sich eine Zigarette an. Sein Feuerzeug ist ein schweres silbernes Rechteck, das mit so einem herrlich satten *schlinkk!* zuklickt. Das Vertraute an dem Geräusch, das Vertraute an allem an ihm, tut weh. Auf der Einfahrt ist es heiß, hinten im Kombi noch heißer. Ich muss mich vor dem Sitz auf die Knie legen, um die letzten beiden Tüten herauszufischen. Der Hundegeruch erinnert mich daran, dass ich den Welpen noch gar nicht gesehen habe.

«Wo ist der Hund?»

«Was?», sagt mein Vater über die Schulter. Ich eile hinter ihm her.

«Scratch. Wo ist er?»

«Abgehauen.»

«Abgehauen?»

«Scheint der Sommer zum Abhauen zu sein.»

«Hast du ihn gesucht?»

«Ich weiß genau, wo er ist.»

«Wo?»

«Bei diesen beiden alten Schachteln. Die haben es doch schon seit

Jahren auf meine Hunde abgesehen. Den hier kann ich ihnen ja mal lassen, dachte ich. Da du ihn nicht wolltest.»

«Ich konnte ihn nicht mitnehmen. Ich hab gefragt, aber es ging nicht.»

Ein Blick blanken Abscheus trifft mich. Er zählt eins und eins zusammen, mein Nein zu dem Neufundländer, meine Komplizenschaft mit meiner Mutter. «Echt das hässlichste Viech, das die Welt je gesehen hat.»

Ich helfe ihm, die Batterien und die restlichen Einkäufe wegzuräumen. Er lässt eine Packung Glühbirnen draußen, es müssen ein paar ausgewechselt werden, sagt er, und als er mit den Birnen in der Hand aus dem Zimmer geht, folge ich ihm. Etwas in mir denkt, wenn ich nur lange genug bei ihm bin, kommt die Erinnerung an mich vielleicht zurück, so wie bei einem Mann mit Gedächtnisverlust. Wir wechseln eine Birne im Fernsehzimmer aus, dann eine oben im Flur. Er verliert kein Wort über die fehlenden Möbel oder die komischen neuen Einrichtungssachen oder darüber, dass hinter meiner geschlossenen Zimmertür Elyse Tabor schläft. Wir schweigen, während wir durchs Haus gehen; man hört nichts als den Atem, der laut durch seine haarigen Nasenlöcher pfeift.

Als wir fertig sind, sagt er: «Ich zeig dir mal was.»

Ich habe gedacht, er meint den Notfallknopf oder irgendein anderes neues Spielzeug, aber er führt mich in den Wäscheraum. Er öffnet das Schränkchen, in dem der Safe steht, ein schwerer bleigrauer Kasten mit Kombinationsschloss.

«Mach ihn auf.»

Wir kennen die Kombination alle auswendig: 29-8-31, der Geburtstag meines Vaters. Zu besonderen Gelegenheiten lässt mich meine Mutter manchmal die Seidensäckchen mit dem Schmuck mit rüber in ihr Zimmer nehmen und alles auf der Bettdecke ausbreiten. Es fühlt sich komisch an, den Safe aufzusperren, ohne dass sie in der Nähe ist.

Er ist leer.

«Wusstest du es?»

Ich schüttle den Kopf.

«Sie hat alles mitgenommen. Alles eingesackt und sich damit aus dem Staub gemacht.» Er knallt die schwere Eisentür zu, aber sie schwingt zurück, kracht gegen die Schrankkante und macht eine Scharte ins Holz. Er zeigt auf die dunkle, leere Höhlung. «Alles hat sie genommen, den ganzen Schmuck von meiner Mutter und meiner Großmutter.» Sein Gesicht ist dunkelrot angelaufen. Er drischt mit der Faust auf die Waschmaschine: «Drecksau, Drecksau, Drecksau!» Seine Stimme überschlägt sich, sie ist hoch wie bei einem kleinen Jungen. Vornübergebeugt steht er da und atmet in kurzen, keuchenden Stößen.

Dann richtet er sich auf und sieht mich an. «Komm her.»

Ich gehe zu ihm, und diesmal zieht er mich an sich, so fest, dass mein Ohr an sein grobes Brusthaar gepresst ist: «Aber du gehörst mir», sagt er. «Du gehörst mir, stimmt's?»

«Ja», flüstere ich in die Haarzwirbel.

Als wir wieder herunterkommen, kocht Mrs Tabor, und da, wo früher der Küchentisch stand, sitzen Patrick und Elyse am Boden und spielen Karten.

«Kann Daley zum Essen bleiben?», fragt Patrick.

Mrs Tabor schaut meinen Vater an, der nickt.

«Ich muss anrufen.»

«Bleib über Nacht», sagt mein Vater.

«Ist gut. Ich geh noch kurz aufs Klo, und dann ruf ich an.» Ich will es nicht vom Küchentelefon aus machen – ich will nicht mit ihren beiden Stimmen im selben Zimmer sein.

Vom Fernsehzimmer geht eine kleine Telefonnische ab, gleich neben dem Bad. Ich setze mich auf den Drehhocker. Auf dem Telefontisch liegt noch einer von Moms Blöcken mit dem dicken weißen Papier und dem roten NICHT VERGESSEN oben auf jeder Seite. Plötzlich fehlt sie mir, und ich bin froh, als sie abhebt.

«Ich bin noch bei Dad.»

«Oh, wie schön. Dann läuft alles soweit gut?»

«Ja, so weit. Sie wollen, dass ich zum Essen und über Nacht bleibe.»

«In Ordnung», sagt meine Mutter, und während sie es sagt, ertönt ein leises Klicken. «Ich muss morgen Vormittag in die Stadt. Bob hat ein paar Vorstellungsgespräche für mich organisiert, der Gute.»

Das Klicken ist wahrscheinlich mein Vater, der von dem Apparat im Wintergarten mithört. Ich wünschte, sie hätte Bob Wuzzy nicht erwähnt.

«Ist gut, dann bis morgen Nachmittag.»

«Du brauchst noch ein paar Anziehsachen für die Schule. Wann wollen wir das machen, Donnerstag?»

Ich will nur, dass wir alle vom Telefon wegkommen. «Okay. Schlaf gut.»

«Du auch, Süße.»

Ich warte. Mom hängt mit lautem Klacken auf. Von Dad höre ich ein winziges *tick*.

Wir kommen gleichzeitig in die Küche zurück. Er geht an die Bar, um sich einen Drink zu holen, und das Glas mit den Zwiebeln fällt ihm herunter. Es bleibt heil, aber trotzdem brüllt er: «Verdammte Dreckscheiße!», mit so wilder, erstickter Stimme, als hätte er sich mindestens den Arm aufgeschlitzt. Elyse, ihre Karten als Fächer in der Hand, rutscht näher an ihren Bruder heran.

«Ach, hör schon auf, Gardiner», sagt Mrs Tabor, die Thunfischauflauf auf drei Teller verteilt.

Frank schlendert herein und wirft seinen Tennisschläger Richtung Garderobenschrank.

«Heb das Scheißteil auf und räum's weg», sagt seine Mutter, viel schärfer als eben bei meinem Vater.

«Hallo, Frank. Wie geht es dir, Frank?», murrt Frank vom Schrank her. Der Schläger, mit dem er gespielt hat, ist der Davis Classic von meinem Bruder.

«Master Frank, welche Freude!», sagt mein Vater mit einer Verbeugung. «Wie gütig von Ihnen, uns an diesem schönen Abend mit Ihrer werten Gesellschaft zu beehren.»

Frank feixt, so ziemlich der netteste Gesichtsausdruck, zu dem er fähig ist.

«Und was, hoher Herr, ist aus Ihrem Gegner geworden?»

Zu meiner Überraschung spielt Frank mit. «Er musste sich in eine Anstalt begeben, so herb traf ihn der Schlag seiner Niederlage.»

«Du hast gewonnen?», fragt mein Vater, mit seiner normalen Stimme jetzt.

«6:3, 6:0.» Frank sieht wie ein kleiner Junge aus, als er auf die Reaktion meines Vaters wartet. Von ihrem Vater, Mr Tabor, hat man schon lange nichts mehr gehört. Er ist noch vor Elyses Geburt nach Nevada gezogen.

Mein Vater strahlt Frank an. Ich kenne dieses Strahlen so gut. Ich weiß so gut, wie einem das Herz aufgeht bei diesem Strahlen. «6:3, 6:0. Donnerwetter. Da hast du's ihm aber gezeigt. Du hast ihn plattgemacht. Er hat nicht einen Punkt machen können, stimmt's, als du ihm erst mal draufgekommen warst?»

Frank schüttelt den Kopf und trollt sich, bevor zu viele Leute sein Glücksgrinsen sehen.

Wir kriegen jeder einen rosafarbenen Plastikteller mit Auflauf und ein paar Gurkenscheiben darauf. Wir essen im Anrichteraum; die Teller beißen sich mit dem Tischtuch. Mein Vater und Mrs Tabor nehmen ihre Drinks mit in den Wintergarten. Ich sehe ihre Hinterköpfe durch das Fenster zur Küche. Sie haben die Nachrichten eingeschaltet. Es ist ein ungewohnter Anblick: mein Vater mit allen Hunden im Wintergarten. Es war immer das Zimmer meiner Mutter, weil dort kein Fernseher stand.

«Na, Daley», sagt Frank. «Da bist du wieder, nach – wie viel – drei Monaten?»

«Zwei.»

Frank und Patrick sind über drei Jahre auseinander, aber weil sie fast gleich groß sind und das gleiche glatte braune Haar haben, verwechseln die Leute sie ständig. Mir passiert das nie. Frank ist böse, und seine Bosheit ist das Erste, was mir bei ihm ins Auge springt.

«Und jetzt bist du wieder hier, in deinem alten Haus. Sieht ganz schön verändert aus, was?»

«Ich hab noch nie hier drin gegessen.» Ich lade mir Nudeln auf die Gabel und hoffe, dass es das war.

«Wie findest du den Geschmack von meiner Mutter?»

Mein Herz fängt dumpf zu pochen an. «Er ist anders.»

«Du findest, deine Mutter hat mehr Stil, stimmt's?»

«Lass sie in Ruhe, Frank», sagt Patrick.

«Klar, Wiesel, beschütz du nur deine Braut.»

«Halt's Maul.»

«Tja, lang kann sie ja nicht mehr deine Braut sein. Bald wird sie stattdessen deine ...»

«Halt dein verdammtes Maul, verdammt!»

Frank lacht über das doppelte «Verdammt».

Ich habe Patrick noch nie fluchen hören.

Elyse isst. Sie hat ihren Auflauf aufgegessen und macht mit den Gurken weiter. Ihr Mund reicht nicht ganz bis zum Tisch hoch, deshalb muss sie jeden Bissen schräg nach unten balancieren. Alles um sie herum ist bekleckert. Ich frage sie, ob sie nicht ein Kissen will, aber sie schüttelt den Kopf, ohne mich anzuschauen.

Nach dem Essen geht Frank nach draußen und schießt mit seinem Luftgewehr auf Sachen, und Patrick und ich spielen im Wohnzimmer Spiel des Lebens. Ab und zu kommt Elyse mit einem kleinen Beagle auf Rädern, den sie hinter sich herzieht. Teilweise rollt sie ihn absichtlich mitten durch unsere Geldstapel, aber wir ignorieren sie trotzdem. Durch die Schwingtür höre ich Mrs Tabor, die das Essen für sich und meinen Vater herrichtet, und Dad, der an der Bar hinter der Tür neue Drinks mixt. Sie reden mit erhobenen Stimmen, als ob das Trinken sie taub macht.

«Oh, was für eine dumme Kuh. Ich fass es nicht, dass sie das zu dir gesagt hat!»

«Und ich hatte ja nichts *gemacht*! Ich stand ganz friedlich an der Kasse an.» Mein Vater genießt es. «Aber der hab ich Bescheid gesagt.»

«Das glaub ich dir, Schnuckel.»

Kurze Zeit später senkt seine Stimme sich zu einem Kratzen, wie immer, wenn er zu flüstern versucht. Ich höre nur immer wieder etwas wie «Elcar».

«Was ist ‹Elcar›?», frage ich Patrick.

«Du weißt nicht, wer Al Carr ist?»

«Sonst würde ich ja nicht fragen.»

«Al Carr ist der Anwalt von deiner Mutter, und er will Gardiner ausnehmen wie eine Weihnachtsgans.» Patrick sagt es ergeben, ohne Vorwurf, als hätte er den Satz ein paarmal zu oft gehört.

Die Stimme meines Vaters schrappt weiter. Es klingt, als würde ihm sein Stück Rinderlende tief im Hals stecken.

Mrs Tabor braucht ihre Stimme nicht zu dämpfen. Sie sagt nur «mh-hmm» und «natürlich» und «da hast du völlig recht».

Draußen zerfetzen Franks Geschosse die Blätter an den Bäumen.

Wenn man bis zur Pensionierung dabeibleibt, kann sich Spiel des Lebens ziemlich hinziehen. Mein Auto ist voller Babys. Ich habe zwei Zwillingspaare, alles Mädchen, und einen Jungen, den ich in die Mittelritze legen muss.

Mrs Tabor kommt ins Wohnzimmer und fragt uns, wo Elyse ist. Wir wissen es nicht.

«Was soll das heißen, ihr wisst es nicht? Ich dachte, sie ist hier drin und spielt mit euch.» Sie spricht mit geschlossenen Augen, aber als sie vornüberzukippen beginnt, öffnet sie sie schnell und greift nach der Sofalehne.

«Nö», sagt Patrick.

«Nö», versucht sie ihn nachzuäffen. «Heb deinen Hintern hoch und such sie, wird's bald!»

Die Worte kommen so vernuschelt raus, dass ich ihre Wut nicht ernst nehmen kann. Ich will, dass sie geht, damit Patrick und ich über sie lachen können, aber er steht auf und verlässt das Zimmer.

«Hier wird Verantwortung übernommen, Daley, falls du dableiben willst.» Ihre Augen sind jetzt wieder zu. Sie betont meinen Namen auf der zweiten Silbe: Day-*lee*.

Fast hätte ich zu ihr «Leck mich» gesagt. Ich spüre es auf der Zunge.

«Catherine», ruft mein Vater. «Er hat sie.»

Ich stehe auf und folge ihr nach drüben. Patrick trägt Elyse, die tief und fest schläft, auf dem Arm.

«Sie lag unterm Esszimmertisch.»

«Gib sie mir, Schnuckel», sagt Mrs Tabor.

«Nein, ich bring sie rauf.»

«Ich bring sie.»

«Du weckst sie nur auf.» Patrick geht mit schnellen Schritten zur Hintertreppe. «Oder lässt sie fallen», murmelt er.

«Komm her», höre ich meinen Vater sagen. Ich drehe mich um – ich dachte, er redet mit mir – und sehe, wie er die Arme um Mrs Tabor schlingt. Er bringt sein Gesicht dicht an ihres und wartet, dass sie ihn küsst. Ihre Lippen öffnen sich, und ich kann ihre Zunge sehen, die sich meinem Vater in den Mund schiebt. Er packt sie mit beiden Händen am Hintern und zieht sie zu sich her. «Was für einen heißen Arsch du hast», sagt er und versucht nicht mal, zu flüstern. «So einen heißen, heißen Arsch.»

Ich schlüpfe zur Hintertür raus. Vielleicht kann ich zu Fuß zu Mom zurücklaufen, denke ich, aber dann höre ich eine von Franks Kugeln gegen die Hauswand prallen und riskiere es lieber nicht. Es ist zu dunkel, um zu sehen, wo er ist. Ich rücke das kleine Schubladenschränkchen mit Gartensachen von der Mauer weg und verschanze mich dahinter.

Morgens ist mein Vater immer bester Laune. Er ist vor allen anderen auf, geduscht, rasiert und in helle Farben gekleidet. Er singt in der Küche, während er Kaffee kocht und die Hunde füttert.

Ich höre ihn summen unter dem Fenster des Gästezimmers entlang Richtung Pool gehen. Ich habe in meinen Kleidern geschlafen, deshalb hole ich ihn ein, ehe er am Poolhaus angekommen ist.

Sein Summen bricht ab, dann sagt er: «Ein bisschen trüb ist es schon, oder?»

Das Wasser leuchtet in dem gleichen satten, klaren Türkis wie immer, aber ich will danach den Chlortest mit ihm machen, also sage ich: «Ein bisschen.»

Er steckt den Poolsauger zusammen, die langen Silberrüssel und das rechteckige Kopfteil, dann beginnt er, damit den Beckenrand abzuschreiten. Die Stange legt sich flach und flacher, je weiter der Sauger auf den Abfluss in der Mitte zukriecht, und richtet sich dann auf, als mein Vater sie langsam wieder zu sich heranzieht, so steil, dass sie ihm über den Kopf ragt. Er gibt mir den Sauger zu halten, hilft mir, wenn ich ihn zu weit vom Rand wegwandern lasse und meine Kraft nicht ausreicht, um ihn wieder herzuholen, und für kurze Momente scheint alles so wie früher, als das hier noch mein einziges Zuhause war und meine Mutter oben im Haus schlief und nichts sich verändert hatte. Obwohl der Tag heiß werden soll, liegt Herbst in der Luft. Die Blätter machen ein lautes, dürres Geräusch, wenn der leichte Wind mit ihnen raschelt.

Es gibt ein Schulanfangslied, das mein Vater aus einer Fernsehwerbung hat. Er hat es umgedichtet und unsere Namen eingesetzt. Dieses Lied hat er immer gesungen, wenn meine Mutter und ich Anfang September mit unseren Einkaufstüten zurückkamen. Es schallte wochenlang durch unser Haus, immer fing einer von uns wieder damit an, wenn die anderen es gerade vergessen hatten. Die Melodie ist in meinem Kopf, aber ich weiß, wenn ich sie jetzt singe, dann ist das ein Verrat. Ich weiß (all diese neuen Regeln sind mir klar, ohne dass ich sagen könnte, wie), dass ich durch nichts auf unser Leben von früher anspielen darf, auf all die kleinen Besonderheiten, die es so unverwechselbar zu unserem gemacht haben. Wir hatten so viele Redensarten, Dad, Mom, Garvey und ich, Zitate, die so oft wiederholt wurden, dass ich sie für Allgemeingut hielt, bis ich, Spruch für Spruch, entdeckte, dass sie uns ganz allein gehörten. *Ich finde dich blöd, ich finde Pinky blöd, und überhaupt will ich heim* ist so ein Beispiel. Das stammt aus den Flitterwochen meiner Eltern in Italien. An ihrem dritten Tag in Rom kam mein Vater mit einem Hündchen ins Hotel zurück. Meine Mutter war nicht sehr begeistert, und der Hund spürte das. Er biss sie in den kleinen Finger, weshalb mein Vater ihn Pinky taufte. Ich wurde zwölf Jahre nach ihrer Hochzeitsreise geboren, aber der Ausspruch war immer noch ein geflügeltes Wort bei uns, wie gemacht für sämtliche unserer schlecht gelaunten, aber selbstironischen Momente. Jetzt aber müssen dieser Spruch und all die anderen begraben werden. Sie sind eine tote Sprache. Wenn ich je wieder die Worte *Ich finde dich blöd, ich finde Pinky blöd, und überhaupt will ich heim* sage, dann wird etwas zwischen ihm und mir kaputtgehen, für immer zerbrechen.

Und deshalb singe ich nicht das Schulanfangslied, während ich den Sauger rausschiebe in die Poolmitte und wieder zurück zum Beckenrand ziehe. Und ich frage nicht nach Nora, deren Kommode abgeräumt ist: ihre Jean-Naté-Fläschchen, ihr silbernes Pillendöschen, das Foto von ihr und meinem Vater in Maine, alles weg, ihre Schubladen leer, nicht mal ihr weicher blauer Morgenrock hängt mehr in ihrem Bad.

«Du hast da einen Fleck übersehen», sagt mein Vater und deutet auf einen schmalen Schmutzstreifen, den ich gerade wegsaugen wollte.

«Okay.»

«Wie geht's Mr Morgan?»

Das überrascht mich; ich hätte gedacht, vom Vater meiner Mutter zu sprechen wäre gegen jede Regel. «Gut», sage ich und wünsche mir gleich darauf, ich hätte «so lala» gesagt, falls mein Vater hofft, mein Großvater vermisst ihn.

«Spielt er immer noch so viel Golf?»

«Jeden Vormittag. Er hat dieses Jahr das Turnier gewonnen.»

Mein Vater lacht. «Dabei war er jahrzehntelang ein miserabler

Golfer. Wurde nie besser. Hat geübt und geübt.» Ich kenne die Geschichte auswendig, aber mir wird ganz heiß in der Brust, als mein Vater sie jetzt erzählt, diese beiden auseinandergerissenen Hälften von mir für Sekunden wieder zusammenfügt. «Und dann» – mein Vater stößt ein pfeifendes Kichern aus –, «dann hatte er diesen Schlaganfall, '67 war das, und plötzlich schlägt er den Ball wie ein Weltmeister und spielt Siebziger-Runden.»

Ich lache, als würde ich es zum ersten Mal hören. Ich fühle mich wie mit Licht ausgefüllt. Ich will nicht, dass er aufhört, von Grindy zu reden. «Er hat immer noch diesen stinkenden alten Spaniel.»

«Ah ja?», sagt er, aber er hat nicht zugehört. Seine Aufmerksamkeit ist weitergewandert. «Du hast da noch eine Stelle übersehen.» Er nimmt mir den Sauger aus der Hand und saugt den Pool selbst zu Ende. Wir machen die chemischen Tests, aber er lässt mich die kleinen Röhrchen nicht halten und auch die Tropfen nicht herausdrücken. Dann kommt Patrick, und sie fangen an, über Ungezieferbekämpfung und irgendeine Art Futter- oder Saatspender zu reden. Mein Vater will Patrick etwas im Technikraum zeigen. Die Luft im Technikraum ist heiß und summend, und sie bleiben eine Ewigkeit dort; Patrick soll meinem Vater sagen, ob ihm der Druck auf dem Gott-weiß-Was zu niedrig vorkommt. Ich gehe an den kleinen Kühlschrank, hole mir eine Minidose Multivitaminsaft und nehme sie mit in den Rosengarten meiner Mutter.

Die normalen Blumenbeete – Osterglocken im Frühjahr, dann Tulpen und Pfingstrosen, Margeriten und Lilien – beginnen gleich vor dem Wohnzimmerfenster; sie fassen die obere Terrasse und die Steinstufen zu der unteren, kleineren Terrasse ein. Von dort fallen sie erneut ein Stück ab und säumen die Steinmauer, hinter der der Hauptteil des Gartens anfängt, ein englischer Garten mit einem Grasboden und zwei niedrigen, breiten Hecken, deren Enden sich aufeinander zu schnörkeln. Zu beiden Seiten dieser geschnörkelten Hecken wachsen in dichten, stachligen Reihen die Rosenbüsche. Ganz am Ende des Gartens ist ein kleiner vogeleiblauer Brunnen, bei dem das

Wasser aus dem Maul eines dicken Fisches plätschert, der von zwei pummeligen Kindern gehalten wird. Dahinter führen zwei bemooste Treppen hinauf zu einer schwarzen schmiedeeisernen Pforte, durch die man in das Waldstück in der Kurve der hinteren Auffahrt gelangt. Der Garten und die Pforte scheinen aus einer viel älteren Zeit zu stammen als das Haus und die Auffahrt.

Im Hochsommer, wenn die Sonne vom dunkelblauen Himmel herabbrennt, kommt einem dieser Garten wie ein Märchenreich vor. Meine Mutter ist fast immer irgendwo hier, kauert mit ihrem Korb vor einem der Rosensträucher, die Haare mit einem Tuch zurückgebunden, und gräbt mit ihren Gartenhandschuhen in der Erde herum. Sie hat lauter verschiedene Rosensorten, die sie alle mit Namen kennt: Southern Belle, Black Magic, April in Paris, Mister Lincoln. Wenn ich einen Namen nicht verstehe, erklärt sie ihn mir. Eine plustrige blassrosa Rose mit einem winzigen Tupfer Gelb in der Mitte heißt Christopher Marlowe, und meine Mutter erzählt mir von den Stücken, die Marlowe geschrieben hat: dem Stück über den Doktor, der sich durch einen Pakt mit dem Teufel für vierundzwanzig Jahre Zauberkräfte erkauft, und dem über die Königin und den Seemann, die sich in einer Grotte ineinander verlieben, während draußen der Sturm tobt. Ihre Rosen haben die unterschiedlichsten Farben und Formen, manche zart und klein wie eine Träne, andere dick und fiedrig mit Millionen von Blütenblättern. Es sind blassgelbe dabei, dunkelrosafarbene, tiefrote, lachsfarbene, lavendelblaue und weiße. Die weißen sind die pludrigsten. Sie sehen aus wie aus Baiser. Früher konnte ich ewig am Brunnen spielen – versuchen, den Blick der lächelnden Kinder mit ihrem Fisch einzufangen, über die eine Treppe zur schwarzen Pforte hoch- und über die andere wieder hinunterrennen, immer im Kreis, bis mir so glühend heiß war, dass ich mir die Kleider ausziehen und in das kalte, eiskalte Brunnenwasser eintauchen musste.

Aber jetzt ist alles im Garten welk oder tot. Die Köpfe der Rosen, soweit sie nicht schon abgefallen sind, hängen schrumpelig und ausgebleicht an ihren Stängeln, die Blätter sind zerlöchert von Insekten. Jeder Busch ist von seinem eigenen Kranz aus Abfällen umgeben. Das Gras ist verdorrt, die Sträucher weiß von Spinnmilben. Das Brunnenwasser ist braungrün. Schwarzer Schlick überzieht den Brunnenboden. Aus dem Fischmaul kommt kein Tropfen. Dieser ganze wunderschöne Garten, das Schönste an dem ganzen Grundstück, büßt dafür, dass er meiner Mutter gehört hat.

Während mein Vater und Patrick zwischen Poolhaus und Schuppen hin und her gehen, irgendwohin fahren, wieder zurückkommen, zehn verschiedene Maschinen gleichzeitig anwerfen, versuche ich, den Garten wiederzubeleben. Ich lasse den Brunnen ab, kratze die schleimigen Blätter und den Dreck heraus und fülle ihn mit neuem Wasser. Ich spraye die Sträucher ein und reche all das tote Zeug auf. Und dann gieße ich. Ich drücke den Daumen auf die Schlauchöffnung, um einen Sprühregen zu erzeugen, wie meine Mutter das immer getan hat. Ich spüre richtig, wie dankbar mir die Blätter und Wurzeln sind, während sie das Wasser in sich hineintrinken.

«Du bist ja bienenfleißig heute Morgen», sagt Mrs Tabor, als sie das Mittagessen zum Pool herausbringt.

«Wenn keine Hand sich seiner annimmt, wird der Garten verloren sein.» Im Geist habe ich Szenen aus *Der geheime Garten* nachgespielt, das färbt ab.

Mein Vater drückt sich den Handrücken an die Stirn und wirft den Kopf schräg nach hinten. Er hält meinen Akzent für einen Südstaaten-Akzent und spielt sofort Scarlett O'Hara: «Verloren? Tara verloren? O Gott, was sollen wir tun?»

«Da hätte ich so ein paar Ideen», sagt Mrs Tabor mit ihrer normalen Stimme und lächelt meinen Vater über ihren Drink hinweg an.

Sie trinkt Wodka wie mein Vater, den sie aber tagsüber mit Orangensaft mischt. Dads eiserne Regel war immer, keinen Alkohol vor fünf Uhr (manchmal haben er und ich vor der Herduhr gestanden und zusammen die letzten Sekunden heruntergezählt), aber jetzt frage ich mich, ob das nicht eher die Regel meiner Mutter war. Er trinkt zwei Martinis zum Mittagessen.

Als sein Sandwich aufgegessen ist, schiebt er den Teller weg, lehnt sich zurück und seufzt. «Was wohl die Armen heute so machen?»

Mrs Tabor gluckst.

Dann stemmt er sich aus seinem Stuhl. «Tja, Zeit zum Schwimmen, würde ich sagen.» Und mit einer einzigen schnellen Bewegung streift er sich die Badehose ab.

Patrick und Elyse prusten los, als sie seine nackten Pobacken und den baumelnden braunen Pimmel sehen.

«Ja», sagt Mrs Tabor und steht unsicher auf. «Dann hüpf ich wohl auch mal rein.» Sie zieht sich das Bikinioberteil und dann auch das Höschen aus. Ihr Busen hängt eckig herunter, und ihre Schamhaare sind nicht schwarz, sondern braungrau meliert wie der alte Riesenschnauzer von Mallorys Großmutter.

Patrick und Elyse winden sich johlend aus ihren nassen, klebenden Badesachen. Dass sie so kleben, macht es offenbar noch lustiger.

Erst plantschen die vier zusammen herum, dann klettern Patrick und Elyse aufs Sprungbrett, um nackt ins Wasser zu hopsen und zu kreischen, und mein Vater und Mrs Tabor halten sich am flachen Ende aneinander fest.

«Gottchen, wie prüde sie auf ihrem Stuhl sitzt», kichert Mrs Tabor.

Mein Vater schaut nicht hin. Er fummelt an Mrs Tabors Brust herum.

«Pass auf, Gardiner», sagt Elyse, die vom Sprungbrett herunterguckt, nackt bis auf eine Rettungsweste, weil sie noch nicht schwimmen kann. «Du kriegst einen Ständer.»

Alle außer mir platzen los.

«Was ist ein Ständer?», frage ich, und das gibt ihnen den Rest. Meinen Vater zum Lachen zu bringen ist für mich das Schönste, selbst wenn es auf meine Kosten geht. Er lacht so oft gespielt oder halbherzig, aber sein echtes Lachen macht dieses Klickgeräusch hinten in seiner Kehle, das ich gar nicht oft genug hören kann.

Irgendwie schaffe ich es nicht, mich auf mein Fahrrad zu setzen und zur Water Street zurückzufahren, auch wenn ich anscheinend zu spät zur Truppe gestoßen bin, um bei ihren Sommerspäßen etwas anderes als der Hanswurst zu sein.

Am frühen Abend rufe ich, ohne erst meinen Vater zu fragen, meine Mutter an.

«Kann ich noch eine Nacht bleiben?»

«Natürlich. Ich bin froh, dass es so gut läuft. Ich hab mich den ganzen Sommer gesorgt.»

«Wegen was?»

«Ich hab mich einfach gesorgt.»

«Wie, gesorgt?»

«Ihr zwei hattet so ein enges Verhältnis.»

Nach einer Weile sagt sie: «Daley?»

«Ja?»

«Bist du sicher, dass du dableiben willst?»

«Ja», sage ich, aber meine Kehle ist wie zugeschnürt.

«Ach, Herzchen. Vielleicht solltest du doch lieber herkommen. Du siehst ihn ja am Wochenende. Du siehst ihn ab jetzt jedes Wochenende. Und dann renkt sich das schon alles wieder ein.»

«Mrs Tabor ist ziemlich viel hier.»

«Hmm», sagt sie, was bedeutet, dass sie es schon wusste. «Patrick ist so ein guter Freund von dir.»

«Jep.»

«Oder etwa nicht?» Sie macht irgendwas, vielleicht Nägel lackieren. Der Hörer rutscht ihr zwischendurch so ein bisschen vom Mund weg.

Patrick läuft meinem Vater nach wie einer von seinen Hunden. Es ist nicht dasselbe wie früher. Nichts ist wie früher. «Wie waren deine Vorstellungsgespräche?»

«Ziemlich gut. Vor allem eins.»

«Welches?»

«Dieser Kinderrechts-Anwalt sucht eine Assistentin. Er macht gute Sachen. Er hilft Kindern.»

«Bis wann kriegst du Bescheid?»

«Eine Woche, hat er gesagt. Aber ich habe morgen noch zwei andere Gespräche. Ich bin ab vier Uhr zu Hause. Komm zum Essen, ja? Du fehlst mir.»

«Du mir auch.»

Ich lege den Hörer auf und will ihn fast schon wieder abnehmen, um sie zu bitten, mich doch zu holen. Dann ruft Patrick nach mir und sagt, wir essen heute im Peking Garden.

Mit meinen Eltern war ich hier oft. Wir hatten immer dieselbe Sitznische hinten an der Wand und immer denselben Kellner, Roy, den Sohn des Chefs. Mein Vater hat jedes Mal die Moo Moo Gai-Pfanne bestellt, weil er das Wort so gerne mit Quäkstimme zu Roy sagte. Meine Mutter nahm einen Cocktail mit einem bunten Papierschirmchen drin, damit ich damit spielen konnte. Mein Lieblingsspiel war, dass das Schirmchen meiner Gabel gehörte und dass der Löffel in sie verliebt war, aber er sah ihr Gesicht nie, weil der Schirm es immer verdeckte. Ich wäre nie darauf gekommen, dass nicht alles in bester Ordnung war.

Jetzt sind wir zu sechst – in letzter Minute ist Frank auch noch aufgetaucht –, deshalb haben sie uns einen runden Tisch in der Mitte gegeben. Mrs Tabor hat ein schimmerndes grünes Kleid an, das ihr bis zu den Füßen reicht und weite Ärmel hat, die ihr in den Teller und in die kleinen Soßennäpfchen hängen, ohne dass sie es merkt. Sie und mein Vater bestellen jedes Mal, wenn Roy am Tisch vorbeikommt, einen neuen Drink. Roy zwinkert mir zu, tut aber so, als würde er meinen Vater nicht kennen, der heute Abend einsilbig ist, den Kopf tief über seinen Teller beugt und Blicke durch den Raum wirft, die nicht viel sehen. Ich frage mich, ob er wohl unsere übliche Nische vermisst, unsere Sonntagabende hier zu dritt.

Patrick und ich bestellen Spareribs. Wir klatschen uns süßsaure Soße drauf und wetteifern, wer seine Knochen als Erster blank genagt hat.

«Ihr fresst wie die Schweine», sagt Frank.

Mein Vater schaut mich scharf an. «Hast du mal deine Mutter ein Hühnerbein essen sehen?»

«Nein», lüge ich.

Er biegt die Mundwinkel hoch und stößt ein kleines Lachen aus. Es wirkt nicht so, als würde er die Art, wie meine Mutter Hühnchen isst, komisch finden. «Sie hat alles mitgegessen – Sehnen, Knorpel, einfach alles. Und zum Schluss hat sie auch noch den Knochen aufgeknackt und ihn bis auf den letzten Rest ausgesogen. Kein Witz.» Er schüttelt den Kopf. «Da kannte sie nichts.»

«Und jetzt bist du der Hühnerknochen», sagt Mrs Tabor, sehr angetan von dem Vergleich.

Mein Vater ist nicht angetan. Er murrt etwas, das ich nicht verstehe, und versucht, Roy herzuwinken, doch der dreht sich um und geht in die Küche, ohne ihn zu beachten.

Elyse, die nach einem neuen Buntstift greift, kippt meinem Vater ihr Wasserglas in den Schoß.

Er springt auf und brüllt aus vollem Hals: «Scheiße!», als ob er vergessen hat, dass wir im Restaurant sind. «Scheiße, Scheiße, Scheiße!», brüllt er, und seine Augen in dem dunkellila Gesicht schießen gelbe Blitze von Elyse zu Mrs Tabor. Alle im Raum sind verstummt. Roy steht wie erstarrt neben dem Fischbecken.

Mrs Tabor fängt zu kichern an.

«Verdammtes Drecksluder, du!» Er schwingt einen Stuhl hoch, wie um ihn nach ihr zu werfen, schüttelt ihn dann aber nur, bis Roys Vater kommt und ihn ihm wegnimmt und die Wasserpfützen aufwischt. Mrs Tabor behält die ganze Zeit über ihr Grinsen im Gesicht.

Mein Vater konnte meine Mutter mit seinem Geschimpfe auf Hugh Stewart nerven, seinen Chef in der Maklerfirma. Dann machte sie «Pscht», und manchmal sagte er darauf: «Selber pscht!», aber lauter wurden sie vor mir nie. Sein Gewüte war immer nur gegen andere gerichtet, nie gegen sie. Und wenn *sie* wütend auf *ihn* war, hat sie sich auf die Lippen gebissen und den Blick abgewandt. Roy und sein Vater wundern sich sicher, was mit meinem Vater passiert ist, der früher immer so leutselig und nett war, wenn er zum Bezahlen an den Tresen kam.

Elyse bemalt weiter ihr Set, und Frank starrt ungerührt an die Wand gegenüber, aber Patrick weint. Ich atme ganz langsam und zähle im Kopf von tausend rückwärts. Roy lässt ein blaues Schirmchen neben meine Gabel gleiten. Es ist mit einem schmalen Papierband umwickelt, damit es zubleibt.

Auf dem Heimweg verlangt Elyse, dass ihr mein Vater ihr Lieblingslied vorsingt. Er weiß anscheinend, welches sie meint, denn er singt sofort los: «Herr Hase, Herr Hase, Ihre Ohren sind so …» Er lässt eine Pause, und sie vollendet «nackt», und er fährt fort: «Na klar, denn ich hab mir in den Schuh gekackt!» Elyse will einfallen, aber sie lacht zu sehr, also singt mein Vater den Refrain allein:

Jedes kleine Tier will seinen Spaß, Spaß, Spaß.
Jedes kleine Tier will seinen Spaß.

Am nächsten Nachmittag kann ich mich nur schwer losreißen. Ich will fahren, aber es ist so ein furchtbares Gefühl, als würde ich meinen Vater von Neuem im Stich lassen. Ich schiebe es immer wieder auf, lasse mich von Elyse zu einer Runde Candyland überreden, fülle mit Patrick Wasserballons ab.

Sie sitzen im Wintergarten, als ich mich verabschieden komme.

«Ich fahr dann mal.»

«Ist gut», sagt mein Vater und schaut dabei Mrs Tabor an. «Bis dann.»

Ich gehe zu ihm und küsse ihn auf die Backe. Er hält den Blick auf Mrs Tabor gerichtet und küsst mich nicht zurück. «Freitag komm ich wieder.»

«Wenn die Schule losgeht, kommst du einfach mit Patricks Fahrgruppe mit. Ich glaube, freitags fährt immer Mrs Utley», sagt Mrs Tabor.

Ich weiß nicht, ob ich ihr auch einen Kuss geben soll. «Mach ich. Danke für alles.»

«Gern geschehen.»

Kaum bin ich aus der Tür, verfällt mein Vater in sein heiseres Wispern, und Mrs Tabor zischt «Psst» und beginnt dann selber zu flüstern.

Am Ende der Einfahrt kehre ich fast um. Ich sehe mich zurück in den Wintergarten laufen und fragen, ob ich nicht doch noch eine Nacht bleiben darf. Aber als ich einmal die Straße erreicht habe, fangen meine Beine ganz von selbst zu strampeln an, und ich sause an unserer vorderen Einfahrt vorbei, ohne auch nur hinzuschauen.

Ein leichtes, freies Gefühl erfasst mich, während ich den langen Hügel zur Stadt hinunterrolle. Ich schalte in den schwersten Gang und trete den ganzen Weg bergab, bis ich so schnell bin wie noch nie zuvor auf meinem Rad; nicht mal auf Autos achte ich, die aus den Nebenstraßen und Einfahrten biegen könnten. Ein paar Hippies, die im Park auf einer Bank herumlungern, rufen mir etwas nach, aber ich bin zu schnell, um es zu verstehen. Als vor mir die Bahngleise auftauchen, stelle ich mich auf die Pedale. Das Rad bockt und schlingert, aber es wirft mich nicht ab. Ich zische an der Tankstelle und dem Sandwichladen vorbei, an den Kindern vor der Tür von Bruce's Resterampe (die sich ihre Kommentare heute verkneifen), dem Andenkenladen, der Bücherei, der Kongregationalistenkirche und dem Fischlokal. Das ist hier immer noch meine Stadt. Ich bin immer noch hier zu Hause.

Neal fällt mir ein. Jetzt habe ich Patrick gar nicht nach ihm gefragt. Als hätte ich da oben in der Myrtle Street ein Rauschen in den Ohren gehabt, das alles andere in meinem Leben übertönt. Ich nehme mir vor, ihn anzurufen, sobald ich in der Wohnung angekommen bin, und erinnere mich dann erst wieder, wo er ist und dass mein Vater abheben könnte und wie merkwürdig das wäre.

Ich biege nach links in die Water Street und fahre erst mal an unserem Haus vorbei, um zu schauen, wo die Straße hinführt. Sie endet am Hafen. Vor einem winzigen Fleckchen schmutzigem Sand steht eine Bank. Darauf sitzen zwei knutschende Teenager. Mein Rad tickt hörbar, als ich in einem weiten Bogen kehrtmache, aber sie lassen sich nicht stören.

Die Wohnung ist hübscher, als ich sie in Erinnerung habe. Der Teppichboden ist sauber und weich, die Decke hoch, und durch ein Panoramafenster mit Blick auf den Knutsch-Strand und den Hafen dahinter fällt das Licht in zwei riesigen Vierecken ins Zimmer. Meine Mutter, im Bademantel, rückt Stühle um einen neuen Tisch.

Sie umarmt mich sehr fest. Sie riecht nach Zitronenpolitur. In dieser Sekunde kommt es mir wie der beste Geruch der Welt vor. Ich muss daran denken, sie alles über den Garten zu fragen, damit ich mich für sie um ihn kümmern kann.

«Wie war es?» Sie schiebt mich gerade nur so viel von sich weg, dass sie mich ansehen kann. Sie streicht mir die Haare aus dem Gesicht. Ihre Haut glänzt von ihrer Creme.

«Schön.»

Ihre Augen bohren sich in meine, als würden sie nach etwas ganz tief Vergrabenem suchen.

Das wäre der Moment, um ihr von dem Geflüster und dem Trinken zu erzählen, von dem Wort *Ständer*, aber der Moment geht vorbei.

«Ich bin so froh.» Sie wendet den Blick von mir und zeigt auf den Tisch und die Stühle mit den hohen Lehnen. «Wie findest du's?»

«Hübsch.» Einer von den Stühlen steht gleich neben mir. Er hat ein eingenähtes gestreiftes Polster, das seidig aussieht. «Schick.»

«Und», sagt sie und deutet zur Wand hin. Sie hat Bilder aus der Myrtle Street aufgehängt. Sie hat die Meeresbilder mitgenommen, die auch meine Lieblingsbilder sind. Bei ihr im Schlafzimmer hängt das Porträt von mir und Garvey am Brunnenrand. Da waren wir noch viel jünger als jetzt. Auf dem Bild habe ich keine Sommersprossen, meine Augen stehen zu weit auseinander, und man sieht die Stelle, wo der Maler den Hintergrund noch mal dichter an Garveys Kopf heranmalen musste, weil meine Mutter seine Haare zu aufgeflufft fand.

Ihr Zimmer erscheint mir jetzt noch größer. Ich sehe das Himmelbett und merke, dass ich ihr immer noch böse bin, weil es bei ihr steht, wo sie doch schon das schöne große Zimmer und die Terrasse hat.

Meine Mutter hat sich aufs Bett gesetzt und blickt mit schlenkernden Beinen durch die Flügeltür ins Freie. Irgendetwas wirkt anders an ihr, leichter. Sie ist glücklich. Unter ihr liegt eine zusammengefaltete Decke, Samt auf der einen Seite, Satin auf der anderen.

«Nora hat angerufen, Süße. Sie möchte dich schrecklich gern sehen.»

«Oh.»

«Dass dein Vater ihr gekündigt hat, weißt du?»

«Ich hab mir so was gedacht.»

Sie scheint noch etwas hinzufügen zu wollen, lässt es dann aber. Dann sagt sie: «Du solltest sie anrufen.»

«Mach ich.» Aber ein bisschen ist es mit Nora wie mit meinen Plüschtieren. Ich habe plötzlich das Gefühl, dass für sie kein Platz mehr ist. Ich streichle die Samtdecke. «Ist die neu?»

«Ja», sagt sie, «ist sie nicht traumhaft?»

«Hast du mir auch eine gekauft?»

«Es gab sie nur für Doppelbetten.»

«Und Gott sei Dank hast ja du das Bett! Gott sei Dank hast du das auch noch!»

«Daley.»

«Ich weiß nicht, wo du das Geld dafür hernimmst. Den ganzen Sommer sorgst du dich nur wegen dem Geld, und plötzlich kaufst du dir tausend Sachen. Hast du Grannys Schmuck versetzt, oder was?»

«Wie bitte?»

«Ich weiß jetzt, dass du den Safe ausgeräumt hast.»

«Ich hab nicht ... ich brauchte etwas als ... Himmel noch mal. Hat er dir das gesagt?»

«Er hat's mir gezeigt. Ich hab's selber gesehen. Alles leer.»

«Ich habe nichts gestohlen. Ich habe nur etwas als Sicherheit gebraucht, Daley. Für dich. Damit ich für dich sorgen kann. Aber jetzt haben wir eine Unterhaltsvereinbarung.»

«Warum kannst du mir so was nicht sagen? Warum weiß ich als Einzige nicht, was gemeint ist, wenn sie von Al Carr reden? Warum sagst du mir nicht, dass du gar nicht Sylvie besuchen fährst, sondern dich mit irgendeinem Kerl triffst, damit er dir seinen Ständer reinstecken kann?»

Meine Mutter ist blass geworden. Sie zeigt auf die Tür. «Geh. Geh augenblicklich in dein Zimmer.»

«Genau. Geh in dein beschissenes kleines Dreckloch, Daley!» Die Wut ist wie Kotze. Sie lässt sich nicht drinbehalten. «Ich bin ja bloß fünf Nächte die Woche hier und schlafe mit niemandem, da passt es doch, dass du mich in dieses dunkle, miefige Kabuff mit den kleinen Scheiß-Betten steckst!» Ich knalle mit aller Kraft die Tür zu. Drecksau, denke ich. Drecksau, Drecksau, Drecksau.

5

Die Schule geht wieder los. Wir haben fünf Neue in der Klasse. Bei den Kindern aus der staatlichen Schule ist es immer das Gleiche. Am ersten Tag kommen sie völlig unmöglich gekleidet, mit spitzen, übergroßen Krägen, Polyesterklamotten und grauenhaften Schuhen, aber spätestens am Montag drauf tragen sie Bootsschuhe und Mokassins, die Jungen sind auf schmale Krägen mit Knopf an der Spitze umgestiegen und die Mädchen auf Wickelröcke. Und sobald sie wie wir anderen aussehen, machen sie, was sie wollen. Niemand hat mit mir Nachmittagsbetreuung bei Miss Perth. Mallory, Patrick, Gina und Neal sind alle bei Mr Harding. Am ersten Tag erwarte ich von Neal noch eine Erklärung dafür, dass er nie zurückgeschrieben hat. Ich stehe in der Essensschlange direkt hinter ihm, aber er sagt kein Wort. Am Donnerstag höre ich, dass er eine Neue namens Tillie Armstrong anhimmelt. Ich beschließe, nie wieder mit ihm zu reden.

Am Freitag nehme ich einen Koffer mit in die Schule, und nachmittags warte ich mit Patrick und den anderen Kindern von seiner Fahrgruppe, bis Mrs Utley uns einsammelt. Sie kommt zu spät, weil sie noch Brownies fertig backen musste. Sie hat sie dabei, und wir reichen die warme Form bis nach ganz hinten durch und hebeln riesige Stücke heraus. Sogar Servietten hat sie mitgebracht. Die Brownies sind leicht sitzen geblieben, klebrig und köstlich. Wie die meisten Mütter, die ich seit meiner Rückkehr getroffen habe, würde Mrs Utley gern etwas über mein Sommer-«Abenteuer» erfahren und trägt mir ganz herzliche Grüße an meine Mutter auf. Ich habe das Gefühl, dass sie im Rückspiegel öfter zu mir schaut als zu den anderen.

Die ganze Woche redet Patrick schon davon, dass in der Myrtle Street eine Überraschung auf mich wartet, aber er will mir nicht sagen, was es ist. Ich habe gedacht, vielleicht ist ja mein Hund wieder da, aber als Mrs Utley uns aussteigen lässt, sehe ich, dass die Überraschung mit irgendwelchen Bauarbeiten zu tun hat. In der Auffahrt stehen ein Bulldozer und ein riesiger Laster, der hoch mit Erde und Pflanzenresten beladen ist. Zwischen den Erdbrocken glitzert es blassblau. Ich greife mir meine Schultasche und den Koffer, rufe ein Danke über die Schulter und renne hoch. An der Steinmauer bleibe ich stehen. Der Rosengarten ist weg. Die Terrasse vorm Wohnzimmer gibt es noch und auch die Treppe nach unten, aber die geschnörkelten Hecken und Blumenbeete, die Rosen, der Brunnen, die Steinstufen, das Pförtchen, das nirgends hinführt – alles weg.

«Wir bauen einen Tennisplatz!» Patrick hat große Zähne mit weißen Sprenkeln, und er strahlt mich damit an, bis ich ihn in den Bauch boxe.

«Verdammt», japst er und krümmt sich. «Ich dachte, du magst Tennis!»

Freitags kommt mein Vater immer früh aus der Arbeit. Er sitzt in dem neuen Ledersessel in der Küche, die Hunde als Haufen zu seinen Füßen.

«Na, wie findest du's?» Er ist stolz auf sich. Er will meine Fassungslosigkeit sehen. Er will diese Genugtuung.

«Sieht gut aus», presse ich hervor. Ich gehe wieder nach draußen, damit ich nicht vor ihm zu heulen anfange. Der Bulldozer und der Laster sind beide weggefahren, aber der Geruch hängt noch in der Luft. Der Geruch meiner Mutter.

Ich muss runter von dem Grundstück. Ich laufe zur Straße vor, und nach den ersten paar Schritten bergab weiß ich, wohin ich unterwegs bin. Ich folge der schmalen, hübschen Einfahrt schräg gegenüber bis zu dem Häuschen an ihrem Ende. Rechts und links von der Haustür stehen Töpfe mit Geranien. Die Klingel ist eine von diesen altmodischen in der Mitte der Tür, die man dreht wie einen Büchsenöffner. Sie schrillt laut durch das Haus, aber kein Hund bellt.

Die Größere, Hagerere öffnet mir.

«Hallo, Miss Vance.» Ich habe mir meine Begrüßung auf dem Weg hierher zurechtgelegt. «Ich wollte nur fragen, ob ich kurz Ihrem Hund Guten Tag sagen darf.» Ich muss auf jeden Fall *Ihr Hund* sagen, sonst denkt sie, dass ich ihn mir zurückholen will. «Ich war den ganzen Sommer weg.»

«Ja, das warst du», sagt sie mit leiser Stimme. «Komm in die Diele.»

Wir stehen in dem schwarz-weißen Hauseingang. Sie macht ein komisches Geräusch mit Zähnen und Zunge, ein bisschen wie Nüsseknacken, und aus einem der Zimmer kommt der Hund gerast, macht einen Satz ein paar Stufen herab und purzelt über die Fliesen auf mich zu. Er winselt und drückt die Schnauze in meine Hand, aber als er hochspringen will, sagt Miss Vance: «Major!», und sofort stellt er die Pfoten wieder auf den Boden. Als ich mich zu ihm kauere, bohrt er mir die Schnauze in den Hals, und sein Schwanz peitscht so wild hin und her, dass ich fast Angst habe, er verletzt sich. Er ist größer und kräftiger geworden, und sein Fell ist buschiger und weich. Seine Augen sind olivgrün, aber ganz hell. Er ist ein viel schönerer Hund, als ich je gedacht hätte.

«Na, da scheint jemand vermisst worden zu sein.» Sie klingt zornig, aber als ich hochschaue, ist ihr schmales Gesicht zu einem Lächeln verzogen. «Um diese Zeit trinkt er gern seinen Tee im Garten. Darf ich dir ein Tässchen anbieten?»

Ich folge ihr zu einer Tür an der Rückseite des Hauses. Bevor sie sie öffnet, ruft sie eine enge Holztreppe hinauf: «Teezeit, Mutter.»

Ich dachte, es gibt nur eine Schwester. Die Mutter muss mindestens hundert sein. Wie kommt sie diese Treppe hinunter?

Miss Vance hat kaum den Griff gedreht, da stürmt Major schon zur Tür hinaus, kommt aber gleich wieder zurückgerannt, um meine Hand zu lecken. Dann hört er ein Eichhörnchen in den Blättern rascheln und prescht wieder davon. Meinen gesamten Besuch durch unterbricht er sein gewohntes Herumgejage und -geschnüffel immer wieder, um sich zu vergewissern, dass ich noch da bin.

Miss Vance und ich sitzen auf eisernen weißen Gitterstühlchen, die die Haut hinten an meinen Oberschenkeln zu kleinen Würfeln quetschen. Eine Frau in weißem Kleid und weißen Schuhen kommt mit einem Tablett und stellt es auf einem Glastisch ab. Auf dem Tablett sind eine silberne Teekanne, ein Kännchen heißes Wasser und ein noch kleineres Kännchen Sahne, eine in ein Tuch eingeschlagene Zitronenhälfte, drei blaue Teetassen, vier Untertassen und ein Teller mit hauchdünnen Mandelkeksen.

«Danke, Heloise», sagt Miss Vance und beugt sich zu dem Tablett vor. Sie macht wieder dieses Nussknackergeräusch, und Major nimmt neben ihr Aufstellung. Sie gießt die überzählige Untertasse bis zum Rand mit Tee voll und lässt darauf einen Keks schwimmen. Dann bettet sie sie in das Gras zu ihren Füßen. Major lässt sie nicht aus den Augen. Wieder das Knackgeräusch, und Major senkt den Kopf und schlabbert seinen Tee.

«Da bist du ja», sagt sie, ohne zu der Frau hinzusehen, die sich über das Gras nähert.

Es ist die Kleinere, Rundlichere, die im Winter immer den blauen Wollmantel trägt: die, die ich für ihre Schwester gehalten habe.

«Du musst dir noch einen Stuhl holen, Mutter.»

Ich springe auf. «Bitte, setzen Sie sich doch hierher. Ich kann genauso gut im Gras sitzen.»

Die Frau winkt ab und steuert auf eine zweite Gruppe von Stühlen zu. Ich nehme den Garten erst wahr, als ich die alte Frau hineingehen sehe. Es ist ein wilderer, unordentlicherer Garten als der meiner Mutter, die Wegplatten sind zugewuchert, die Blumen lang aufgeschossen und zerzaust. Dazwischen wachsen hohe, dichte Büschel von Strandhafer, Feldblumen und sogar ein paar Miniaturbäume ohne jeden Schnitt. Die Bewegungen der Frau sind langsam; ihre beiden Beine sind mit Bandagen umwickelt. Sie zieht einen zierlichen grünen Stuhl aus dem Verhau, und als sie ihn an den Tisch rückt, stößt sie leicht gegen das Tablett und murmelt etwas, das verdächtig nach «Entschuldige, Vater» klingt.

Ich starre sie an. Ihr Gesicht ist weich und pudrig, aber nicht faltiger oder gegerbter als das der anderen Miss Vance. Sie können unmöglich mehr als ein paar Jahre auseinander sein. Sie machen ein großes Tamtam um den Tee, fragen mich, wie ich ihn möchte – stark, schwach oder mittel, mit Milch, Zitrone, Würfelzucker oder Streuzucker –, und debattieren dann milde über die hinzugefügten Mengen und ihre Auswirkung auf die Farbe des Tees. «Jetzt ist er zu blass!» «Er ist genau richtig, genau so mag ich ihn», versichert die molligere Miss Vance.

Ich komme mir vor wie ein Kind aus einem Buch, das sich in eine andere Welt verirrt hat, wo alles eine Spur unheimlich, aber zugleich schön und tröstlich ist. Die hohen Blumen im Garten werfen lange Schatten über das Gras, und alles, was nicht im Schatten liegt, glänzt golden in der tief stehenden Sonne. Wenn sie mich einladen würden, über Nacht zu bleiben, täte ich es.

Nachdem er auch seine zweite Untertasse Tee mit Keks ausgeschlabbert hat, legt Major der größeren Miss Vance den Kopf auf den Schoß. Sie beugt sich über ihn und streichelt ihn sehr lange, bevor sie sich aufrichtet und mich ansieht. «Wenn du ihn zurückhaben möchtest, dann verstehe ich das.» Sie beginnt den Satz mit fester Stimme, die zum Ende hin zittrig wird.

«Ach, nein. Nein.» Ich schüttle wild den Kopf. «Ich wollte ihn nur mal besuchen. Nur nachsehen, ob er wirklich hier ist. Ich hänge nicht sehr an ihm.»

«Ach», sagt sie betrübt.

«Ich hatte ihn nur ein paar Tage. Als wir ihn geholt haben, wusste ich schon, dass ich weggehe, nur mein Vater wusste es noch nicht.»

«Ist das nicht ein sehr großes Geheimnis für so ein kleines Mädchen?»

Ich schaffe es, nicht zu nicken. Ich will nicht, dass sie mich für eine Jammerliese halten. Damit zieht Garvey mich immer auf: *Tut sich unsre kleine Jammerliese mal wieder soooo leid?* Mein Hals tut weh, und ich überlege, ob ich vielleicht etwas ausbrüte.

Eine warme Hand fasst nach meiner. «Vater, ich glaube, was wir alle jetzt brauchen, ist eine schöne Partie Mensch-ärgere-dich-Nicht.»

Am Samstag haben mein Vater und Mrs Tabor für Mittag Gäste eingeladen. Manche sind alte Freunde von meinem Vater, Leute, die schon seit vielen Jahren bei uns verkehren, der Rest Freunde von Mrs Tabor – eine Handvoll Ehepaare und haufenweise Geschiedene wie sie. Die beiden Gruppen mischen sich kaum. Mrs Tabor ist jünger als mein Vater, ihre Männerfreunde könnten fast Garveys Generation sein mit ihren schulterlangen Haaren und dicken Koteletten, und die Frauen tragen losere Stoffe in knalligeren Farben als die Ehefrauen von Dads Freunden in ihren steifen, pastelligen Kleidern.

Patrick und ich mixen die Bloody Marys an einem Tisch auf dem Rasen. Elyse ist diese Woche fünf geworden und eiert auf ihrem neuen roten Fahrrad mit Stützrädern um den Pool. Um drei hat noch immer niemand einen Bissen gegessen, und die Erwachsenen sind alle dunkelrot im Gesicht und plärren aufeinander ein. Zumindest klingt es für mich so.

«Wie, du hörst mit dem Paddle-Tennis auf? Gil, hast du das gehört?»

«Ob ich was gehört habe?»

«Deine Frau. Sie hängt nächsten Winter das Paddle-Tennis an den Nagel und schiebt Freiwilligendienst in der Klapse.»

«Der ideale Ort für sie!»

Mr Porter trabt ins Poolhaus und kommt mit einem Regenschirm wieder heraus. Dann springt er in allen seinen Sachen vom Sprungbrett, den Schirm über sich aufgespannt wie Mary Poppins.

Alle kreischen und johlen. Ein Mann, den ich nicht kenne, springt mit einem Satz Golfschläger hinein. Noch mehr Gejohle. Ehefrauen frottieren die Schläger und die Ledertasche ab und breiten alles zum Trocknen auf dem Rasen aus. Die Sonne sinkt schon, und sie steigen auf Gin Tonics und Martinis um. Mrs Tabor schickt mich ins Haus, damit ich eine Platte mit Käse und Kräckern herrichte, und Patrick muss runter in die Stadt radeln, neue Eiswürfel holen. Als ich herauskomme, rollt gerade Elyse auf ihrem neuen Rad in den Pool. Ich lasse die Platte ins Gras fallen und spurte los.

«Elyse ist in den Pool gefallen!», schreie ich, aber mein Rufen geht in dem Stimmengewirr der Erwachsenen unter.

Ich springe ins Becken. Sie liegt auf dem Grund, immer noch auf dem Fahrrad, das in Richtung Abfluss gekippt ist. Ich packe sie und will sie hochziehen. Aber sie krallt sich am Lenker fest, und obwohl unter Wasser alles weniger wiegt, sind die beiden zusammen zu schwer für mich. Ich zerre an ihr, aber sie ist so stur, selbst unter Wasser, selbst als Nichtschwimmerin, dass sie ihr neues Rad nicht loslässt. Dann vibriert das Wasser von einem gedämpften Plumps, und der Mann, der vorhin mit dem Golfbesteck reingesprungen ist, hievt mich, Elyse und das Rad an die Oberfläche.

Elyse braucht keine Mund-zu-Mund-Beatmung. Sie hat blaue Lippen, aber ihr Gesicht ist knallrot, und kaum ist ihr Kopf draußen, brüllt sie wie am Spieß, weil ihr Rad nass ist.

«Komm, ich bring dich zu deiner Mama», sagt der Mann, als wir alle triefend am Beckenrand stehen. Mrs Tabor hat dem Pool den Rücken zugekehrt und gibt mit erhobener Stimme und fuchtelndem Arm irgendeine Geschichte zum Besten.

«Ich will nicht zu meiner Mama, ich will mein Drecksfahrrad abtrocknen!»

Ich ringe immer noch nach Luft, aber ich schaue ihn dankbar an, und er tätschelt mir kurz den Kopf, bevor er sich, nach wie vor leicht triefend, wieder unter die Leute mischt.

Am Sonntag geht es ruhiger zu. Mittags fängt es zu regnen an. Mallory kommt, und wir machen in der Küche Telefonstreiche. Patrick kann unheimlich gut seine Stimme verstellen.

«Ist Carl Mauer da?», fragt er in geschäftsmäßigem Ton. «Ist dann seine Frau Susie da?» Er grinst uns zu und verbannt das Grinsen gleich wieder aus seiner Stimme. «Ja, gibt es denn keinerlei Mauer bei Ihnen?» Er hält den Hörer ein Stück vom Ohr weg, und wir hören die Frau Nein sagen. Patrick wechselt zurück zu seiner normalen Stimme. «Und wieso steht dann Ihr Haus noch?»

Das Beste heben wir immer bis zum Schluss auf. Patrick holt seine Stoppuhr, und wir suchen uns jeder im Telefonbuch eine Nummer aus. Sobald am anderen Ende abgehoben wird, läuft die Zeit. Es geht darum, die Person so lange wie möglich in der Leitung zu halten. Mein Trick ist es, altmodisch klingende Namen zu nehmen, Lillian oder Evelyn oder Elijah. Alte Leute sind weniger misstrauisch und haben Zeit zum Reden. Mein Rekord liegt bei fünfundzwanzig Minuten. Niemand ist bis jetzt auch nur in die Nähe gekommen.

Heute fängt Mallory an. Sie tut so, als ob sie ein kleines Mädchen wäre, das sich verbrannt hat. «Es tut weh», sagt sie. «Meine Mommy ist nicht da. Sie ist weggelaufen. Mit dem Müllmann.» Patrick und ich platzen fast. «Sie wohnt jetzt neben der Müllkippe. Ich geh da nicht so gern hin.» Und dann knallt sie hastig den Hörer auf. «Er hat gesagt, er ruft die Polizei.»

Das Telefon klingelt unter ihrer Hand, und wir fahren zusammen und prusten los, trauen uns aber nicht, ranzugehen. Es klingelt fünf-mal, sechsmal. Dann kommt mir, dass etwas mit meiner Mutter sein könnte. Autounfall. Krankenhaus. Ich hebe ab. Am anderen Ende ist lange nichts, dann fragt eine Frau nach Mrs Tabor. «Ich würde hier sonst nicht anrufen», fügt sie hinzu, «aber es ist wichtig.» Ich kenne die Stimme, aber ich kann sie nicht einordnen.

«Wer ist dran?», flüstern Patrick und Mallory, als ich den Hörer weglege.

Ich zucke die Achseln. «Wo ist deine Mom?»

Er zeigt Richtung Fernsehzimmer. Aber das restliche Erdgeschoss ist leer. Ich rufe die Treppe hinauf und bilde mir ein, ein Geräusch zu hören. Ich gehe hoch. Die Schlafzimmertür ist angelehnt, und der Fernseher läuft.

Ich klopfe, aber niemand antwortet. «Mrs Tabor?», sage ich und stecke den Kopf durch den Spalt.

Was ich sehe, ergibt nicht gleich einen Sinn, bis auf ihre Gesichter, die sich mir zudrehen, erschrocken erst, dann wütend.

«Verschwinde, verdammt!», zischt mein Vater mich an, und als ich nicht sofort reagiere, zischt auch Mrs Tabor: «Verschwinde verdammt noch mal aus diesem Zimmer, Day-*lee*!»

Ich fliehe die Treppe hinunter und stehe schon in der Küche, ehe ich so recht weiß, wie mir geschieht – ehe das Bild überhaupt im Hirn ankommt: mein Vater nackt auf allen vieren auf dem Bett, den Kopf zwischen Mrs Tabors gespreizte Beine gesenkt, an ihrer roten Vagina leckend wie ein Raubtier, das seine Beute frisst.

«Sie ist gerade beschäftigt», höre ich mich ins Telefon sagen.

Die Frau seufzt. «Kannst du ihr vielleicht ausrichten, dass sie mich wegen der Orangenschnitze für das Mittwochsspiel anrufen soll?»

«In Ordnung.» Meine Stimme wackelt. Patrick und Mallory starren mich beide an. Ich will nicht auflegen und erklären müssen, was los ist.

«Daley, das mit deinen Eltern tut mir so leid. Es muss sehr schwer für dich sein.»

«Hmm.» Es ist mehr ein Atemzug als ein Wort.

«Du kannst immer kommen und mit mir reden, wenn du willst. Jederzeit. Meine Tür steht weit offen.»

Ich habe immer noch keine Ahnung, wer sie ist.

Mein Vater, auf dem Bett kauernd, den Kopf zwischen die Schultern geduckt wie ein Tier. Das habe ich nicht gewusst, möchte ich ihr sagen. So etwas habe ich nicht gewusst.

An diesem Abend beginnt zwischen meinem Vater und mir ein Ritual, das bestehen bleibt, bis ich den Führerschein mache. Nachdem uns Mrs Tabor unser Essen hingestellt hat, trage ich meine Schultasche und den Koffer zur Hintertür. Mein Vater mixt sich einen Drink. Ich warte. Er mixt sich noch einen. Er schnauzt Patrick an, er soll das Radio leiser drehen. Er erzählt Frank einen Witz über ein schwarzes Paar, das eine Bergtour macht. Die Pointe ist irgendwas mit «Neger abseilen». Ich habe sie schon öfter gehört. Mein Vater schaut Richtung Uhr. Ich schaue Richtung Uhr. Ich lege auf dem Küchenboden Patiencen. Elyse kickt alle meine Karten durcheinander, und ich sage ihr, sie soll sie zurücklegen, und Mrs Tabor fragt, ob ich meine Aggressionen unbedingt an kleinen Kindern auslassen muss. Mr Seeley ruft an und beschwert sich, weil die Hunde so laut bellen, dass man sein eigenes Wort nicht versteht. Mein Vater spricht höflich mit ihm, haut dann den Hörer auf die Gabel und marschiert fluchend durchs Zimmer. Meine Karten kriegen gleich den nächsten Tritt ab. Er mixt sich einen neuen Drink. Ich muss heim und mit den Hausaufgaben anfangen. Die Kuckucksuhr ruft acht Mal.

«Ich brate jetzt die Steaks», sagt Mrs Tabor zu ihm. Das ist sein Stichwort.

Er stellt sein Glas weg und geht mit schleppenden Schritten zu der Schublade auf der anderen Zimmerseite, in der er sein Scheckbuch aufbewahrt. Es ist ein blauer Hefter, und er blättert die Seiten sehr langsam um. Mit dem Kugelschreiber, der in dem Hefter liegt, stellt er den Scheck für meine Mutter aus. Er faltet ihn in der Mitte und hält ihn mir hin, mit einem Blick, als würde ich ihm das Blut aus den Adern saugen.

Auf der kurzen Fahrt in die Water Street spricht er kaum ein Wort. Er hält immer möglichst weit weg vom Auto meiner Mutter. Er hat ihr dieses Auto letztes Jahr zum Geburtstag geschenkt. Er stellt den Motor nicht ab, bringt mich nicht zur Tür. Sieben Jahre lang wird er nicht ein einziges Mal aus dem Auto steigen, als wäre das Pflaster rund um ihre Wohnung radioaktiv verseucht. Er lässt die Hände ums Lenkrad geballt, als ich ihm einen Kuss gebe. Ich hole meinen Koffer vom Rücksitz, rufe noch ein letztes Mal Tschüs und gehe. Bis ich die Tür erreiche, ist er schon weggefahren.

Meine Mutter hat große Pflanzenkübel auf die Türstufe gestellt und vor mein Fenster einen Blumenkasten gehängt. Alle Lichter brennen, auch bei mir im Zimmer. Die Tür ist unversperrt, die Luft in der Wohnung warm und feucht. Meine Mutter steht in der Küche und kocht eine Packung getrocknetes Rindfleisch auf. Sie hat einen neuen Bademantel an, ihr Haar ist nass vom Duschen. Der Bademantel ist weiß mit einer gestreiften, seitlich gebundenen Schärpe. Sie hat eine richtige Wespentaille. Auf dem Abtropfständer trocknet ein Aschenbecher, dabei raucht meine Mutter nicht.

Sie umarmt mich, und irgendwie fühlt sie sich klein an. Der Kuss, den sie mir auf die Backe drückt, ist fettig. «Wie war's?»

Der Rosengarten, den es nicht mehr gibt, Elyse am Grund des Pools, Dad, der Mrs Tabor zwischen den Beinen schleckt – das alles verschwimmt zu einem Gefühl ohne Namen. «Ich bin müde.»

«Hast du schon gegessen?»

«Ja.»

«Hausaufgaben?»

«Jede Menge.»

«Es ist gleich halb neun.»

«Ich weiß.»

«Daley, in Zukunft musst du … »

«Ich kann meine Hausaufgaben da nicht machen.»

«Dann komm früher heim.»

«Das geht nicht.»

«Dann ruf mich an, und ich hole dich ab.»

«Nein!» Bei der Vorstellung, meine Mutter könnte mit diesem Auto die Einfahrt zu Dads Haus hochfahren, in dem sie neunzehn Jahre gelebt hat, packt mich blankes Grauen.

Sie streichelt mir über die Stirn. «Mach nicht so ein Gesicht. Davon wirst du ganz runzlig.»

Ich gebe ihr den Scheck, und sie faltet ihn auseinander, wirft ihn dann aufs Küchenbüfett.

«Das sind fünfzig weniger, als er mir schuldet.» Ihr Mund presst sich zu einem waagrechten Strich zusammen.

Sie geht zum Schreibtisch, schreibt mit ihrer großen runden Schrift ein paar Zeilen, die mit *Gardiner …* beginnen. Als sie fertig ist, liest sie sie durch und unterstreicht mehrere Worte, darunter das Wort *Anwalt*. Dann steckt sie das Blatt in einen Umschlag, klebt eine Marke darauf und schiebt ihn in ihre Handtasche, die auf einem Stuhl bei der Tür steht. Ich brauche den genauen Wortlaut nicht zu kennen –

ich werde mir nächstes Wochenende genug darüber anhören müssen. Nächstes Wochenende wird mein Vater diesen Brief vor mir schwenken wie eine Trophäe.

«Komm, leiste mir noch beim Essen Gesellschaft. Und dann machst du deine Hausaufgaben.»

Wir sitzen an dem polierten Esstisch. Ich hasse getrocknetes Rindfleisch, ich finde schon den Geruch widerlich. Es sieht aus wie Hundefutter mit Rotze. Dampfschwaden steigen von ihrem Teller auf, aber sie pustet nicht auf ihre Bissen und verbrennt sich anscheinend auch nicht den Mund daran. Der Scheck hat ihre Stimmung kippen lassen. Meine Stimmung ist gleich geblieben – eine maue Wurstigkeit, von der ich weiß, dass sie damit nur schwer umgehen kann. Meine Antworten auf ihre Fragen sind knapp und einfallslos. Ich habe keine Lust, zuzuschauen, wie das Hundefutter in ihrem Mund verschwindet, aber ich mag mich auch nicht an meine Hausaufgaben setzen oder ins Bett gehen oder fernsehen. Ich mag gar nichts.

«Ich war dieses Wochenende in *A Chorus Line*. Da müssen wir unbedingt zusammen hingehen.»

«Du warst schon drin? Mit wem?»

«Mit meinem Freund Martin und seinem Sohn.»

Martin. Da ist es, genau, wie mein Bruder gesagt hat.

«Du hast gesagt, du gehst mit mir hin.»

«Das will ich doch auch. Das hab ich doch grade gesagt.»

«Nein, du hast gesagt, dass du schon drin warst.»

«Und dass ich mit dir reingehen will.»

«Aber du warst ja schon drin. Und Musicals sind teuer. Das erzählst du mir doch andauernd.»

«Daley.»

«Hauptsache, du kannst mit dem Kind von jemand anderem reingehen!»

Ich lasse mich in meinen Stuhl zurückfallen und verschränke die Arme vor der Brust.

Meine Mutter lacht. «Das ist jetzt aber Zweijährigen-Niveau, Daley.»

Zack, fliegt das Hundefutter an die Wand. Meine Mutter hält noch Messer und Gabel. Ihre Stimme ist sehr, sehr leise. «Verlass auf der Stelle das Zimmer. Ich will dich bis morgen früh nicht mehr sehen. Du hast Stubenarrest.»

Ich springe auf und stürme den Gang entlang.

«Ich schwöre zu Gott, Daley Amory, wenn du von deinem Vater zurückkommst, führst du dich jedes Mal wie ein wildes Tier auf», höre ich noch, bevor ich meine Tür hinter mir zudonnere.

6

An dem Mittwoch vor Thanksgiving kommt uns Garvey aus dem College besuchen. Ein Freund setzt ihn bei uns ab. Ich höre ihn eine Autotür zuwerfen und etwas rufen. Dann steht er zum ersten Mal bei uns in der Wohnung, und sein langer, schlaksiger Körper lässt alles – das Büfett, den Schreibtisch, die Wände – wie geschrumpft wirken. Ein dünner Bart ist ihm gewachsen, rostrot, ganz anders als die Haare auf seinem Kopf, die dick und schmutzig blond sind. Seine Augen sind kleine blaue Spiegelungen in schlammigem Wasser. Er riecht nach den Schlafsäcken im Schuppen in der Myrtle Street. Ich atme ihn ein. Ich kriege gar nicht genug davon. Er hat mir so viel mehr gefehlt, als mir klar war. Er muss mich regelrecht von sich herunterschälen, um Pauline zu begrüßen, meine Babysitterin. Er geht extra zu ihr hin und schüttelt ihr die Hand, obwohl sie drüben am Herd steht und erst den Topfhandschuh ausziehen muss, mit dem sie gerade die Makkaroni aus dem Ofen nehmen will.

«Du passt also auf die Kleine hier auf.»

«Sie auf mich auch.» Pauline lächelt mir zu. Sie bleibt jeden Tag nach Schulschluss, bis meine Mutter um halb acht von der Arbeit heimkommt, und wir lachen viel miteinander. Zuerst wollte ich nicht einsehen, warum wir nicht Nora haben können. Sie wohnt jetzt bei ihrer Schwester in Lynn, und manchmal lädt sie mich zu Friendly's zum Eisessen ein. Sonst scheint sie nichts zu tun zu haben, aber meine Mutter fand jemand Jüngeren, der weniger kostet, geeigneter für mich. Pauline geht in die Zehnte, und ihr Busen wächst so schnell, dass es ihr die Knöpfe von der Bluse sprengt. Ständig finden wir Knöpfe und lachen uns tot darüber. Mein Bruder mustert sie von oben bis unten.

Wir essen die Makkaroni auf dem Sofa, und Garvey fragt Pauline aus: wo sie wohnt, wie die Leute in ihrer Straße so sind, ob sie Geschwister hat, ob ihre Eltern von hier kommen, ob sie schon viel gereist ist, wo sie am liebsten hinmöchte. Vielleicht können wir das ja alle zusammen machen, den Trip nach Kalifornien, meint er.

Und dann kommt Mom nach Hause, und Pauline geht.

«Wow», sagt mein Bruder und streicht sich die Haare am Hinterkopf glatt. «Sexy.»

«Sie ist keine fünfzehn», sagt meine Mutter.

«Wenn das oben rum noch mehr wird, kann sie bald nicht mehr aufrechtgehen.»

«Das schafft sie schon.» Meine Mutter hängt ihren Mantel auf und umarmt meinen Bruder gleich noch mal. «Ach, ist das schön, dich zu sehen», sagt sie mit zusammengebissenen Zähnen. Wenn sie sich sehr über jemanden freut, beißt sie immer die Zähne zusammen.

«Wurde auch Zeit. Schicke Hütte, Mom.» Er schaut sich um. «Da hast du ja gut abgeräumt bei Dad.»

Meine Mutter isst im Stehen meine restlichen Makkaroni auf. Wir stehen alle, keine Ahnung, warum.

«Wie läuft's bei dir?», fragt sie ihn.

«Na ja. Mittelprächtig.»

«Ja?» Sie will mehr hören.

«Irgendwie hab ich's einfach satt, die Schulbank zu drücken.»

«Garvey.»

«Ich sag ja nur. Nach den vier Jahren Internat auch noch. Die anderen jubeln alle rum, als wären sie frisch aus dem Käfig rausgelassen, und mir kommt es nur vor wie der nächste Käfig. Ein noch öderer dummerweise.»

«Nur noch dreieinhalb Jahre. Dann bist du für immer durch damit.»

«Genau.» Er lässt sich aufs Sofa fallen und legt die Stiefel auf den Couchtisch. Meine Mutter befiehlt ihm nicht, sie herunterzunehmen. Er holt eine neue Schachtel Zigaretten heraus, stößt beide Enden ein paarmal in seine Handfläche, zieht die Zellophanhülle ab, klopft eine heraus und zündet sie an. «Und dann schlage ich meine mustergültige Berufslaufbahn ein, für die auch noch der Rest meines vielversprechenden Lebens draufgeht.» Er bläst einen langen Rauchschwall aus. «Gut, vielleicht hat sich's eh erledigt. Diese Woche konnte ich mich schon mal nicht fürs nächste Semester einschreiben. Dad sieht das mit dem Zahlen offenbar recht locker.»

Meine Mutter setzt sich neben ihn aufs Sofa. «Soll das ein Witz sein?»

«Nein.»

«Du musst mit ihm darüber reden. Gleich morgen.»

Garvey streift die Asche an seiner Jeans ab und verreibt sie. Meine Mutter stellt ihm einen Aschenbecher hin, den er ignoriert. «Ich will sein Geld nicht.»

«Garvey, du brauchst diesen Abschluss.»

«Dann bezahl ich ihn selber. Brian Foley finanziert sein Studium auch selber. Er arbeitet in der Bibliothek, glaube ich. Ich hab ihn vor ein paar Wochen besucht.»

«An der Staatlichen zahlst du nur dreihundert Dollar pro Jahr. Natürlich kann er das abarbeiten. Harvard kostet ein paar Tausend.»

«Dann geh ich eben auch an die Staatliche. Harvard wimmelt eh von Arschlöchern mit aufgeblasenem Ego. Die laufen am Wochenende alle im Smoking rum. Ohne Scheiß. Ich hab letzte Woche diesen Barkeeper kennengelernt, der eine Umzugsfirma aufzieht, Möbel und solchen Kram, und er will, dass ich ein paar Fuhren für ihn übernehme. Ich müsste dafür ein paar Kurse ausfallen lassen, aber er zahlt nicht schlecht.»

«Bitte, sprich mit deinem Vater.»

«Nein.»

«Jetzt mache ich mir Sorgen.»

«Die mach ich mir auch.»

Meine Mutter geht in die Küche und spült ihren Teller vor. Sie lässt sich Zeit damit. Schließlich höre ich das kleine Quietschen, mit dem der Geschirrspüler aufgeht, und der Teller wird zu den anderen gestellt. Ich weiß, dass in der Küche sonst nichts zu tun ist, aber sie bleibt drin und denkt nach.

Ich schaue Garvey beim Rauchen zu.

«Dad und Mrs – ich meine, *Catherine* – haben geheiratet», sage ich.

«Hab ich gehört. Die beliebte Nassauer Dreifach-Kombi: Scheidung, Hochzeit plus eine Portion knackige Karibikbräune.»

«Dein Zimmer hat jetzt Frank.»

Garvey schnaubt. «Dann kann ich ihm morgen ja mein *Playboy*-Versteck zeigen.»

«Das hat er schon gefunden.»

«Echt? Gerissener Hund.»

«Er ist irgendwie komisch.»

«Kein Wunder, bei der Mutter.»

«Wie geht's Heidi?»

«Wem?»

Ich schaue ihn nur an.

«Sie hat jetzt einen neuen Freund. Er ist sehr verlässlich.» Das *verlässlich* betont er extra, mit fromm geneigtem Kopf und gespitztem Mund.

Ich lache, und das stachelt ihn an.

«Er kommt *genau* zur ausgemachten Zeit, er sagt *genau* die richtigen Sachen, und er hat *immer* ein Kondom eingesteckt.»

Frank hat Kondome. Wenn wir uns richtig langweilen, stibitzen Patrick und ich ein paar aus seinem Zimmer, lassen sie voll Wasser laufen und werfen damit nach Elyse. Sie nennt sie Glitschballons und fängt schon bei dem bloßen Anblick an zu kreischen.

«Hast du eine neue Freundin?»

«Nicht so richtig.»

«Was ist mit Deena?»

«Wer?» Diesmal weiß er wirklich nicht, von wem ich spreche.

«Dieses Mädchen in eurer Wohnung in Somerville.»

Auf seinem Gesicht erscheint eine Grimasse, so kurz wie ein Windstoß. «Mit der hatte ich nie was.» Er ist ein schlechter Lügner. Er versucht, darüber hinwegzureden. «Die war vielleicht eine kaputte Type.»

Das hat sie von dir auch gesagt, möchte ich sagen, lasse es aber. Ich will nicht noch eins draufsetzen, obwohl es ihm sowieso schon so mies geht.

«Und du, Hermilein? Was tut sich in deiner Sechstklässler-Welt so?»

Ich wusste schon, dass er das fragen wird, und ich weiß, was für Sachen er gern hört, deshalb habe ich genau die richtige Geschichte parat. «Lustig, dass du das fragst», sage ich eifrig. Er lächelt, und ich fahre fort: «Wir haben diesen Neuen in der Klasse, Kevin.»

«Kevin, und wie noch?»

«Kevin Orca.»

«Orca? Wie der Wal?»

«Weiß nicht. Glaub schon.»

«Kevin Orca», singt er, «ist er nun Wal oder Mann? Eine Frage, die keiner beantworten kann!»

In dem Augenblick kommt meine Mutter herein, bewaffnet mit zig neuen Gründen, warum Garvey unbedingt weiterstudieren muss, und voller Pläne, wie sie mit Al die weitere Vorgehensweise abstimmen wird, und ich kann Garvey nicht erzählen, dass Kevin Orca wegen Dauerfurzens vom Unterricht verwiesen worden ist.

Das gibt's nicht!, hätte mein Bruder gesagt.

Das gibt's wohl!, hätte ich gesagt. Bei Kevin Orca gibt's das. Er hat einen Furz nach dem anderen gelassen, unglaublich laut und unglaublich stinkig, und einfach nicht aufgehört. Sie haben es mit Verwarnungen versucht, mit Punkteabzug, Verweisen, aber nichts hat genützt. Und jetzt hat er bis Anfang Dezember Schulverbot.

Das gibt's nicht! Ich höre ihn regelrecht, sehe ihn sich mit beiden Händen durchs Haar fahren, sein Gesicht voll echtem Lachen.

Am nächsten Morgen machen wir uns fertig, um zu Dad und Catherine hochzufahren. Mittagessen gibt es bei ihnen, Abendessen bei
Mom. Ich habe ein schwarzes Samtkleid angezogen. Die Ärmelauf-
schläge und der Kragen sind aus weißer Spitze.

«Willkommen bei den Pilgervätern!», sagt Garvey.

Er trägt die Jeans von gestern und ein ausgeblichenes Flanellhemd
mit halb abgerissener Tasche, die hin und her schlägt. Sein Haar ist
hinten ganz verfilzt. Weil wir zu Dad gehen, fällt mir das auf. Meiner
Mutter fällt es auch auf. «Duschen kostet hier nichts», sagt sie.

«Freut mich für dich», sagt er und zündet sich die nächste Zigarette an.

Wir nehmen Moms Auto. Ich weiß, dass das ein Fehler ist. Wir
hätten früher aufbrechen und zu Fuß gehen sollen.

Mein Vater kommt heraus auf die Hinterveranda, breit lächelnd,
kopfschüttelnd.

«Jetzt dachte ich doch glatt …», beginnt er und schiebt dann ein
gekünsteltes kleines Lachen ein, um sicherzustellen, dass wir auch in
Hörweite sind, «jetzt dachte ich doch glatt, eure Mutter hätte be-
schlossen, Thanksgiving mit uns zu feiern!»

Sie geben sich die Hand. Ich habe sie seit dem Frühsommer nicht
mehr zusammen gesehen. Bis jetzt habe ich nie bemerkt, wie ähnlich
sie sich sind: der gleiche krumme Rücken, die gleichen schmalen Augen.

«Wann bist du angekommen?»

«Kumpel von mir hat mich gestern Abend hergefahren.»

«Ah ja?»

«Du siehst gut aus, Dad.»

«Kann mich auch nicht beklagen. Alles gut bei dir?»

«Ja, alles gut.»

«Gut.»

Ich kann die Aufgesetztheit nicht mehr ertragen und fliehe, um Patrick zu suchen.

In der Küche steht Frank und kramt in einer Schublade.

«Hallo», sage ich.

Er grunzt nur, merkt dann, dass ich ihm gerade recht komme, und ruft mir nach: «He, wo ist bei euch das Klebeband?»

«Keine Ahnung.» Ich bleibe nicht stehen. «Wo ist es bei *euch*?»

Patrick und Elyse sitzen in den Kippsesseln vorm Fernseher und sehen sich die Parade an. Patrick rutscht für mich zur Seite. Sein Daumen ist rot und spuckig, mit kleinen Zahnabdrücken rund um den Knöchel. Er lutscht oft am Daumen, wenn er fernguckt und vergisst, dass andere ihn sehen können.

Ein zehnstöckiger Snoopy-Wagen rollt eine überfüllte Straße entlang.

Ich hasse diese Parade und stehe auf.

Ich höre die Fliegentür zufallen.

Von der Terrassentür im Wohnzimmer sehe ich Garvey auf den Tennisplatz hinaustreten. Er sieht ihn zum ersten Mal, sieht das Haus zum ersten Mal ohne den Garten. Ich weiß nicht mehr, ob ich ihm davon erzählt habe. Der Belag ist makellos glatt, ein tiefes Dunkelgrün mit leuchtend weißen Linien. Er steht an der hinteren Aufschlaglinie, mit dem Gesicht zu mir, aber er kann mich nicht sehen. Er wirkt klein von hier aus. Als ich an der Treppe vorbeigehe, höre ich aus dem oberen Flur Dads lautes Flüstern.

«Eine Schande ist das, eine richtige Schande. Kommt hier in einer dreckigen Jeans angeschlurft und dazu diesem alten Hemd, das stinkt wie Katzenpisse. Und seine Haare.» Ich weiß, dass er mit beiden Händen um seinen Kopf herumfuchtelt. «Ein gottverdammtes Krähennest. Man kann sich mit ihm nirgendwo blicken lassen. ‹Kumpel von mir hat mich gestern hergefahren.› Studiert in Harvard und kriegt nicht mal einen ordentlichen Satz hin. In den Club kann ich ihn so nicht mitnehmen. Beim besten Willen nicht. Und ihr ist es gleich. Sie lässt ihn so aus dem Haus. Und dann noch in dem Auto, das ich ihr gekauft habe! Er hat die Stirn, damit vor meinem Haus vorzufahren!»

Und dann ist er unten an der Bar, klappert mit den Eiswürfeln herum, knistert mit der Plastikfolie an einer neuen Flasche Wodka. Ich stelle mich neben ihn, schaue den eingeübten Bewegungen zu. In den Wodka kippt er ein paar Spritzer Wermut. Er schraubt den Wodka und den Wermut wieder zu, bugsiert mit einem kleinen Löffel vier winzige Zwiebeln aus dem Glas. Ich strecke die Hand aus, und er lässt eine Zwiebel hineingleiten. Den Rest schüttet er in seinen Drink und rührt ihn mit dem Finger um. Er rückt alle Flaschen wieder gerade, alle Gläser wieder gerade, wischt Löffel und Bar mit einem Papiertuch ab. Erst als er in seinem Sessel sitzt, schließt er die Augen und trinkt seinen ersten Schluck. Auf der Uhr über ihm ist es 11 Uhr 35. Der Truthahn wartet auf dem Herd, bleich und picklig. Catherine hat ihn noch nicht in den Ofen geschoben.

Ich setze mich neben seinem Stuhl auf den Boden. Irgendwann werde ich meinem Vater sagen müssen, dass ich nachher mit Garvey zurück zu Mom fahre, bis er Samstagvormittag wieder abreist. «Und, wie war's in der Schule?»

«Äh – gut.» Die Frage überrumpelt mich, ich wünschte, ich wäre besser vorbereitet. Dann fällt mir ein, dass ich ja die Kevin-Orca-Geschichte erzählen kann. Diesmal werde ich den ablenkenden Namen aus dem Spiel lassen, ich werde gleich zur Sache kommen. «Ein Junge aus meiner Klasse hat wegen Furzen Schulverbot bekommen.»

Er sitzt über sein Glas gebeugt. Er trinkt und schüttelt den Kopf. Er scheint mich gar nicht richtig gehört zu haben. Normalerweise würde er mich jetzt anstarren, die Augen aufgerissen und hellwach, und sagen: «Das hast du dir ausgedacht, oder?» Dann wird mir klar, dass er es bestimmt schon von Patrick weiß.

«Wer kommt denn alles zum Essen?», frage ich.

«Niemand, Gott sei Dank.»

Mein Leben lang waren unsere Thanksgiving-Gäste die alte Mrs Waverley, die keinen Kehlkopf mehr hat und sich zum Sprechen ein kleines silbernes Gerät an den Hals drücken muss, das wie ein Rasierapparat aussieht, außerdem Mr Harris, dem das Gartenzentrum gehört, und Vetter Morgan, Grindys Cousin, der im Krieg ein Bein und fast den ganzen Arm verloren hat. Es sind alles Moms Leute, und keiner von ihnen wird dieses Haus je wieder betreten.

Mein Vater hält sich sein Feuerzeug an den Hals und sagt mit Mrs Waverleys roboterhaftem Schnarren: «Hal/lo/Da/ley./Wie/ge/fällt/ dir/die/Schu/le/die/ses/Jahr?» Meine Mutter fand seine Imitationen nie lustig, nicht mal die von Vetter Morgan, wie er mit seiner einen Hand partout die schwere Soßenschüssel weiterreichen will und sie mir in den Schoß kippt, was einmal wirklich passiert ist. Moms strafender Blick machte es immer schwer, nicht zu lachen, aber ohne sie ist es längst nicht so komisch. Auch mein Vater hat keinen Spaß daran. Er fängt an, den Arm für die Soßennummer aus dem Ärmel zu ziehen, aber mittendrin bricht er ab und schaut mich an, als wüsste er nicht, wo er ist. Dann grinst er, schüttelt den Kopf und sagt: «Mannomann – echt ein Glück, dass wir die los sind!»

Er geht zurück zur Bar, und ich gehe ins Esszimmer. Der Tisch ist mit Catherines Porzellan gedeckt, grün und braun. Ich gehe zu dem Sideboard, das meine Mutter nicht mitgenommen hat, und ziehe die oberste Schublade auf. Da sind sie, die Tischkärtchen mit den aufgeklebten Holzfrüchten oben in der Ecke und den Namen in der ausladenden Handschrift meiner Mutter: OLIVIA (Mrs Waverley), DONALD (Mr Harris), VETTER MORGAN. Es gibt auch GARDINER, MEREDITH, GARVEY und DALEY. Und ganz hinten sind DAD (Grindy), MOM (Nonnie), JUDY (die Schwester von Mom) und ASHLEY, HANNAH und LINDSEY (Judys Töchter). Ich klaube sämtliche Karten heraus und stopfe sie in die Tasche an meinem Kleid. Dann gehe ich Garvey suchen.

Er ist noch auf dem Tennisplatz, mit Frank. Sie spielen barfuß. Ich weiß gar nicht, ob Garvey Frank vorher überhaupt gekannt hat. Sie spielen nicht nach den normalen Regeln. Die Doppelfelder zählen mit, und man kriegt zwei Extrapunkte, wenn man den Gegner anschießt. Vier Extrapunkte für jedes As. Und aufschlagen darf man von egal, wo, sogar gleich am Netz, was Garvey gerade macht, als ich die alte Rosengartentreppe herunterkomme und vor dem grünen Netzzaun stehen bleibe, der den Platz abgrenzt. Er drischt auf den Ball, der Frank am Schienbein streift, bevor er schräg weghüpft.

«Treffer und As!», ruft Garvey. «Sechs Punkte.»

Sie brechen beide in Gelächter aus.

«Scheiße!», quiekt Frank. Er steht vorgebeugt da, die Hände auf den Knien abgestützt, wiehernd vor Lachen. Ich habe Frank noch nie lachen sehen.

Ich gehe um den Zaun herum und setze mich auf einen Liegestuhl an der Seite.

Garvey streckt mir seinen Schläger hin. «Magst du?»

Ich schüttle den Kopf. Ich will ihn als Freund für Frank. Wenn er und Frank Freunde sind, kommt er vielleicht öfter mit mir in die Myrtle Street. Es gefällt mir besser hier, wenn er da ist.

Jetzt hat Frank Aufschlag, und Garvey spielt den Ball zurück, einen Lob, den Frank einmal aufkommen lässt, um derweil zu einem Überkopfball anzusetzen. «Au Scheiße», sagt Garvey und sprintet vom Platz, über den Netzzaun und in das braune Laub dahinter. Franks Ball schlägt ganz knapp vor der Grundlinie auf und fliegt in hohem Bogen über den Zaun. Garvey hechtet durch Blätter und Unterholz und stößt einen kleinen Juchzer aus, als er ihn kriegt. Frank lacht zu sehr, um den Wechsel zu beenden.

Es ist die lustigste Tennispartie, der ich je zugeschaut habe.

Patrick und Elyse kommen heraus und setzen sich zu mir auf die Stühle. Es wird kälter, und wir müssen uns von drinnen Mützen und Handschuhe holen, aber Frank und Garvey haben ihre Hemden aufgeknöpft.

Nach ewiger Zeit werden wir zum Thanksgiving-Essen hereingerufen.

Catherine trägt ein blassblaues Seidenhemd über ihrem Minirock, das von einem goldenen Kettengürtel hochgerafft wird. Sie hat nicht sehr viele Knöpfe an dem Hemd zugemacht, und ich sehe den Spitzenrand ihres BHs gleich unter den vier schweren Halsketten auf ihrem sommersprossigen Dekolletee.

Sie begrüßt Garvey und mich weder mit «Hallo» noch mit «Happy Thanksgiving». «Bring mir die Teller», sagt sie zu mir, und zu Garvey: «Jemand muss diese blöden Weinflaschen aufmachen.» Sie hat ein Tranchiermesser in der Hand und spricht schon jetzt mit geschlossenen Augen.

Aber Garvey, der es gewohnt ist, die schlechte Laune meiner Mutter mit purem Charme zu vertreiben, lässt ihr das nicht durchgehen. «Darf ich die Braut nicht erst küssen?», sagt er und breitet die Arme aus.

Catherine legt das Messer etwas zu laut auf die Küchentheke, ringt sich dann aber ein kurzes Lächeln ab.

Obwohl wir am Tisch nur eine Person weniger sind als früher an Thanksgiving, scheint es ein kümmerliches Häuflein. Meine Mutter hat immer ein Tischgebet gesprochen, aber Catherine säbelt einfach in ihr Fleisch.

«Ähem.» Mein Vater am anderen Tischende fixiert sie mit gespieltem Unwillen. «Vergessen wir da nicht etwas?»

«Ach ja.» Sie verdreht die Augen Richtung Decke. «Danke, o Herr, dass du keinen Finger gekrümmt hast. Nächstes Mal kochst du den Scheiß-Puter.»

Mein Vater amüsiert sich königlich. «Ist sie nicht witzig!», sagt er.

Sie macht einen Schmatz in seine Richtung.

Er streckt beide Hände vor und drückt die Luft, als würde er ihren Busen drücken.

Garvey wirft mir über den Tisch einen Blick zu und zieht eine Braue hoch. Ich muss auf meinen Schoß starren, um nicht zu kichern.

«Und?» Mein Vater wendet sich an Garvey. «Wie läuft's so an der Uni?»

«Gut.»

«Was für Fächer belegst du?» Er fragt es weniger aus Interesse, scheint mir, als damit Garvey beweist, dass er tatsächlich studiert.

«Algebra. Mittelenglisch. Psychologie. Anatomie.»

«Anatomie? Hast du schon rausgefunden, wo dein Schwanz ist?»

«Menschenskind, Dad! Hier sitzen kleine Kinder am Tisch.» Er dreht sich Elyse zu, die mit der Soße auf dem Tischtuch herummalt. «Wie alt bist du?»

Ohne von ihrem Gemansche aufzuschauen, sagt sie: «Geht dich 'nen feuchten Dreck an.»

«Und? Hast du rausgefunden, wo dein Schwanz ist?»

«Ich glaub, ich hab eine ungefähre Vorstellung», sagt Garvey und fasst dann offenbar einen Entschluss. Er wendet sich an Catherine. «Wie war es in Nassau?»

Auch sie meidet seinen Blick. «Heiß.»

«Ich habe Freunde, die ein paar Jahre dort gelebt haben. Sie sagen, auf der Nordseite der Insel gibt es diese Grotte, wo immer jede Menge Seelöwen sind, und dann haben sie noch von so einer abgefahrenen Bar erzählt, wo ...»

Sie winkt unwirsch ab. «So was haben wir nicht gemacht. Wir waren einfach nur im Hotel.»

«Die Tennisplätze da unten sollen ja große Klasse sein.»

Catherine nickt.

Garvey schenkt sich Wein nach. Er trinkt ihn als Einziger. «Was trägst du beim Tennis?», fragt er sie. «Ich meine, steigen die Frauen langsam auf Shorts um, oder müssen sie immer noch Rock tragen?»

«Ich trage gern Rock.»

«Da hat man mehr Beinfreiheit, oder? Vielleicht hat Billie Jean King ja Bobby Riggs nur deshalb geschlagen.»

«Das war Schiebung», sagt Catherine.

«Glaubst du, dass es getrickst war?»

«Bobby Riggs, ein Mann voller Tricks», reime ich. Niemand hört mich.

«Klar war das getrickst», sagt mein Vater. «Er hätte sie mit dem linken Zeh schlagen können, wenn er gewollt hätte.»

«Warum hat er's dann nicht?»

«Weil er fürs Verlieren Unsummen kassiert hat.»

«Er hat sich vor aller Welt zum Gespött gemacht, nur um ein paar Riesen einzuschieben?»

«Viel, viel mehr.»

«Wer ist deine Quelle, Dad – Don Finch?»

Gegen seinen Willen muss mein Vater lachen. Alle am Tisch lachen. Selbst Elyse weiß, dass Don Finch nicht nur der schlechteste Spieler im ganzen Club ist, sondern auch der mit dem größten Unterhaltungswert. Angeblich hat er einmal einen kompletten Satz ohne Ballkontakt gespielt.

«Weißt du, wen ich neulich im Club getroffen habe? Gus Barlow.»

«Gus Barlow», sagt Garvey. «Shit. Wie geht's ihm?» Gus und er waren zusammen an der Ashing Academy.

«Gut geht's ihm.» Mir ist klar, dass mein Vater auf etwas hinauswill. Meinem Bruder auch. «Er ist ein netter Junge.» Mein Vater lässt Messer und Gabel sinken. «Weißt du, wenn du dich anständig anziehen würdest, könnten wir dieses Wochenende mal im Clubhaus essen gehen.»

Garvey schüttelt den Kopf. «Ins Clubhaus bringen mich keine zehn Pferde mehr.»

«Ach so, du bist fertig mit dem Club? Bist dir jetzt wahrscheinlich zu gut für den Club, hmm?» Er nimmt sein Besteck wieder, zeigt dann damit auf Garvey. «Was hält eigentlich deine Mutter von deiner Aufmachung?»

«Sie hat nichts dazu gesagt.»

«Als sie noch in diesem Haus gewohnt hat, hättest du dich in diesem Aufzug nie an den Thanksgiving-Tisch setzen dürfen, das kannst du mir glauben. Nie.»

«Vielleicht hat sie ja nicht mehr alle Tassen im Schrank?»

«Das glaube ich auch. Das glaube ich wirklich.» Er ist sehr rot im Gesicht.

«Na, dann!», murmelt Catherine.

Garvey lächelt sie an. «Sagte die neue Ehefrau vieldeutig.»

Catherine lacht laut auf.

«Garvey, ich muss dir nach dem Essen was zeigen», sagt Frank.

«Was?», fragt Patrick.

«Du hältst den Mund», sagt Frank.

«Ist das Jade?», fragt mein Bruder und berührt die Steinklunker an Catherines Handgelenk.

«Jade und Perlmutt.»

Mein Vater glotzt böse herüber. Sie zieht den Arm weg.

Garvey und ich machen den Abwasch. Das scheinen alle ganz selbstverständlich zu finden. Sie stellen einfach ihre Teller an die Spüle und gehen weg.

«Cinderella und Cinderello, die beiden Stiefkinder, einsam und verlassen am Spülstein.» Er tut hungrig und entkräftet; mit schlappen Armen setzt er die Bratenplatte auf der Küchentheke ab. «He, ich hab eine Idee für einen Film.» Er hat ständig Filmideen. «Der wird Millionen einspielen, ich sag's dir. Also, es ist der Abend von Thanksgiving, und dieser alte Mann wohnt in einem Haus ganz für sich allein. Seine Kinder haben ihn am Nachmittag besucht und ihm zu essen gebracht, aber jetzt sind sie alle heim zu ihren Familien gegangen. Er war drei- oder viermal verheiratet, aber alle seine Frauen haben ihn verlassen, und so ist er an diesem Abend ganz allein, in einem dicken Tryptophan-Nebel zwar, aber zu deprimiert, um zu schlafen. Und dann hört er von draußen dieses Geräusch. Er geht raus in den Garten, und da ist dieser gigantische Truthahn, so groß wie ein Haus, und kollert ihn an. Aber der Truthahn hat ein Menschengesicht, ein ganz gruseliges, ein bisschen wie Mrs Perth. Die hast du doch dieses Jahr, oder? Mir verursacht sie heute noch Albträume. Und unter die Flügel des Truthahns geklemmt sind sämtliche Ehefrauen des Mannes. Sie sind alle nackt, und sie schwenken alle Papiere, die er unterschreiben soll, weil er jede Einzelne von ihnen um ihren Unterhalt betrogen hat.»

Dad ist hereingekommen, um sich einen Drink zu mixen, und hat zugehört.

«Lass den Blödsinn, Garvey», sagt er. «Verdirb sie nicht mit solchem Zeug. Sie ist ein unschuldiges kleines Mädchen, ich will nicht, dass ein Penner wie du ihr diesen Bockmist einredet.»

«Da spricht der Richtige.»

«Ich sag dir mal was. Aller Unsinn, den ihr zwei im Kopf habt, kommt von eurer Mutter. Schau dich an. Schau dich einfach nur an! Ich sag's dir, ihr tut mir leid, dass ihr so eine Mutter habt. Einen gott-verdammten Zettel hat sie mir dagelassen.» Auf den Küchentisch zei-gen kann er nicht, deshalb zeigt er stattdessen auf die Arbeitsplatte. «Da hat sie ihn hingelegt. Genau da. Konnte mir nicht mal ins Ge-sicht sagen, dass sie geht.» Einen Moment denke ich, er fängt zu wei-nen an.

«Weil sie Angst hatte, dass du sie schlägst.»

«Da hatte sie recht. Ich hätte sie geschlagen. Feiges Weibsstück.»

Garvey bricht in Lachen aus. Mein Vater stimmt ein. Mein Herz hämmert wie verrückt, und ich schrubbe die Reine, in der die über-backenen Süßkartoffeln waren, so fest ich nur kann.

Sobald die Küche gemacht ist, fahren wir. Ich sage Dad, dass ich Samstagvormittag wiederkomme, und er zuckt nur die Achseln, als wäre es ihm schnurzegal, was jedenfalls besser ist, als angeschrien zu werden.

Bis wir wieder bei Mom sind, ist es spät, sehr spät. Ich sehe ihr an, dass sie versucht, sich deswegen nicht zu ärgern, aber sie hat den gan-zen Tag alleine gekocht, und jetzt sind die Schüsseln, die sie mit Alu-folie abgedeckt hat, alle kalt, und auch sie setzt sich hin und greift nach ihrer Gabel, ohne vorher zu beten.

«Wo sind Mrs Waverley und Vetter Morgan?», fragt Garvey.

«Ach ja, Mom.» Mir fallen die Tischkarten in meiner Kleidertasche wieder ein. «Schau, was ich gerettet habe.» Ich schütte sie auf den Tisch. Die Holzfrüchte klackern aneinander.

Sie sieht sie kopfschüttelnd an. Und schiebt sie dann mit beiden Händen zusammen und wirft sie alle in den Abfalleimer in der Küche. «Entschuldige», sagt sie zu mir, «aber ich kriege Zustände, wenn ich die nur sehe.» Und zu Garvey sagt sie: «Ich dachte, es ist besser, wenn wir dieses Jahr unter uns sind. Ich bin diesen Elektroherd nicht gewohnt, und ich hätte nicht gewusst, für wann ich sie einladen soll, weil ich ja nicht wusste, um welche Zeit Catherine ihr Essen macht, und außerdem halten die sich da oben sowieso nie an irgendwelche Zeitpläne, und ich dachte einfach, so ist es leichter, aber jetzt habe ich so ein schlechtes Gewissen. Wer weiß, wo sie heute gegessen haben. Wahrscheinlich im Restaurant. Und sie hätten mir Gesellschaft leisten können, während ich auf euch gewartet habe.» So bedrückt wie jetzt hat sie noch nie geschaut, seit wir hier eingezogen sind.

Garvey scheint es gar nicht zu bemerken. Er legt die Finger an seinen Adamsapfel. «Du/woll/test/die/ses/Jahr/nichts/ü/ber/Mis/sis/Wa/ver/leys/An/gi/na/hö/ren?»

«Hör auf», sagt sie böse. «Hör sofort auf.»

Garvey lacht nur über ihren Ton. Ich wünschte, das könnte ich auch. «Gott, Mom, da oben geht's vielleicht zu. Catherine fallen fast die Titten aus dem Kleid, sie und Dad pfeifen sich die Martinis nur so rein, die Kinder wanken herum wie die Zombies, Frank ist total zugekifft, und diese Kleine, wie heißt sie gleich wieder, könnte direkt ein Wolfskind sein. Sie ist wie Helen Keller.» Garvey schließt die Augen und tastet nach meiner Hand, und als er sie gefunden hat, wimmert er dumpf und krabbelt mir mit dem Finger an der Handfläche herum. Mom lacht wider Willen.

«Du solltest Daley nicht zu viel Zeit dort verbringen lassen», sagt er.

Ich fuchtle auch blind herum, aber als ich die Augen öffne, lacht niemand.

Sie fangen an, über Politik zu reden, über Sitze im Kongress und öffentliche Gelder. Sie können blitzschnell in diese Sprache wechseln, die ich nicht verstehe. Als Garvey Mom über ihren Chef ausfragt, wird es interessanter. Garvey hat so eine Art, Dingen auf die Spur zu kommen. Seit drei Monaten weiß ich nur, dass er ein Anwalt ist, der Paul Adler heißt, und wenn ich in seiner Kanzlei anrufe, hebt eine

Dame namens Jean ab, die immer genervt klingt. Außerdem weiß ich, dass sich Mr Adler politisch engagiert, weshalb meine Mutter oft noch für Benefizveranstaltungen bleiben muss. Aber Garvey hat im Nu aus ihr herausgekitzelt, dass er sechsunddreißig ist, Harvard-Abgänger, unverheiratet, gut aussehend, Jude, und dass er ein Auge auf unsere Mutter geworfen hat.

«Ich glaube, du magst diesen Typen. Ich glaube, du magst ihn viel lieber als Martin.»

«Ach, Martin.» Meine Mutter winkt ab.

«Mom ist in ihren Chef verknallt!», singt er.

«Er ist viel zu jung für mich.»

«Fünf Jahre. Und schau dich an. Du siehst wie eine Studentin aus.» Es stimmt. Garvey hat mehr Falten um die Augen als sie.

«Das ist dieses ganze Fettzeugs, das sie sich abends ins Gesicht schmiert», sage ich.

«Wie eine Mücke in Bernstein», sagt er.

«Er legt mir diese kryptischen kleinen Mitteilungen auf den Tisch.»

«Ich seh's lebhaft vor mir. Für einen armen Minderjährigen im Knast steht es Spitz auf Knopf, aber er sitzt völlig versunken an seinem Schreibtisch und dichtet an dem nächsten Bonmot für dich. Hat er sich dir schon erklärt?»

«Nein.»

«Jetzt komm aber. Dich nicht wenigstens geküsst?»

«Nein. Auf die Wange.»

«Du lügst.»

«Stimmt.» Sie lacht los, lange und schallend. Sie ist wieder vergnügt, entspannt; ihre Arme baumeln über die Stuhllehnen herab, ihr Kopf ist zurückgeworfen. Sie hört gar nicht mehr auf zu lachen, mit weit offenem Mund, ihre Schneidezähne eine Spur zu eng stehend, aber trotzdem weiß und hübsch und jung.

7

Mit diesem Paul ist es anscheinend etwas Ernstes. Mom bringt ihn an einem Donnerstagabend mit nach Hause, damit ich ihn kennenlerne. Er erinnert mich an einen Windhund, mager und flink. Er trägt eine Brille. Ihm entgeht nichts.

«Und wie gefällt es dir an der Ashing Academy, gegründet 1903?», erkundigt er sich, als meine Mutter uns miteinander allein lässt, um das mitgebrachte Essen auf die Schüsseln zu verteilen.

«Gut recherchiert», sage ich.

Er macht eine Kopfbewegung in Richtung Zimmerecke. «Ich hab's auf deiner Schultasche gesehen.»

«Es gefällt mir gut. Ich war nie auf einer anderen Schule, deshalb habe ich keinen Vergleich.» Er hat so etwas an sich, dass man sich gerader hinsetzen und die richtige Antwort geben möchte.

Er schaut mich an und nickt ernsthaft. «Das ist komisch, nicht wahr? Ich habe immer nur in dieser einen Kanzlei gearbeitet, deshalb kenne ich auch keine bessere.»

«Arbeiten Sie gern da?» Ich habe noch nie einen Erwachsenen gefragt, ob er seinen Beruf mag. Bisher dachte ich immer, sie kommen alle nach Hause und schimpfen über die Arbeit wie mein Vater.

«Unheimlich gern.»

Ein bisschen muss ich das Gesicht verzogen haben, denn er sagt, ganz im Ernst, er liebt seine Arbeit. Er versucht, seinen Hosenaufschlag näher an seinen Schuh heranzuziehen. Er sieht aus wie ein groß geratener Schüler, der sich als Erwachsener verkleidet hat. Dann will er wissen, ob ich mich vom Rest der Stadt abgeschnitten fühle als Privatschülerin, und ich sage, früher nicht, aber seit dem Umzug fällt mir auf, wie wenige von den Kindern hier ich kenne.

«Pauline, meine Babysitterin, kennt alle», sage ich. «Ganz eigenartig.»

«Das ist nicht eigenartig. Das ist folgerichtig.»

Asche auf mein Haupt, sagt mein Mathelehrer, wenn jemand einen Fehler an der Tafel entdeckt.

Meine Mutter stellt das Essen auf den Tisch und ruft uns herüber.

«Du sitzt hier», sagt sie zu Paul und klopft auf den Stuhl, auf dem normalerweise sie sitzt.

«Kann ich nicht lieber da sitzen?», fragt er und zeigt auf einen Stuhl an der Seite, nahe der Wand.

«Nein, nein, du bist der Ehrengast», sagt sie.

Paul nimmt Platz, schaut aber mehrmals nach oben und wedelt über seinem Kopf herum.

«Was um Himmels willen machst du da?» Meine Mutter lächelt und sieht ebenfalls zur Decke hoch.

«Ich schaue nur, ob nicht irgendwo ein Schwert hängt.»

Meine Mutter lacht, aber ich verstehe nur Bahnhof.

«Damokles hattet ihr in der Schule noch nicht?»

Ich schüttle den Kopf.

Im vierten Jahrhundert vor Christus, erklärt er mir, regierte in Syrakus ein schrecklicher Tyrann namens Dionysios. Er war ein begnadeter Feldherr, aber tückisch wie eine Schlange zu allen um ihn herum. Er scharte gern Intellektuelle wie Plato um sich, aber er spielte auch gern seine Spielchen mit ihnen. Paul lehnt sich zurück, als würde er eine Geschichte über seine eigene Familie erzählen. Einmal trug Dionysios dem berühmten Dichter Philoxenos die Gedichte vor, die er geschrieben hatte, und als Philoxenos sie nicht gut fand, nahm Dionysios ihn gefangen und schickte ihn zur Zwangsarbeit in die Steinbrüche. Nach einigen Tagen ließ er ihn holen und deklamierte noch mehr seiner Gedichte. Wieder fragte er Philoxenos nach seinem Urteil, und Philoxenos flüsterte: «Bringt mich zurück in den Steinbruch.»

Wir lachen, und Paul nimmt sich von dem Essen, das meine Mutter ihm reicht.

«Aber warum haben Sie nach einem Schwert geschaut?», frage ich.

«Dionysios hatte einen großen Palast voller Höflinge, und der allerkriecherischste Höfling war ein Mann namens Damokles. Er lachte, wenn Dionysios lachte, und hing immerzu an seinen Lippen – ungefähr so wie ich bei deiner Mutter.»

«Ha!», sagt meine Mutter.

Irgendwann, fährt Paul fort, hatte Dionysios es satt, und er bot Damokles an, eine Mahlzeit lang seine Krone zu tragen und als König auf seinem Thron zu sitzen. Damokles willigte entzückt ein. Aber die Krone war furchtbar schwer, und er musste eine endlose Zeit warten, bis alle Vorkoster die Speisen des Königs probiert hatten, um sicherzugehen, dass kein Gift darin war, und dann, mitten im Essen, lehnte er sich zurück und sah direkt über seinem Kopf ein zweischneidiges Schwert, das an einem einzelnen langen Pferdehaar hing. Er flehte darum, Platz tauschen zu dürfen, aber der König blieb hart. Er wolle, so sagte er, dass Damokles am eigenen Leib die Furcht kennenlerne, mit der ein großer König jede Minute leben muss, wenn er von seinen sogenannten Freunden umgeben ist. «Ich habe meine Vorkoster dummerweise nicht mitgebracht», sagt Paul, «aber essen wir trotzdem.»

Meine Mutter hat mir Essen aufgetan, Nudeln, die mit irgendwelchen Krümeln bestreut sind, und dazu etwas Suppiges mit Reis.

«Was ist das?»

«Das ist thailändisch. Ich glaube, das magst du.»

Es riecht ziemlich pikant. Eigentlich mag ich keine Gewürze, nur Oregano und Basilikum in der Spaghettisoße, aber schlecht schmeckt es nicht. Die Krümel in den Nudeln sind klein gehackte Erdnüsse, und die Soße ist süß und cremig.

«Paul, ich will deiner Geschichte ja nicht das Wasser abgraben», beginnt meine Mutter.

«Oje, da kommt's», sagt Paul zu mir.

«Aber ich fürchte, du wirfst da zwei Dionysiosse in einen Topf. Der erste hat den Dichter verbannt, und der zweite hat das Schwert aufgehängt.»

«Sie fürchtet, ich werfe zwei Dionysiosse in einen Topf», flüstert er mir zu und wendet sich dann an meine Mutter. «Es gab nur einen. Du denkst an Hieron den Ersten und den Zweiten.»

Meine Mutter tupft sich die Lippen geziert mit der Serviette ab, und Paul lacht. Es stimmt – er lacht wirklich über alles, was sie tut. Dann steht sie auf, geht zum Bücherregal und holt unsere tonnenschwere Columbia-Enzyklopädie heraus. Sie blättern gemeinsam, hastig, und wenn eine Seite leicht einreißt, kichern sie.

«Dionysios», sagt Paul laut, dann sieht er mich an. «Der Erste und der Zweite.»

Er erinnert mich an einen jüngeren, ausgelasseneren Grindy. «Woher in aller Welt weißt du so was?», fragt er sie.

«Meine Lateinlehrerin in Miss Pratts Mädchenpensionat hatte ein Buch über griechische Geschichte geschrieben. Sie hat uns sämtliche Namen samt Lebensdaten eingetrichtert.»

Nachdem meine Mutter die Enzyklopädie weggeräumt hat, erkundigt sie sich nach dem Delaurio-Jungen, aber Paul hebt die Hand und sagt: «Wir wollen doch Daley nicht mit unserer Arbeit langweilen.»

Wir essen weiter, und dann fragt er: «Wer sind denn so deine Freunde und Feinde, Daley?»

Selbst meine Mutter scheint überrumpelt von dieser Frage. Ich schaue sie an, und sie zuckt die Achseln.

«‹Ein Mann ist nicht weniger nach seinen Feinden zu beurteilen als nach seinen Freunden›», zitiert er.

«Wer hat das gesagt?», fragt meine Mutter.

«Versprichst du, dass du mich nicht verbesserst?»

«Nein.»

«Ich tippe auf Joseph Conrad.»

«Gut möglich», sagt meine Mutter.

Er antwortet mit einer kurzen Verneigung. Und zu mir sagt er: «Also lass hören.»

«Keine Ahnung. Meine beste Freundin ist Mallory. Ich kenne sie schon seit dem Kindergarten.»

«Und was magst du so an ihr?»

In seinem Ton ist etwas, das mehr Worte aus mir herauslockt, als ich eigentlich sagen möchte. «Sie denkt sich immer was Neues aus. Ich gehe zum Beispiel zu ihr, weil wir Schokokekse backen wollen, und dann spielen wir plötzlich, wir hätten unsere eigene Kochsendung, mit Perücken und allem, und machen uns fast in die Hose vor Lachen. Wer ist Ihr bester Freund?»

Er lächelt. Dass ich den Spieß umdrehe, hat er nicht erwartet. «Da fragst du mich was. Es gibt Eddie, der war meine Mallory, als wir Kinder waren, aber er lebt in Chicago, deshalb sehen wir uns nicht oft. Hier habe ich ein paar engere Freunde vom Jurastudium, und dann diese neue Freundin, die letzten Herbst in mein Büro geschneit kam, aber über die kann ich dir vermutlich nichts erzählen, was du nicht schon längst weißt.»

Sie lächeln sich an. Komisch. Diese ganze Sache fühlt sich seltsam an, aber auf keine schlimme Weise. Von dem Wein, den meine Mutter ihm eingeschenkt hat, hat er kaum etwas getrunken.

«Sonst irgendwelche Freunde, die du erwähnen möchtest?»

«Nicht so richtig. Es gibt Gina und Darcie, aber die rufe ich nur an, wenn Mallory nicht kann.»

«Und Patrick gibt es», ergänzt meine Mutter.

Es ist sonderbar, sie Patricks Namen sagen zu hören. Es erinnert mich an diesen Tag letzten Frühling, als sie mit uns Donuts essen war und Patrick die überzähligen Milchportiönchen von ihrem Kaffee austrinken durfte und davon einen Schaumrand über der Lippe zurückbehielt, den sie ihm mit ihrer Serviette abwischte. Und hinterher sagte er zu mir, meine Mutter wäre die schönste Mutter, die er jemals gesehen hätte; sie würde aussehen wie Jackie Onassis, nur hübscher. Jetzt traut er sich nicht mehr, sie auch nur zu erwähnen.

«Und Patrick», bestätige ich. Aber irgendwie klingt es verkehrt.

«Und deine Feinde?», fragt Paul.

Mir fällt als Einziges Catherine Tabor ein. Aber das wäre meiner

Mutter unangenehm. «Wer braucht schon Feinde, wenn er so eine Familie wie ich hat?»

«Was hat sie gesagt?», fragt meine Mutter, aber Paul bricht in ein lautes, hicksendes Lachen aus. Mir wird ganz warm vor Stolz, als ich es höre. Es tut fast so gut, wie wenn ich meinen Vater zum Lachen bringe. Aber das wird immer schwieriger.

Den Nachtisch essen wir auf dem Sofa. Paul setzt sich an das eine Ende, meine Mutter hockt sich mit untergeschlagenen Beinen ans andere, also nehme ich das mittlere Polster. Ich sehe, wie sie sich zulächeln.

«Was ist?», frage ich, aber sie sagen es mir nicht.

«Hast du heute keine Hausaufgaben?», fragt meine Mutter.

«Hab ich in der Schule schon gemacht.» Das Eis ist Kaffee-Eis, und ich verrühre es so lange in meinem Schälchen, bis daraus Suppe geworden ist. Paul hat riesige Schuhe, Schnürschuhe aus dunkelbraunem Leder, und dünne Socken, unter denen sich seine knochigen Fußgelenke abzeichnen. Er wippt ein bisschen mit den Beinen, wie Garvey. Uns allen scheint der Gesprächsstoff ausgegangen zu sein.

Beim Abschied gibt Paul mir die Hand. «War sehr schön, dich kennenzulernen. Deine Mutter hat in keiner Weise zu viel versprochen.»

«Bei Ihnen auch nicht.»

Ich weiß nicht, was er daran so lustig findet, aber es freut mich.

Meine Mutter strahlt übers ganze Gesicht, als er zu ihr sagt: «Adieu, meine Teure», und einen unsichtbaren Hut zieht.

«Eile mit Weile», sagt sie. «Ich bring dich raus.»

Sie ziehen die Mäntel an und schließen die Tür hinter sich. Ich flitze in mein Zimmer. Das Licht ist aus, dadurch habe ich den perfekten Blick auf den Parkplatz. Sie bleiben neben seinem Auto stehen.

Jetzt reden sie bestimmt über mich. Er zeigt auf die Eingangstür, und sie lacht. Hoffentlich habe ich einen guten Eindruck gemacht. Sie reden eine lange Zeit, an die Autotür gelehnt, schauen zu Boden, schauen wieder auf, schauen sich an. Er nimmt ihre Hand, dann auch die andere, und als er etwas zu ihr sagt, nickt sie und antwortet etwas, und sie lachen beide gleichzeitig. Er beugt sich vor, und sie küssen sich auf den Mund, nicht sehr lang, nicht länger, als Neal mich beim zweiten Mal geküsst hat. Zum Schluss umarmen sie sich, lange. Sie biegt sich zurück, um ihn ansehen zu können, und sagt etwas, und ich denke, vielleicht sagt sie ihm jetzt ja, dass sie sich wie in einem Roman vorkommt. Mir geht es schon so, einfach vom Zuschauen.

8

«O nein, das gibt's ja wohl nicht», sagt Catherine. «Gardiner, schau dir das an. Sie hat schon das Nächste.»

Mein Vater, der das riesige Hotelhandtuch auf der Liege ausbreitet, blickt auf. «Ach, du Schreck. Welches ist es diesmal? *Wettlauf zum Klo* von D. A. Roehe? *Überbevölkerung in China* von Fick See Yung?»

Ich habe diese Witze inzwischen so oft gehört. «*Nicht das Ende der Welt* von Judy Blume.»

«Blume», sagt er kopfschüttelnd. «Immer liest du diese Juden. Genau wie deine Mutter.»

Er weiß noch nichts von Paul.

«Um was geht's da?», fragt Catherine.

«Um ein Mädchen, dessen Eltern sich scheiden lassen.»

Sie schnaubt. «Wer will so was denn lesen?»

Es passt ihr nicht, dass ich so viel lese. Meinem Vater auch nicht. Sie sagen, es ist unhöflich von mir. Sie machen sich über die Titel lustig, über die Einbände und über die Art, wie ich an meiner Unterlippe sauge, wenn ein Buch mich fesselt.

Aber ich habe sonst nichts zu tun. Wir sind für die Frühlingsferien nach St. Thomas geflogen. Patrick hat sich mit dem Golftrainer angefreundet und fährt jetzt sein eigenes kleines Wägelchen, mit dem er die Senioren vor ihren Cottages abholt und von Loch zu Loch chauffiert. Bezahlt wird er in Snackbar-Gutscheinen, davon holen wir uns, wenn er nachmittags mit der Arbeit fertig ist, an der Poolbar Erdnüsse und Papayasaft. Elyse hat sich für die zehn Tage eine neue Familie gesucht, ein Ehepaar aus Salt Lake City mit einem einjährigen Sohn. Babys sind für Elyse das Höchste. Die Mutter hat ihre Nützlichkeit sofort erfasst, und so verbringt Elyse den Tag nun bei ihnen, in ihrem Sonnenzelt am Strand. Wo Frank hingeht, weiß keiner. Er verschwindet gleich nach dem Frühstück und erscheint zum Abendessen mit geheimnisvollem Grinsen und halb geschlossenen Augen, die mir Angst machen.

Fast alles macht mir neuerdings Angst. Ich bin auch früher schon geflogen, aber diesmal schien mir der Abstand zur Erde plötzlich zu groß und das Flugzeug zu klein und seine Metallwände zu klapprig und dünn. Und meine Dankbarkeit, als wir heil landeten, hielt nicht lange vor. Hier entdecke ich Echsen am Boden, Feuerquallen in der Brandung und Haifischflossen weiter draußen. Ich mag weder schnorcheln noch Wasserski fahren noch surfen. Und nicht nur um mich herum lauern Gefahren. Auch in mir drin lauern sie. An unserem zweiten Tag musste ich zwischendrin aufs Klo, und als ich zurück zu unserem Häuschen lief und mir auf dem Fliesenboden den Badeanzug herunterzog, wand sich ein Gefühl um meine Brust wie eine Boa constrictor. Das Tote-Sterne-Gefühl, aus heiterem Himmel. Es drückte mir die Luft ab. Ich hatte das ganze Haus für mich, aber das Bad kam mir trotzdem überlaufen vor. Mein Herz fing zu hämmern an, und die Angst ließ es immer noch stärker hämmern, bis ich ganz sicher war, dass mein Körper zerspringen musste. Ich gehe pinkeln, weiter nichts, sagte ich mir immer wieder, aber mein Körper spürte etwas völlig anderes, etwas Unsichtbares, das mit nichts Sichtbarem zu tun hatte. Hinterher am Strand musste ich mich in ein Handtuch wickeln, so fröstlig und schwach war ich. Seitdem war ich zwar ab und zu allein in unserem Häuschen, aber nachts merke ich, wie das Gefühl wieder herankriecht, und habe Mühe, einzuschlafen. Lesen ist das Einzige, was mich ruhiger macht.

«Du hast deine Juden», sagt mein Vater später zu mir, als wir uns alle den Sand abgeduscht haben und warten, dass es Zeit fürs Abendessen wird, «und ich habe mein *Penthouse*.» Er greift nach dem Heft, das ihm Frank am Flughafen holen musste.

«Lies uns noch einen Brief vor, Gardiner», bittet Patrick.

«Na gut, von mir aus.» Mein Vater blättert. «*Liebes Penthouse-Fo-*

rum», beginnt er dann, «*ich dachte immer, diese Briefe könnten nicht echt sein, aber seit letztem Donnerstag weiß ich, dass alles möglich ist.*»

«Sie fangen alle so an. Das ist dermaßen durchsichtig», sage ich.

«Pscht», macht Patrick.

«Ja, Daley, pscht. Das ist ernst zu nehmende Literatur.» Mein Vater plinkert mir zu. Er ist bester Laune, mit einem Drink neben seinem Ellbogen und dem Heft in der Hand. Er liest uns von einer jungen Frau vor, die alles in ihrem Leben als langweilig beschreibt – ihren Job, ihren Freund, ihren Hund. Mein Vater findet das zum Brüllen. «Sogar der bekloppte Hund ist langweilig!» Sie arbeitet in einem Bürogebäude in Chicago.

«Kommt sie vielleicht irgendwann zur *Sache*?», sagt Elyse, und alle prusten los. Es ist gemütlich, so in unserem kleinen Strandhäuschen zusammenzusitzen, in den Korbsesseln mit den dicken weichen Polstern. Mein Vater liest weiter.

Eines Abends muss sie länger im Büro bleiben, um noch etwas fertig zu machen. Ihr wird ein bisschen mulmig, als auch der letzte Mitarbeiter geht, aber sie ignoriert das Gefühl. Sie weiß, dass ihre Angst kindisch ist. Etwa eine Stunde später hört sie, wie sich der Lift in Bewegung setzt, und die Angst kehrt zurück. Sie schaltet sämtliche Lichter aus. Der Lift stoppt auf ihrer Etage, die Tür gleitet auf. Sie hält den Atem an. Sie denkt, wenn sie ganz mucksmäuschenstill ist (sie steht in der Ecke, Gesicht zur Wand), bemerkt er sie vielleicht nicht. Sie wagt sich nicht umzudrehen. Sie glaubt, ein Geräusch zu hören, aber sie ist sich nicht sicher, ihr Herz klopft so laut – und dann spürt sie an ihrem Nacken zwei Hände. Warme Hände. «*Ich weiß nicht, wieso, aber meine Anspannung ist schlagartig verschwunden. Alles wird gut werden. Seine Hände sind so groß. Sie streichen an meinen Schultern entlang und schließen sich um meine Brüste. Augenblicklich bin ich feucht im Schritt. Ich höre seine Atemzüge, rieche Zigarettenrauch in seinem Atem, spüre seine Bartstoppeln an meiner Wange, aber ich sehe ihn nicht. Er entkleidet mich vollständig und befriedigt*

mich auf jede nur denkbare Weise, und dann, endlich, penetriert er
mich mit seinem langen, knüppelharten Schwanz, und ... »

«Gardiner, also wirklich, das geht zu weit», sagt Catherine. «Das erzählt Elyse doch brühwarm in der Schule, wenn sie heimkommt.»

«Elyse Tabor! Ich höre wohl nicht recht!» Patrick ahmt den pikierten Gesichtsausdruck der Vorschullehrerin nach.

Wir lachen.

«Sind eh nur noch zwei Sätze», sagt mein Vater. *«... und ich spüre, wie er in mir explodiert. Und dann verlässt er das Gebäude. Ich habe sein Gesicht bis zuletzt nicht gesehen. Ich werde nie wissen, wer er war.»*

An unserem ersten Morgen in St. Thomas durfte ich meinen Vater begleiten, als er unsere Pässe an der Rezeption im Hauptgebäude abholen ging. Die anderen schliefen noch. Daheim lag der Schnee einen Meter hoch, aber ich patschte barfuß und in Shorts den Weg entlang. Unser Häuschen ist eins von den hintersten, gleich am Wasser. Wir gingen auf den breiten Steinwegen, die hier im Feriendorf alles verbinden, und weil es vor Sonnenaufgang leicht geregnet hatte, waren die Steinplatten feucht, aber warm. Wir sahen einer Eidechse zu, die eine andere eine Palme hochjagte, bis sie beide außer Sicht waren.

«In Barbados haben deine Mutter und ich auch mal in so einer Anlage gewohnt», sagte er. Es klang fast ein bisschen wehmütig. Vor Catherine spricht er, wenn überhaupt, nur hässlich über meine Mutter. Es ist so viel besser, wenn ich allein mit ihm bin, aber das bin ich nie. Den ganzen Weg zur Rezeption und zurück spielte ich, wir wären nur zu zweit nach St. Thomas gefahren.

Es gibt einen blonden Jungen, den wir nachmittags immer am Pool sehen. Er ist dünn und eher klein und trägt eine lange grüne Badehose mit orangenfarbenen Fischen darauf. Er weiß, dass er mir gefällt. Das merke ich an der Art, wie er sich jedes Mal vergewissert, ob ich ihn noch beobachte. Er tut so, als würde er auf irgendetwas hinter mir schauen, sodass ich immer am Rand seines Blickfelds bin. Als wir ankamen, steckte er viel mit zwei Mädchen zusammen, die beide ein ganzes Stück älter als wir waren, aber sie sind schon vor Tagen abgereist, und jetzt hat er niemanden mehr.

«Guck nicht ständig zu ihm hin. Das ist ein Volldepp», sagt Patrick. «Weißt du, was er gestern im Laden gemacht hat? Er ...»

«Halt den Mund. Ich will's gar nicht wissen.»

Wir trinken unseren Papayasaft aus. Wir haben so schweren Sonnenbrand, dass wir auf der äußersten Stuhlkante kippeln, damit unsere Haut nur ja nirgends aufliegt. Wir haben keine Sonnencreme. Wir haben bloß etwas, das Hawaiian Tropic heißt, ein nach Kokos riechendes Babyöl, das dazu da ist, die Sonnenstrahlen noch zu verstärken. Wir wollen so braun werden, wie es überhaupt nur geht. Am schlimmsten hat es Elyse erwischt. Ihr Rücken und die Arme sind so voller Blasen, dass die Familie aus Salt Lake City mit ihr in die Klinik im Ort gefahren ist, wo ihr die Unterarme mit Mull eingebunden wurden, weil die Haut dort so entzündet war. Sie haben ihr ein langärmliges T-Shirt und Sonnenblocker gekauft und durchblicken lassen, dass wir auch gut daran täten, diese Dinge zu benutzen. Aber wir haben keine Blasen, nur eine gute, satte Burgunderfarbe, aus der, bis wir zurück in die Schule kommen, tiefes Braun geworden sein wird.

Hinter dem blonden Jungen erscheinen mein Vater und Catherine in Tenniskluft.

«Los geht's», sagt mein Vater.

Wir nehmen unsere Schläger und umrunden den Pool.

«Zeig's ihnen», flüstert der blonde Junge mir zu.

Ich lächle. Wie gut, dass er mich durch den Sonnenbrand nicht rot werden sieht.

Die Plätze hier sind Sandplätze. Unserer wird gerade von einem Schwarzen im Tennisdress abgezogen. Die Geräte dafür sind die gleichen wie daheim im Club, ein Besen, so breit wie ein schmaler Korridor, den man hinter sich herzieht wie einen Leiterwagen, und eine kleine runde Bürste auf Rollen. Wir setzen uns auf die grüne Bank und schauen zu, wie er den großen Besen in langen, dramatischen Kurven erst die eine und dann die andere Seite entlangschwenkt und danach die Linien mit der kleinen Bürste frei kehrt, die ein Kritze-Kratze-Geräusch macht, als er damit an uns vorbeikommt. Die Linien, die er schneidet, sind scharf und makellos, was gar nicht leicht ist. Ich kann schwer schätzen, wie alt er ist, ob unter oder über zwanzig oder vielleicht auch schon dreißig, mit seinem kurz geschorenen Haar, den Schenkeln, die nicht dicker sind als die Waden, und den endlos langen Armen und Beinen, die so pechschwarz wirken gegen das Weiß seiner Kleidung. Am liebsten würde ich ihm zuschauen, wie er auch die übrigen Plätze abzieht, aber unserer ist fertig, und mein Vater macht sich schon auf mit seinen großen, auswärts gestellten Füßen und lässt im Gehen einen Ball vom Schläger springen, um ihn sofort mit der Ferse hochzuschaufeln.

Ich glaube, mein Vater hofft immer noch bei jedem unserer Spiele, ich könnte mich seit dem letzten Mal in Chris Evert verwandelt haben. So gut er die traurige Wahrheit inzwischen kennen müsste, tief drinnen ist er überzeugt, dass ich das Zeug zum Tennisstar habe und aus reiner Bockigkeit damit hinterm Berg halte, nur um ihn zu ärgern. Er muss mich immer wieder auf den Platz zerren, obwohl es jedes Mal eine Qual für ihn ist.

Garvey war das Tennisass. Sein Zimmer stand, bis Frank es übernommen hat, voller Trophäen: kleine goldene Figuren, die sich zum Aufschlag anschicken, mit Garveys Namen auf der Plakette unten am Sockel. Die ersten beiden Jahre in St. Paul's war er in der Schulmannschaft, dann hörte er auf. Mein Vater bezeichnet das gern als die größte Enttäuschung seines Lebens.

Damit ruhen alle Hoffnungen auf mir, die in egal welcher Sportart nur die Trostpreise einheimst.

«Daley und ich gegen euch zwei», sagt mein Vater zu meiner Erleichterung. Mit ihm zu spielen ist immer noch besser als gegen ihn.

Er hält mit mir an der Grundlinie Kriegsrat, immer diesen hoffnungsfrohen Blick im Gesicht. «Catherines Handgelenk ist wieder schlechter geworden. Spiel Rückhand auf sie. Sie hat fast keine Kraft darin. Und Patrick – na, Patrick steckst du ja sowieso in die Tasche.» Patrick spielt richtig gut. Ich habe in unseren sämtlichen Partien höchstens vier Spiele gegen ihn gewonnen, aber mein Vater hat sie nicht vergessen. «Okay, heizen wir ihnen ein.» Er klopft mir auf die Schulter und gibt mir die drei Bälle.

Meine Übungsschläge gehen alle rein.

«Seht sie euch an!», ruft mein Vater. «Seht sie euch an!»

Danach klappt nichts mehr. Mein erster Ball landet im Netz. Der zweite prallt an den Zaun. Mein Vater kommt zu mir nach hinten.

«Stell dich so hin. Bisschen weiter rüber noch. Gut. Jetzt» – er steht hinter mir und zieht meinen Schläger für den Aufschlag zurück – «schau, dass du das Handgelenk kippst, wenn du oben bist, so.» Er nimmt meinen Arm, hebt ihn langsam über meinen Kopf und kippt mein Handgelenk exakt im richtigen Moment. Er riecht nach Limette und Zigaretten, sein Karibikgeruch.

Ich mache noch zwei Doppelfehler.

Mein Vater nähert sich wieder der Grundlinie.

«Wenn du sie mal in Ruhe lassen würdest, täte sie sich leichter, Gardiner», sagt Catherine. «Sie muss einfach ein bisschen reinkommen.»

Mein nächster Ball geht ins Aufschlagfeld. Patrick ist so überrascht, dass er ihm einfach nur zuschaut. Mein Vater klatscht mich ab. Ich mache auch den nächsten Punkt, indem ich auf Catherines Rückhand ziele.

Egal, wie ich vorher gelaunt war, beim Tennis befällt mich trotz frischer Luft und der Brise in den Baumwipfeln immer das gleiche klaustrophobische Gefühl, gekoppelt mit einer fast schon lebensbedrohenden Langeweile. Ich starre auf die makellosen Linien und denke an den Schwarzen in seiner weißen Shorts. Er hat ein Tablett mit Gläsern voller Eiswasser und einem Teller Melonenschnitze auf unserer Bank abgestellt. Drei Sätze lang bin ich hier jeden Tag eingesperrt, zwischen den hitzeflimmernden weißen Linien, während aus einem Himmel, der grau scheint vor lauter Gleißen, die Sonne auf unsere verbrannte Haut herabsticht.

Mein Vater gibt nicht auf. Er fühlt sich so durch und durch lebendig und erfrischt auf dem Platz. Meine Stimmung prallt völlig an ihm ab, diese Lähmung, die seine Erwartungen bei mir auslösen. Noch beim letzten Spiel des dritten Satzes (0:6, 1:6, 0:5) gibt er mir Tipps, führt mir die Fußarbeit vor, mit der ich einen Überkopfball zurückschlagen muss. Ich schaue ihm zu, wie er in einer Rückwärtsdiagonale über den Platz tänzelt, mit diesen mühelosen Überkreuzschritten, die ich nie beherrschen werde. Ich schlage meinen besten Ball bei diesem letzten Wechsel, einen flachen Cross, der nur leider ganz knapp hinter der Linie aufkommt.

«Aus!», frohlockt Patrick, nicht, weil er gewonnen hat, sondern weil das Match vorbei ist.

«Ach, geh mir weg mit dem Scheiß», brüllt mein Vater zurück. «Ein spitzenmäßiger Schlag war das!»

«Träum weiter, Gardiner», sagt Catherine.

Er droht ihr mit dem Finger, sprachlos vor Wut, während er rüber auf ihre Seite stampft. Die Tennisregeln sind meinem Vater heilig, weshalb er, wenn es tatsächlich einmal dazu kommt, auch ein guter Verlierer ist. Aber sein Wunsch, dass mein einer schöner Ball zählt, scheint größer zu sein als sein Realitätssinn.

Allerdings ist der Platz ein Sandplatz, und Patrick zeigt ihm den frischen Abdruck dicht hinter der Auslinie.

«Geh mir bloß weg», sagt mein Vater noch einmal, aber ohne Nachdruck.

«Tut mir leid, Dad», sage ich.

Er schüttelt den Kopf, als wir vom Platz gehen. «Du musst einfach öfter spielen. Übung macht den Meister.»

Dabei spielen wir seit einer Woche täglich, und ich werde nur immer schlechter.

An diesem Abend komme ich an der Salatbar neben dem blonden Jungen zu stehen.

«Wie lief euer Spiel?», fragt er, ohne den Hüttenkäse aus den Augen zu lassen.

«Ich hab's versiebt.»

Er lächelt, sieht mich aber nicht an. «Treffen wir uns nachher am Strand?»

«Okay.»

«Lass deinen Freund aber hier.» Er schaut kurz zu Patrick, der drei Leute vor uns steht.

«Das ist mein Bruder.»

«Stief-», verbessert er mich. «Riesenunterschied, Daley.»

Er hat meinen Namen und meine Familienverhältnisse in Erfahrung gebracht. Es beeindruckt mich so, dass ich kaum einen Bissen runterkriege. Die Stimmung an unserem Tisch ist angespannt. Frank ist nicht zum Essen erschienen.

«Wer sich in Gefahr begibt, kommt darin um», sagt mein Vater schon zum x-ten Mal. Selbst hier ertränkt er seine Steaks in A-1-Soße. Auf seiner Nase zeigen sich erste Schweißperlen. Catherine bekommt fast so wenig herunter wie ich. Sooft jemand durch den bambusgeflochtenen Türbogen hereinkommt, zuckt ihr Kopf hoch. Sie trinkt.

Das gefällt meinem Vater. «Na, du hältst heute ja gut mit», sagt er und versucht, ihr unauffällig in die Brust zu kneifen. Mit einem Ruck dreht sie sich weg. «Blöde Kuh», murmelt er.

Jeden Abend gibt es Omelette surprise. Das Küchenpersonal rollt es herein, und alle müssen aufhören, zu essen und zu reden, und den Flammen beim Flackern zuschauen.

«Herrgott, beklatscht diese Affen doch nicht auch noch», murrt mein Vater.

Nach dem Essen kann man zu einer Steelband tanzen. Normalerweise bleiben mein Vater und Catherine dafür noch, während wir schon zum Haus zurückgehen und fernsehen, aber heute Abend hat sie keine Lust dazu.

«Gräm dich nicht so, mein Pussikätzchen», schnurrt mein Vater ihr ins Ohr, aber sie sieht nur noch zur Tür.

«Ich weiß, was dir gut tut», sagt er und macht irgendwas unter dem Tisch.

«Lass deine dreckigen Pfoten bei dir!», sagt sie ganz laut. Alle wenden sich nach uns um, auch Elyse und ihre neue Familie vom anderen Ende des Saals, auch der blonde Junge, dessen Blick mich seit der Salatbar nicht mal gestreift hat.

Ich mache eine Kopfbewegung Richtung Strand. Er nickt. Daraufhin stehe ich auf, lasse Patrick sitzen, lasse Catherine sitzen, lasse meinen Vater mit seinem tiefroten, schwitzenden Gesicht und den gelben Augen und zittrigen Händen sitzen und folge dem blonden Jungen zum Strand.

Hier am Äquator geht die Sonne schnell unter. Der Himmel ist dunkelblau, von Abendrot keine Spur mehr, der Horizont nichts als ein blasser kalter Strich. Der Sand fühlt sich wärmer an als die Luft. Wir stapfen den Strand entlang, fort vom Restaurant, fort von der ganzen Ferienanlage. Wir erzählen einander, wo wir herkommen. Er ist aus Connecticut. Als wir weit genug von der letzten Muscheln suchenden alten Frau weg sind, zieht er mich auf den Sand hinunter und fängt an, mich zu küssen. Seine Küsse sind hart und nass, zweckvoll, als ob er mit seiner Zunge etwas aus meinem Mund herausbohren will. Seine Spucke ist überall, meine Haut wird ganz klamm davon. Ich überlege, ob ich ihn wegstoßen soll, dann fällt mir wieder ein, wo ich bin, auf St. Thomas, in diesem Cottage, in das ich nicht zurückwill, bis sie fertig gestritten haben. Also versuche ich stattdessen, an die Küsse von Neal Caffrey zu denken, an dieses schwebende Gefühl danach, und den *Penthouse*-Brief und das Tote-Sterne-Gefühl auszublenden, und als das alles nichts nützt, denke ich wieder, ich muss ihn wegstoßen und heimlaufen, aber dann fällt mir wieder ein, wo ich bin.

Er schiebt mir die Hand den Rücken hoch, unters T-Shirt. «Kein BH», flüstert er, seine ersten Worte seit Langem.

Kein Busen, sage ich fast, aber das wird er gleich selber merken. Seine Hand wandert nach vorne. Als sie auf Höhe meiner Achselhöhle ist, lange ich hoch und ziehe sie heraus. Ich stehe auf, spüre den Wind kalt auf meinem spuckenassen Gesicht.

«Prüde Zicke!», ruft er hinter mir her, als ich auf die Lichter des Feriendorfs zugehe. «Eingebildete, prüde Zicke!»

In unserem Haus brennt nur eine Lampe. In den Schlafräumen ist es dunkel, und die zweite Lampe im Wohnzimmer liegt zerbrochen auf dem Boden, der mit Scherben übersät ist. Patrick und Elyse sitzen jeder weinend an einem Ende der Couch.

«Sie lassen sich scheiden!», heult mir Elyse entgegen, als sie mich sieht.

«Unsinn.»

«Doch, ich glaub's auch», sagt Patrick. Die Haut um seine Augen ist noch röter als sein Sonnenbrand.

«Sie haben nur gestritten», sage ich.

«Du warst nicht da. Es war kein Streit wie sonst immer. Sie hat versucht, ihn zu erwürgen.»

«Sie waren betrunken. Morgen erinnern sie sich wahrscheinlich an gar nichts mehr.» Mir wird klar, dass sie das mit dem Trinken nicht verstehen. Sie nehmen sie betrunken genauso ernst wie nüchtern. Sie verstehen das ganze Problem nicht. «Sie sind Alkoholiker.»

«Was ist das?», fragt Elyse.

«Das ist, wenn Leute nicht aufhören können, Alkohol zu trinken, Wodka und Gin und all solches Zeug. Wenn sie so sind – das liegt alles am Alkohol. Sie können nicht anders. Sie sind dann nicht richtig sie selbst.»

«Sie *sind* keine Alkoholiker», sagt Patrick.

«Doch, Patrick.» Meine Mutter hat mir das mit Dads Trinkerei diesen Winter erklärt. Sie hat schon auf der Hochzeitsreise gemerkt, dass er ein Alkoholproblem hat, und danach wurde es stetig schlimmer. Zweimal hat sie versucht, ihn zu verlassen, aber jedes Mal hat er versprochen, sich zu bessern, und eine Weile ging es auch besser, aber nie für lang. Es ist wie eine Krankheit, hat sie mir erklärt, nur dass die Menschen, die daran leiden, sich nicht für krank halten.

«Gardiner hat eine Arbeit und ein Haus, und er ist Vorsitzender im Tennisverband. So jemand ist doch kein *Alkoholiker*.»

«Aber hast du ihn am Abend je nüchtern erlebt?»

«Ganz oft.» Er lügt. Er erträgt es nicht, dass mein Vater nicht vollkommen sein soll. Aber er weint dabei. «Dieser Murphy im Sandwichladen, der immer in der Ecke rumhängt. *Das* ist ein Alkoholiker, Daley.»

«Ich sag ja auch bloß, dass sie ziemlich viel trinken und das meiste, was sie sich an den Kopf werfen, gar nicht so meinen. Morgen früh haben sie alles wieder vergessen.»

Elyse klettert mir auf den Schoß, und ich streichle ihre Arme und die Verbände an ihren Armen. Patrick lutscht lautstark am Daumen. Ich schaue ihnen beiden beim Einschlafen zu, und nach einer Weile trage ich Elyse in unser Zimmer. Sie wird nur ganz kurz wach, das höre ich. Bei mir dauert es lang, bis ich einschlafe. Mein Herz klopft, und ich merke, dass ich Angst habe, es könnte vielleicht doch stimmen, Angst, sie lassen sich wirklich scheiden. So gut ich auf Catherine verzichten kann, mit meinem Vater allein sein will ich auch nicht. Ich will nicht die Einzige sein, die er noch anschreien kann.

Als ich aufwache, liegt Elyse nicht mehr neben mir im Bett. Aus der Kochecke höre ich Lachen, die Kaffeemaschine gurgelt. Keine Scheidung. Ich ziehe mir den Badeanzug an und darüber meine Shorts. Frank liegt auf der Couch, erst halb wach, und als er mich sieht, schüttelt er den Kopf und droht mit dem Finger. Warum soll ich ein Problem haben und nicht er? Die Stimmen in der Kochecke sind verstummt. Sie sind alle versammelt, mein Vater, Catherine und Patrick, alle stehen sie in dem engen Zwischenraum zwischen Kühlschrank und der Küchentheke, an der Elyse auf einem Hocker sitzt und ihre zuckerglasierten Cornflakes löffelt. Catherine flüstert ihren Kindern etwas zu, und sie gehen aus dem Zimmer. Sogar Frank verschwindet durch die Glasschiebetür.

Mein Vater und Catherine wechseln Blicke und trinken ihren Kaffee. Irgendetwas liegt in der Luft, aber ich kann nicht recht sagen, was. Vielleicht lassen sie sich ja doch scheiden. Und sie sagen es mir als Erster, damit ich es Patrick und Elyse beibringe. Ich werde unemotional reagieren, beschließe ich. Ihnen sagen, dass es dann wahrscheinlich besser so ist.

«Daley», beginnt Catherine. Ihr Bademantel klafft auf, und ich kann ihre langen Brustwarzen sehen.

«Setz dich hin», befiehlt mir mein Vater in einem barschen, kehligen Ton.

Ich gehe zu einem der Hocker.

«Hinsetzen, hab ich gesagt!»

«Mach ja schon», sage ich, und meine Stimme kippt. Von wegen unemotional.

«Daley, dein Vater und ich ...»

Mein Vater unterbricht sie. «Ich weiß nicht, wofür du dich hältst, aber wenn du dir einbildest, du kannst hier die Lügen deiner Mutter verbreiten, dann hast du dich getäuscht, tut mir leid.» Er sieht nicht aus, als ob ihm irgendetwas leidtut, so dick und violett, wie die Sehnen an seinem Hals hervortreten. «Du tust mir leid, dass du bei ihr wohnen und ihren Anblick und ihre Reden und diese ganzen grauenvollen Freunde von ihr ertragen musst. Aber wenn du ihr Gerede jetzt auch noch für bare Münze nimmst, bist du eine noch größere Idiotin, als ich dachte.»

«Hältst du uns wirklich für Alkoholiker, Daley?»

Ich finde meine Stimme nicht. Der Hocker unter mir fühlt sich so klein an.

«Glaubst du, das hier» – sie zeigt auf das Meer vor der Glastür – «ist der Lebensstil von Alkoholikern? Liegen wir jeden Abend bewusstlos am Boden? Verstecken wir Flaschen im Kleiderschrank? Betteln wir die Leute auf der Straße um Geld an?»

Ich antworte auf jede ihrer Fragen mit Nein.

«Was ist dann deiner Meinung nach ein Alkoholiker?»

«Jemand, der ständig betrunken ist.»

«Sind wir ständig betrunken? Sind wir jetzt betrunken?»

«Keine Ahnung.»

«Es ist morgens um acht, und wir trinken Kaffee. Sind wir betrunken?»

«Nein.»

«Vielleicht bist *du* ja betrunken», schaltet sich mein Vater wieder ein. «Vielleicht warst du gestern Abend bei deinem kleinen Aufklärungsgespräch mit Patrick und Elyse betrunken.»

Catherine tippt ihm aufs Bein, um ihn zu bremsen.

«Vielleicht wart du und deine Schlampe von Mutter betrunken, als ihr euch mit dem ganzen verdammten Familienschmuck aus meinem Haus geschlichen habt. Wenn ich Alkoholiker sein soll, dann ist *sie* eine gottverdammte Kriminelle.» Er holt aus, als ob er mich schlagen will, und fast möchte ich es, möchte mit irgendwelchen Spuren an mir heimkommen, die meine Mutter sehen kann. Aber er stürmt nur zur Tür hinaus, «Drecksschlampe», murmelt er ein paarmal und schüttelt die Fäuste, bevor er den Weg entlang außer Sicht wankt.

Catherine merkt endlich, dass ihr die Titten aus dem Bademantel hängen, und rafft ihn zusammen. «Wir reisen morgen ab, Daley. Wenn du vielleicht einfach die Klappe hältst, bis wir dich in der Water Street absetzen.»

Der blonde Junge lässt die Beine am tiefen Ende des Pools über den Rand hängen und redet mit drei Schwestern aus Wisconsin, die gestern angekommen sind. Sie sehen alle zu mir her, als ich die Stufen am flachen Ende hinuntersteige, dann sagt er etwas, und sie kichern. Ich tauche schnell unter. Als ich wieder auftauche, kichern sie immer noch. Das kleinste Mädchen schwimmt auf mich zu.

«Heißt du Prüdence?», fragt sie, und die anderen hinter ihr wiehern los.

«Verpiss dich», sage ich und sehe dann erst, wie klein sie ist, kaum älter als Elyse. Ihre erschrockenen Augen füllen sich mit Tränen. Sie hat nicht verstanden, was sie da fragt, und ich habe Gewissensbisse.

Ich lasse das Mittagessen ausfallen und sitze den Nachmittag über allein in unserem Haus. Es ist mir egal, wie laut mein Herz klopft. Das macht mir keine Angst mehr. Ich schaue das Telefon an und überlege, ob ich meine Mutter in der Arbeit anrufen soll, aber ich habe keine Lust auf die genervte Jean, und wahrscheinlich klappt das mit dem Reden eh nicht. Entweder ich heule los, sobald ich ihre Stimme höre, und dann denkt sie, mir ist etwas passiert. Oder ich brülle sie an, wozu sie mir das mit der Trinkerei überhaupt sagen musste.

In meinem Türrahmen hängt Frank und gluckst so ein bisschen. «Hassie super aufgespießt.»

«Was?»

«Kind beim Nam' genannt.»

Er ist hackezu. Ich habe ihn schon öfter zugedröhnt erlebt, aber noch nie so.

«Ihn' ihr Etikett verpasst. Schönes, fettes Etikett, weiß-rot wie Campbell-Suppe. *Watsch.* Voll drauf auf die Alten. Mann, ham die sich gewunden. Wie die Scheiß-Aale. Irgendwann schnei'n wir ihn' die Köpfe und Schwänze ab und schaun, ob irgendwas nachwächst.» Er knöpft sich die Jeans auf und fängt an, den Reißverschluss runter- zuziehen, und ich will meine Tür schon zuschlagen, da stößt er sich vom Türpfosten weg und schlappt ins Bad.

Aus dem Taxi sehen wir erste Helligkeit über dem Wasser herauf- dämmern. Die Straßen sind noch dunkel, aber ganz hinten auf dem Meer ist ein Leuchten zu ahnen. Mein Vater sitzt vorn und plaudert mit dem Fahrer, einem Schwarzen etwa in seinem Alter. Mein Vater wendet ihm das Gesicht zu, hellwach. «Du lieber Scholli, das muss erst mal einer nachmachen», höre ich ihn sagen, und der Fahrer lacht. Mein Vater trägt eine hellrote Baumwollhose zu einem weißen Oxfordhemd und blauem Blazer. Sein Geruch nach Rasiercreme, Deo und Old Spice erfüllt den Wagen. Das ist sein Morgenduft, der Duft, der den A-1-Zigaretten-Wodka-Gestank vom Abend wegwischt. Er ist glatt rasiert, funkelnd sauber. Wir bewundern ihn, alle. Wir können gar nicht anders.

Der Flughafen hat keine Wände, nur ein langes rotes Dach und Palmen auf allen Seiten. Der Taxifahrer lädt unser Gepäck auf einen Rollwagen. Mein Vater drückt ihm ein dickes Bündel Scheine in die Hand, und der Fahrer lächelt und klapst meinem Vater auf den Arm. Mein Vater klapst zurück und wünscht ihm alles Gute für sich und seine Familie. Der Mann kann den Blick gar nicht von ihm wenden und bleibt noch eine ganze Weile neben seinem Auto stehen, als mein Vater schon weg ist.

Unter dem Dach geht es chaotisch zu, vor dem einzigen offenen Schalter warten an die fünfzig Familien darauf, die Insel zu verlassen. Eine endlose Zeit tut sich gar nichts. Wir haben Hunger, und es wird schon heiß. Unsere Sonnenbrände pochen unter den steifen Wintersachen, die wir dreizehn Tage nicht mehr anhatten.

Patrick will sich auf Franks Reisetasche setzen, aber Frank stößt ihn runter.

«Setz dich auf deinen eigenen Scheißkoffer», sagt er.

Catherine fährt herum und durchbohrt Frank mit einem bitterbösen Blick. «Kchch!», faucht sie, und über meinen Arm ergießt sich ein Spuckeregen.

In der Schlange stehen mehrere Jungen in meinem Alter, aber ich riskiere keinen Blick in ihre Richtung. Ich habe Angst, der blonde Junge könnte irgendwo sein oder noch kommen. Ich schaue stattdessen auf meinen Koffer. Es ist der alte blaue Koffer meiner Mutter. Er war immer dabei, wenn sie mit meinem Vater verreist ist, und wenn sie dann zurückkamen, lag darin ein Geschenk für mich: ein Emaillering aus Venedig, eine Stoffpuppe aus Acapulco. Ich breite meinen Parka darüber wie beim Hinflug auch schon und hoffe, mein Vater erkennt ihn nicht.

Ein zweiter Schalter macht auf, dann ein dritter, und dann sind wir durch, unsere Koffer bekommen ihre Anhänger um und verschwinden im Schlund der Rutsche. Nur die Sicherheitskontrolle fehlt noch. Sie ist nicht wie die normale amerikanische, wo ein einzelner Mann die Bordkarten überprüft und einen dann bittet, durch den Metalldetektor zu treten. Hier stehen Reihen von Uniformierten mit dicken goldenen Abzeichen und Hunden an komplizierten Leinen, Hunden, die nicht in der Hitze hecheln, sondern uns scharf entgegenspähen.

Die Schnauze des einen zuckt, und sofort sträuben die anderen beiden ihr Fell. Ihre Ohren spitzen sich, die nassen schwarzen Nasenlöcher blähen sich auf und beben. Dann bellen sie alle gleichzeitig los, fletschen die langen gelben Zähne, reißen an ihren Leinen und zerren die Männer, die sie halten, über den Ziegelboden zu Frank hin. Die Hunde umzingeln ihn. Der Rest von uns schaut von der anderen Seite des Metalldetektors aus zu. In Sekundenschnelle werden Frank und seine Tasche aus der Schlange gezogen und weggebracht. Die Hunde drängen hinterher, und ihr Gebell übertönt alle sonstigen Geräusche bis auf ein lautes, kurzes «Mom!», bevor Frank um eine Ecke geführt wird und verschwunden ist.

Catherine hat die Hand vor den Mund geschlagen. Über die Lautsprecher wird unser Flug nach Miami aufgerufen.

«Ich hab nicht vor, diesen verdammten Flieger zu verpassen, hörst du?»

Catherine nickt mechanisch.

«Meine Schuld ist das nicht. Ich hab nichts zu tun mit so was. Absolut nichts.» Mein Vater sieht den Korridor entlang und lacht sein angewidertes Lachen. «Himmelarsch. Was für ein Idiot muss man sein, um … »

«Halt's Maul.» Ihre Stimme hat diesen bösartigen, scharrenden Ton, den sie von ihm gelernt hat.

«Da», sagt er gedämpft, während er mit zitternden Fingern durch den Stoß Bordkarten fächert. «Gute Reise noch.» Er gibt ihr vier Karten. «Komm, Daley. Wir zwei fliegen heim.»

Wir folgen dem Strom von Menschen hinaus auf das Rollfeld, die Eisentreppe hinauf und in das kleine Flugzeug.

Auf halbem Weg den schmalen Gang entlang bleibt mein Vater stehen und zeigt auf zwei Plätze auf der rechten Seite. «Da wären wir.»

«Du kannst ans Fenster», biete ich ihm an.

«Geh du ruhig.» Es soll nett sein, aber dabei sieht er aus, als wollte er mich am liebsten packen und in den Sitz rammen.

Ich schlüpfe hinein und schnalle mich an.

Mein Vater drückt den Knopf oben neben dem Deckenlicht, aber die Stewardess weist vorne die Leute ein und reagiert nicht. Er klappt sein Tischchen herunter, obwohl das noch gar nicht erlaubt ist. Er legt die Hände auf die Platte und wischt mit den Handflächen darauf hin und her. Seine Handrücken sind breit und braun mit dicken Adersträngen, die Haut gefältelt über den schmalen Knochen, die zu den Fingern überleiten. Ich stelle mir vor, ich würde seine Hand halten, wie ich das früher ständig getan habe – beim Straßeüberqueren, beim Einkaufen, im Auto – und jetzt nie mehr. Und dann langt er zu meiner Verblüffung herüber und legt seine Hand auf meine. Sie ist genauso warm und groß, wie ich sie in Erinnerung habe.

«Wir kriegen das hin», sagt er und drückt wieder auf den Knopf.

Fast eine Stunde später, nachdem Lautsprecherdurchsagen irgendwelche technischen Probleme gemeldet haben und die Stewardess mir eine Cola und meinem Vater drei kleine Fläschchen gebracht hat, zwei mit Wodka und eine mit Wermut, kommt Elyse angerannt.

«Gardie!», sagt sie und klettert meinem Vater vorsichtig auf den Schoß, ohne an das Tischchen mit den Flaschen zu stoßen. So habe ich sie noch nie zu ihm sagen hören – ich habe überhaupt nie gehört, dass jemand ihn so nennt.

«Hallo, mein Mäuslein», sagt er und streicht ihr ein paar Löckchen unter den Haarreif.

Am Ende des Ganges erscheinen Catherine und Patrick und schauen nervös hin und her, bis sie uns entdecken. Patricks Gesicht entspannt sich sofort, und er schiebt seine Mutter in unsere Richtung. Trotz der vielen Sonne, die sie abgekriegt hat, ist ihre Haut käsig und unter den Augen ganz grau. Sie setzt sich auf ihren Platz auf der anderen Gangseite, schaut meinen Vater aber nicht an dabei. Elyse klettert von meinem Vater herunter und auf den Fensterplatz neben ihrer Mutter, und Catherine braucht übertrieben lange, um sie beide anzuschnallen. Patrick hat den Platz vor mir, und ich sehe sein Auge durch den Spalt zwischen den Lehnen spähen. Ich schiebe den Finger durch die Ritze und berühre seine Backe. «Au», sagt er, und wir lachen. Und dann lässt sich Frank neben Patrick plumpsen, dass die Flaschen auf Dads Tablett durcheinanderklirren. Mein Vater fängt sie auf, hebt dann den noch halb vollen Plastikbecher hoch und reicht ihn Catherine herüber.

«Den brauchst du jetzt wahrscheinlich noch dringender als ich.»

Sie lacht schnaubend und nimmt den Drink. Dann greift sie nach seiner Hand.

«Dicker Kater», sagt sie.

«Kleines Kätzchen», sagt er.

«Was war?», flüstere ich zu Patrick vor, als wir in der Luft sind.

«Sie haben nichts gefunden. Er musste sich zweimal ganz ausziehen, sie haben seine Kleider durch diese Maschine laufen lassen, die Hunde sind fast durchgedreht, aber gefunden haben sie nichts.»

Ich linse durch den Spalt zu Frank vor. Ein Büschel fettiges, ungekämmtes Haar hängt ihm über ein Auge. Das andere ist zu. Seine Haut ist übersät mit Pickeln und Aknenarben. Seine dünnen Lippen sind fest zusammengepresst. Sogar im Schlaf sieht er aus, als würde er irgendwas aushecken.

Ich habe den Großteil meines letzten Buchs für den Heimflug aufgespart. Es ist von Edith Wharton. Paul hat es mir zu Weihnachten geschenkt. Hiermit beginnt Daley Amorys Éducation sentimentale, sagte er dazu. Ich musste das Wort erst mal heimlich nachschlagen. Bei meiner Rückkehr aus St. Thomas wird meine Mutter mir eröffnen, dass Paul ihr einen Heiratsantrag gemacht hat.

Ich hole das Buch heraus. Als Catherine es sieht, stößt sie meinen Vater an und zeigt hin, und mein Vater murmelt: «Himmel, Arsch und Zwirn – schon wieder eins!»

Mir ist es gleich. Archer hat der Gräfin Olenska gerade die gelben Rosen geschickt, und schon schwindet die Welt von Catherine und meinem Vater in den Hintergrund.

II

9

Ich wollte erst nicht feiern, aber Jonathan hat darauf bestanden.

«Die Leute wollen sich doch mit dir freuen», sagte er. Und jetzt hat er mir die Art Abend ausgerichtet, wie ich sie am liebsten mag: nur unsere engsten Freunde, seine selbst gemachte Drei-Dollar-Spaghettisoße und vor dem Essen eine Runde Streichholzbridge. Es ist Juni in Michigan. Alle Fenster der Wohnung stehen offen. Gegen die Fliegengitter surren und klatschen Insekten. Es gibt Wein, aber nicht so viel, dass sich jemand betrinken könnte.

Beim Essen kommen wir irgendwie darauf, nachzuzählen, wie viele von uns schon einen Elternteil verloren haben. Wir sind sieben Leute mit insgesamt fünf toten Elternteilen. Das Mädchen, das Dan mitgebracht hat, eine ernsthafte Studentin in Shorts und Baseballmütze, fragt mich, woran meine Mutter gestorben ist. Normalerweise sage ich nur, dass es ein Autounfall war, aber heute Abend – vielleicht, weil ich von hier weggehe, vielleicht, weil sie so jung und samtäugig ist – erzähle ich ihr auch von den grauenvollen Tagen danach, von meinem Vater, der nicht zur Beerdigung kam. Mein Vater ist kein großes Thema mehr für mich, ich sehe ihn höchstens ein Mal im Jahr, aber trotzdem regt sich in mir ein kleines, warnendes Prickeln.

«Wenigstens anrufen können hätte er meinen Bruder oder mich, uns sagen, dass ihm das mit unserer Mutter leidtut», sage ich. «Oder vorbeikommen. Oder ein paar Zeilen schreiben. Wir waren eine Woche in ihrer Wohnung – nur eine Meile von ihm entfernt –, aber er hat sich nicht gerührt. Er *erwähnt* ihren Tod nicht mal, bis heute nicht.»

«Vielleicht ist es zu schmerzhaft für ihn.» Sie heißt Janine, glaube ich. Studiert Psychologie.

«Sie haben sich getrennt, als ich elf war. Sie haben sich gehasst.»

«Trotzdem. Bei ungeklärten Beziehungen ist die Trauerarbeit oft am schwersten.»

Ich sehe sie durchdringend an, denn das muss sie wissen, wenn sie einmal Leute therapieren will: «Manche Menschen sind und bleiben einfach Arschlöcher.»

Sie scheint nicht bereit, das so stehen zu lassen, aber etwas in meinem Rücken lenkt ihren Blick ab und nötigt sie zum Lächeln. Es ist Julie mit einem Kuchen in den Händen. Jonathan, der mit drei Packungen Eiscreme hinter ihr herkommt, fängt zu singen an: «Happy Berkeley to You», und alle fallen ein, und ich versuche, sie zum Schweigen zu bringen, aber sie singen nur noch lauter. Ich bin mir nicht sicher, ob ich mit den Anklagen gegen meinen Vater schon durch bin.

Julie stellt eine Bananentorte vor mich hin, mein absoluter Lieblingsnachtisch. Sie hat sie mit Palmen und Surfern aus Plastik dekoriert.

Ich umarme sie, und sie flüstert: «Ich fass es immer noch nicht, dass du mich in diesem Dreckloch allein lässt.»

Ich lache, denn ich tue nichts dergleichen. Sie hat eine Stelle an der University of New Mexico und zieht in zwei Wochen nach Albuquerque.

Jonathan schlingt von hinten die Arme um mich und küsst mich auf den Nacken, während ich den Kuchen aufschneide. «Kannst du sie nicht einfach alle heimschicken?», flüstert er mir ins Ohr. «Wir haben nur noch ein paar Stunden.»

«Das hier war deine Idee, Magoo.» Er ist gute zwanzig Zentimeter größer als ich, und ich spüre den Druck an meinem Lendenwirbel. «Krieg dich in den Griff.»

Wir werden nicht lange getrennt sein. Er kommt nach Kalifornien nach, sobald er nächste Woche seinen Sommerkurs zu Ende unterrichtet hat. Ich kann immer noch kaum glauben, dass er wirklich mit mir kommt. In allerletzter Sekunde hat Jonathan Fleury, der, wie Dan gern sagt, jeden einzelnen Stuhlgang drei Jahre im Voraus plant, der Temple University in Philadelphia abgesagt und die Stelle an der San Francisco State angenommen. Jetzt kann nur noch ich es verbocken.

«Du wirst es nicht verbocken», hat Julie vor ein paar Tagen gesagt.

«Wieso bist du dir da so sicher?»

«Weil es Jonathan ist. Er wird dir gar keine Chance dazu geben. Er wird dir immer schon acht Schritte voraus sein.»

«Das stimmt. Mindestens.» So formuliert, hört es sich fast ein bisschen einengend an.

Als jeder ein Stück Torte hat, hebt Dan sein Glas in meine Richtung. «Auf Daley», sagt er, «die mich vor fünf Jahren mitten in unserem ersten Rendezvous schnöde abgewiesen hat.»

«Unserem zweiten», verbessere ich ihn.

Dan nimmt sein Glas herunter. «Was war das erste?»

«Coffeeshop.»

«Ach. Stimmt.» Er hebt das Glas wieder, fällt zurück in seinen Rednergestus. «Und das nur, weil mein Auto nicht anspringen wollte.»

«Nicht, weil dein Auto nicht anspringen wollte. Sondern weil du angefangen hast, auf das Lenkrad einzudreschen, und mindestens fünfzigmal hintereinander *Scheiße!* gebrüllt hast.»

«Ich wollte dich eben mit meinem maskulinen Furor beeindrucken.»

«Berserkertum. Furor hätte mich vielleicht sogar beeindruckt. Wie kommt es, dass Schriftsteller immer so schlampig mit der Sprache umgehen?»

«Könntest du eventuell mal kurz still sein? Ich versuche gerade, dir zu huldigen, also fall mir nicht ständig ins Wort.»

«Ich versuch's. Aber du erinnerst mich einfach so fatal an meinen Bruder.»

«Wie du mir in schöner Regelmäßigkeit hinreibst. Genau das, was ein abgeblitzter Freier hören möchte. Egal. Trotz deiner seltsamen und unerklärlichen Anwandlungen» – er sieht zu Jonathan hinüber, der mich angrinst: Wir haben uns durch Dan kennengelernt, ein Missgeschick, wie Dan immer wieder betont – «bist du mir in Freud und Leid eine treue Kameradin gewesen, und du wirst mir mehr fehlen, als ich je zugeben werde.»

Dan langt über den Tisch und umarmt mich. Er riecht nach Schweiß wie immer, und der Grasgeruch seiner Haare bringt mir unser erstes Treffen zurück, als er mich mitten in einer Diskussion über Saul Bellow küsste, auf eine Art, dass noch Tage danach alles in mir nachvibrierte – bis zur zweiten Verabredung, als ich aus seinem liegen gebliebenen Auto floh und lieber zu Fuß heimging.

Julie räuspert sich dramatisch. Seit Mallory hatte ich keine Freundin mehr, die einer Schwester so nahekam. Wir haben vier Jahre zusammengewohnt. Selbst wie sie ihr Glas jetzt hält, schräg, so als wäre es ihr völlig gleich, ob es überschwappt oder nicht, kenne ich in- und auswendig. «Uns allen ist ja wohl klar, dass Daleys Name bald in den Lehrbüchern stehen wird, insofern ist das hier vielleicht unser letzter Abend mit ihr als normaler Sterblicher. Ethnologieprofessoren in Berkeley verschwinden selten in der Versenkung.»

«Sofern sie sich nicht selbst versenken», wirft Dan ein. Letztes Jahr ist einer von der Golden Gate Bridge gesprungen.

«Da wird Jonathan sie schon festhalten.» Julie blickt in ihr Glas. Jetzt kommt der rührselige Teil. «Ich möchte dir nur sagen, wie unsagbar stolz ich auf dich bin, Daley. Du hast seit dem Tag, an dem ich dich kennengelernt habe, auf diesen Moment hingearbeitet. Und jetzt ist er da.» Ihr breites Lächeln ordnet ihr ganzes Gesicht um. Sogar ihr Haar schwingt anders. Sie hat eine verblüffende Gabe, ihre Gefühle zu zeigen. Als der Anruf mit der Zusage aus Berkeley kam, hat sie geweint. Ich hatte immer gedacht, Freudentränen gäbe es im wirklichen Leben nicht. Und da stand Julie und vergoss Freudentränen über mein Glück. «Ich wünsche dir, wie mein Vater früher jeden Abend zu mir gesagt hat» – ihr Lächeln wird plötzlich ganz schief und ihre Stimme dünn –, «die Sonne, den Mond und die Sterne. Du hast sie mehr als verdient.» Ich kann nicht anders, ich schiele zu Jonathan hinüber. Wir witzeln manchmal ein bisschen darüber, wie oft

Julie ihren Vater erwähnt. Aber er erwidert meinen Blick nicht. Er will sich jetzt nicht auf Julies Kosten amüsieren.

Nico sagt, es wird ihm abgehen, bei meiner Sprechstunde mithören zu können. «Es ist unglaublich, was die Studenten ihr alles erzählen. Als würde man das Büro mit Sigmund Freud teilen.» Man merkt ihm an, wie ungern er vor Leuten spricht, selbst dieser kleinen Gruppe um Jonathans Tisch. Ich frage mich, wie er seine Vorlesungen überstehen will. «Aber das wahre Zeugnis deines Charakters, Daley, ist doch, dass du die beste Stelle von uns allen bekommen hast und keiner auch nur neidisch ist.»

«Ich schon», sagen Jonathan und Dan wie aus einem Mund.

Kira wünscht mir alles Gute, will aber keinen Toast auf mich ausbringen, weil dieser Brauch patriarchalische Wurzeln hat, wie sie uns erklärt: Früher pflegte man Getränken mit gewürztem Toast mehr Geschmack zu verleihen, und wenn der Toast ausging, rief man, um dem Trank Würze zu geben, stattdessen den Namen einer Frau. «Noch so ein Beispiel dafür, auf wie vielfältige Weise Männer uns Frauen zu Konsumgütern zu degradieren versuchen.» Dan tut so, als wollte er sich mit dem Kuchenmesser die Pulsadern aufschneiden, was er in Kiras Gegenwart ziemlich oft macht.

Als Jonathan an der Reihe ist, wird es ganz still im Zimmer. Die Leute neigen dazu, ihm konzentrierter zuzuhören als anderen. Als ich ihm das einmal vorwarf, sagte er, in der akademischen Welt müssten die Weißen nun mal so tun, als nähmen sie die Schwarzen ernst. Er zieht ein Blatt Papier aus seiner Gesäßtasche, sieht schweigend darauf hinab und steckt es dann wieder ein. Er wendet sich zu mir und spricht mit ruhiger Stimme: «Ich habe mir ein paar Dinge aufgeschrieben. Ich hatte sogar ein Bronislaw-Malinowski-Zitat für dich rausgesucht.» Er lacht. «Aber eigentlich möchte ich nur sagen, wie froh ich bin, dass … dass du irgendwie», er reibt mit dem Finger auf dem Tischtuch hin und her, «in mein Leben hineingeraten bist. Mit so etwas hatte ich nicht gerechnet. Wie du weißt.» Er lächelt. Er stößt sein Glas leicht an meins. «Auf dich und mich und unsere unverhoffte Zukunft.» Ich bin erstaunt über die Bewegtheit in seiner Stimme. Normalerweise ist er im Beisein anderer so beherrscht. Ich lege den Arm um seinen Hals, und er zieht mich fest an sich. Ich spüre, wie schnell sein Herz schlägt, und einen flüchtigen Moment lang flackert Angst in mir auf, ich könnte dieses Herzens nicht würdig sein.

Wir haben uns tatsächlich durch ein Missgeschick kennengelernt. Letzten Herbst kam Nadine Gordimer zu einer Lesung, und im Anschluss fand ein Empfang im Haus des Rektors statt. Es war voll, alle hofften auf etwas mehr Tuchfühlung mit der Schriftstellerin, die in einem der hinteren Räume verschwunden war. Dan und ich standen am Büfett, als er am anderen Zimmerende eine Frau erspähte, für die er sich interessierte.

«Ich muss da rüber, komm.» Und er zog mich am Arm, dass ich mit Schwung gegen Jonathan prallte. Ein paar Käsewürfel von meinem Teller trafen Jonathans Hemd.

«Oh, Mist, sie geht schon», sagte Dan, und da er Jonathan aus einer Schreibwerkstatt kannte, stellte er ihn mir vor.

Er war mir schon vorher aufgefallen, lang und sehnig, mit kurzen Dreadlocks, runder Brille, kantigem Gesicht.

«Schreibst du noch?», fragte Dan ihn.

«Nur meine Doktorarbeit.»

«Worüber?», wollte ich wissen.

«Hegel und Gramsci, theoretisch.»

«Aber du kommst nicht voran?»

«Ich würde lieber Geschichten schreiben.»

«Mach das», sagte Dan. «Du warst gut. Von dieser Geschichte über diese beiden Jungen mit dem sterbenden Onkel weiß ich bis heute noch ganze Sätze auswendig.»

Wir stocherten in unserem Essen herum. Es war heiß im Raum. Ich sagte Jonathan, ich hätte ihn für einen von diesen altklugen Bachelor-Studenten gehalten, die Graduierten-Seminare belegen. Er lachte und sagte, er sei dreißig. Ich glaubte ihm nicht.

«Zeig mir deinen Führerschein», sagte ich.

«Hab ich nicht.»

«Wie, hast du nicht?», fragte Dan. «Haben die Bullen ihn dir abgenommen?»

«Blödsinn», sagte er unwillig. «Ich komme aus der Großstadt, Mann. Da braucht man keinen Führerschein.»

«Nicht im Ernst, oder?»

«Doch. Und jetzt hat mir meine Kusine auch noch diesen Pick-up vor die Tür gestellt, den sie nicht braucht, und ich kann ihn nicht mal fahren.»

«Jemand muss es dir beibringen», sagte Dan.

«Das ist mir schon klar.»

Immer neue Leute drängten zur Tür herein. Ein Exfreund von mir stand am anderen Ende des Büfetts und machte Anstalten, zu uns herüberzukommen. Ich wollte nichts wie weg. «Ich bring's dir bei», sagte ich und drückte ihm die Schlüssel zu meinem Datsun in die Hand.

Es war später Nachmittag, die dritte Septemberwoche. Tagsüber war es warm gewesen, aber jetzt stand die Sonne tief, und die Bäume in der Straße vor dem Haus des Rektors strömten einen kühlen Windhauch aus. Ich half ihm, den Sitz richtig einzustellen. Er musste ihn ganz nach hinten schieben. «Ich bin nervös», sagte er, als er den Schlüssel ins Zündschloss steckte. Ich konnte es nicht fassen, wie schön er war. «Nicht, dass ich dein Auto schrotte.»

Aber er wusste, was er tat. Er fuhr nur extrem langsam. Hinter uns bildete sich ein kleiner Stau. Ich dirigierte ihn aus der Stadt heraus auf eine Nebenstraße, aber auch dort waren Autos hinter uns. Er schien es gar nicht zu bemerken. Sooft uns ein Wagen entgegenkam, machte er einen Schlenker aufs Bankett, und ich schloss die Augen. Wenn sich dann die Schlange hinter uns an uns vorbeigehupt hatte, fuhr er im Schneckentempo wieder auf die Fahrbahn. Er lenkte schnurgerade. Abbiegen schien nicht drin zu sein. Gelegentlich brachte ich einen Tipp an, der mir aus meiner Fahrstunde einfiel, aber die meiste Zeit schwiegen wir. Und dann, elf Meilen hinter der Stadtgrenze, fragte er mich, ob ich gern sang.

Donnerstag war der einzige Nachmittag, den wir beide freihatten. Wir trafen uns am Auto, und wir fuhren und sangen. Das erste Lied an diesem ersten Tag war «Maxwell's Silver Hammer». Wir brauchten die nächsten drei Donnerstage, um unser Beatles-Repertoire auszuschöpfen. Das Singen tat seinem Fahrstil gut. Er gab ein klein bisschen mehr Gas. Weniger Autos stauten sich hinter uns. Er fing an, sich gegen manche meiner Fahrstundentipps aufzulehnen. Wir kamen an ein Stoppschild, und ich wartete darauf, dass er bremsen würde, und als er nicht bremste, schrie ich, dass er anhalten müsse, aber wir rollten einfach durch. Ab da nannte ich ihn Mr Magoo. Er revanchierte sich, indem er sagte, ich würde ihn an Tweety erinnern.

«Ach, da bin ich ganz andere Zeichentricknamen gewohnt.»

«Nämlich?»

«Mein Bruder sagt Hermey zu mir.»

Ich rechnete nicht damit, dass er darauf kommen würde, aber er sagte innerhalb von Sekunden: «Der Zahnarzt?», und dann sah er zu mir herüber. «Da ist was dran.» Immer wieder sah er her und lachte. «Doch, da ist definitiv was dran.»

Als uns die Beatles-Lieder ausgingen, schlug er Elton John vor.

«Welcher von Eltons Songs hat den Sprung in die schwarze Community geschafft, würdest du sagen?», fragte er. Es war das erste Mal, dass er seine Hautfarbe erwähnte. Es hatte etwas seltsam Intimes, und ich wollte auf keinen Fall patzen.

«Benny and the Jets?», sagte ich.

«Ganz genau», sagte er mit einem kleinen Lächeln. «Wir hatten keinen Schimmer, worum es ging, aber den Song haben wir geliebt, Mann.» Er fing an, auf dem Lenkrad den Rhythmus zu trommeln.

«Auf den Verkehr achten, Magoo.»

«Du achtest auf den Verkehr. Ich bin am Schlagzeug.» Er beendete das Intro, und beide sangen wir, exakt in der gleichen Sekunde: «*Hey, kids.*» Dann sang er «*walking in the ghetto*», während ich sang «*talk about the weather*», und wir sahen uns an und brachen in Lachen aus. Jonathans Lächeln fühlte sich an, als schiene die pralle Sonne auf meine bloße Haut.

Nach Elton legte er mit «Thunder Road» los. Und dann sangen wir sämtliche Springsteen-Lieder, die uns einfielen, die ausgelassenen wie «Rosalita» und «Cadillac Ranch» und die melancholischen wie «Independence Day» und «Nebraska». Als wir mit Bruce durch waren, fuhren wir gerade durch eine kleine Stadt inmitten von freien Feldern, und ich stimmte, ohne groß nachzudenken, «Little ditty 'bout Jack and Diane» an, und er schrie: «Aufhören!», und brachte den Wagen mitten auf der Straße zum Stehen.

«Wieso?»

«Dieser Song ist so verboten weiß!»

«Alle Songs, die wir bisher gesungen haben, sind weiß.»

«Schon klar, aber ... »

«Gegen die Beatles und Springsteen hast du nichts, aber John Mellencamp ist tabu?» Gleich darauf schoss mir das Blut ins Gesicht. Wie hatte mir eine solche Riesendummheit passieren können? Wahrscheinlich war ihm jetzt alles sonnenklar: mein Vater, die Myrtle Street, Ashing – all das, wovon ich mich so mühevoll freizumachen versucht hatte.

Er grinste. «Das ist link von mir, ich weiß. Shit, und da redet man von doppeltem Bewusstsein. Bei mir ist es ein dreifaches oder vierfaches Bewusstsein, fast schon Origami-artig. Aber den Song kann ich nicht singen. In Kaffs wie dem hier wird man gelyncht.»

Bei Songs von Gruppen wie Cameo and the Whispers musste ich passen. Ich kannte nicht mal die Refrains.

«Das ist ja tragisch. Wo hast du gelebt – hinterm Mond?»

«So ungefähr.»

Wir einigten uns auf Marvin Gaye.

Er erzählte mir, dass er aus Philadelphia stammte und vier Brüder hatte, dass seine Mutter eine Krankenschwester aus Georgia war, dass sein Vater noch als Kind von Trinidad nach Philadelphia gekommen und an einem Herzinfarkt gestorben war, als Jonathan fünfzehn war, dass seine Mutter sich nicht wieder neu verheiratet hatte und dass er eine Freundin noch aus Collegezeiten hatte, die Stella hieß und als Impro-Künstlerin in Comedyklubs auftrat. Ich sah es vor mir: die Bühnenbretter, ihre selbstbewusste Art, den Saal, der in Beifall ausbrach. Mit so etwas konnte ich nicht mithalten.

Ich erzählte ihm von meinen Feldstudien in Mexiko, diesen zwölf Monaten in einem Dorf in der Sierra Juárez nordöstlich von Oaxaca, davon, wie die Kinder, die ich eigentlich studieren wollte, die ersten drei Monate lang vor mir weggerannt waren. Als ich endlich nahe genug herankam, um ihre Spiele zu beobachten, verstand ich, dass der Bösewicht in vielen ihrer erfundenen Geschichten, der Durchsichtige Dämon, wie sie ihn nannten, ich war.

Einmal kamen wir an einem Unfall vorbei, ein umgestürztes Auto in einem Graben und am Fahrbahnrand drei Polizeiautos und ein Löschwagen. Jonathan fuhr langsam daran vorbei.

«Meine Mutter ist bei einem Verkehrsunfall umgekommen», sagte ich. Es schien plötzlich etwas, das er wissen sollte.

«Wann?»

«Vor neun Jahren.»

«War sie gleich tot?»

«Ja.»

Ich sah seine Hand am Lenkrad zucken, sich ein Stück heben und sofort wieder senken, alles in nicht ganz einer Sekunde. Es gab mir Hoffnung, dieser winzige, gleich wieder unterdrückte Impuls, mich zu berühren.

Manchmal bemerkte Jonathan aus dem Augenwinkel ein Tier und hielt an. Einen Fuchs, der über einen Acker schnürte, ein Stachelschwein neben einem Baumstamm. Einmal sahen wir ein langes, breites V aus Kanadagänsen auf einem kleinen Weiher niedergehen, alle zugleich, dass die Gischt als gewaltiger weißer Fächer aufspritzte. Wir kurbelten die Fenster herunter und ließen ihr Schreien und Flügelklatschen zu uns herein. Es wurde schon dunkel. Jonathans

Fernglas lag jetzt immer im Handschuhfach, und wir reichten es hin und her, um ihre langen dunklen Hälse und sittsamen weißen Kinnbänder betrachten zu können, und lachten darüber, wie rabaukig sie am Beginn ihrer weiten Reise durcheinanderlärmten.

Als wir weiterfuhren, kamen wir an einem Schild vorbei, auf dem STRATHAM 2 MEILEN stand. «Da habe ich drüber gelesen», sagte er. «Da haben die Knights ihr Hauptquartier.»

«Die Knights?»

Er sah mich scharf an, ob die Frage ernst gemeint war. Das war sie. «Der Klan», sagte er. «Nicht gerade ein Ort, wo man ohne Führerschein im Wagen eines weißen Mädchens erwischt werden möchte.» Die Straße war leer, und er wendete in einem weiten Bogen.

Nur ein paar Meilen entfernt von Ann Arbor, und für Jonathan begann eine völlig andere Welt.

Wir unternahmen nie etwas nach unseren Fahrstunden. Wir verabschiedeten uns auf der Straße. Beim Fahren war sein Blick auf die Straße gerichtet und meiner auf ihn: auf sein strenges Profil, den schweren Sims seiner Augenbrauen, die straffen Kiefermuskeln und dann, wenn er sich mir unerwartet zuwandte, weil ihn eine meiner nervösen Witzeleien zum Lachen brachte, dieses Lächeln, das sein Gesicht plötzlich so jungenhaft wirken ließ. In meinem Auto neben ihm zu sitzen, wurde immer mehr zu einer Art Folter.

«Dann küsst eben einfach du ihn, Daley», sagte Julie. «Jeder sieht doch, dass er verrückt nach dir ist.» Aber sie hatte keine Ahnung, wovon sie redete. Wir waren ihm einmal auf den Campus begegnet und hatten ein paar unbeholfene Worte gewechselt, mehr nicht.

Ich konnte nicht die Initiative ergreifen. Das war nicht meine Art und würde es auch nie sein. Sie fand das anachronistisch von mir. Bei jeder ernsthafteren Beziehung, die sie je hatte, habe sie selbst die Initiative ergriffen, behauptete sie stolz. Die Männer sind die Schildkröten der Liebe, sagte sie oft. Aber das Interesse und die Anziehung, die ich empfand, waren so übergroß. Bei unseren Fahrten musste ich alles zügeln, meine Hände, meine Fragen, meine Faszination. Manchmal fühlte es sich an, als wäre irgendwo in ihm ein Teil von mir versteckt, den ich aufspüren musste.

An unserem Weg lag ein Minimarkt, das einzige Geschäft in einem winzigen Nest, durch das wir oft fuhren. An einem Tag Anfang Dezember sagte er, er habe Durst, und bog auf den Parkplatz ein. Wir waren nie zuvor unterwegs aus dem Auto ausgestiegen, auch nicht zum Tiere-Beobachten. Ein altes Paar saß auf Hockern hinterm Verkaufstresen, ansonsten waren nur Männer im Laden, einer an der Kühlbox, aus der er ein Sechserpack Bier holte, ein anderer beim Zeitschriftenständer. Sie schienen alle durcheinanderzureden, dann sahen sie uns und verstummten. Es war fast wie früher, wenn ich unerwartet zu meinem Vater und Catherine in die Küche kam. Die gleichen argwöhnischen Blicke. Ehe ich noch recht wusste, was ich tat, hatte ich Jonathans Hand genommen. Es war die erste Berührung zwischen uns, obwohl ich mich seit Wochen schon danach sehnte, ihm beim Fahren die Hand aufs Bein zu legen, ihn seitlich auf den langen Hals zu küssen – mir zugegebenermaßen sogar ausgemalt hatte, wie ich mich rittlings auf ihn schwang, das Lenkrad im Kreuz. Es war eine solche Erleichterung, ihn anzufassen, zu spüren, wie sich seine Hand um meine schloss. Wir nahmen Kekse und Limo aus dem Regal, und ich ließ ihn nur widerstrebend los, als wir zahlten.

«Das wäre nicht nötig gewesen», sagte er auf dem Weg zum Auto. «Ich hätte schon selber auf mich aufpassen können da drin.» Er knallte die Tür zu.

Seine Wut traf mich völlig unvorbereitet. Ich hatte gedacht, wir würden ins Auto steigen und lachen. Ich hatte gedacht, vielleicht würde er mich küssen. Mein ganzer Körper strebte noch immer zu seinem hin. Mir war, als wäre ich schon überall von ihm berührt worden, einfach nur durch das Gefühl seiner Hand in meiner.

Wortlos startete er den Motor, legte den Rückwärtsgang ein. Ich traute mich nicht, ihm Anweisungen für das Zurückstoßen zu geben, und er brauchte auch keine. Bevor wir anhielten, hatten wir gesungen: «*O-o-h, child, things are gonna get easier*», aber nun fuhren wir schweigend zurück nach Ann Arbor. Ich wollte, dass du auf *mich* aufpasst, dachte ich. Der Mann mit dem Sechserpack hat mir Angst gemacht. Aber ich sagte nichts. Ich wusste nicht mehr, was stimmte. Zum ersten Mal in meinem Leben hatte ich die Initiative ergriffen. Meine Hand hatte sich nach seiner ausgestreckt, und er hatte sie genommen, und jetzt war er wütend. Ich kam mir wie ein kleines Kind vor. Ich wollte, dass er aus meinem Auto verschwand, damit ich in Ruhe heulen konnte. Ich starrte hinaus auf die Entfernungsschilder: ANN ARBOR 12 MEILEN. ANN ARBOR 9 MEILEN. Und dann bog er in einen Weg ein, den wir noch nie gefahren waren. Ich hatte kein Schild bemerkt, wusste nicht, woher er ihn kannte. Über eine Meile holperten wir dahin, tiefe Lehmfurchen rechts und links von einem Graswulst, der am Unterboden des Wagens scheuerte. Ich dachte, vielleicht wollte er mich zur Strafe aussetzen, mich zu Fuß nach Hause stolpern lassen. Sein Profil sah noch harscher als sonst aus, seine Kiefer mahlten. Der Weg endete an einem See. Die Sonne war hinter den hohen Bäumen versunken, und das stille Wasser spiegelte das Violett des Himmels, dick und plüschig wie Stoff. Wir blieben nebeneinander sitzen, ohne uns anzusehen.

«Das nimmst du mir wahrscheinlich nicht ab», sagte er schließlich, den Blick starr geradeaus gerichtet, «aber ich habe habe mich noch nie mit einer Nicht-Schwarzen eingelassen. Es schien es irgendwie nie wert. Ich bin nicht in dem Glauben erzogen worden, dass wir im Innern alle gleich sind. Meine Großmutter hat meinen Brüdern und mir immer gepredigt: Haltet euch fern von den weißen Mädchen, haltet euch bloß fern. Sie kam aus Vidalia in Georgia und hatte Hunderte von Geschichten aus ihrer Kindheit parat. Sie endeten alle gleich. Am Schluss war der schwarze Junge entweder tot oder im Gefängnis. In unserer Gegend in Philadelphia gab es keine Weißen. Nicht da, wo wir wohnten. Nicht auf den Straßen, nicht in der Schule, nicht in den Geschäften. Ich wusste, dass sie existierten – ich sah sie im Fernsehen, oder wenn wir bei meinem Onkel im Auto mitfuhren –, aber ich dachte nicht, dass es sehr viele wären. Ich wusste nicht, was die Aufregung um sie sollte. Und dann holte mein Onkel meinen Cousin und mich eines Tages ab, um mit uns ins Kino zu gehen. Wir müssen so um die sechs gewesen sein. Er bekam ermäßigte Karten in einem Kino irgendwo am anderen Ende der Stadt. Wir kamen hin, und da stand eine riesige Schlange aus Weißen, die bis zur Straßenecke und um die Ecke herum und bis zur nächsten Ecke reichte. Alle weiß. Ich begriff nicht, wo sie plötzlich alle herkamen. Ich erinnere mich noch genau an dieses Gefühl in meiner Brust, Angst, nackte Angst, aber vermischt mit noch etwas anderem, einer Art Kitzel, weil die Welt so völlig anders war, als ich immer gedacht hatte.» Er sah immer noch geradeaus auf den See, die Finger ums Lenkrad gehakt. Ich hätte ihn am liebsten gleich wieder berührt. «Als ich da drin deine Hand gehalten habe, war das genau das gleiche Gefühl.»

Wir fassten im selben Moment nach einander. Hände, Münder, dann unsere Körper, die sich aneinanderdrängten. Mir kamen die Tränen vor lauter Erleichterung: dass er mich endlich berührte, dass er nicht mehr wütend auf mich war. Ich hoffte, er würde es nicht merken, aber er merkte es doch und tupfte meine Tränen mit der Zunge auf und entschuldigte sich, dass er mich angeschrien hatte. Entschuldigungen kannte ich nicht. Noch mehr Tränen waren die Folge.

Ich hatte immer peinlich darauf geachtet, bei den Männern nichts zu überstürzen, hatte meinen eigenen Körper stückchenweise dargebracht, den ihren nur verhalten erkundet, bis ich ganz sicher war, dass die emotionale Nähe mit der physischen Schritt hielt. Meine Mutter hatte mich vor Sex ohne Liebe gewarnt, aber ich war wie ein besessener Fluglotse geworden, wild entschlossen, die beiden, Liebe und Sex, akkurat im selben Moment zur Landung zu bringen. Es funktionierte fast nie. Der Kontrollzwang selbst brachte die Dinge aus dem Lot. Bei Jonathan verlor ich die Kontrolle, verlor jedes Verlangen danach. Und dieses erste Mal, im Auto, am See, hat uns immer begleitet, jedes Mal, wenn wir uns seither geliebt haben, und ich habe es nie bereut.

Ich schaffe es nicht, mich von den anderen richtig zu verabschieden. Sie umarmen mich, und ich bestehe darauf, dass ich sie bald sehe, dass ich nicht aus der Welt sein werde. Julie drückt mich mit aller Kraft. Das ist das Ende unseres gemeinsamen Lebens. Schon heute Morgen habe ich meine sämtlichen Sachen aus unserer Wohnung geräumt und in mein Auto gestopft. Nur ein ganz kleines Loch ist noch frei, in das ich mich morgen hineinquetschen werde, um nach Kalifornien zu fahren.

«Das ist alles so schauderhaft», sagt sie. «Allein schon der Gedanke, wie leer die Spüle morgen Abend aussehen wird ohne dein ganzes schmutziges Geschirr.»

«Bitte bring mich nicht zum Weinen. Wenn ich erst mal damit anfange, kann ich nicht mehr aufhören.» Aber ich fühle mich völlig stumpf, kein bisschen den Tränen nahe.

Sie küsst mich auf beide Wangen, die danach nass sind. Sie verspricht mir, mich gleich im Herbst zu besuchen. Mir kommt alles so unwirklich vor, meine Zukunft, all das, wofür ich so hart gearbeitet habe. Aber mein Verhältnis zur Zukunft war von jeher problematisch. Ich traue ihr nicht so recht über den Weg. Ich habe mir anerzogen, mich auf nichts zu sehr zu freuen. Und ich bin müde. Hundemüde. Ein Teil von mir möchte sich am liebsten auf der Couch zusammenrollen und die nächsten paar Jahre nur schlafen.

Dan geht als Letzter. Noch aus dem Auto fragt er: «Darf ich das verwenden, das mit deinem Vater, der nicht zur Beerdigung gekommen ist?» Für eine Geschichte, meint er. «Bitte? Meine eigene Kindheit habe ich inzwischen restlos ausgeschlachtet.»

«Bedien dich», sage ich, und dann ist er weg, nur seine Hand winkt noch aus dem Autofenster, und dann ist auch sie verschwunden. Er war mein allererster Freund hier.

Jonathan und ich tragen das Geschirr in die Küche und legen uns dann angezogen auf sein Bett. So haben wir es von Anfang an gemacht, wie Teenager, als wäre jede Nacht, die wir miteinander verbringen, die erste. Mein früherer Freund David musste sich immer erst die Zähne putzen und das T-Shirt und die Unterhose wechseln, bevor er auch nur in die Nähe des Betts kam, und von mir erwartete er das Gleiche. Ich konnte das Sterile, Ehemäßige daran nie ausstehen. Wenn ich bei Jonathan übernachte, schlafe ich ganz bewusst nicht jedes Mal auf derselben Bettseite. Ich will keine Rituale und keine Routine in unserer Beziehung. Nie.

Jonathan streichelt mir mit dem Finger die Schläfe entlang und ums Ohr. Wenn er die Brille abnimmt, kann man in seinen tiefbraunen Augen kleine Streifen aus dunklem Gold erkennen. «Du sahst unglaublich komisch aus, als die anderen ihre Sprüche auf dich ausgebracht haben. Als würde dir jemand einen Einlauf verpassen.»

«Ich hasse es, wenn die Leute sich Nettigkeiten ausdenken müssen.» Ich küsse seine Fingerspitze, den zarten rosa Ballen darunter. «Danke für die Party.»

«Für dich immer, Daley Amory.»

Wir küssen uns, heftig, unsere Hände tasten nach bloßer Haut. Er streift meinen BH auf einer Seite herunter, wölbt den Mund um meine Brust, und ich spüre ein Ziehen im Schoß. Ich frage mich, wie lange unsere Begierde wohl anhalten wird. Wir haben das Haus in Kalifornien für ein Jahr gemietet. Ob wir uns nach diesem Jahr noch mit demselben Hunger berühren wie jetzt?

Er hebt mich auf sich. Ich merke, wie er unter seiner Jeans hart wird. Ich reibe mich an der Schwellung, leicht, dann fester, spüre das Aufwallen, den Ansturm, die Dringlichkeit. «Wenn nur alles auf der Welt so einfach wäre», sage ich. Ich nehme sein Ohrläppchen zwischen die Zähne und höre ihn stöhnen. «Erzähl mir noch mal, wie es dort aussieht», flüstere ich, während ich mich immer weiter an ihm reibe, durch unsere Kleider hindurch seinen Umriss nachfahre.

Seine Stimme gehorcht ihm nicht sofort. «Die Paloma Street erkennst du gleich an dem Bretterzaun, der völlig von leuchtend roten Blüten überrankt ist. Und nach fünf Häusern siehst du eines mit einem Baum davor. Einem riesigen Baum. Vielleicht einem Eukalyptus. Bitte, zieh dich aus.»

«Erzähl mir, wie die Haustür aussieht.» Er ist vor einem Monat nach Kalifornien geflogen und hat dieses Häuschen für uns gefunden.

«Gelb. Sie ist gelb.»

«Und das kleine Fenster in der Tür?»

«So ein Blassgrün wie Meerglas. Bitte.»

Ungeschickt kämpfe ich mich aus meiner Jeans. Die Lust macht mich immer täppisch, hebelt meine gesamte Feinmotorik aus. Jonathan rutscht ein Stück abwärts und spreizt mir die Beine. Ein spitzbübischer Blick, dann schiebt er den Finger zwischen meine Schamlippen. Ich bin feucht und geschwollen, der Finger gleitet mühelos in mich hinein. Er schiebt ihn in mir hoch, zieht ihn heraus, schiebt ihn wieder hoch. Ich kann nicht warten, ich drücke mich gegen seinen Mund, spüre seine warme Zunge am Kitzler, spüre seinen Finger in mir auf und ab gleiten. Ich kann den Höhepunkt schon ahnen, eine Welle, die sich in der Ferne auftürmt und dann machtvoll herandrängt, ein Sich-Auftun, Mich-Auftun, da kommt es, immer näher kommt es, gleich wird es mich in der Mitte durchteilen …

Das jähe Klingeln schreckt mich auf. «Nur das Telefon, Tweety», murmelt er, ohne den Kopf zu heben.

Dreieinhalbmal klingelt es, dann springt das Band an. Der Orgasmus schwenkt ab. Es ist mein Bruder. «Verdammt, Daley. Wo zum Henker steckst du?» Aus seiner Stimme klingt eine Panik, wie ich sie bei ihm noch nie gehört habe.

«Nicht», sagt Jonathan, als ich mich von ihm löse. «Bitte nicht.»

Aber ich laufe schon quer durchs Zimmer und greife nach dem Hörer. «Garvey, was ist passiert?»

«Gott sei Dank. Endlich erwisch ich dich.»

«Was ist denn los?»

«Verdammte Scheiße. Dad. Dad ist los.»

«Ihm fehlt aber doch nichts?» In mir breitet sich diese weiße Kühle aus, die man spürt, bevor man erfährt, dass jemand tot ist.

Garvey lacht, oder vielleicht weint er, genau kann ich es nicht sagen. «So ungefähr alles fehlt ihm, sonst würde ich ja wohl nicht wie ein Irrer hinter dir her telefonieren und Nachrichten hinterlassen.»

«Jetzt beruhig dich erst mal und erzähl mir …»

«Du warst nicht dabei. Du hast doch keine Ahnung, was hier in den letzten …»

«Garvey, mach mir keine solche Angst. Was ist passiert?»

«Catherine hat ihn verlassen.»

Er lebt noch. Nur das zählt. «Wann?»

«Was weiß ich. Vor einer Woche vielleicht.»

Ich warte auf den Rest.

«Er ist völlig neben der Spur.»

Ich schnaube. «Erzähl mir was, was ich noch nicht weiß.»

«Nein, Daley. Er tickt richtig aus. Er will die Hunde abknallen. Und Hugh hat ihn gefeuert. Hughs Frau hat mich angerufen. Er ist rund um die Uhr besoffen. Er ist nicht wiederzuerkennen.»

«Nicht wiederzuerkennen wäre Dad, wenn er nüchtern wäre. Dad besoffen kenne ich bestens.» All die Jahre saß ich sämtliche Wochenenden, sämtliche Ferien durch in der Myrtle Street, während Garvey gerade mal an Thanksgiving und Weihnachten vorbeigeschaut hat.

«Daley.» Seine Stimme bricht. So habe ich ihn das letzte Mal bei Moms Tod erlebt. «Du musst herkommen und mir helfen.»

«Was? Nein, Garvey. Ich fahre morgen los nach Kalifornien.» Er weiß von meiner Stelle in Berkeley. Er nennt uns Malibu Smart Barbie und Black Marxist Ken.

«Er hat damit gedroht, Schluss zu machen.»

«Blödsinn. Eher zerstört er jede andere Kreatur auf diesem Planeten, bevor er sich umbringt.»

«Nein, Daley, glaub mir. Ich hab echt Angst, dass er sich was antut. Ich brauche wen, der mir hier unter die Arme greift.»

«Jetzt ganz bestimmt nicht. Vergiss es. Ich fange nächste Woche in Kalifornien an.»

«Sag nicht immer *Kalifornien*, als wäre das Gott weiß wie bedeutend. Ich bin in *Massachussetts*, und ich brauche Hilfe mit unserem

Vater. Zwei, drei Tage, mehr muss es ja gar nicht sein. Einfach nur, bis er sich halbwegs wieder berappelt hat. Du hast so eine gute Art mit ihm.»

«Einen Dreck habe ich.»

«Doch, ernsthaft.»

«Vor übermorgen würde ich's sowieso nicht schaffen. Ich muss diesen Artikel wegschicken, den ich gerade abgeschlossen habe, und mich mit meinem Doktorvater zum Lunch treffen und ...»

«Ich weiß. Du bist hochbeschäftigt. Komm einfach, sobald du's einrichten kannst. Nur für einen Tag oder zwei.»

«Verdammt noch mal, Garvey.»

«Danke», sagt er. «O mein Gott, Daley, danke.»

Jonathan sitzt auf der Bettkante, den Kopf in den Händen vergraben. Ich setze mich neben ihn. Ich habe nichts an.

«Ich muss das machen, Jon. Ich muss. Garvey klang völlig von der Rolle.»

«So klingt er doch immer.»

«Nein, anders. Meine Stiefmutter hat sich vom Acker gemacht, und mein Vater ist total am Ende.»

«Was willst du in zwei Tagen daran ändern? Nichts.»

«Ich will kein Blut an meinen Händen. Ich will nicht hören müssen, dass mein Vater sich erschossen hat, während ich auf dem Weg nach Kalifornien war.»

«Das ist nur Garvey mit seiner hyperbolischen Art.»

«Er braucht mich jetzt.»

«Ich glaube nicht, dass du deinen Vater auch nur ein Mal gesprochen hast, seit wir uns kennen.»

«Kann gut sein.»

«Aber innerhalb von Sekunden lässt du alles stehen und liegen, für einen Mann, der nicht mal Teil deines Lebens ist.»

«Garvey schafft das nicht ohne mich.»

«Wirst du deinem Vater erzählen, dass du mit einem Schwarzen zusammenziehst?»

«Nicht, wenn irgendwo Messer in Reichweite sind.»

Er lächelt nicht. «Mach das nicht, Daley. Fahr nicht dahin zurück.»

Er beschwört mich immer noch, nach Westen statt nach Osten zu fahren, als ich mich am nächsten Nachmittag hinters Steuer zwänge.

Wir sind müde. Seit gestern Abend diskutieren wir im Kreis herum. Und jetzt ist es so weit – jetzt breche ich in die falsche Richtung auf.

«Daley», sagt er. Er kauert sich vor die offene Fahrertür und nimmt meine Hände. Noch immer müssen unsere Hände sich nur berühren, und schon ist da das gleiche Gefühl wie damals im Minimarkt. «Bitte, pass auf dich auf.» Auch er traut der Zukunft nicht. In dieser Hinsicht verstehen wir uns.

«Was soll denn passieren?»

«Dein Vater hat sehr viel Macht.»

«Du verwechselst mich wohl mit Julie. Mein Vater hat kein bisschen Macht über mich. Er war ja nicht mal ein Vater.» Ich kann sehen, dass er Angst um mich hat, viel mehr als ich selbst. Ich hätte ihm nicht so viel erzählen dürfen.

«Er hat immer noch die Macht, dir wehzutun.»

«Nein, hat er nicht. Die Wunden sind alle dick vernarbt.»

«Montag in einer Woche stehe ich vor der gelben Tür», sagt er und küsst mich ein letztes Mal.

«Und ich sehe dir durch das Meerglasfenster entgegen.»

Und ich lasse den Motor an und fahre ostwärts.

10

Der Weg vom Highway zum Haus meines Vaters führt direkt an den Water Street Apartments vorbei. Eigentlich wollte ich hier nicht anhalten. Ich wollte gleich weiter zu Dad fahren, aber nun stehe ich da und spähe zu meinem alten Fenster hinein. Jemand hat sich hier sein Home-Office eingerichtet, mit zwei Computern, einem Faxgerät und einem Drehsessel aus Leder. Die Poster von Robert Redford, Billy Jack und The Fonz sind verschwunden. Paul wird sie bei seinem Auszug eigenhändig abgenommen haben, damals in dem Sommer nach Moms Tod. Im Zweifel hat er sie liebevoll in Pappröhren geschoben; er bewahrt alles für Garvey und mich in einem Lager irgendwo auf.

Meine Mutter war augenblicklich tot. Die Leute haben das als Trost hinzustellen versucht. Aber als Trost, für wen? Für mich? Ich hätte sie lieber noch ein letztes Mal gesehen, egal, wie lädiert ihr Körper war; ich hätte Abschied von ihr nehmen wollen, auch wenn sie mich nicht mehr hören konnte. Oder als Trost für sie? Wer möchte auf der Stelle tot sein, ohne Vorbereitung, ohne Übergang? Aber ich hasse es generell, überrumpelt zu werden. Ich bin kein Freund von Überraschungen. Sie und Paul waren in Boston essen gewesen, er war den Wagen holen gegangen, sie hatte die Tremont Street überquert, damit er sie leichter einsammeln konnte, und war von einem Auto erfasst worden. Der Fahrer hatte ein paar Gläser getrunken; meine Mutter war mit ihren Gedanken gern anderswo. Ganz ließ sich der Hergang nie rekonstruieren. Zeugen meldeten sich keine.

Ich gehe ums Haus herum zu den Wohnzimmerfenstern. Die derzeitigen Mieter haben ihr Sofa an derselben Stelle stehen wie wir damals; wo unser kleiner Tisch stand, steht jetzt ein großer. Als Pauls Anruf kam, saß ich in meinem Zimmer im Wohnheim. Ich war in meinem zweiten Collegejahr. Meine Mitbewohnerin hatte einen Hockeyspieler als Freund, der gerade von einem Spiel gekommen war. Seine Schulterpolster lehnten an der Wand neben dem Telefon. Paul weinte. Die Schulterpolster hatten innen schwärzliche Schmutzstreifen. *Aber ich hab doch grade gestern noch mit ihr geredet.* Das sagte ich Paul viele Male, glaube ich. Ich bin mir nicht sicher, ob ich sonst noch etwas sagte. Es war der einzige Gedanke, der in meinem Hirn Platz hatte. Der einzige, der einen Sinn ergab. Ein paar Stunden später kam Garvey und holte mich ab.

Das Begräbnis meiner Mutter ist eine Leerstelle in meinem Kopf. Es fand in der kleinen Episkopalkirche statt, in die sie mit mir immer gegangen war, bevor sie meinen Vater verließ. Diese Sonntage weiß ich noch gut: mein blaues Samtmäntelchen und die weißen Handschuhe, meine Mutter, die endlos auf den bestickten Kissen kniete und betete. Ich glaube nicht, dass sie nach der Trennung noch weiter zur Kirche ging. Ich glaube, sie hatte es nicht mehr nötig. Aber von dem Begräbnis selbst weiß ich nichts mehr. Ich habe keinerlei Erinnerung daran, was gesagt wurde. Das Einzige, was ich von diesem Tag, dieser ganzen Woche, im Gedächtnis habe, ist die Abwesenheit meines Vaters.

Garvey fand meine Erwartungen absurd. «Du machst dich dein Leben lang unglücklich, wenn du glaubst, dass er sich dir gegenüber je wie ein Vater benehmen wird», sagte er mir, als wir nach der Beerdigung auf den beiden Betten in meinem Zimmer lagen. «Wir zwei sind jetzt praktisch Waisen. Gewöhn dich dran.» Aber das konnte ich nicht.

Irgendwie dachte ich, jetzt, da meine Mutter tot war, würde die Mauer zwischen mir und meinem Vater wie durch Zauberhand fallen. Den ganzen Rest meines zweiten Collegejahrs hindurch wartete ich darauf, dass er anrief. Über den Sommer arbeitete ich in einem Restaurant in Rhode Island und schickte ihm eine Postkarte mit meiner Nummer dort, und auch jetzt kam kein Anruf von ihm. Ich kehrte im Herbst an die Uni zurück, ohne ihn vorher besucht zu haben. An

Weihnachten nahm eine Freundin mich mit zu sich nach Hause. Und dann, in den Osterferien, fuhr ich mit dem Bus nach Boston und von da im Zug nach Ashing und kam zur Küchentür herein, als er gerade die Hunde fütterte. «Na, da schau her», sagte er, «bist du schwanger oder pleite oder beides?» Ich blieb über Nacht. Es waren nur wir drei da. Catherine machte einen Braten. Während sie betrunken und dann immer noch betrunkener wurden, wartete ich darauf, dass sie aus der Deckung kamen und sich eine Spitze gegen meine Mutter leisteten wie früher auch immer. Ich lauerte richtiggehend darauf. Ich würde ihnen eine Szene machen. Eine Szene, die sich gewaschen hatte. *Herrgott noch mal, sie ist tot. Könnt ihr sie nicht mal jetzt in Ruhe lassen!* Aber sie erwähnten sie mit keiner Silbe. Am nächsten Tag brachte er mich zum Zug und umarmte mich zum Abschied. «Brav von dir, dass du deinen alten Vater besuchst», sagte er. Ich fuhr nicht ins Wohnheim zurück, sondern verkroch mich für den Rest der Ferien in der leer stehenden Wohnung einer Freundin, allein, schluchzend. Der Groll gegen meinen Vater hatte mich vor der Trauer beschützt, aber jetzt traf sie mich mit voller Wucht; die Abwesenheit meiner Mutter schien wie ein jäh aufklaffender Abgrund, und Angst packte mich. Sie war mein Rückhalt gewesen, mein Gegengewicht zu dem Abwärtssog der Myrtle Street, und nun war sie fort.

Ich werfe einen letzten Blick auf die Wohnung. Wenn meine Mutter barfuß lief, dann knacksten ihre Zehen. Im Bad redete sie laut mit sich selbst und brachte sich zum Lachen. Ich war unglücklich, solange ich hier bei ihr wohnte. Sieben Jahre lang wurde ich zwischen ihrem und Dads Haus hin und her gespielt wie ein Ball, bis ich endlich aufs College kam. Keinem konnte ich es recht machen. Meinem Vater war ich zu sehr Bücherwurm, zu freisinnig, meiner Mutter zu ähnlich; aus Sicht meiner Mutter war ich missmutig, unausgeglichen, eine Schülerin, die hinter ihren Möglichkeiten zurückblieb. Ein Jammer, dass sie mich jetzt nicht sehen kann. *Meine Tochter hat einen Lehrstuhl in Berkeley*, hätte sie in ein paar Jahren vielleicht von mir sagen können. Das hätte ihr gefallen. Jonathan hätte ihr gefallen.

Ich fahre weiter Richtung Myrtle Street. Der BMW auf dem Parkplatz vor der Bank könnte der von Catherine sein. Sie wird zu ihm zurückkommen. Da bin ich mir ganz sicher. Sie braucht vielleicht ein paar Tage, aber dann kriegt sie sich wieder ein. Ich rumple über die Bahngleise und fahre den Berg hinauf. Die Häuser auf dieser Seite der Stadt sind größer, geräumige Cape- und Kolonialvillen mit umlaufenden Veranden, Margeritentöpfen auf den breiten Eingangsstufen und lang gestreckten, grünen Gärten mit Hängematten, Schaukelgerüsten und Lacrosse-Toren darin. Dahinter glitzert der Hafen. Ich kann das Salz in der Luft riechen, einer schweren, feuchten Luft. Ich bin völlig übernächtigt. Garvey muss mich erst mal ein Nickerchen machen lassen, wenn ich ankomme.

Ich parke neben Garveys Transporter. Es ist einer von den kleinen. Er hat jetzt sein eigenes Umzugsunternehmen, eine Flotte von sechs Lastern, die über und über mit fliegenden Kühlschränken bemalt sind. Die Hunde gebärden sich wie die Irren beim Anblick meines Autos. Drei Stück sind es, ein cremefarbener, ein schwarzer und ein rötlich brauner, die mir erst hinterherjagen und sich dann vor der Fahrertür aufstellen, Vorderläufe und Brustkörbe reglos wie Statuen, während sie zornig anbellen gegen diese Invasion von außerhalb. Sie veranstalten einen grotesken Radau. Je älter ich werde, desto mühsamer finde ich die Hunde meines Vaters.

«Führt euch nicht so auf», sage ich ihnen kalt, als sie mich auf dem Weg zum Haus hinauf zu dritt in Manndeckung nehmen. Es sind große Hunde, irgendeine Retriever-Art. Auf der Veranda rührt sich etwas. Etwas Kleines, Weiß-Braunes. Ein Kaninchen? Dann hüpft es die Stufen herunter, oder würde gern hüpfen, aber es wird mehr eine Seitwärtsbewegung daraus, weil die Hinterbeinchen so viel stärker und mutiger als die vorderen sind. Es läuft geradewegs auf mich zu, ohne zu bellen, und scharrt dann mit allen vier Pfötchen gleichzeitig an meinem Hosenbein, als wollte es daran hochklettern. Die anderen Hunde verstummen und schauen zu.

«Was bist denn du für ein kleines Haarknäuel?», frage ich und muss lachen über sein eingedrücktes kleines Gesicht, die nasse schwarze Schnauze. Ich hebe es hoch, und es niest mich mit winzigem Sprühen an. Auf dem Schild an seinem Halsband steht Maybelle. «Hallo, kleine Maybelle», sage ich. Und sie drückt ihr komisches Gesichtchen an meinen Hals. Ich lasse meinen Koffer auf dem Rasen stehen und trage stattdessen den Hund.

Ich kann sie durch die Fliegentür sehen, beide auf dem Boden, auf der leeren Fläche, wo früher der Küchentisch stand, mein Vater liegend, Blut im Gesicht, Garvey sitzend, aber vornübergekrümmt, vor- und zurückschaukelnd.

«Ist er tot?», höre ich mich schreien. «Ist er tot?» Wo ich Maybelle ablade, weiß ich gar nicht. Ich knie auf dem Boden zwischen den beiden und tupfe das Blut mit meinem Ärmel auf. Es sickert aus einer Stelle unterhalb der Augenbraue, nicht schnell. Seine Haut ist grüngrau. «Ich glaube, er ist tot!»

«Er ist nicht tot», sagt Garvey leise.

Er hat recht. Ich spüre aus seinen Nasenlöchern Atem dringen.

«Ich hätte dich nicht anrufen dürfen.» Garvey richtet sich langsam auf. Die Bewegung scheint ihm Schmerzen zu bereiten. «Er ist es nicht wert. Setz dich in dein Auto und fahr wieder.»

Ich rühre mich nicht.

«Ich mein's ernst, Daley. Fahr. Fahr nach Kalifornien. Wirklich.»

«Er ist ohnmächtig, und er blutet.»

«Ihm fehlt nichts. Er ist besoffen, und er hat ein paar Schrammen abgekriegt. Komm, Daley. Steh auf und komm mit.»

«Das warst du. Du hast ihn geschlagen.»

«Reine Selbstverteidigung. Komm jetzt. Wir halten bei Brigham's, und ich spendier dir einen Limettenshake.» Zum ersten Mal wirkt mein Bruder alt auf mich. Alt und bedrückt. Er bekommt langsam Hängebacken.

«Erst lässt du mich sechzehn Stunden in die falsche Richtung fahren, und jetzt soll ich umkehren und ihn bewusstlos am Boden liegen lassen?»

«Ich hab gesagt, dass es ein Fehler war. Es tut mir leid, okay? Komm jetzt mit. Sofort. Glaub mir, Daley.»

«Das kann ich nicht machen.»

«Verdammt, dann halt nicht. Wie du willst.» Er grapscht sich seine alte Lederjacke von einem Türgriff. Die Fliegentür knallt hinter ihm zu. «Ruf mich an, wenn er tot ist», sagt er und läuft die Stufen runter.

«Garvey!» Ich will ihm nachrennen, aber ich traue mich nicht von meinem Vater weg. «Du Arschloch!» Ich springe auf und brülle durch das Fliegengitter hinter ihm her: «Du mieses Arschloch! Was mach ich denn jetzt mit ihm?»

«Scheiß auf ihn», ruft er, ohne sich umzudrehen.

Ich kehre zurück zu meinem Vater. Der Transporter springt an, die Hunde bellen, und Garvey beschimpft sie, als sie ihn und seine schwachsinnigen fliegenden Kühlschränke die Einfahrt hinunterjagen.

Maybelle hat sich in ihr leopardengemustertes Körbchen in der Ecke zurückgezogen, hoppelt aber wieder heraus, als ich einen Lappen aus der Schublade hole. Sie folgt mir zur Spüle und zurück zu meinem Vater.

Kaum lege ich ihm den nassen Lappen auf die Stirn, kommt er schon zu sich. Vielleicht war er auch die ganze Zeit über wach.

«Hallo, Zwerglein.»

«Dad. Ich bring dich ins Krankenhaus.»

«In Ordnung», sagt er. Er klingt dankbar, als wünschte er sich seit Langem, diese Worte von jemandem zu hören.

Die Strecke zum Krankenhaus in Allencaster kenne ich gut. Mallory und ich haben als Schülerinnen einen Sommer über dort gearbeitet. Wir nehmen den Wagen meines Vaters mit seinen Automatikfenstern und verstellbaren Sitzen. Das Lenkrad hat einen dicken Lederbezug. Wir haben den Highway noch nicht erreicht, da schläft er schon ein. Ich muss ihn alle paar Minuten anstupsen.

«Was stößt du mich dauernd?», fragt er.

«Nur zur Sicherheit.»

«Das lass mal schön.» Im Gegensatz zu meinem Bruder kommt er mir überhaupt nicht gealtert vor. Er sieht aus wie immer, gebräunt, straff, knochig. Die Knie unter seiner Khakihose sind dieselben Knubbel, die ich seit der Kindheit kenne. Ich ertappe mich dabei, dass ich immer wieder hinstarre.

Er riecht nach Alkohol, worüber ich froh bin. Es wird den Ärzten auffallen. Vielleicht werden sie ihm einen Entzug verordnen. Vielleicht ist das jetzt der sprichwörtliche Tiefpunkt, von dem an es nur noch aufwärts gehen kann.

Es ist ein kleines Krankenhaus mit einem kleinen Parkplatz. Wir parken nahe beim Eingang. Ich helfe ihm beim Aussteigen und merke, dass er doch mühselig geht, gebückter als gewöhnlich, eine Hand über das verletzte Auge gedeckt. Ich stütze ihn, dann erspähe ich zu meiner Erleichterung einen Rollstuhl neben der Tür. Ich versuche, ihn hinzusteuern, aber er wischt die Idee mit seiner freien Hand und einem gemurmelten «Schlappschwänze» weg und hatscht weiter.

Nachdem mein Vater aufgenommen ist, frage ich an der Rezeption, ob ich Dr. Perry Barns sprechen kann, der in meiner Jugend sein Internist und gelegentlicher Partner beim Doppel war. Er kommt sehr schnell. Der weiße Kittel lässt seine Arme und Beine extrem kurz wirken. Auf seinem Schädel steht ein einsames silbernes Haarbüschel in die Höhe. Ich kenne ihn fast nur dem Namen nach, der bei uns zu Hause regelmäßig erwähnt wurde.

«Schau sie an!», sagt er von der Tür her, mit so volltönender Stimme, dass die Leute im Wartebereich die Köpfe heben. «Du gingst mir bis hier!» Er bringt die flache Hand auf Kniehöhe.

Ich stehe auf, und er umarmt mich und drückt mir einen zu feuchten Kuss zu nahe an den Mund.

«Bitte entschuldigen Sie die Störung, Dr. Barns. Es würde mich nur beruhigen, wenn Sie ihn sich auch noch ansehen könnten.»

«Mir wen ansehen?»

«Meinen Vater. Tut mir leid, ich dachte, das hätte sie Ihnen ...»
Ich werfe einen Blick Richtung Rezeption. Der Schalter ist leer.

«Um was geht's?» Im Nu schaltet er von Alter-Freund-aus-dem-Club auf Arzt um. Meine Anspannung lässt nach.

Ich berichte ihm, was ich weiß, und er verschwindet durch die Schwingtür. *Der Preis ist heiß* läuft, aber viel bekomme ich davon nicht mit.

Als er nur Minuten später zurückkehrt, ist das Lächeln wieder da. Er nimmt auf dem Plastiksitz neben meinem Platz und legt mir die Hand aufs Bein. «Junge, Junge!» Er drückt mehrmals meinen Schenkel. «Wie erwachsen du geworden bist.»

Es ginge ja noch, wenn ich eben erst erwachsen geworden wäre. Aber ich bin neunundzwanzig. «Können Sie mir etwas über meinen Vater sagen?»

Er zieht die Hand zurück. «Ihm geht's bestens. Oder, wie meine Tochter früher immer zu sagen pflegte, super-duper.» Ich hatte keine Ahnung, was für ein Blödmann dieser Kerl ist. «Nur ein paar Tage, dann donnert er wieder seine berühmten Crossbälle quer über den Platz.»

«Mir macht sein Trinken Sorgen.»

«Sein Trinken?»

«Seit Catherine weg ist, lässt er sich ziemlich gehen.»

«Dein Vater war noch nie ein Quartalssäufer.»

Ich muss lachen. «Stimmt. Mehr ein stetiger Alkoholiker.»

Er runzelt die Stirn. «Alkoholiker – was für ein starkes Wort. Gut, ihm schmecken seine Martinis. Aber das war nie ein *Problem*.»

Ich spüre ein flaues, taumliges Gefühl im Magen. Mir ist, als säße ich wieder auf dem kleinen Hocker in St. Thomas. «Sie haben recht. Ich übertreibe. Bitte sagen Sie ihm nicht, dass ich davon angefangen habe.» Für die achtundvierzig Stunden, die ich hier in Ashing bin, würde ich mir die Wutanfälle meines Vaters gern ersparen.

Er lächelt. «Ich schweige wie ein Grab.» Wieder fasst er mir ans Bein und drückt noch ein paarmal zu. «Großes Ehrenwort.»

Mein Vater ist dick verbunden, an viel mehr Stellen, als ich erwartet hätte: beiden Handgelenken, einem Fußknöchel, über die ganze Stirn und um den Brustkorb. Die Verbände an den Handgelenken sehen schlampig und schief aus, und ich frage mich, ob er sie eventuell selbst gewickelt hat, als die Schwester schon weg war. So eingebunden geht er gleich noch wackliger, und er braucht länger zum Wagen, als er ins Krankenhaus hinein gebraucht hat.

Als wir nach Hause kommen, verfrachte ich ihn sofort nach oben ins Bett; vielleicht kann ich mich ja selbst kurz hinlegen, denke ich, aber als ich zur Tür gehe, fragt er mit schwacher Stimme: «Gibt's irgendwas zum Mittagessen?»

Wenigstens weiß ich, was ich ihm machen muss: drei Hotdogs ohne Brötchen und dazu Tomatenscheiben mit dick Mayo. Mein ganzes Leben war das sein Mittagessen. Tomaten und Hotdogs sind das einzig Essbare im Kühlschrank. Alles andere Gemüse ist schwarz und schrumplig, die Milch sauer. Um die Spüle türmt sich schmutziges Geschirr in wüsten Haufen. So, wie es aussieht, haben Garvey und mein Vater alles mit Ketchup gegessen, der sämtliche Teller mit tiefroten Krusten überzieht. In so einer verdreckten Küche kann ich nicht kochen. Nicht einmal Hotdogs heiß machen kann ich hier.

Er schaut zur Uhr, als ich ihm sein Tablett bringe, aber er beschwert sich nicht.

Er setzt sich auf, stellt sich den Teller auf den Schoß und sagt: «Das sieht klasse aus.» Er nimmt einen der rosagrauen Schläuche voll Schweine-Innereien, tunkt ihn in den Ketchupberg und schiebt ihn sich in den offenen Mund. Die Pelle zerplatzt mit lautem Plop zwischen seinen Zähnen.

«Hattest du deine schon?»

Das habe ich nun von meinem unentschlossenen Herumstehen.

«Nein, ich wollte ... »

«Magst du?» Er hält mir den Teller hin.

«Nein, ich ... » *esse kein Fleisch*, müsste ich sagen, aber ich habe keine Lust auf eine süffisante Bemerkung. «Trotzdem danke.»

Er verwirrt mich. Er ekelt mich an, und zugleich fasziniert er mich. Es widerstrebt mir, hier zu stehen und ihm zuzuschauen, wie er drei Hotdogs verschlingt (ich musste mehrere verschiedene Werkzeuge einsetzen, um sie aus der Packung ins kochende Wasser und wieder aus dem Wasser heraus zu bugsieren, ohne sie anzufassen), und doch kann ich den Blick nicht losreißen von seinen Fingern, dem Zeigefinger mit der Bleistiftspitze darin, die seit Vorschultagen in dem Fleisch überm Knöchel steckt, dem langen gelblichen Daumen, der den Teller stützt.

«Setz dich her. Du machst mich nervös.» Er zeigt auf den Holzstuhl in der Ecke. Ich ziehe ihn näher zum Bett.

Er isst den Teller leer, stellt ihn dann auf den Nachttisch. Er lässt sich in die Kissen zurückfallen.

«Dad, erzählst du mir vielleicht, was hier los war?»

Er schließt die Augen und schüttelt den Kopf. «Du hast ja keine Vorstellung, was ich durchgemacht habe.»

Ich warte.

Die Augen öffnen sich mit einem Ruck. «Willst du wissen, was dein Bruder, dieser undankbare Drecksarsch, zu mir gesagt hat?»

«Nein, aber fangen wir doch am Anfang an. Was ist mit Catherine passiert?»

Einen Moment lang blinzelt er verständnislos, als wäre in seinem Hirn nur für einen Feind auf einmal Platz. Dann lächelt er, schüttelt wieder den Kopf, noch matter als zuvor. «Mann, Mann, Mann. Das ist ein Luder. Das ist ein Miststück, wie es die Welt noch nicht gesehen hat.»

«Hattet ihr Krach?»

«Nein, wir hatten keinen Krach.» Zum Erzählen bequemt er sich nur dann, wenn er eine Pointe anbringen kann. «Sie ist einfach gefahren, und ich hab drei Kreuze gemacht.»

«Warst du daheim?» Ist Catherine auf die gleiche Art gegangen wie meine Mutter, heimlich, Zettel auf dem Küchentisch? Damals schien das der einzige Weg.

«Ja. Ich war im Poolhaus. Sie ist direkt an mir vorbeigebraust.»

«Um welche Tageszeit?»

«Gegen neun Uhr früh.»

In meiner Vorstellung ist sie spätnachts abgerauscht, wütend, im Suff, nicht an einem sonnigen Samstagmorgen.

«Am nächsten Tag kam sie dann wieder angekrochen. Aber ich hatte mein Gewehr da und hab sie von meinem Grundstück gejagt.»

«Ein Gewehr?»

«Jep.»

«Ein Luftgewehr?» Ich muss ein Lächeln unterdrücken.

«Wenn du auf die richtigen Stellen zielst, kann das ganz schön wehtun.»

«Dad, du und Catherine seid schon so viele Jahre zusammen.»

«Die übelsten Jahre meines Lebens.»

«Ach ja?»

«Mit die übelsten jedenfalls.»

«Ich rede mal mit Catherine. Ich bin mir ganz sicher, dass ihr das wieder hin…»

«Wenn du das tust», er hievt sich ein Stück hoch und zeigt mit dem Finger auf mich, «wenn du das tust, wenn du's auch nur *versuchst*, dann hol ich die Polizei. Du kannst auf der Stelle verschwinden, wenn das dein Plan ist. Dieses Weibsstück ist für mich gestorben. *Gestorben*, hast du mich verstanden?» Seine Augen sind klein und gelb.

«Ja», sage ich mit dünner Stimme. Mein Magen zieht sich zusammen. Mechanisch stehe ich auf, schiebe den Stuhl ins Eck, nehme seinen Teller und gehe damit zur Tür hinaus, hinunter in die Küche. Über die Schulter empfehle ich ihm, so beiläufig, wie ich nur kann, ein wenig zu schlafen.

Es ist Jahre her, dass ich bei meinem Vater den letzten Wutausbruch ausgelöst habe. Ich habe sie vor langer Zeit zu umschiffen gelernt. Ich lenke das Gespräch nicht auf Politik, Geschichte, Literatur, Anwälte – insbesondere jüdische Anwälte – oder sonst ein Thema, das sich, und sei es noch so entfernt, mit meiner Mutter in Verbindung bringen lässt. Ich stichle nicht und stecke Sticheleien mit einem Lächeln ein; ich behalte meine Gedanken und Meinungen weitestgehend für mich. Ich stelle Fragen. Ich mache mich nützlich. Ich rede nicht über meine Interessen, meine Beziehungen oder meine Ziele. Er und Catherine finden mich deshalb noch dröger und sticheln umso mehr, aber so erkaufe ich mir meinen Frieden.

Damit, dass er Catherine nicht zurückwollen könnte, habe ich nicht gerechnet. Meine Mutter wollte er zurück, jedenfalls dachte ich das immer. Ich habe keinen Plan B.

Ich greife nach dem Telefon, dem alten, das schon immer da war, mit der langen Schnur und der Wählscheibe. Jonathan hebt noch vor dem zweiten Klingeln ab.

«Hi.»

«Selber hi.» In seiner Stimme wippt es; er hat sich aufs Bett fallen lassen und stopft sich ein Kissen hinter den Kopf. Er richtet sich auf ein langes Gespräch ein. Plötzlich übersteigt das meine Kräfte. «Und, wie geht's ihm?»

«Soweit ganz gut.» Es scheint zu viel, um es alles zu erklären: Garvey, das Krankenhaus, meinen geplatzten Plan A. «Du fehlst mir. Ich möchte mit dir in der Paloma Street sein.»

«Neuneinhalb Tage. Warte. Ich habe vor zwei Sekunden an dich gedacht. Hör dir das an. Ich lese gerade wieder *Gehe hin und verkünde es vom Berge*, weißt du?» Ein gedämpftes Rascheln. «Genau, hier ist es.»

Es ist ein langes Zitat, und ich versuche, mich zu konzentrieren, aber die Worte prallen an mir ab.

«Das ist gut», sage ich, als er zum Ende kommt, aber mehr fällt mir dazu nicht ein. «Hier sind diese Teller. Ich weiß noch, wie ich in dem Sommer damals von meinen Großeltern zurückkam, und da standen sie plötzlich, in meiner Küche. Catherines gutes Porzellan. Wir Kinder mussten von Plastikgeschirr essen, aber Dad und Catherine haben immer diese Teller benutzt. Sie hat sie nicht mitgenommen. Sie hat überhaupt nicht viel mitgenommen, habe ich den Eindruck. Das ist eher ein gutes Zeichen, meinst du nicht?»

«Du möchtest, dass sie zu ihm zurückkommt?»

«Das ist für ihn die einzige Hoffnung. Allein kommt er nicht zurecht.»

«Wie wär's mit einer Haushälterin?»

«Er mag keine Leute, die er nicht kennt.»

«Entstammst du wirklich den Lenden dieses Mannes?»

«Bitte, drück es nicht so aus. Wie war dein Kurs heute?»

«Nur noch zwei Sitzungen.»

«Sie geben ihre Arbeiten nächste Woche ab, oder?» Sobald er diese Arbeiten benotet hat, kann er losfahren.

«Mittwoch früh. Weißt du, irgendwie sagt dieser Baldwin-Roman für mich mehr aus als alles, was ich in meinen ganzen Philosophiekursen gelesen habe. Erzählen ist einfach *die* Art der Ideenvermittlung schlechthin. Die meisten Menschen verkraften Philosophisches nur dann, wenn es in eine gute Geschichte verpackt daherkommt.» Es ist so seltsam, seine Stimme und die Worte *Baldwin* und *Philosophie* und *Ideenvermittlung* durch dieselbe Leitung zu hören, die wir früher für unsere Telefonstreiche benutzt haben. *Ist Carl Mauer da? Gibt es keinerlei Mauer bei Ihnen? Wieso steht Ihr Haus dann noch?*

«Weiß nicht», sage ich.

«Alles in Ordnung, Daley?»

«Ich sollte mal wieder nach ihm sehen, glaube ich.»

«Bist du sicher, dass alles in Ordnung ist?»

Ich hätte nicht so bald anrufen dürfen. Es war noch nie klug, die Welt meines Vaters mit irgendeiner anderen Welt zusammenbringen zu wollen. Das habe ich schon so oft merken müssen. «Ich ruf wieder an, wenn ich losfahre.»

«Ich liebe dich», sagt er. Es klingt einstudiert. Aber ich weiß, das ist nur der Dopplereffekt, den dieses Haus an sich hat.

Sowie ich aufgelegt habe, würde ich am liebsten wieder anrufen.

«Wer war das?»

Ich zucke zusammen. Wenn er es darauf anlegt, kann er pirschen wie ein Indianer. «Eine Freundin. Sie zieht auch nach Kalifornien.» Ich lüge ganz instinktiv, wie eine Wüstenkatze, die ihre Beute hastig im Sand verscharrt.

Er trägt jetzt eine hellrote Hose. Sein Haar ist feucht und zu sauberen Rillen gekämmt. «Wann musst du fahren?»

«Übermorgen. Ich habe eine Professur in Berkeley, die in zehn Tagen losgeht.» Ich weiß nicht, ob Garvey ihm davon erzählt hat.

Er geht an mir vorbei zur Tür, an der die Hunde kratzen und hinauswollen. Kaum öffnet er sie, drängen sie sich als Fellschwall durch den Spalt. Er selbst bleibt hinter dem Fliegengitter stehen und schaut hinaus. Das kleine Hündchen sitzt neben ihm. Er stupst es mit der Schuhspitze an. «Wir zwei, wir haben keine Professur, was, Maybelle?»

Mit plötzlicher Zielstrebigkeit steuert er zur Bar hinüber. Es ist noch nicht zwei. Ich habe dem Trinken meines Vaters nie Einhalt zu gebieten versucht, ihm nie nahelegt, doch zu warten, wenn er einen Drink wollte. Das wäre so, als wollte man einer Schlange eine Maus aus dem Maul winden.

Jeder Handgriff erfolgt mit solcher Präzision: Eis in das Glas mit dem Monogramm gefüllt, die Plastikfolie am Verschluss einer neuen Flasche Smirnoff aufgeratscht, dazu der Spritzer Wermut, die Perlzwiebeln, die er so behutsam herausmanövriert. Dann die Pause, und dann der Schluck, die Augen schmal vor Behagen. Heute sehe ich es erstmals als das, was es ist: ein Liebesakt.

Mir hat Alkohol nie viel gegeben. Meine ersten Trinkversuche habe ich mit Mallory gemacht, in der achten Klasse. Meine Mutter und Paul waren ausgegangen, und wir mixten Grand Marnier mit Hawaiian Punch. Mallory musste kichern davon, und ich musste kotzen. Als meine Mutter heimkam, hing ich immer noch über der Kloschüssel. Sie wirkte mehr erleichtert als wütend. «Ich fürchte, du gerätst mir nach, Herzchen», sagte sie und rieb mir den Rücken. «Wir vertragen einfach keinen Alkohol.» Sie behielt recht.

Vor uns dehnt sich der Nachmittag, der Abend, die Nacht. Der Himmel draußen ist weit und blau, die Sonne brennt auf den Rasen, auf das Fell der Hunde auf der Hinterveranda. Drinnen ist es kühl und dunkel.

«Backgammon?», sage ich leicht verzweifelt.

«Warum nicht?»

Wir gehen ins Fernsehzimmer, zu dem Schrank, in dem die Spiele sind. Heißer Zederndurft schlägt mir entgegen. Der Backgammon-Kasten liegt zuunterst, das Kunstleder klebt am Holz fest. Ich muss richtiggehend daran reißen. Mein Vater setzt sich auf seinen Platz auf dem Sofa und stellt sein Glas auf das Tischchen daneben, eine routinierte Bewegung, die ich ihn zehntausendmal habe machen sehen. Die Steine sind schwer, marmoriert. Die Würfel klacken diskret in ihren filzgefütterten Bechern. Wir haben nicht mehr zusammen gespielt, seit ich ein ganz kleines Mädchen war.

Wir bauen auf. Es gibt kein Hin und Her darüber, welches das Heimfeld ist: von mir aus gesehen links, von ihm rechts. Er knurrt nicht: *Ich mach dich so was von fertig!*, wie das Jonathan vor jeglicher Art von Spiel tut, einfach um die Spannung zu erhöhen. Aber ich merke an seinen Atemzügen und den sorgsamen geraden Reihen, die er legt, dass er aufs Gewinnen aus ist. Ich denke zu Beginn eines Spiels nie ans Gewinnen. Zu Beginn denke ich immer nur, wie schön es doch ist, zu spielen, welch ein ganz eigener, alter Zeitvertreib, welch rare Abschweifung vom Alltagsleben, von alltäglicher Unterhaltung. Mein Siegeswille erwacht später, wenn ich merke, dass mich meine Glücksgefühle nicht in Führung gebracht haben. Dann werde ich ehrgeizig und unruhig. Wenn ich verliere, meine ich, mehr verloren zu haben als ein bloßes Spiel, und wenn ich gewinne, hält die Hochstimmung nur kurz an – die Angst, dass der andere frustriert sein könnte, verdirbt mir die Freude.

Ich würfle gleich als Erstes eine Sechs und eine Fünf, den Lover's Leap. Er versucht, meinen verbleibenden Stein zu blockieren, aber er bekommt nicht die richtige Augenzahl. Ich schlage auf meinem Weg hinaus mehrere seiner Steine. Schon bald habe ich vier davon in meinem Heimfeld eingesperrt.

Als ich gewinne, wimmert er im Falsett, aber er gerät nicht in Rage. Er hat seinen Drink kaum angerührt. Wir bauen neu auf.

Die Würfel sind auch diesmal auf meiner Seite. Nach meinem dritten Wurf schlage ich Verdoppeln vor, und er nimmt an.

«Du wirst ja richtig vorwitzig», sagt er. «Du mit deiner Professur. Aber ich bin nicht so beschränkt, wie ich aussehe, weißt du.» Er würfelt eine Doppelfünf und schlägt zwei meiner Steine. «Ich war früher mal ein ziemlich guter Schüler.»

«Wirklich?»

«Das braucht dich gar nicht so zu überraschen.»

«Tut es auch nicht. Ich weiß, dass du schlau bist. Wenn auch nicht sonderlich schlau beim Backgammon.» Ich habe eine Vier und eine Drei und schnappe mir zwei von seinen Steinen.

«Weißt du, was ich in der Schule immer am liebsten mochte?»

«Was?»

«Shakespeare.»

«Shakespeare?»

«Einmal mussten wir was aus *Julius Cäsar* auswendig lernen.»

«Einen Monolog?»

«Ich glaube.» Er ist an der Reihe, aber er würfelt nicht. «*O Verschwörung!/ Du schämst dich, die verdächt'ge Stirn bei Nacht/ zu zeigen, wann das Bös' am freisten ist?*» Sein Hals reckt sich beim Sprechen, läuft rot an; der Adamsapfel, spitz wie immer, zeichnet seine blasse Bahn unter der Haut. «*O denn, bei Tag, wo willst du eine Höhle/ entdecken, dunkel gnug es zu verlarven,/ dein schnödes Antlitz?*»

«Wow, Dad. Gutes Gedächtnis.»

Er sieht mich mit dem gleichen Blick an wie manchmal Catherine, ein trotziges Du-kannst-mich-Mal. Und dann nimmt er einen langen Zug von seinem Martini, und die Röte weicht wieder aus seinem Gesicht.

Beim nächsten Spiel schlägt er mich. Er steht auf und mixt sich noch einen Drink. Er trinkt schneller, wenn er gewinnt.

«Das habe ich oft mit meiner Mutter gespielt», sagt er.

Ich warte auf mehr. Es kommt nicht häufig vor, dass er von seiner Kindheit spricht.

«Sie hat mich immer losgeschickt, um das Mädchen aus der Küche zu holen, und dann schnell die Steine umgesetzt. Sie war eine heillose Moglerin.»

Sie war eine heillose Alkoholikerin, hat meine Mutter mir erzählt.

«Ich habe jedes Mal gesagt: ‹Du kannst doch klingeln.› Unterm Teppich neben ihrem Stuhl war ein Knopf, auf den sie nur drauftreten musste, dann klingelte es in der Küche. Aber sie sagte: ‹Das Mädchen wird taub.› Und Widerspruch gab es bei meiner Mutter nicht. Das hatte ich da schon gelernt.»

«Wodurch? Was hat sie gemacht?»

«Mir Wäscheklammern in die Ohren gezwickt.»

«Wie bitte?»

«Sie hat mir Wäscheklammern in die Ohren gezwickt, und dann musste ich so in die Schule gehen.»

«Also echt, Dad!»

«Was meinst du, wie weh das tat!»

«Großer Gott, das ist ja pervers.»

Über das Wort muss er lachen. «Die Frau *war* pervers.»

«Hast du eigentlich je allein gelebt?»

«Lass mich überlegen. In meinem letzten Uni-Jahr hatte ich ein Einzelzimmer.»

«Und du hast in der Mensa gegessen?»

«Ich habe in meinem Club gegessen.»

«Und deine Wäsche ist für dich gewaschen worden?»

«Immer Montagfrüh.»

«Bevor ich wieder fahre, zeige ich dir, wie du die Waschmaschine bedienst und dir ein paar Mahlzeiten kochst.»

«Ich kann Steak und Hotdogs. Mehr brauch ich gar nicht.»

«Gibt es nichts, was du gern selbst kochen könntest?»

Er denkt nach. «Hollandaise. Die von Catherine war grauenhaft.» Er will das Rezept von meiner Mutter. Die Hollandaise von früher fehlt ihm, so drückt er es aus. Bis heute frohlocke ich innerlich, wenn durch einen Spalt in der Mauer zwischen ihnen ein Lichtstrahl fällt.

Als er mit einem neuen Drink ins Zimmer zurückkommt, sagt er: «Schön ist das.»

«Was?»

«Backgammon spielen.»

«Ja, nicht wahr?»

«Schade, dass du nur so kurz hier bist.»

Das sind Worte, die ich so nie von ihm gehört habe, simple Worte. *Schön ist das. Schade, dass du nur so kurz hier bist.*

«Finde ich auch.» Es fühlt sich wahr an und dann, nur Sekunden später, ganz und gar unwahr. Zwei Nächte, mehr stehe ich auf keinen Fall durch. Und ich weiß ja, worauf er aus ist, wie charmant er sein kann, wenn er etwas von einem will.

Ich schlage ihn beim letzten Spiel, Backgammon, und er lacht.

«Du bist eine gute Spielerin», sagt er, während er alles zurück in die Schachtel packt.

Hinterher schleppe ich ihn hoch in den Wäscheraum. Hier wirkt alles unverändert, die elfenbeinfarbenen Geräte, die Waschkörbe, das Schränkchen mit dem Safe.

Ich erkläre ihm die Einteilung in Weiß, Bunt und Dunkel. Es haben sich genügend Tennissachen von ihm angesammelt, dass es für eine kleine Ladung reicht, also stopfe ich sie in die Trommel, fülle das Waschpulver ab, lese ihm die Programmoptionen vor und drücke den Knopf. Das Wasser strömt ein, ich klappe den Deckel zu. Wir gehen weiter zum Trockner, und ich zeige ihm die verschiedenen Einstellungen. Ich kratze das Flusensieb sauber. Er sagt an den richtigen Stellen *Hhmhhm* und *Okay*, aber er hört nur mit halbem Ohr zu. Er benimmt sich, als wäre das alles nur hypothetisch, als würde ich ihn auf einen Ernstfall vorbereiten, der nie eintreten wird.

In der Ecke steht auf ihren Rädchen die alte Trockenhaube, ein bleigrauer Helm, unter dem meine Mutter früher Stunden am Stück saß, taub für die Welt ringsherum. Ich gehe hin und streiche über den dicken Metallrand. Ich sehe ihren wippenden Fuß vor mir, höre die Seiten des *Time*-Magazins rascheln. Trauer wallt in mir auf und gerinnt dann schlagartig – ich darf mich nicht vor meinem Vater nach meiner Mutter sehnen. Aber sie hat hier gelebt, wir alle waren einmal eine Familie in diesem Haus. Es kommt mir wie eine Geschichte vor, etwas, das ich aus Erzählungen kenne, statt aus eigener Erfahrung. Es war einmal eine hübsche Dame, die wohnte mit einem gut aussehenden Mann in einer Villa dicht am Meer. Sie hatten zwei entzückende Kinder, einen Jungen und ein Mädchen. Aber die hübsche Dame war nicht glücklich, und eines schönen Tages nahm sie das kleine Mädchen und sämtlichen Schmuck und verschwand.

11

Da mein Auto bis unters Dach vollgepackt ist, fahre ich mit dem Wagen meines Vaters zum Einkaufen. Auf dem Weg unseren Hügel hinunter fährt vor mir ein Volvo, dessen Heckaufkleber verkündet, dass er lieber beim Windsurfen wäre. Ein Saab vor dem Fischmarkt wäre lieber beim Skifahren. Ich lache, als würde Jonathan neben mir sitzen und einen Witz darüber machen. Tja, würde er sagen, da, wo ich herkomme, stand auf den Aufklebern an unserem Hintern auch, dass wir lieber Auto fahren würden. Beim Anblick von Dads beiger Limousine heben sich Hände von Lenkrädern, dann spähen überraschte Augen zu mir herein. Sie erkennen mich nicht, aber ich erkenne sie: Mrs Utley, kettenrauchend in einem grünen Kombi; Mrs Braeburn mit ihrem missbilligenden Mündchen in einem dunkelblauen Jeep; die kleine Mrs Wentworth, vorgereckt in einem Van, bei dem nur ihre Stirn übers Lenkrad spitzt; Mr Timmons, der aus unbekannten Gründen seit Anfang vierzig in Rente ist und nun sein taubenblaues Cabrio vor dem Postamt einparkt, mit einer Akkuratesse, als würde er eine militärische Operation befehligen.

Nach dem Tod meiner Mutter wurden meine Besuche in Ashing selten und kurz. Zwei Abende pro Jahr mit meinem Vater und Catherine reichten völlig. Auf der Hinfahrt überlegte ich jedes Mal, wen ich alles gern sehen würde, Schulfreunde, die zufällig zur gleichen Zeit zu Besuch waren, Freundinnen meiner Mutter, die mir nach ihrem Tod lieb geschrieben hatten. Ich malte mir aus, wie ich in sämtliche Läden ging, wie ich im Diner vorbeischaute und im Bonbonladen. Ich wollte die Leute besuchen, weil sie mir fehlten und weil ich wusste, dass es gesünder war, das Zusammensein mit meinem Vater aufzulockern. Aber das Haus meines Vaters war kein Haus, in dem man so einfach kam und ging. Es saugte einen ein, bis es einen wieder ausspuckte. Alles hier war so bestechend vertraut, mein Vater begrüßte mich in der Einfahrt, seine verkratzte Stimme angeregt, voller Geschichten, die er extra für mich aufgespart zu haben schien. Ich schaffte es selten, meine Besuche mit denen von Patrick abzustimmen. Er war nach dem College mit einer Frau namens Hill und deren drei Kindern nach Miami gezogen, und sie kamen nicht oft nach Norden hoch. Frank hatte es nach New York City verschlagen und Elyse nach Wyoming, und auch sie sah ich nie. Also saß ich am ersten Abend mit meinem Vater und Catherine zusammen und fragte mich, warum ich nicht öfter heimfuhr. Mein Vater betrank sich, war dabei aber vergnügt, aufgeräumt. An diesem ersten Abend kam ich nie auf die Idee, hinterher noch in eine Bar zu gehen wie die anderen Leute meines Alters, wenn sie ihre Eltern besuchten. Ich ging ins Bett, wenn er und Catherine ins Bett gingen, und schlief wie ein Stein. Aber spätestens am Nachmittag darauf war der Spaß vorbei. Die gute Laune meines Vaters hielt nie lange an. Catherine sagte etwas, das ihn erboste, oder ein Nachbar stand ungebeten vor der Tür, oder jemand aus der Arbeit rief an. Seine Wut schaukelte sich hoch, und den Abend durch schäumte und schimpfte er, und ich zog den Kopf ein und versuchte nur, seinen Beleidigungen aus dem Weg zu gehen. Ich traf mich nie mit irgendwem außerhalb. Er ließ mich all meine sonstigen Bindungen vergessen, er machte eine Art Reptil aus mir. Niemand durfte mich sehen, schuppig, wie ich war.

Doch die Zeiten haben sich geändert. Bei meinem letzten Besuch hier bestand meine Dissertation aus über zweitausend bekritzelten Zetteln in einem Milchkasten auf der Rückbank meines Datsun, und ich hatte eine böse Trennung hinter mir. Aber über all diese Ungewissheiten bin ich jetzt hinaus. Wie durch ein Wunder, denke ich, während ich über den leicht ansteigenden Parkplatz zur Glastür von Goodales Lebensmittelladen hinaufgehe, habe ich es heil nach Ashing zurückgeschafft.

Es muss mindestens zehn Jahre her sein, dass ich Mrs Goodales

Laden zuletzt betreten und von ihr diesen irritierten Blick geerntet habe, als bräuchte sie einen neuen Kunden wie ein Loch im Kopf. Ich habe nicht mehr viel Ähnlichkeit mit dem Kind, das ich war; meine Haare fallen mir jetzt über die Schultern, mein dürres Gestell hat sich etwas ausgepolstert, und von dem abwehrenden Flunsch, den ich auf alten Fotos grundsätzlich ziehe, ist nichts mehr zu sehen. Eigentlich hatte ich vor, ein bisschen in den Gängen zu lauschen, ob ich eventuell etwas über meinen Vater und Catherine aufschnappe – wo sie steckt, ob es Hoffnung gibt, dass sie zu ihm zurückkehrt. Aber Mrs Goodale hebt den Kopf und sagt, wie aus der Pistole geschossen: «Wer beehrt uns denn da mal wieder? Daley Amory!»

Geradeso gut könnte mich ein Lakai an der Tür zu einem Ballsaal ausrufen. Ihre Ankündigung schallt bis hinter zur Fleischtheke und echot hinüber zu den Tiefkühl- und Molkereiprodukten. Zum Glück ist der Laden so gut wie leer. Nur meine Lehrerin aus der Sechsten steht da und inspiziert die Tomaten, bleiche, steinharte Kugeln, die in Dreiergrüppchen in grüne Styroporschalen gebettet und dick mit Zellophan umwickelt sind. Ihr Blick ist noch ungehaltener als früher, obwohl mir scheint, dass sie mich anzulächeln versucht. Sie ist weniger alt, als ich immer dachte – sie wirkt nicht älter als sechzig. Sie mochte mich nie. Ich hatte sie in meinem ersten Jahr in der Water Street, dem Jahr, als meine Eltern geschieden wurden. «Ein sehr muffeliges Kind» nannte sie mich im Zwischenzeugnis. Garvey hat mich damit lange aufgezogen. Eine Weile hieß ich bei ihm sogar Muffi. Als ich Ende des Schuljahrs in der Mathematikprüfung die volle Punktzahl bekam, war ihr Kommentar: «Auch ein blindes Huhn findet mal ein Korn.»

Ich gehe den schmalen Gang mit dem Gemüse entlang und stelle mich neben sie, dichter, als das normalerweise meine Art ist, schon gar bei jemandem, den ich nicht mag. «Guten Tag, Miss Perth.» Ich bin nicht viel größer als sie, aber ich habe meine Lieblingsschuhe an, schwarze Schnürschuhe mit klobigem Absatz, und fühle mich, als würde ich sie um Längen überragen.

Sie duckt den Kopf wie eine Katze und macht einen Rückwärtsschritt. «Ach, Sie sind das», sagt sie. «Gardiners Schwester.»

Das erinnert mich an eine andere Bemerkung von ihr, nur wenige Wochen nach Beginn des Schuljahrs: «Von deinem reizenden Bruder hast du aber nun gar nichts, kann das sein?»

«Was treiben Sie denn so dieser Tage?» Sie sagt, *dieser Tage*, als würde sie die Formulierung eigentlich missbilligen, hätte aber keine bessere zur Hand.

Ich zögere. Ich möchte prahlen, ihr hinreiben, dass ich keineswegs ein blindes Huhn bin, aber ich will nicht unbescheiden klingen dabei.

«Orientierungsphase nennt man das heute ja wohl», sagt sie.

«Nicht direkt.» Ich lache, aber die Erklärung steckt mir in der Kehle fest. Selbstverteidigung gehörte noch nie zu meinen Stärken.

«Daley?» Eine füllige Frau in einem dunkelblauen Kleid kommt von der Rückwand des Ladens auf mich zugeeilt. «Gott, du bist's wirklich! Schau dich an! Umwerfend siehst du aus in diesen schicken Schuhen!» Sie umarmt mich von der Seite, sodass meine Schulter zwischen ihren gewaltigen Brüsten klemmt. «Da wird Neal staunen, wenn ich ihm erzähle, dass du im Lande bist.» Das ist Mrs Caffrey. Seit meiner Rückkehr habe ich keinen Gedanken an Neal Caffrey verschwendet. Bitte nicht, denke ich. Bitte, erzähl Neal nichts von mir.

«Er ist nämlich hier. Ich meine, er lebt hier. Er hat ein Geschäft.» Sie schwenkt die Hand Richtung Stadtzentrum. Neal Caffrey hat ein Geschäft in Ashing? Er hat in der Achten sämtliche Preise in den einzelnen Fächern abgeräumt und dazu den großen Silberpokal für überragende Leistungen in Wissenschaft, Sport und Sozialverhalten. Den Renaissance-Pokal. «Er würde dich unheimlich gern sehen.» Sie linst auf meine linke Hand, entdeckt keinen Ring und sprudelt weiter. «Ihr zwei würdet euch so richtig gut verstehen.»

«Ich bin nur noch einen Tag hier. Ich fahre Sonntag früh nach Kalifornien. Ich habe eine Professur in Berkeley.» Es ist das erste Mal, dass ich es im Präsens sage. Ich hebe die Stimme dabei, aber Miss Perth ist um die Ecke verschwunden.

«Ach.» Mrs Caffrey schaut bitter enttäuscht. Sie tritt nach einer unausgepackten Kiste Lauch, die auf dem Boden steht. «Er wird nie irgendwen kennenlernen in diesem Kaff. Alle interessanten Leute gehen weg. Nur die Versager bleiben.»

So lange habe ich noch nie mit Neals Mutter gesprochen. Ich weiß noch, wie sie mit den übrigen Fahrgruppen-Müttern wartete – immer neben einem der anderen Wagen stehend, den Kopf zum Fenster hereingebeugt oder ihn mit lautem Lachen wieder hebend. Sie hatte diese Fröhlichkeit und Wärme, wie viele Dicke sie haben. An Neal hatte sie das nicht weitervererbt. Bis zur Achten war aus ihm ein ziemlicher Grübler geworden. Ein beliebter Grübler allerdings. Er konnte sich die Mädchen aussuchen. Ich habe mit ihm nach diesem Sommer tatsächlich kein Wort mehr gesprochen. Nicht, dass ihm das aufgefallen wäre. Er fand mich konkav. Das hatte er Stacey Miller in der Siebten gesagt – ich sei so flachbrüstig, dass ich schon konkav sei. Nach der Achten ging er dann nach Exeter, während ich an der Ashing Academy blieb.

Jemand tritt hinter uns durch die Tür – ich spüre den kurzen Schwall wärmerer Luft – und geht an der Gemüseabteilung vorbei, nur ein verschwommener Umriss am äußersten Rand meines Sichtfelds, aber ich erkenne gerade noch Catherines lange Schritte.

«Dann erzähl doch mal, du Superschlaue, in was genau ist deine Professur denn?» Mrs Caffreys Frohnatur gewinnt wieder die Oberhand.

«Ich muss los, tut mir schrecklich leid.»

«Halt auf dem Heimweg bei Neals Laden an! Es ist der mit dem Leuchtturm auf dem Schild.»

Ich haste in den mittleren Gang, in den Catherine eingebogen ist, aber er ist leer. Hinter der Fleischtheke drüben an der Wand, genau dort, wo ich ihn Anfang der Achtzigerjahre verlassen habe, steht Bruce Goodale und schneidet jemandem, den ich nicht kenne, Wurst auf. Im letzten Gang studieren zwei Männer in meinem Alter das Joghurt-Angebot. Der eine hat den Finger durch die Gürtelschlaufe des anderen gehakt, bemerke ich, als ich an ihnen vorbei zur Kasse hetze, und muss trotz allem lächeln: Der Wandel macht also selbst vor Ashing nicht halt. Durch die Tür sehe ich das dichte dunkle Haar, kürzer als in meiner Erinnerung, nach links Richtung Parkplatz verschwinden. Ich überlege, ob ich ihr nachrennen soll, aber Verzweiflung wäre meiner Sache wahrscheinlich nicht dienlich. Und ich spüre in dem Moment nichts außer Verzweiflung.

«Wird ihren Einkaufszettel vergessen haben», meint Mrs Goodale, die Miss Perths kleines Häuflein Einkäufe in die Kasse tippt.

Noch immer unschlüssig starre ich durch die Scheibe. Ich sollte sie aufhalten, bevor sie vom Parkplatz fährt. Aber ist sie denn überhaupt gut für ihn? Braucht er nicht eigentlich jemand Disziplinierteren? Aber ganz allein geht er vollends zugrunde. Ich mache noch einen Schritt zur Tür. Und dann sehe ich ihr Auto, den kleinen burgunderroten BMW, mit einem neuen Aufkleber am Heck: ICH WÄR LIEBER GESCHIEDEN.

Mein Vater sitzt im Fernsehzimmer vor den Nachrichten. Es ist seltsam, ihn wieder hier drin zu sehen mit seinem Aschenbecher und seinem Glas, als hätte es den Wintergarten und all die Jahre mit Catherine nie gegeben. Ein Sofa ersetzt jetzt die Kippsessel, die das Sofa ersetzt haben, das meine Mutter in die Water Street mitgenommen hat. Der Raum sieht fast wieder aus wie früher, nur den knubbligen Wollstoff der Schonbezüge hätte meine Mutter so nie ausgesucht. Mein Vater hält den Kopf gebeugt und stiert durch gesenkte Lider auf den Bildschirm. Eine Frau auf den Stufen eines Gerichtsgebäudes spricht über positive Diskriminierung. Sie spricht gewandt und sehr schnell; offenbar will sie in ihre kostbaren Sekunden im landesweiten Fernsehen so viel Inhalt wie möglich packen.

«Warum reden Schwarze eigentlich immer über Schwarze?», fragt er in seiner abstoßenden Version eines afroamerikanischen Akzents, obwohl die Frau auf dem Bildschirm die neutrale Aussprache eines Nachrichtensprechers hat. «Ist dir das schon mal aufgefallen?»

«Weil sie in diesem Land durch ihre Hautfarbe definiert sind und sich jedes Grundrecht, das wir automatisch durch unsere Geburt besitzen, erst hart erkämpfen mussten.»

«*Rechte* erkämpfen? Diese Frau kämpft für Ungleichbehandlung. Diese Frau fordert, dass ein schwarzer Durchschnittsstudent Vorrang vor einem Topstudenten bekommt. Sie kämpft für ihr Recht, sich durchzumogeln.»

Meine Argumente bringen sich in Stellung. Für solche Diskussionen bin ich mittlerweile bestens gerüstet, aber all mein Wissen wird mir nicht helfen, einen Kampf mit meinem Vater zu gewinnen. Er wird auf seinem Standpunkt beharren, auch wenn alle Vernunft gegen ihn spricht; er wird auf ihm beharren, als wäre es sein Leben, das auf dem Spiel steht, und nicht einfach nur seine Sichtweise. Er wird gehässig werden, er wird unter die Gürtellinie zielen, alles Hässliche, das er je über mich gedacht hat, wird aus ihm herausströmen. Meinen Vater von seinen rassistischen und antisemitischen Reden zu kurieren, würde lange dauern. Es würde eine komplette Umerziehung erfordern. Seine Vorurteile sind ein Gebräu aus Selbsthass, Ignoranz und Ängsten. Wenn es gelänge, diese Empfindungen zu isolieren und zu analysieren, müsste er vielleicht auch nicht mehr so viel trinken, um den Geschmack wegzuspülen, den sie hinterlassen.

«Da fällt dir nicht viel dazu ein, wie?»

Wäre Jonathan entsetzt über meine Feigheit? Oder würde er verstehen, dass jegliches Argumentieren sinnlos wäre, dass es nur mich verletzen und ihn trotzdem nicht ändern würde?

«Ich fange jetzt mit dem Kochen an.» Ich höre meine Mutter in dem Ton, den ich ihm gegenüber anschlage. «Soll ich dich rufen, wenn ich die Hollandaise mache?»

«Die was?» Dann fällt es ihm wieder ein. «Okay, klar.»

Aber als die Zeit da ist, lehnt er krumm an der Küchentheke, Hände in den Taschen, und schaut stumpfen Blicks zu, wie ich die Eigelbe im Kochtopf verquirle und dann Bröckchen für Bröckchen die Butter dazugebe.

«Es ist ganz leicht, Dad. Der einzige Trick dabei ist, dass du die Flamme ganz, ganz klein hältst und nicht aufhörst zu rühren. Wenn es zu heiß wird, stockt es. Da, nimm du mal den Quirl.» Er nimmt ihn und schwenkt die Drahtknolle in einer passablen Imitation meiner Bewegungen durch die sich verdickende Soße. Hoffnung erwacht in meiner Brust. Irgendwie bilde ich mir ein, wenn er sich bloß seine eigene Hollandaise machen kann, wird alles gut. Und wenn er es lernt, nicht nur Hollandaise zu machen, sondern auch seine Wäsche zu waschen, braucht er vielleicht überhaupt keine Frau mehr.

Bei Tisch, vor sich sein in A-1-Soße ertrinkendes Rib-Eye-Steak und die in Hollandaise ertrinkenden Spargel, ist er des Dankes voll. Und sehr betrunken. «Du bist eine verdammt gute Köchin, weißt du das?»

Ich schlafe im Zimmer von Elyse, meinem alten Zimmer. Der Teppich ist grün, nicht gelb, die Gänseblümchentapete an den Wänden durch blaue Tünche ersetzt. Aber vor den Fenstern stehen immer noch dieselben Bäume. Kiefer, Buche, Eiche. Ein Baum für jedes Fenster. Ich lege mich ins Bett und knipse das Licht aus. Alle meine Bücher sind im Auto. Ich habe nichts zu lesen, das mir beim Einschlafen hilft.

«Wen haben wir denn da?», sagte mein Vater immer, wenn er mir in diesem Zimmer Gute Nacht sagen kam. Und er packte Ferkel am Ohr.

«Nein, nicht Ferkel», kicherte ich.

Er holte aus und boxte Ferkel mit der Faust ins Gesicht. «Voll in die Fresse!» In hohem Bogen flog Ferkel weg. Und eins nach dem anderen schnappte er sich auch den Rest der Truppe, die auf meinem Bett und auf dem Schaukelstuhl verstreut lag; erst redete er ganz lieb mit ihnen und wartete auf meinen gespielten Protest, und dann drosch er sie quer durchs Zimmer, und ich lachte und lachte.

Am Morgen stehe ich lange Zeit mitten im Bad. Hier, an diesem Waschbecken, hat mir meine Mutter damals erzählt, dass sie meinen Vater verlassen will. Achtzehn Jahre waren es letzte Woche. Ich hatte ein ärmelloses weißes Nachthemd an. Sie fürchtete sich. Das ist mir heute klar. Ihre Lippen hatten dieselbe Farbe wie ihre Haut. Ihre Augen schwammen, das Braun zitterte. Da am Waschbecken stand sie, Zahnbürste in der Hand, und ich konnte ihren leicht säuerlichen Morgengeruch riechen. Und jetzt ist sie tot. Viele Jahre schon, auch wenn es mir nicht so vorkommt. Für mich fühlt es sich an, als wäre sie nur eben mit Paul irgendwohin gereist. In allen meinen Träumen ist sie weg und wird bald wiederkommen. Ich bin oft unterwegs zum Flughafen, um sie abzuholen, oder in die Water Street, um noch schnell zu putzen, bevor sie heimkommt, beides Dinge, die ich im wirklichen Leben nie getan habe.

Paul schreibt mir regelmäßig, ruft mich an meinem Geburtstag an, lädt mich ein, ihn zu besuchen. Ich schreibe sporadisch zurück, denke nur selten rechtzeitig an seinen Geburtstag und besuche ihn nie, wenn ich nach Massachusetts komme, um meinen Vater zu sehen. Jedes Mal nehme ich es mir vor und mache es dann doch nicht. Ob er jetzt wohl in Cape Cod ist? Er verbringt so viel Zeit dort wie nur möglich, hat er in seinem letzten Brief geschrieben. Er und meine Mutter pflegten jeden Sommer dasselbe Ferienhäuschen in Truro zu mieten, und letzten Herbst hat der Eigentümer es ihm verkauft. Der Brief war gespickt mit Ausrufezeichen, was sonst gar nicht Pauls Stil ist – ein Indiz dafür, wie erfüllt er war.

Ich tappe zurück zu Elyses Bett und überlege, ob ich auf den Brief geantwortet und ihm gratuliert habe. Ich habe keine Erinnerung daran. Sofort marschiert in meinem Kopf eine ganze Prozession von Leuten auf, die ich enttäuscht oder unzureichend gewürdigt habe. Ein bekanntes Gefühl, ein gewichtsloses Unbehagen, sickert durch meine Gliedmaßen. Ich sollte die Augen schließen und es wegschlafen, aber in den Rohren hat es zu rauschen begonnen; mein Vater duscht. Der Morgen ist bei ihm immer die beste Zeit.

Heute allerdings ist er knurrig, als er herunterkommt, macht sich seinen Kaffee ohne sein übliches Singen und Pfeifen, ruft die Hunde mit scharfer Stimme zu ihren Näpfen, schlägt dann den Sportteil auf und verflucht irgendeinen Red-Sox-Spieler, von dem ich noch nie gehört habe. Er beschimpft sogar seinen eigenen Fuß, den er zweimal aus dem Slipper zieht, um sich zu kratzen. Sein Strumpf hat ein Loch an der großen Zehe. Es sieht meinem Vater nicht ähnlich, in zerlöcherten Sachen herumzulaufen.

«Guck mal, dein Zeh schaut raus.»

«Ich finde kein einziges Paar heile Strümpfe mehr.»

«Dann kaufen wir dir eben welche. Heute.»

«Ja?» Als hätte ich einen Sechsjährigen gefragt, ob er Zuckerwatte möchte.

«Warum nicht? Gibt es Piper's noch?»

«Klar gibt's Piper's noch. Neue Hosen könnte ich auch gebrauchen.»

Maybelle hüpft an der Fliegentür hoch.

«Ja, Herrchen sieht dich ja», sagt er mit einer hellen, zärtlichen Stimme. «Herrchen kommt schon.»

Und hier ist Piper's, am bekannten Ort, im Erdgeschoss einer alten Villa mit breiter Veranda. Durchs Fenster ahne ich schon die karierten Dinnerjacketts, die Golfhüte aus weißer Baumwolle, die Gürtel mit Segelbooten oder Forellen oder Tennisschlägern darauf. Innerlich winde ich mich bei dem Anblick. Aber mein Vater sieht nichts Lächerliches oder Geckenhaftes an diesem Kleidungsstil, nichts Fetischistisches darin, aufgenähte Symbole des eigenen Reichtums, kleine Enten oder Martinis, auf den Hosen zu tragen. Er kennt es nicht anders. Seine ganze Welt kleidet sich so.

Er zieht die Ladentür auf und tritt dann beiseite, um mich vorbeizulassen. Aber in der nicht weniger abgeschotteten Welt, in der ich lebe, halten Männer Frauen nicht die Tür auf, und falls sie es doch tun, falls sie ganz frisch vom Pluto hier eingetroffen sind, dann gehen die Frauen nicht hindurch. Eigentlich möchte ich es. Ich möchte durch diese Tür gehen, die er mir aufhält. Unser Ausflug hat ihn in beste Laune versetzt. Mir bleiben keine vierundzwanzig Stunden mehr mit ihm. Die Socken und Hosen, die er braucht, sind nur wenige Meter entfernt, und der vertraute Piper's-Geruch sticht mir in die Nase, dieser Duft nach frischer Baumwolle, den ich als Kind so geliebt habe. Aber ich bringe es nicht über mich.

Mit einer spielerischen Handbewegung lasse ich ihm den Vortritt. Er rührt sich nicht.

«Komm schon, Dad. Du bist der mit dem Loch im Strumpf.»

Er schnaubt ein angeekeltes Lachen hervor. «Ich geh doch nicht durch eine Tür, die ein Mädchen mir aufhält.»

«Und warum nicht?»

Er schüttelt den Kopf. «Ist das die Art von Käse, den man euch an euren tollen Unis beibringt? Unhöflich zu allen zu sein, die auch nur ansatzweise Manieren haben?»

Schon der Versuch, zu ihm durchzudringen, laugt mich aus. Noch zwanzig Stunden. Ich gehe durch die verdammte Tür.

«Hallo», begrüßt uns eine Frau von der Rückwand des Ladens, wo sie Pullover mit Zopfmuster zusammenlegt. Ich kann sie nur unscharf sehen nach der Helligkeit draußen, aber die Stimme erkenne ich. Mein Vater steuert nach rechts, in die Herrenabteilung.

«War sie nicht mit mir auf der Schule?», flüstere ich.

«Die da? Niemals. Die ist doch doppelt so alt wie du.»

«Ich glaube, das ist Brenda McPheney.»

«Nie im Leben ist das Brenda McPheney. Brenda McPheney war ein heißer Feger. Und vor allem war sie spindeldürr.»

«Sie hatte Magersucht, deshalb war sie so dürr. Sie ist fast daran gestorben in unserem letzten Jahr.»

«Na, dann sah sie mit Magersucht aber um Klassen besser aus.» Er zeigt auf etwas über meiner Schulter. «Schau dir den an. Ist der nicht hinreißend?» In einem Regal steht die glänzende Keramikstatue eines schwarzen Labradors mit flehenden Augen und einer echten Leine im Maul. «Von dem bin ich jedes Mal ganz hin und weg.» Er übertreibt nicht. Er betrachtet ihn so andächtig wie andere Menschen einen van Gogh.

Wir suchen blaue, graue und schwarze Socken aus. Wir sehen die Hosen auf ihrer Stange durch, als mein Vater einen Blick hinüber in die Damenabteilung wirft, «duck dich!» zischt und mich an den Schultern in eine kleine Nische drückt.

«Auch das noch», flüstert er.

«Ist es Catherine?»

«Guter Gott, nein. Muumuus führen die hier nicht. Das ist Tits Kelly. Wenn die uns entdeckt, sind wir übermorgen noch hier.»

Die Holzdielen knarzen.

«Verdammt. Sie kommt her. Zieh den Bauch ein und halt die Luft an.»

Niemand in Ashing gebraucht ihren richtigen Namen, außer natürlich, wenn sie vor einem steht, und im Moment wüsste ich ihn nicht einmal. Sie ist eine furchtbare Wichtigtuerin und, wie mein Vater zigtausend Mal betont hat, bar jeglichen Humors. Das Todesurteil.

Brenda McPheney kommt auf sie zu und fragt, ob sie etwas Bestimmtes sucht.

«Eher nicht», sagt sie, mehr Seufzer als sonst etwas. Brenda kehrt zu ihren Pullovern zurück. Aus Mrs Kellys Hinterteil dringt ein langes, leises Rumpeln. Dad schaut mich an, hellauf entzückt, und formt mit den Lippen ein O, während er gleichzeitig mit aller Kraft meine Finger drückt, damit ihm ja kein Laut entfährt. Ich kichere stumm in mich hinein. Mein Bauch ist völlig verkrampft. Aneinandergepfercht kauern wir vor diesem winzigen Loch in der Wand, und es ist mir schleierhaft, wie es zugeht, dass sie uns nicht bemerkt, aber sie sucht völlig vertieft ein Männerhemd aus. Endlich trägt sie das Hemd ihrer Wahl zu Brenda an die Kasse.

«Ich frag mich, für wen sie das braucht», sagt mein Vater auf der Heimfahrt. «Ehemann Nummer zwei hat schon letztes Frühjahr die Biege gemacht. Kennst du eigentlich die Geschichte von Davy Kelly und den zwei Vierern?»

Ich kenne sie, aber er ist so blendend gelaunt. «Nein.»

«Nicht?» Er strahlt. Und er erzählt mir, wie der kleine Davy Kelly in der vierten Klasse plötzlich mit zwei Vierern im Zeugnis nach Hause kam, einem in Mathe und einem in Sozialkunde. Klein Davy, so seine Mutter, hat nämlich vorher nie etwas anderes als glatte Einser gehabt. Dann kriegt sie spitz, dass Klein Davy in beiden Fächern neben Ollie Samuels sitzt. Also marschiert sie zur Abendessenszeit zu den Samuels rüber, pflanzt sich in ihrer Küche auf und will von Ollie wissen, womit er ihren Sohn in Mathe und Sozialkunde so vom Unterricht abgelenkt hat. Worauf Ollie sagt, er redet schon eine Ewigkeit nicht mehr mit Davy, seit er nämlich dahintergekommen ist, dass Davy Lucy Lothrop für ihre Englischantworten zehn Cent bezahlt und ihm für seine nur fünf.

Mein Vater lacht, als würde er die Geschichte selbst zum ersten Mal hören. Mir kommt sie viel älter als Davy Kelly vor, wie etwas, das mein Vater im Radio gehört haben könnte, als er noch klein war. Solche Geschichten liebt er: Leute, die einen verdienten Dämpfer verpasst kriegen. Selbstgerechtigkeit oder gar Ernsthaftigkeit sind in seinem Universum nicht vorgesehen. Wer etwas ernst nimmt, der macht sich zum Narren. Alles hat Ironie zu sein, Herablassung, Spöttelei. Leidenschaft ist nur beim Sport zugelassen. Mit Leistungen außerhalb von Platz oder Spielfeld gibt man sich der Lächerlichkeit preis. Wer auf einem anderen Gebiet als im Sport Erfolge erzielt, ist angreifbar, weil er eine Sache ernst genommen hat.

Mir scheint der Zeitpunkt gekommen, nach seiner Arbeit zu fragen. «Was ist zwischen dir und Hugh passiert, Dad?»

«Dieser Pisser.»

«Was ist passiert?»

«Schnee von gestern. Ich bin jetzt im Ruhestand.»

Als wir heimkommen, blinkt auf dem Anrufbeantworter in der Küche eine Nachricht. «Hallo, Gardiner, ich bin's, Patrick. Ich probier's später noch mal. Ähm, ja. Ich hoffe, es geht dir gut.» Man hört ihm die Nervosität an. Die Stimme ist kurzatmig und stockend, nicht wie Patricks übliche Telefonstimme, die, zumindest bei mir, noch genauso abgedreht klingt wie früher immer. Er fehlt mir. Wenn ich hier weg bin, muss ich ihn unbedingt anrufen.

«Rufst du ihn nicht zurück?»

«Ich denke gar nicht dran. Und du lässt es auch schön bleiben, hörst du?»

«Er vergöttert dich, Dad. Du kannst ihn nicht einfach fallen lassen.»

Wart's nur ab, sagt sein herausfordernder Blick.

Er stampft nach oben, um eine seiner neuen Hosen und die neuen blauen Socken mit fliegenden Gänsen darauf anzuziehen. Ich gehe in das kleine Bad neben dem Fernsehzimmer und starre lange auf die gerahmten Schwarz-Weiß-Fotografien an der Wand, die Mannschaftsfotos meines Vaters aus St. Paul's und Harvard: so viele Jahre, so viele Reihen weißer, englisch aussehender Jungen mit Rudern und Footballbällen und Tennisschlägern. Ich kenne sie so gut, dass ich meinen Vater überall gleich herausfinde, sein kleines nervöses Gesicht auf den früheren Bildern, mit elf und mit zwölf, und dann, später, die erwachsenere, ungeduldiger blickende Variante. Zum Lächeln wurde für diese Aufnahmen damals niemand ermutigt, darum lässt sich nicht sagen, ob er, oder irgendeiner der anderen, glücklich war.

Er mixt sich einen Drink, als er wieder herunterkommt. Es ist noch nicht Mittag. Wir sitzen am Pool. Ich mache uns Thunfischsandwiches, und beim Essen spielen wir Backgammon. Die Sonne brennt herab. Der Pool glitzert und lockt. Ich weiß gar nicht, ob ich überhaupt einen Badeanzug habe – wenn, dann liegt er in einem Müllsack irgendwo tief in meinem Auto vergraben.

Er verschwindet regelmäßig im Poolhaus, um sein Glas nachzufüllen. Ich sehe sein krummes Rückgrat, seinen Auswärtsgang, das Verlangen auf dem Weg hinein und die Erfüllung auf dem Weg wieder heraus – diese schwelgerisch gesenkten Augenlider, die Lippen, die sich amphibienhaft vorstülpen und um die Rundung des Glases schließen, begierig nach dem ersten Kontakt mit dem Alkohol. Noch sechzehn Stunden, dann darf ich von alledem wegfahren.

Die Sonne versengt mir den Rücken.

«Ist dir nicht heiß, Dad?»

«Nicht sehr.»

«Wollen wir uns nicht lieber unter einen Baum setzen?»

«Wozu?»

Ich komme nicht gegen ihn an.

«Schwimm eine Runde», sagt er.

«Kommst du auch?»

«Ach nein, heute nicht.»

«Vielleicht hüpfe ich einfach in meinen Kleidern rein.»

«Zieh sie aus. Sieht dich doch keiner.»

Er lehnt sich in seinem Stuhl zurück und schließt die Augen.

Ich springe in T-Shirt und Shorts ins Wasser. Es ist kälter, als ich es jemals erlebt habe. Alles in meinem Körper schrumpft und schrumpelt, wie um sich zu einem einzelnen Punkt zusammenzuziehen. Als ich das flache Ende erreiche, spüre ich die Haut an meinen Beinen nicht mehr. Ich steige heraus, und die Tropfen rollen von mir ab wie von Gummi.

Mein Vater sitzt da und lacht. «Ich dachte, du steckst vorher wenigstens mal den Zeh rein.»

«Was hast du gemacht, Eiswürfel reingekippt?»

«Ist noch nicht geheizt.» Er wischt sich die Augen. «Du hättest dein Gesicht sehen sollen. Unbezahlbar.»

Ich spritze mit meinen tropfenden Haaren nach ihm.

«Hübsche Titten.»

«Dad!»

«Warum läufst du in solchen Schlabbersachen rum? Du kannst dich absolut sehen lassen.»

Meine Stimme gehorcht mir nicht.

Mein Vater würfelt einen Pasch und stößt ein Triumphgeheul aus.

«Ich wäre dir dankbar», beginne ich leicht zittrig, «wenn du dir solche Bemerkungen über meinen Körper verkneifen könntest.»

«Und ich wäre dir dankbar, wenn du einfach würfeln könntest. Ich hab dir ein Kompliment gemacht.»

Schließlich schlappt er für ein Schläfchen nach drinnen. Noch vierzehn Stunden.

Vom Poolhaus rufe ich Jonathan an, gerate aber an sein Band. Allein schon der schnelle, gutturale Klang seiner Stimme. Am liebsten würde ich gleich noch mal anrufen, einfach nur, um die Ansage zu hören. Noch eine Woche, dann wohnen wir zusammen in unserem Häuschen in Kalifornien. *Sag nicht andauernd Kalifornien, als wäre das Gott weiß wie bedeutend.* Es *ist* bedeutend. Es bedeutet mir unendlich viel. Was ist, wenn einer von uns nicht heil dort ankommt? Ich tue mir schwer damit, der Zukunft zu vertrauen. Plötzlich scheint es mir völlig unmöglich, dass wir beide es lebend schaffen. Ein Drang befällt mich, ins Auto zu steigen und dem Schicksal davonzufahren.

Ich stehe vom Boden des Poolhauses auf und trete wieder hinaus in die Hitze, gehe über den Rasen hinüber zum Tennisplatz. Vor meinem inneren Auge lasse ich den Rosengarten auferstehen, die schnörkelige Hecke, den blassblauen Anstrich des Brunnenbeckens, das schwarze, vermodernde Laub an seinem Grund, das wir gleich am ersten schönen Frühlingstag herauskratzten. Und meine Mutter, wie sie mit Kopftuch, Gartenhandschuhen und Spraydose bewaffnet den Blattläusen zu Leibe rückte, während ich von ihr wissen wollte, was ein Zungenkuss ist. Sie trug bunte Baumwollhänger, lachte laut, wenn Bob Wuzzy oder Sylvie Salters da waren, hatte so viele Anschauungen. Und dann fand sie in Paul den richtigen Partner, einen echten Mitstreiter, und ich hörte sie bis spät in die Nacht auf der Couch über seine Fälle diskutieren, über Kindesmissbrauch und die Rechte von Minderheiten, ernsthafte Gespräche, aber immer wieder, ganz unerwartet, mit Lachen durchsetzt. Es schloss mich nicht ein, dieses Lachen, was vielleicht einen Teil meiner Störrigkeit ihnen gegenüber erklärt – doch das ist bis heute mein Idealbild von Liebe, von Harmonie: dieser Klang ihrer Stimmen auf der Couch, mit all ihren Überzeugungen und Hoffnungen und dem Lachen dazwischen.

Ich muss auf dem Rasen eingeschlafen sein. Jedenfalls höre ich plötzlich die Fliegentür klappen. Ich schaue auf, und übers Gras kommt mein Vater, im nächsten Paar neuer Hosen jetzt, Drink in der Hand. Martini Nummer fünf? Sechs?

«Ahhh», sagt er überlaut, als er sich hinsetzt. «Was wohl die Armen heute so machen?»

Zwölf Stunden. Oder ich fahre schon um fünf Uhr früh, statt um sechs. Elf Stunden.

«Ich fang dann langsam mit dem Kochen an.»

«Es ist gerade erst sechs.»

«Wir essen heute mal früher.» Auch das wieder wie meine Mutter, muntere Worte, die ihr einen Vorwand lieferten, aus seiner Nähe zu fliehen, ihr Ton von einer Leichtigkeit, die sie nicht empfand, aber die sie als Schutz brauchte.

Ich lasse mir Zeit beim Kochen. Lammkoteletts, Kartoffelbrei, Limabohnen. Die Mahlzeiten meiner Kindheit. Ich frage mich, was er wohl täte, wenn ich ihm ein Tofu-Curry oder Bibimbap vorsetzen würde, und muss laut lachen, als ich mir seine Entgeisterung vorstelle. Gelegentlich fällt mein Blick durch das Fenster auf ihn, wie er dasitzt und auf den Pool starrt. Er macht seine Stippvisiten an der Bar im Poolhaus, er zieht vom Liegestuhl in einen Sessel um. Die Hunde folgen ihm, lassen sich wieder an seine Füße plumpsen. Wenn ein Nachbarhund bellt, heben sie alle vier die Köpfe und spitzen die Ohren; Maybelle steht sogar auf. Mein Vater redet mit ihnen. «Legt euch schön wieder hin, Jungs, alles gut», sagt er.

Bevor ich ihn zum Essen rufe, schiebe ich den alten Glastisch aus dem Anrichteraum wieder in die Küche, wo er hingehört. Ich decke ihn mit der Tischwäsche von früher, die Catherine nie hergenommen hat und die ich im Esszimmer finde. Alles ist wunderbar gemangelt – meine Mutter hat Tischwäsche immer in die Reinigung gegeben – und riecht nach dem Kiefernholz der Büfettschublade, in der es die letzten beiden Jahrzehnte geschlummert hat. An das Muster erinnere ich mich noch, kleine weiße Blümchen auf kornblumenblauem Grund. Die Falten im Tischtuch ragen steif in die Höhe, sooft ich sie auch glatt streiche. Die Servietten sind am Saum leicht ausgefranst, aber als ich einen Schritt zurücktrete, sieht alles so hübsch aus wie früher.

Ich weiß nicht, wie er reagieren wird. Der Tisch steht jetzt wieder genauso wie damals, als der Zettel meiner Mutter darauf lag. Aber als mein Vater hereinkommt, scheint ihm gar nichts aufzufallen. Er schnauft auf seine schwere, betrunkene Art. Er stellt sein Glas vor das Messer und setzt sich an seinen alten Platz gegenüber dem Herd, als wären die dazwischenliegenden zwanzig Jahre nie gewesen.

Er isst das Fleisch als Erstes. Es ekelt mich an, der schmale Knochen, das tote, zarte Gewebe, aber ich kann den Blick nicht abwenden. Ich komme mir wieder vor wie mit sieben. Sein Schnaufen, die Schweißtropfen auf seiner Nase und Stirn, der Wodka, die Zwiebeln, der Tabak, all das bildet eine Art Nebel, der sich für viele Sekunden am Stück vor die Gegenwart schiebt.

«Dad, versprichst du mir, dass du gut auf dich achtgibst?», sage ich, um den Bann zu brechen.

«Klar doch.» Er sieht von seinem Teller auf. «Schmeckt übrigens ausgezeichnet.»

«Und du machst dir auch manchmal Gemüse?»

«Jep.» Zum Beweis spießt er drei Limabohnen auf seine Gabel.

Ich möchte ihn fragen, was um alles in der Welt er für den Rest seines Lebens mit sich anzufangen gedenkt. Er ist erst sechzig.

Er isst ein paar Bissen Kartoffelbrei, schiebt die Bohnen auf dem Teller herum, dann lehnt er sich zurück. Erst da, einen Sekundenbruchteil, bevor er den Mund aufmacht, wird mir das Ausmaß seiner Betrunkenheit klar. «Und du gibst auch acht auf dich, ja, Daley?» Schon, wie er meinen Namen sagt, verheißt nichts Gutes. Er spricht ihn aus wie Catherine, Day-*lee*.

«Mach ich.»

«Indem du dich am nächsten Hippie-College vergräbst und dir den Kopf mit noch mehr Schwachsinn darüber vollstopfen lässt, wie die Welt funktioniert und wie alle, alle vor euch komplett verkehrt lagen?»

«Vermutlich.»

«Verrat mir eins», sagt er und zielt mit der Gabel auf meine Brust. «Verrat mir eins. Habt ihr je den Zweiten Weltkrieg durchgenommen? Hat euch jemals jemand verklickert, was dieses Land für den Rest der Welt geleistet hat? Was für Opfer es gebracht hat, um dieses ganze verfluchte Dreckspack zu retten, das sich mit uns jetzt den Arsch abputzt? Ich sag dir, was krank ist. Krank ist alles, was nach 1955 passiert ist. Das sollten die euch mal beibringen. Alles – alles –, was ihr bei diesen Drecksroten lernt, ist nichts als ein Haufen Scheiße, und ihr Leute seid alle zu weich in der Birne, um das zu kapieren. Keinen Schimmer habt ihr!»

Er beugt sich vor und stemmt sich aus seinem Stuhl hoch. Er macht ein paar Schritte Richtung Bar, merkt dann, dass er sein Glas vergessen hat, und dreht wieder um. Wie soll das erst werden, wenn ich weg bin? Ich sehe ihn vor mir, zusammengesackt auf dem Badezimmerboden.

Zehn Stunden. Ich schaffe das. Ich schaffe es, etwas zu sagen. «Dad, ich habe Angst, dass du dich zu Tode trinkst.»

Er knallt das Glas auf die Theke. «Weißt du was, Day-lee. Verpiss dich einfach aufs College – wieder mal. Mach das Vierteljahrhundert voll. Verbring dein ganzes restliches Leben im College. Wozu denn erwachsen werden? Und deine scheiß Pseudobesorgnis nimmst du auch gleich mit!»

«Die ist nicht pseudo, Dad.»

«Verdammt», murmelt er, während er sein Ritual an der Bar vollzieht und mit einem randvollen Glas zurückkommt, «weißt du, warum ich trinke? Weißt du das? Ich trinke wegen Leuten wie dir. Die sich für ach so vollkommen halten. Die sich einbilden, dass sie auf alles eine Ant…»

«Ich halte mich nicht für vollkommen. Keineswegs.»

«Wenigstens *eine* gute Nachricht. Denn stell dir vor, du bist's nicht! Du bist das Letzte. Eine einzige Peinlichkeit bist du. Du und dein Bruder.» Er drückt sich die Hände an den Kopf, wie um die Gedanken an uns wegzupressen. Und dann schaut er mich an mit seinen gelben Augen: «Schämen muss ich mich für euch.»

Ich lege Messer und Gabel weg. Ich lasse mir das nicht länger bieten. «Ja, schäm dich ruhig. Schäm dich am besten zu Tode. Weil deine beiden Kinder nämlich keinen Vater hatten. Weil sie statt einem Vater ein Monster hatten. Einen bornierten, ignoranten Säufer, der sie mit seinen Gehässigkeiten vergiftet hat.» Meine Argumentationslinie liegt klar vor mir. Ich habe so viele Beweise. Ich werde ihm meine sämtlichen Erinnerungen ins Gesicht schleudern.

Er lacht. Nein, Lachen ist es nicht, aber es gibt kein Wort für das Geräusch, das mein Vater macht, wenn er verblüfft und stinkwütend zugleich ist. «Weißt du was, du Dreckstück? Du bist noch schlimmer als deine Mutter.»

Ihn meine Mutter erwähnen zu hören, zum ersten Mal seit ihrem Tod vor neun Jahren, durchtrennt mir die Stimmbänder wie ein Messer. Ich schaffe es mit Mühe und Not aus dem Zimmer und die Treppe hinauf.

Oben liege ich auf dem Bett, schluchzend wie ein Kind. Immer wieder befehle ich mir, aufzustehen und abzufahren. Aber es geht nicht. Die Last all der Jahre und Beschimpfungen ist wie ein Gewicht, das mich niederdrückt. Ich höre ihn unten, wie er das Geschirr wegräumt, die Hunde hinauslässt, sie wieder hereinlässt. Für ihn ist das ein ganz normaler Abend. Ein Liter Wodka, ein bösartiger Schlagabtausch. Wahrscheinlich fühlt er sich glänzend, als hätte er eben zwei Sätze Tennis gespielt. Ich habe Angst, er könnte auf die Idee kommen, mir Gute Nacht zu sagen, also hieve ich mich so weit hoch, dass ich die Tür abschließen kann. Der Riegel fühlt sich so vertraut an unter meinen Fingern – ein kleiner, silberner makkaroniförmiger Hebel, der ein tiefes, sattes *Klonk* macht, wenn der dicke Zapfen einrastet. Fast meine ich, vor der Tür meine Mutter zu hören, die mich beschwört, doch herauszukommen und Tante Grace Guten Tag zu sagen, die aus Westport zu Besuch ist. Aber ich mag nicht. Ich habe gerade den großen geflochtenen Picknickkorb voller Barbies und den

Barbie-Wohnanhänger aus dem Schrank geholt und mache es mir damit für den Nachmittag gemütlich. Mir ist nicht nach Tee mit Tante Grace.

Ich krieche ins Bett zurück, und plötzlich muss ich an Paul denken, daran, mit wie viel Respekt und Geduld er mich immer behandelt hat, sich meiner «Éducation sentimentale» angenommen hat, und weiß jetzt ganz sicher, dass ich ihm seit dem Hauskauf nicht zurückgeschrieben habe. Er hat mich als das Kind gesehen, das er nie hatte, und nun weine ich seinetwegen, weil ich mit seiner Trauer um meine Mutter nicht umgehen konnte und wir keine Hilfe füreinander waren und es für mich der leichtere Weg war, ihm einfach den Rücken zu kehren, mitsamt all den Erinnerungen, die er in mir wachrief, an sie, meine Mutter, die mich geliebt, aber nicht beschützt hat, die mich Wochenende für Wochenende bei meinem Vater verbringen ließ, jahrelang, obwohl ich hinterher jedes Mal wie ein wildes Tier war, und die nie wissen wollte, warum.

12

Wenn ich zwischendurch doch schlafe, sind meine Träume die naht-
lose Fortsetzung meiner Gedanken, und meine Gedanken gleichen
Muskeln, die sich immer wieder ungewollt anspannen und zucken –
zudrücken, aber nie fest genug. Ich muss sie nur in die richtige Rei-
henfolge bringen, bilde ich mir ein, dann kann ich das Problem mit
meinem Vater lösen, das Problem, das entsteht, sobald mein Vater
und ich im selben Raum sind. Mein Hirn dreht Kreise. Aber schließlich ahne ich durch die dünne Wand der Augenlider, wie sich das
Dunkel am Himmel zu lichten beginnt, und ich kann heraustreten
aus meiner Zelle unnützer Gedanken und sehe Eukalyptusbäume, ein
schmales Sträßchen und eine gelbe Tür mit blassgrünem Guckfens-
ter. Mein Herz fängt zu klopfen an. Ich bin frei. Die kleine Höhlung
des Fahrersitzes wartet auf mich. Das Radio geht wieder. Jonathan
hat es extra letzte Woche richten lassen. Das Frühstück hat Zeit, bis
ich bei Howard Johnson's bin. Dann setze ich mich an denselben
Tisch, an dem meine Mutter und ich auf dem Weg zum Lake Chigham saßen. Während ich meine wenigen Sachen zusammenpacke,
die Bettlaken so sauber und ordentlich glatt ziehe, wie ich es von ihr
gelernt habe, staune ich wieder einmal, wie schwankend meine Gefühle sind, wie nah mir meine Mutter heute scheint, nachdem sie
doch gestern so beängstigend fern und verloren war. Aber so ist der
Tod. Auch er ist eine schwankende Größe.

Im Flur ist es dunkel, die Luft feucht. Aus der alten Wandtruhe duften die Zedernholzkugeln. Wenn ich die vordere Treppe nehme, muss
ich an meinem Vater vorbei, der seine Tür immer angelehnt lässt.
Aber die Hintertreppe führt direkt in die Küche und hinaus auf die
Veranda. Diese Treppe ist steil, und ich steige die abgetretenen Stufen

langsam hinab, streife mit den Fingern an der Tapete mit ihrem Relief aus Efeu und Beeren entlang, rieche all die alten Gerüche, und dann stehe ich unten vor dem summenden Kühlschrank, vor dem schmalen Spalt zwischen Kühlschrank und Wand, in den ich früher ganz knapp hineinpasste, mein molliges Winterversteck. Die großen Hunde sind aus irgendeinem Grund unten. Sie springen auf, als sie mich sehen.

«Nicht aufstehen, Leute», flüstere ich panisch. «Bitte.»

Sie versuchen, mir den Weg zu versperren. Zum ersten Mal, seit ich hier bin, scheinen sie der Meinung, dass ich hier das Kommando führe. Sie scheinen der Meinung, dass ich sie zu füttern habe, und bohren die Schnauzen in meine Schenkel.

Das Geschirr ist abgeräumt, die Lammkoteletts haben nur ein paar wenige Fettspritzer auf dem blauen Tischtuch hinterlassen. Die Botschaft in der sorgfältigen, schrägen Internatsschülerschrift meines Vaters lautet: *Die Tabletten müssten ihren Zweck erfüllen. Leb wohl, Daley.*

Einige Neurologen meinen ja, dass unser Kopf nicht nur ein Gehirn enthält, sondern bis zu acht verschiedene. Momentan bin ich der lebende Beweis dafür. Ein Teil meiner Gehirne versucht, die Nachricht umzudeuten. Tabletten für die Hunde? Antidepressiva, von denen er mir nichts erzählt hat? Und ein anderer Teil befiehlt mir, einfach zu gehen. Er lügt, sagt ein Hirn. Es ist ein Trick, sagt ein anderes. Aber ein Gehirn weiß, dass mein Vater und Catherine ein Medizinschränkchen voller Schmerzmittel und Schlaftabletten haben.

Ich finde ihn in seinen Kleidern auf dem unaufgeschlagenen Bett. Er atmet, aber ich bekomme ihn nicht wach. Ganz sicher bin ich nach wie vor nicht, dass es kein Trick ist, aber ich greife zum Telefon.

Ich wähle 911, überlege dann, ob es nicht doch 411 ist, grüble dann kurz, welche Nummer ich denn nun gewählt habe. Aber eine Frau hebt ab und fragt mich, was passiert ist, und gleich darauf heulen Sirenen, Sanitäter kommen mit einer Trage gelaufen, und mein Vater schlägt die Augen auf, ist aber außerstande, ihnen zu sagen, was für Tabletten er genommen hat oder wie viele. An seinem Bett steht nichts, und keines der vielen Pillenfläschchen bei ihm im Bad ist völlig leer.

Ihm wird der Magen ausgepumpt. Sieben Aspirin.

Ein Psychologe kommt zu mir in den Wartebereich. Er hat Augenbrauen wie eine verblüffte Zeichentrickfigur, dicke, rußschwarze Schrägstriche.

«Er hatte großes Glück», beginnt er gedämpft.

«Wem sagen Sie das? Noch mal zwanzig, und er hätte vielleicht Magenweh gekriegt.»

Die Schrägstriche stülpen sich um; aus Verblüffung wird Tadel. «So etwas ist ein ernst zu nehmender Hilferuf, junge Dame», sagt er, dabei kann er höchstens fünf Jahre älter als ich sein. «Wer Tabletten nimmt, überschreitet eine Grenze, völlig unabhängig vom Ausgang. Gut möglich, dass Ihr Vater sieben Aspirin sogar für ausreichend gehalten hat. Und die Statistik spricht dafür, dass er einen nächsten Versuch unternehmen wird, der dramatischer ausfällt. Er muss minutiös überwacht werden.»

«Aber nicht von mir. Ich fahre heute nach Kalifornien ab.»

«Mir wurde gesagt, Sie seien seine Tochter.»

«Bin ich auch.»

«Ihr Vater hat einen Selbstmordversuch hinter sich.»

«Mein Vater trinkt an einem gemäßigten Tag sechs bis sieben starke Martinis. Aus meiner Sicht waren die letzten dreißig bis vierzig Jahre ein kontinuierlicher Selbstmordversuch.» Mich erfüllt eine eisige Ruhe. Ich habe das Gefühl, ich könnte dem Kerl die Lunge aus dem Leib reißen, wenn ich wollte, und das schlägt in meiner Stimme durch. Zur Hölle mit meinem Vater, dass er mir das antut!

Der Psychologe kritzelt etwas unten auf das weiße Blatt an seinem Klemmbrett und reibt sich übers Gesicht.

«Ich hatte aufgrund der Blutwerte explizit nach Alkoholmissbrauch gefragt, aber sein Arzt hat mir versichert, dass davon keine Rede sein kann.»

«Sein Arzt ist einer seiner ältesten Saufkumpane. Kein sehr verlässlicher Gewährsmann.»

Er nickt, schraffiert ein paar Kästchen im oberen Eck seines Blattes. «Sagt Ihnen der Begriff *Intervention* etwas?»

Ich lache laut auf. «Lassen Sie mich mal sehen. Seine zweite Frau hat ihn gerade verlassen, sein Sohn will für den Rest seines Lebens nichts mehr mit ihm zu tun haben, seine Eltern sind tot, Geschwister hat er keine, und seine Freunde gehören alle selber in die Entzugsklinik. Bleiben nur noch er und ich. Da wäre mir ein Rudel Löwen im Kolosseum lieber.»

«Und es gibt niemanden, der Sie dabei unterstützen könnte?»

«Wir reden hier nicht von einem Mann, der sich ändern kann.»

«Jeder kann sich ändern, wenn er das richtige Werkzeug an die Hand bekommt.»

«Beweisen Sie's mir. Nehmen Sie ihn, und wenn er ein neuer Mensch ist, rufen Sie mich an.»

«Nach Kalifornien können Sie auch später fahren. Ihr Vater braucht Sie.»

«Nach Kalifornien kann ich nicht später fahren. Ich trete eine Professur an, die Mittwoch in einer Woche beginnt.»

«Ach, wo denn?»

«Berkeley.»

«Nicht schlecht.» Er lässt den Stift sinken. Jetzt plötzlich sieht er mich als ebenbürtig. Ich spiele in seiner Liga. Und ich bin eine Frau, auch das dringt auf einmal zu ihm durch. «Welche Fakultät?»

«Ethnologie. Ich gehe jetzt zu meinem Vater und verabschiede mich.»

Ich gehe den Korridor mit seiner bläulichen Neonbeleuchtung entlang. Alles an mir fühlt sich steif an. *Du Dreckstück. Du bist noch schlimmer als deine Mutter.* Sieben Aspirin, verdammt noch mal. Dieser ganze Zirkus für sieben Aspirin. Ich kann nur hoffen, dass er schläft.

Aber er schläft nicht. Er hat die Decke bis zum Kinn gezogen, und seine aufgerissenen Augen fixieren die Tür. Ich bleibe ein gutes Stück vom Bett entfernt stehen, Hände in den Taschen.

«Mir geht's nicht gut, Zwerglein.» Er zerknüllt den Deckenrand mit den Fäusten. Sein Gesicht verfärbt sich dunkelrot, und er fängt zu weinen an. «Mir geht's überhaupt nicht gut.»

Ich habe nicht die geringste Ahnung, wo er ansetzen müsste. So viel liegt bei ihm im Argen. Meine Faust in der Tasche ballt sich um den Autoschlüssel. Ich muss los. Der Mann ist ein Wrack. Ein Wrack, dem ich keinerlei Hilfe sein kann.

«Mir geht's überhaupt nicht gut», wimmert er wieder.

«Das stimmt. Du brauchst Hilfe, Dad.»

«Ja, ich brauch Hilfe.»

«Aber nicht meine Hilfe.»

«Doch, ich brauch deine Hilfe.»

«Nein, du brauchst professionelle Hilfe. Du bist krank.»

«Ich bin einfach … ich bin einfach … ich weiß auch nicht.» Aus dem Weinen wird lautes Schluchzen. Sein Brustkorb hebt sich stoßweise, sein offener Mund ist ganz verzogen und schief. Seine Zähne sind graugelb.

«Dad, wir müssen dir Ärzte suchen, die dir helfen.»

«Was will ich mit Ärzten? Meinst du Perry? Perry kann mir nicht helfen.»

«Nicht Perry. Du musst irgendwohin, wo sich Leute um dich kümmern und dich wieder in die Spur bringen.»

«Wo denn?»

«Irgendwo, wo es schön ist. In Colorado vielleicht, oder in Arizona.»

«Nein.»

«Dann hier in der Nähe. Vermont.»

«Wo Buzz Shipley war, meinst du?»

«Vielleicht so was Ähnliches.»

«Der ist als Tunte wieder rausgekommen. Rein ist er als ganz normaler Mensch, und raus kam er als Tunte.»

«Du musst mit dem Trinken aufhören. Solange du trinkst, siehst du doch auch nicht klar.» Ich stähle mich für die Breitseite.

«Na gut», sagt er leise. «Aber ich geh nirgends hin.»

«Dad, das schaffst du allein nicht. Niemand schafft das. Ein Entzugsprogramm ist der beste Weg. Da gehst du weg, und du bekommst jede Menge Unterstützung und Therapie.»

«Therapie? Du meinst irgend so einen Klapsdoktor?»

«Einfach jemand, der dir hilft, herauszufinden ...»

«Kein Klapsdoktor. Niemals. So was bleibt in deinen medizinischen Unterlagen, bis du stirbst. Wie bei diesem Ultralinken, den McGovern als Vizepräsident wollte, weißt du noch? Kommt nicht in die Tüte. Diesen Triumph gönn ich ihr nicht.»

«Wie?»

«Ich will nicht, dass sich die Leute über mich das Maul zerreißen wie über Buzz.»

«Es zerreißt sich doch niemand ...»

«Und ob. Du hast ja keine Ahnung, wie in dieser Stadt getratscht wird.»

«Wir könnten sagen, du kommst mit mir nach Kalifornien. Niemand muss davon erfahren.»

«Ich bleibe in meinem Haus. Wenn ich weggehe, ist sie sofort da und räumt alles aus. Alles.»

«Was ist mit den Anonymen Alkoholikern?» Da geht Julies Onkel hin. Er hat seit über zwölf Jahren keinen Tropfen mehr getrunken. «Die bieten hier sicher auch Treffen an. Würdest du da hingehen?»

Er nickt.

«Jeden Tag?»

«Ja», sagt er.

«Dad, ich weiß, dass du das nicht machst.»

«Doch. Muss ich ja. Ich weiß ja, dass es nicht anders geht.» Ich glaube ihm kein Wort.

«Und wenn ich abgefahren bin, machst du sofort weiter wie zuvor.»

«Dann bleib hier und pass auf.»

«Das kann ich nicht.»

Eine Schwester kommt herein. Sie trippelt durchs Zimmer wie ein Kind, das Krankenhaus spielt. Ihre Hände allerdings arbeiten effizient, wechseln den Infusionsbeutel, ratschen den Klettverschluss auf, packen alles schön wieder ein.

«Ich zeig Ihnen noch kurz, wie Sie das Bett verstellen, Mr Amory.» Mit einem langen Fingernagel tippt sie auf die roten und blauen Tasten einer Fernbedienung. «So fahren Sie es hoch, und so fahren Sie es wieder runter. Möchten Sie sich vielleicht ein bisschen aufsetzen, jetzt, wo Ihre Tochter hier ist?»

«Ja, danke. Ah, das ist ja viel besser. Danke.»

«Gern geschehen, Mr Amory.»

«Und vor eins kommen Sie noch mal und zeigen mir, wie der Fernseher angeht, ja? Die Sox spielen heute Nachmittag in Cleveland.»

«Als ob ich das nicht wüsste! Und der Knöchel von Clemens ist schlimmer geworden, deshalb nehmen sie wahrscheinlich Ryan, Gott steh uns bei.»

«Also hören Sie mal, ist Ihnen 6:5 nicht gut genug?»

«Aber längst nicht.»

Mein Vater lacht. Sie zieht die Tür zu, und erst dann sieht er wieder zu mir und erinnert sich, dass er depressiv und dem Selbstmord nahe ist.

«Ich weiß, dass du fahren musst. Ich bin stolz auf dich. Wirklich. Ich weiß, dass das nicht die beste Art ist, es zu zeigen, aber es stimmt, Daley.»

«Danke.»

«Weißt du, woran ich schon die ganze Zeit denken muss? An diesen Tag, als wir nach Wellesley gefahren sind, um deiner Mutter dieses Bild zu kaufen. Erinnerst du dich?»

«Nein.»

«Du kannst nicht älter als vier oder fünf gewesen sein. Wir hatten uns schon ganz früh aus dem Haus geschlichen, damit sie nicht fragen kann, wo wir hinwollen. Du hattest dich mit einem kleinen rosa Kleidchen rausgeputzt und dir diese Schleife ganz schief ins Haar gesteckt, und wir sind zu einer Galerie gefahren, wo sie dieses Bild mit den Schwanenbooten hatten, das deiner Mutter so gefiel, und wir kamen rein, und der Mann begrüßte uns, und du hast dein Kleid hochgezogen, und darunter warst du ganz nackig. Du hättest sein Gesicht sehen sollen!

Weißt du, was der traurigste Tag meines Lebens war? Das war der, an dem mich deine Mutter verlassen hat. Der traurigste Tag in meinem ganzen Leben. Ich hätte nie gedacht, dass sie das macht. Oder dass sie dich mitnimmt. Dass sie dich mir wegnimmt. Ich weiß, das war hart für dich, aber für mich war es mindestens genauso hart. Ich hatte keine Tochter mehr. Irgendwie hat mich das komplett aus der Bahn geworfen, weißt du? Ich hätte mich nicht so bald mit Catherine zusammentun dürfen. Es hat nicht gepasst. Es hat nie so richtig gepasst zwischen uns. Sie wollte mich immer umkrempeln. Alle wollen sie einen umkrempeln. Du ja auch.»

«Nein, Dad. Ich will nur, dass du nüchtern wirst und die Dinge zur Abwechslung mal klar siehst.» Die Vorstellung hat etwas leicht Halluzinatorisches: mein Vater nüchtern, mein Vater mit einem neuen Blick auf sich selbst.

«Großer Gott, du klingst wie dieses Mädel, das Garvey mal angeschleppt hat. Wie hieß sie gleich wieder? Lynnette? Lianne?»

Ich sage ihm nicht, dass sie Lizette hieß. Ich sage auch sonst nichts.

«Ich weiß gar nicht, ob ich's aushalten würde, die Dinge noch klarer zu sehen. Seit Catherine dreht sich mein Hirn eh nur in Endlosschleife.»

Das Gefühl kenne ich. «Und du trinkst, damit es aufhört?»

«Keine Ahnung, wahrscheinlich. Aber eins sag ich dir, ich will nicht so enden wie Bob Wuzzy. Bob Wuzzy mit seinem ständigen Eistee. Ein Albtraum!»

Gegen meinen Willen lächle ich. «Du verwandelst dich in niemand anderen, Dad.»

Er blickt aus dem Fenster. Ich studiere die feinen Runen um seine Augen, den schmalen, geraden Nasenrücken. «Du hast ja recht», sagt er, ohne mich anzusehen. «Im Prinzip ist mir das ja auch klar.» Er hält die Hände fromm im Schoß gefaltet, ein betrübter kleiner Bub in der Kirchenbank. «Aber wenn du dann weg bist und ich zu Hause sitze, wird es mir gleich nicht mehr so klar sein.»

Wenigstens so viel Selbsterkenntnis hat er. Ich muss am neunten Juli in Berkeley sein, dann beginnt mein Projekt über Sozialstrukturen im urbanen Raum. Das sind zehn Tage. Die Abstecher nach Madison und Boulder, wo ich Freunde besuchen wollte, kann ich weglassen. Ich kann die Strecke durchfahren und stundenweise im Auto schlafen.

«Ich biete dir einen Handel an. Ich bleibe noch sechs Tage. Du gehst jeden Tag zu den Anonymen Alkoholikern. Ein Tropfen Alkohol, und ich bin weg. Das Gleiche gilt für rassistische Witze oder herabsetzende Bemerkungen über meinen Körper. Und für Beleidigungen gegen mich oder meine Mutter – oder sonst irgendwen, wenn wir schon dabei sind. Abgemacht?» Ich strecke die Hand aus.

Er löst die Finger voneinander und schlägt ein, fest. «Abgemacht.»

«Es wird die Hölle für dich.»

Er lächelt kläglich. «Ich weiß.»

13

Ein Taxi bringt uns zurück nach Ashing. Wie sich herausstellt, hat mein Vater den Sohn des Taxifahrers drei Jahre lang in der Baseball-Jugendliga trainiert. Die Acorns, so hieß die Mannschaft.

«Erinnern Sie sich an diesen Trainer von den Pirates, so ein Großer mit 'ner Wampe?», fragt der Fahrer meinen Vater und sieht ihn eindringlich im Rückspiegel an.

«Der ständig Erdnüsse gefuttert hat?»

«Genau der.»

«Das war vielleicht eine Type.»

«Gefängnis. Fünf bis zehn Jahre.»

«Lieber Himmel. Warum das denn?»

«Hat seine Freundin halb totgeprügelt.»

«Puh.» Mein Vater schaut einen Moment aus dem Fenster. Wir sind vom Highway abgebogen und fahren am Reiterhof vorbei. Kleine Mädchen in Reitkappen, die nicht mehr samtbezogen sind wie früher, sondern eher Helmen ähneln, lassen ihre Pferde im Kreis englisch traben. Er wendet sich wieder dem Spiegel zu. «Wissen Sie noch, dieses Spiel gegen die Astros?»

«Wo wir sieben Punkte zurücklagen?»

«Und dieses spillrige kleine Bürschchen, das bis dahin jedes einzelne Mal danebengehauen hatte, Barry Irgendwas ...»

«Barry Corning.»

«Genau, Barry Corning, der hat den Ball plötzlich über den Zaun gedroschen. Hat das Grinsen die ganze restliche Spielzeit nicht mehr aus dem Gesicht gekriegt.» Mein Vater reibt sich die Hände an den Hosenbeinen, ein Zeichen, dass er vergnügt ist. «Netter Junge war das.»

Die Hunde, hungrig, völlig außer sich über diese Störung ihrer gewohnten Abläufe, umdrängen meinen Vater noch stürmischer als sonst, als er durch die Tür kommt. Er drückt ihnen die Köpfe nach unten, redet sanft auf sie ein, rubbelt jedem Einzelnen lange den Rücken, bevor er sich mitten in der Küche hinkauert, um sich von ihnen stupsen und ablecken zu lassen. Als er schließlich aufsteht, um ihre Dosen aus dem Anrichteraum zu holen, begleiten sie jeden seiner Schritte mit begeisterten, krallenschlurrenden Sprüngen und drücken sich aufgeregt zitternd an ihn.

Meine Tasche steht noch da, wo ich sie heute Morgen habe fallen lassen, neben dem Tisch. Ich schaue hinaus zu meinem vollgepackten Auto in der Einfahrt. Ich verstehe nicht, warum ich nicht darin sitze. Die Hunde bekommen ihr Futter hingestellt und machen sich über die stinkenden braunen Klumpen her, dass ihre Halsbänder laut gegen die Keramiknäpfe scheppern.

Mein Vater lehnt an der Küchentheke, Dosenöffner in der Hand. Er kommt mir gealtert vor, so als hätte sich die Last der Jahre ganz neu auf ihn herabgesenkt, als würde ich ihn zum ersten Mal nicht als den Vierzigjährigen aus meiner Jugend sehen, sondern als den Sechzigjährigen, der er ist. Seine Tränensäcke sind dunkelgrau, das restliche Gesicht graugrün. Die Augen blutunterlaufen.

«Danke, Daley. Danke, dass du hier bist.»

«Bitte.»

Ich fange seinen verstohlenen Blick zur Uhr auf. Es ist später Nachmittag, und er braucht seinen Drink. Ich gehe hinüber zur Bar. Ich trage die Flaschen, immer zwei auf einmal, an ihren Hälsen zur Spüle. Mein Herz hämmert, jeder Muskel in meinem Körper strafft sich, wappnet sich für den Gewaltausbruch. Aber es kommt keiner. Der Dosenöffner saust nicht auf meinen Kopf herab, als ich sämtlichen Alkohol – erst den Wodka, dann den Wermut, dann den Gin, den Bourbon, den Scotch, den Rum – in den Ausguss kippe.

Zum Abendessen überbacke ich uns Käsesandwiches, setze ihm zum ersten Mal etwas vor, das ich auch essen kann. Danach sieht mein Vater die zweite der beiden Red-Sox-Partien, und ich telefoniere herum, bis ich den Leiter der hiesigen Anonymen Alkoholiker an der Strippe habe, einen Mann namens Keith, der mir Zeiten und Orte der nächstgelegenen AA-Meetings nennt.

Dann rufe ich Jonathan an.

«Na, du.» Seine Stimme ist voll und froh. «Wie weit bist du schon?»

Er denkt, ich rufe von einem Münztelefon an. Er zweifelt keine Sekunde daran, dass ich den ganzen Tag gefahren bin.

«Ich bin noch hier in Ashing.»

«Sehr lustig.»

«Mein Vater hat versucht, sich umzubringen.»

«Was?»

«Wir sind jetzt wieder daheim, aber er fühlt sich ein bisschen wacklig. Ich glaube, es war mehr symbolisch als irgendwas sonst.» Ich lausche dem Schweigen, sage dann: «Ich muss noch ein paar Tage länger bleiben.»

«Du hast eine Fahrt quer über den ganzen Kontinent vor dir.»

«Ich weiß. Das schaff ich schon. Aber jetzt bist du wahrscheinlich doch vor mir da. Tut mir echt leid.»

«Mach das nicht.»

«Ich habe ihm gesagt, ich bleibe noch sechs Tage, nur bis …»

«Noch sechs Tage? Du *hast* keine sechs Tage mehr. Du musst am *Neunten* da sein!»

«Das weiß ich. Ich fahre durch.»

«Du kannst nicht drei schlaflose Nächte hinter dir haben, wenn du ankommst. Ich entführe ein Flugzeug und hol dich da raus.»

«Nein, Jonathan.»

«Du hast anscheinend jeden Realitätssinn verloren.»

«Er hat mir versprochen, dass er mit dem Trinken aufhört.»

«Klar hat er das.»

«Er hat zugegeben, dass es ein Problem ist.» Oder? «Das hat er bis jetzt noch nie.»

«Träum weiter, Daley.»

Die Anonymen Alkoholiker von Ashing treffen sich jeden Abend um sieben im Gemeindesaal der Kongregationalistenkirche. Gleich am nächsten Abend fahre ich ihn hin. Ich muss sehen, wie er durch diese Tür tritt. Ich muss sichergehen, dass er die ganze Stunde dortbleibt. Er sagt nichts, während wir den Hügel hinab und durch die Stadt fahren, und die schweigende Fahrt um diese Tageszeit erinnert mich an die Sonntagabende, wenn er mich von der Myrtle Street zur Water Street gebracht hat. Ich setze ihn am Anfang des Plattenwegs ab.

«Das wird eine gute Sache, Dad.»

Er nickt und steigt aus. Mit seinen langen Auswärtsschritten geht er den Weg entlang, ein gut aussehender, gepflegter Mann in hellblauer Baumwollhose und marineblauem Blazer. Sein Haar ist noch nass vom Duschen und sorgfältig glatt gekämmt. Ich schaue auf meine Uhr, und als ich aufblicke, sehe ich ihn auf seine schauen. Zwei vor sieben. Ich frage mich, ob er die zwei Minuten abwarten wird, aber als er die Eingangstür erreicht, zögert er nicht. Er drückt die Messingklinke herunter und ist verschwunden. Nach ihm kommen noch andere. Ein Mann in T-Shirt und Arbeitshose raucht vor der Tür seine Zigarette zu Ende. Zwei ältere Frauen bleiben bei ihm stehen und wechseln ein paar Worte mit ihm, und dann hält er ihnen die Tür auf, und sie gehen alle hinein. Eine Frau mit langen strähnigen Haaren kommt fünf Minuten zu spät angerannt. Eine Hand an der Tür, zieht sie sich den Fersenriemen ihrer Sandale hoch und schlüpft dann durch den Spalt.

Erst da wird mir bewusst, welch ein absurdes Maß an Hoffnung ich auf diese ganze AA-Sache setze. Woher kommt das? Linda Blair damals als Sarah T.? Bob Wuzzy? Julies Onkel? Jedenfalls scheint es mir plötzlich, als hätte ich bis zu dieser Sekunde felsenfest geglaubt, wenn ich meinen Vater nur über die Schwelle eines AA-Meeting-Raums bringe, wird alles gut. Aber bei der Vorstellung, wie es da drin wohl ist, in diesem kleinen Saal mit seinem fleckigen Teppich, seinem Geruch nach altem Kaffeesatz, Metallstühlen und einem Häuflein Leute, die im Kreis sitzen und über ihre *Gefühle* sprechen, geht mir auf, was für eine Katastrophe das werden muss. Ich höre förmlich Garveys Hohnlachen.

Ich mache mich darauf gefasst, ihn im Laufschritt wieder herausstürmen zu sehen. Ich starre auf die grüne Tür, den schmucklosen Griff, die schwarze Fußmatte auf der Eingangsstufe aus Granit. Ich überlege, ob es eventuell einen Hinterausgang gibt, ob mein Vater schon fast zu Hause angelangt ist. Der Himmel wird dunkel. Die Straßenlaternen springen an. Ein paar Teenager gehen laut redend vorüber und werfen einen Seitenblick ins Auto. Mallorys ehemalige Klavierlehrerin, nicht mehr jung, aber nach wie vor schimmernd blond und mit der majestätischen Haltung, die wir als Kinder immer nachahmten, führt einen hinkenden Windhund vorbei. Um 8 Uhr 9 schwingt die grüne Tür auf, und ein Grüppchen von acht bis zehn Leuten kommt heraus, unter ihnen mein Vater. Mehrere schütteln ihm die Hand. Er verabschiedet sich mit einem Nicken in die Runde.

«Okay, fahren wir», sagt er, bevor er noch ganz beim Auto ist.

Ich beschließe, ihn nicht zu fragen, wie es war. Von sich aus sagt er jedenfalls nichts.

Zum Abendessen brate ich ihm ein Steak mit Pommes frites. Mir mache ich einen Avocadosalat und gebe ihm einen Löffel voll auf den Teller, obwohl ich schon weiß, dass er ihn nicht anrühren wird. Er sitzt an seinem Platz an diesem Tisch, und er hat keinen Drink neben seinem Teller stehen. Es ist Abendessenszeit, und mein Vater ist nicht betrunken.

«Gutes Steak. Hat Brad es dir abgeschnitten?»

«Brad war nicht da. Will hat bedient.»

Normalerweise genügt schon der Name von Will Goodale, dem dritten der Goodale-Söhne, um eine Tirade in Gang zu setzen. Will ist ein Gauner, ein Schwein, Ladenverbot sollte er haben! Er wird das Geschäft, das sein Vater seit 1933 führt, geradewegs in den Ruin treiben. Der alte Mr Goodale. So einen wie ihn findest du nicht noch mal. *Das war ein Gentleman.* Kam jeden Tag in Anzug und Krawatte zur Arbeit. Der hätte was Besseres zum Sohn verdient als diesen Penner Will.

Aber er sagt nur «Ah» und wendet sich wieder seinem Steak zu.

Ich würde ihm gern etwas Aufmunterndes sagen, aber zu viel Aufhebens zu machen, könnte ein Fehler sein.

Beim Eis mit Schokoladensoße sagt er: «Ich glaube, ich gehe morgen mal rüber in den Club, ein paar Bälle schlagen.» Er schaut auf. Die Verzweiflung auf seinem Gesicht ist mit Händen greifbar. «Möchtest du mitkommen?»

«Tut mir leid, Dad.» Wie sage ich das, ohne einen Streit vom Zaun zu brechen? «In den Club kann ich nicht gehen.»

«Aber sicher kannst du das. Du musst nicht selber Mitglied sein, du gehörst ja zur Familie.»

Ich hole Atem. Ich spreche so behutsam wie möglich. «Ich kann keine Institution unterstützen, die ihre Mitglieder nach Hautfarbe, Religion und Bankkonto auswählt.»

«Na gut.»

Aller Kampfgeist ist aus ihm gewichen.

Er macht den Abwasch und geht ins Bett.

Am Abend darauf fahre ich ihn wieder zur Kirche. Die Frau mit den fransigen Haaren lehnt an der Hauswand und raucht. Mein Vater sagt etwas zu ihr, das sie zum Lächeln bringt, und geht dann hinein. Ich beobachte sie, wie sie Rauch zu den Bäumen hinaufbläst, bis die Uhr an der Bücherei gegenüber fünf nach sieben anzeigt; dann verschwindet sie ebenfalls nach drin.

Ich steige aus und stehe auf dem Bürgersteig. Ich habe keine Ahnung, was ich mit mir anfangen soll. Nach dem Tod meiner Mutter habe ich mich in mein Studium gestürzt. Davor hatte ich nie ernsthaft gearbeitet, mich nie, wie meine Highschool-Zeugnisse bemängelten, *richtig angestrengt.* Aber meine letzten beiden Collegejahre hindurch legte ich mich ins Zeug, um in Michigan meinen Master in Ethnologie machen zu können, und in Michigan legte ich mich noch mehr ins Zeug, weil ich von Anfang an Berkeley im Blick hatte. So viele Jahre lang hat mein Leben nur aus Abgabeterminen bestanden, Wochen am Stück ohne einen Schritt vor die Tür, Nächten ohne

Schlaf, pausenlosem Lesen, Schreiben und Tippen. Ich habe mich zur Sklavin von Professoren und Studenten gemacht, zur Sklavin des Computerzentrums, der Lehrpläne und zuletzt meiner Dissertation, dieses 586-Seiten-Monsters mit dem Titel: «Beseeltes Spiel: Zapotekenkinder und ihr Verständnis von Leben und Tod». Bei meinem Endspurt im Frühjahr habe ich volle zwanzig Tage keinen Menschen gesehen. Ich verschanzte mich in der Wohnung einer Freundin, die in Nagasaki über die *hibakusha* forschte, die «von der Explosion Betroffenen». Ich deckte mich mit Reis, Bohnen und Wasser ein und kettete mich an den Schreibtisch. Ich schlief auch am Schreibtisch, immer nur wenige Stunden, Kopf auf dem Buch. Als mir das Klopapier ausging, nahm ich stattdessen einen Schwamm, den ich anschließend mit kochendem Wasser übergoss. Ich hatte nur sehr vage das Gefühl, dass das unappetitlich sein könnte. Zu der Zeit fand ich es höchst effizient. Als die Arbeit abgegeben und das Mündliche überstanden war, fuhr Jonathan mit mir für ein langes Wochenende auf die Obere Halbinsel, aber das Reden fiel mir schwer, und alles in der Natur bewegte sich mit so bedrohlicher Rasanz. Der Wind fauchte mit solcher Wucht gegen meinen Körper, die jungen Blätter peitschten so wild hin und her. Eine Kraft schien mir am Werk zu sein, keine neutrale Kraft, sondern eine wütende, aggressive, die mir vor der physischen Welt Angst machte. Jonathan hatte erwartet, dass ich es genießen, im Nichtstun schwelgen würde, aber das hatte ich verlernt. Ich fühlte mich meinem Leben so entfremdet und fern wie nach der Rückkehr von meinen Feldstudien in Mexiko. Er war geduldig und machte mit mir lange Spaziergänge durch den Wald und über Sandbänke, und langsam, langsam entspannte ich mich, aber bereits nach wenigen Wochen stand ich wieder unter Hochdruck, mit drei Artikeln, die ich für die Veröffentlichung vorbereiten musste, und hundert Bachelorarbeiten, die korrigiert sein wollten.

Seitdem habe ich oft stolz an diese zwanzig Tage reinen Geisteslebens zurückgedacht. Jonathan und Julie sprechen von ihnen nur als dem «Großen Arrest», und ganz normal war ich währenddessen sicher nicht, aber es gefiel mir, so zu sein. Ein Teil von mir ist so gearbeitet, dass er bestens im Kopf leben könnte – dass er sich dorthin zurücksehnt und den Körper weder braucht noch will. Aber jetzt, auf dem Bürgersteig in Ashing, fernab jeglicher intellektueller Anforderungen, zurückgeworfen auf mein Kinder-Ich, das nur das sinnlich Erfahrbare wahrnimmt – die Gerüche meines Vaters, Ebbe, nassen Hund, Möwenkreischen, Glockenläuten, vorbeiwummernde Jeeps –, möchte etwas in mir plötzlich loslassen. Ist mein Hirn dazu überhaupt noch in der Lage? Funktioniert es noch ohne die Hilfe eines Buchs oder Hefts oder Computerbildschirms? Wordsworth und Coleridge fallen mir ein, ihre Spaziergänge in den Kreidehügeln. Vielleicht sollte ich zum Einstieg einfach ein paar Schritte gehen.

Die Sonne ist hinter der Bücherei verschwunden, und der Himmel, fliederweiß jetzt, wartet auf die Nacht. Die meisten Menschen sind daheim und richten das Abendessen her. Die Bücherei ist geschlossen, Goodale's ebenfalls. Nur die Tankstelle hat geöffnet; ein Mann mit gelockerter Krawatte tankt mit unnötig konzentrierter Miene seinen Audi voll. Im Sandwichladen brennt Licht, Teenager hocken in den Sitznischen. Dann eine Reihe dunkler Ladenfassaden, Geschäfte und Markisen, die es früher nicht gab: ein Küchenladen, eine Pizzeria, eine Papeterie. Nur ganz am Ende der Straße, nahe den Bahngleisen, leuchtet etwas. Als ich näher komme, erkenne ich ein kleines Holzschild, auf das eine Glühbirne herunterstrahlt: LIGHTHOUSE BOOKS.

Konkav. Dieser Miesling.

Sein Laden ist winzig, kaum größer als ein begehbarer Kleiderschrank. Die Wandregale reichen bis zur Decke, ein frei stehendes Regal teilt den Raum der Länge nach. Neue und gebrauchte Bücher stehen dicht an dicht, ihre Rücken schön gleichauf mit der Regalkante. Noch mehr Bücher liegen darüber quer, in sauberen Stapeln zwar, aber das Ganze hat dennoch den chaotischen Anstrich einer Gelehrtenstube. Von einer Kasse, einem Ladentisch oder gar dem Besitzer keine Spur.

Die zivilisierte Erwachsene in mir redet der Halbwüchsigen zu, doch am besten einfach wieder zu gehen. Einem Schnösel zu beweisen, dass man inzwischen einen Busen hat – keinen allzu großen, das nicht, aber doch angemessen –, ist ein bescheuerter Grund, in einem Buchladen herumzustehen. Aber dann fällt mein Blick auf einen Roman von Penelope Fitzgerald und einen neuen Erzählband von Alice Munro, und im nächsten Moment kauere ich auf dem Boden und versuche, *Sein eigener Herr* zu finden, von dem Jonathan sagt, dass ich es unbedingt lesen muss; es ist da, und auch *Solomons Lied*, das Julie so liebt und das ich noch nicht kenne. Dann entdecke ich, dass es sogar ein Regal für Ethnologie gibt, als eigene Abteilung, nicht als Teil von Soziologie oder Naturwissenschaften, und sie enthält sowohl Lévi-Straussens *Strukturale Anthropologie* als auch die gesammelten Briefe von Franz Boas – nichts mit Seltenheitswert, aber ich habe mich so früh auf die Zapotekenkinder spezialisiert, dass mein Grundwissen in meinem eigenen Fach nicht so breit ist, wie es sein sollte. Sogar Ruth Benedicts *Urformen der Kultur* ist da, meine früheste Bibel, die ich irgendwann jemandem geliehen und nie zurückbekommen habe. Ich habe einen Berg Bücher in der Armbeuge, als Neal zur Tür hereinkommt. Ich hatte ihn völlig vergessen.

«'tschuldigung. Ich wollte eigentlich einen Zettel hinhängen», sagt er, ohne mich richtig anzusehen, und legt ein in Alufolie gewickeltes Sandwich auf ein Tischchen hinten im Eck. «Finden Sie sich zurecht?»

Er kehrt mir den Rücken zu. Ich bejahe mit kaum hörbarem Murmeln.

Seine Stimme hat sich überhaupt nicht verändert. Wie können Stimmen so erkennbar sein, so unverwechselbar, wenn sie doch nichts anderes sind als zwei in Schwingung versetzte Bänder in der Kehle? Dass es mehrere Milliarden verschiedene Gesichter gibt, ist kein Wunder, bei der Anzahl an Variablen, aber die Stimme? Die von Neal ist glatt wie Schlittschuhe auf frischem Eis. Sehr viel tiefer als früher klingt sie nicht, aber groß ist er geworden. Und auch sein Haar hat er noch, diese braunen Locken, mit denen ihn Miss Perth aufzuziehen pflegte. Shirley Temple, so nannte sie ihn, wenn er frech war, was manchmal vorkam. Shirley Temple, geh zurück an deinen Platz, sagte sie, ohne den Kopf von der Tafel zu wenden. Ich habe hinten Augen, Shirley Temple. In der Zweiten und Dritten bekamen wir fürs Rechnen rote Arbeitshefte, und er und ich wetteiferten miteinander, wer schneller mit seinem durch war und das nächste anfangen konnte. Mal waren wir ein Team, mal Konkurrenten. Zum Englischunterricht wurden wir in dieser Zeit beide in die nächsthöhere Klasse geschickt. Bei den Rechtschreibwettbewerben in der Fünften führten wir jeder eine Mannschaft an. Und dann ließen meine Eltern sich scheiden, und meine Noten wurden schlecht, und seine blieben gut.

Er war klein und schmal damals, fast spindelig, die breiten Vorderzähne zu groß für sein Gesicht, aber jetzt ist er hoch gewachsen und kräftig, ein zu rasch aufgeschossener Privatschüler mit aus der Hose hängendem Hemd. Ich kenne die Sorte und habe sie im Studium tunlichst gemieden, diese Jungen, die in der Welt außerhalb des Internats nie so ganz heimisch werden, nicht begreifen, dass sich mit engelsgleichen Gesichtern, langen Ponyfransen, Sporttrophäen, Schlenkergang, Dackelblick und flinken, sarkastischen Antworten nicht mehr jeder Lehrer beeindrucken und jedes Mädchen herumkriegen lässt. Sie haben einen Riecher für mich, diese desillusionierten Söhne aus gutem Haus, sie wittern meine Herkunft trotz aller meiner Anstrengungen, sie zu verschleiern, und ich schlage einen möglichst weiten Bogen um sie. Aus Jungen wie ihnen werden Männer wie mein Vater.

Ich halte ihm den Rücken zugekehrt, als ich zu dem Lyrikregal an der hinteren Wand gehe. Ich kann hören, wie er sich in einen Rohrstuhl fallen lässt, ein Buch vor sich aufklappt, sein Sandwich auspackt.

«Ich wäre jetzt so weit», sage ich, als die Alufolie zusammengeknüllt wird und im Papierkorb aufschlägt.

Sein Kopf fährt von seinem Buch hoch. Offenbar hat sich meine Stimme genauso wenig verändert. «Mann, und ich dachte, meine Mutter leidet an Hirngespinsten. *Daley Amory ist hier, Neal.* Die *weiß, was sie will,* die *ist Professorin in Stanford.*» Er imitiert ihren

Tonfall perfekt. Aber dass sie mich ihm als Beispiel vorhält, berührt mich unangenehm. Dann hat sie also eine grausame Ader? Sie schien so froh darüber, ihn hier zu haben, so stolz auf seinen Laden. Neals kurze Darbietung macht mich ratlos.

«Berkeley, nicht Stanford», sage ich schließlich. Und dann, indem ich mich umschaue: «Einen echt schönen Laden hast du.»

«Tja, manchmal denke ich, vielleicht nenne ich ihn ‹Zwischen Idee und Wirklichkeit fällt der Schatten›, aber wahrscheinlich trifft das ja auf alles zu.» Er räumt einen Fleck auf dem Tischchen frei. «Da, leg sie hierher.»

Ich lasse meinen Bücherstapel auf die Tischplatte gleiten und schubse dabei den Quittungsblock über die Kante. Als ich mich danach bücke, sehe ich, dass der letzte Kunde *Die Pickwickier* für $ 3,95 gekauft hat.

«Wie geht's deinem Vater?», fragt er, während er meine Bücher zusammenschreibt, in einem Ton, der sich schon jetzt für die Frage entschuldigt. Wie viel hat er gehört? Was weiß man in der Stadt?

«Ganz gut, so weit.» Mein Vater ist bei seinem zweiten AA-Meeting, möchte ich sagen, er kleidet sich dafür wie zu einer Cocktailparty, und woher weiß ich, wer alles dort drin ist und was für Themen sie haben? Ich möchte ihn fragen, ob er schon mal jemanden kannte, der hier in Ashing bei den Anonymen Alkoholikern war, und ob es funktioniert hat – nein, besser doch nicht. Irgendwelche Geschichten des Scheiterns könnte ich jetzt nicht verkraften. «Und deine Eltern?»

«Geht so. Die schlagen sich irgendwie durch.»

Seine Mutter war immer eine so starke Persönlichkeit, dass ich an seinen Vater kaum eine Erinnerung habe. Alles, was ich vor mir sehe, ist eine beige Windjacke.

Danach fällt mir nichts mehr ein. Ich sehe ihm beim Schreiben zu, seine Schrift vertraut, steil.

«Glückwunsch zu Berkeley», sagt er, als er mir meine Bücher reicht, die Quittung zwischen die Seiten des obersten geschoben. «Das ist sicher nichts, was einem so einfach in den Schoß fällt.»

Ich lächle breiter als nötig. «Danke.» Berkeley ist mein Talisman gegen all das hier. «Alles Gute, Neal.»

Bevor ich die Stufen hinuntergehe, wende ich mich noch einmal um, aber er stellt gerade die Geldkassette auf den Boden.

Ich mache mich auf den Rückweg zur Kirche. «Uff, das war mühsam», sage ich zu dem leeren Gehsteig. «Wenn *der* die Möpse mal zu würdigen weiß!»

Und dann höre ich es, schwere Metallteile, die gegeneinanderkrachen, und ein altes Gefühl durchflutet mich, eine köstliche Vorfreude. Das Geräusch kommt von hinter mir, jenseits der Bahngleise. Ich drehe mich um, und da sind sie, die Laster und Wohnwagen, ganz frisch eingetroffen. Jetzt hält der Sommer wahrhaft Einzug in Ashing: Der Jahrmarkt wird aufgebaut.

Ich wünschte, ich könnte zuschauen wie früher mit Patrick und Mallory, wenn wir am Zaun über unseren Rädern hingen, manchmal stundenlang, völlig gebannt von den Anhängern und allem, was daraus zum Vorschein kam: die gewaltigen Arme von Polyp und Twister, die Karussellpferde auf ihren Stangen, die riesigen Lichterkronen und Spiegel, die Polstersitze, die kleinen Boote und Flugzeuge. Einmal – einen Tag vor der Eröffnung – brachte uns ein Junge etwa in unserem Alter Schmalzgebackenes vom Stand seiner Eltern an den Zaun. Wir verschlangen es heißhungrig und fragten ihn dabei aus: ob er umsonst Karussell fahren durfte, was sein liebstes Fahrgeschäft war, sein Lieblingsessen, seine Lieblingsstadt. «Die hier ganz bestimmt nicht», sagte er. «In diesen Bonzenstädten haben sich die Leute ihre Pennys in den Arsch eingenäht.» Wir lachten so laut, dass noch mehr Jungen herbeikamen, aber das merkte ein sehniger Kerl, der einen Pappbalkon an der Geisterbahn anschraubte. «He da», rief er zu uns herunter, «lasst die Kids in Ruhe. Die haben zu tun.» *In diesen Bonzenstädten, Pennys in den Arsch eingenäht* und *Lasst die Kids in Ruhe* wurden bei uns auf Jahre zu geflügelten Worten.

Ich setze mich auf die Bank vor der Bücherei, bis die Uhr acht schlägt, und dann überquere ich die Straße und warte im Auto, bis mein Vater herauskommt. Ich erkenne fast niemanden von gestern wieder, aber auch diesmal verabschieden sich alle einzeln von ihm.

«Also dann», sagt er beim Einsteigen. «Auf geht's, auf geht's, fahren wir heim.»

«Wie war's?» So aufgekratzt, wie er klingt, denke ich, dass ich es wagen kann.

«Gut.» Er sieht hinüber zur Tür des Gemeindesaals.

Ich kann nicht einschätzen, ob es gespielt ist oder nicht.

«Nicht zu viel Gottes-Gedöns?» Das ist mit meine Hauptsorge. Mein Vater hasst Gott fast so sehr, wie er die Demokraten hasst.

«Nein.» Sein Blick ist noch immer aus dem Fenster gerichtet, weg von mir. «Jeder nach seiner Fasson.»

Jeder nach seiner Fasson? Ich stelle mir vor, wie ich das Garvey zitiere, und muss mir ein Lachen verbeißen.

Das Licht über Neals Leuchtturmschild leuchtet nicht mehr.

«Ich habe einen Spaziergang hierher gemacht, während du bei deinem Treffen warst. Zur Buchhandlung.»

«Ah ja? War noch nie drin. Schöner Laden?»

«Klein, aber gut sortiert.»

«Der Junge kann einem echt leidtun.»

«Wieso?»

Er schüttelt den Kopf. «Na, bei *der* Mutter.»

«Ich mag seine Mutter.»

«Dann lass dir raten, halt dich fern von der Frau. Bei der ist dermaßen eine Schraube locker.»

Wir biegen in die Auffahrt, und mir fällt ein, dass ich gar nicht auf der Tafel geschaut habe, wann der Jahrmarkt eröffnet wird. Hoffentlich noch, bevor ich abfahre.

Ich lasse Dad sein Schweinekotelett selber braten und zeige ihm, wie er seine Ofenkartoffel vor dem Backen anstechen muss.

Wir essen am Pool. Die Hunde schwimmen. Als wir fertig sind, frage ich ihn, wie es ihm geht.

«Gut», sagt er auf seine neue, abbügelnde Art.

Das ist ganz eindeutig gelogen. Sein rechtes Bein wippt unablässig auf und ab, wie bei Garvey, sein Blick schießt unruhig umher, und seine Haut ist grau, nicht das Grauviolett, das sie beim Trinken annimmt, sondern ein fahles Aschgrau. Er raucht eine Zigarette nach der anderen, und ich kann sie in seiner Hand zittern sehen. Ich habe mir ein Buch aus der Bücherei ausgeliehen, um besser nachfühlen zu können, was er durchmacht, aber darin stand lediglich, dass jeder Körper anders auf den plötzlichen Entzug von Alkohol reagiert.

«Ich weiß, dass das jetzt gerade echt schwer ist.»

Er wippt mit dem Bein. Immer wieder schaut er zu mir her, als ob er etwas sagen will, und lässt es dann doch lieber. Dann schließlich: «Soll ich dir mal was sagen? Du musst mir ein bisschen entgegenkommen. Ich ziehe das durch, für dich, und dafür kommst du am Samstagvormittag mit mir in den Club, und wir spielen ein paar Sätze, abgemacht?»

«Erstens tust du es nicht für mich, du tust es für dich. Und zweitens haben wir schon eine Abmachung. Ich bleibe sechs Tage länger, und du hörst mit dem Trinken auf.»

«Aber wenn ich es bis Samstag durchhalte, kommst du dann mit? Ich kann nicht schon wieder eine Woche auslassen.»

Ich zeige auf den Tennisplatz im Garten. «Wir können doch hier spielen.»

«Ich spiele aber lieber im Club. Ich mag Sandplätze.»

«Dad, ich habe nicht mehr Tennis gespielt, seit ich sechzehn war.»

«Bitte!» Er braucht mich, falls Catherine da ist. Er braucht jemanden an seiner Seite, wenn alle ihn anstarren. «Bitte, Zwerglein.»

Es wird mich nicht umbringen, eine Stunde lang die Tochter zu sein, die mein Vater sich immer gewünscht hat. Warum soll ich ihm diese Erinnerung nicht gönnen, bevor ich fahre? Aber allein schon der Gedanke an das rote Clubhaus mit seinen weißen Säulen am Ende der langen privaten Zufahrt lässt mich heimlich wünschen, mein Vater möge seinen Teil der Abmachung nicht einhalten.

14

Aber er hält ihn ein. Nach über vier Jahrzehnten ungehemmten täglichen Trinkens rührt mein Vater sechs Tage und sechs Nächte lang keinen Tropfen an. Übers Telefon mutmaßt Jonathan, er könnte irgendwo einen geheimen Vorrat versteckt haben. Aber ich kenne den Unterschied zwischen meinem Vater im betrunkenen und meinem Vater im nüchternen Zustand. Ich kenne die satte Selbstgefälligkeit der ersten Drinks, die in Wut umschlagende Erregung, die das Weitertrinken auslöst, und die schlaffe, gelbäugige Dumpfheit der Schlussphase. Außerdem bin ich auf Nummer sicher gegangen. Ich habe seine Schränke und Autos gefilzt, den Keller, den Dachboden, den Schuppen, die Garage. Nichts. Und ich bleibe länger auf als er, Stunden länger, in denen ich nichts höre als das schwere, stetige Auf und Ab seines Schnarchens.

Am Freitag lädt mich mein Vater nach seinem Meeting zum Essen ein. Das Mainsail mit seinem Blick auf den Hafen ist das einzige gehobene Restaurant in Ashing. Vom Parkplatz aus führt ein Holzsteg zur Eingangstür, auf dem die Schritte laut hallen. Das blaue Kleid, das ich trage, ist völlig verdrückt nach all den Tagen in meinem heißen Auto. Mein Vater ist nervös und schlingt die Hände beim Gehen fest ineinander.

«Na, du», sagt er zu der Holzstatue eines Jungen, der ein Netz mit einem hölzernen Fisch darin hält. «Das ist ja mindestens ein Sechspfünder, den du da hast.»

Er sorgt sich, dass Catherine hier sein könnte, aber ich habe ihm versichert, dass sie weiß, dass dies sein Lokal ist, sein Revier, und es nicht wagen wird. Ich hoffe, ich behalte recht.

Harold, der servile, glatzköpfige Inhaber, der seinen Platz seit Anbeginn auf dem Podest gleich bei der Tür hat, verbeugt sich vor uns.

«Guten Abend, Mr Amory. Guten Abend, Miss.»

«Himmel noch mal, Harold, das ist Daley.»

Er verbeugt sich neuerlich. «Guten Abend, Miss Amory.»

«Ms, wenn es Ihnen nichts ausmacht.»

Mein Vater stöhnt leise auf.

«Oh, haben Sie geheiratet?»

«Nein, aber bitte, sagen Sie doch Daley zu mir.»

«Gerne», sagt er und zieht zwei lange Ledermappen aus dem Ständer seitlich an seinem Podest. Er kneift die Lippen leicht zusammen dabei, sichtlich missgestimmt durch diesen holprigen Auftakt.

«Daley», sagt mein Vater, als wir vor dem riesigen Panoramafenster Platz nehmen, «bitte versuch nicht um jeden Preis, hier deine roten Ideen einzuführen. Jemand, der Miss zu dir sagt, meint das nicht als Angriff auf deine Person.»

«Es ist mir egal, ob er es als Angriff meint oder nicht. Es *ist* ein Angriff.»

«Inwiefern?»

«Weil die Anreden Miss und Mrs wie Brandzeichen sind. Es geht niemanden etwas an, dass ich unverheiratet bin.»

«Unsinn. Genau das interessiert die Leute doch.»

«In Neuguinea gibt es einen Stamm, bei dem die verfügbaren Frauen ein Suffix an ihren Namen angehängt bekommen, das wörtlich übersetzt *straffe Vagina* heißt, und die vergebenen ein Suffix, das *ausgeleierte Vagina* heißt. Vielleicht wäre das ja die Lösung.»

«Von deinen Reden kann einem ja schlecht werden!» Aber er klingt belustigt. Er amüsiert sich.

«Hier, bitte schön, Mr Amory.» Harold stellt einen Wodka-Martini on the Rocks mit zwei Zwiebeln und einer Olive neben der rechten Hand meines Vaters ab. «Und was darf's für Ihre reizende Tochter sein?»

Auf dem Holzboden unter unseren Füßen kann ich sein Bein wippen fühlen. Ich spüre die Anziehung, die der Martini auf ihn ausübt, und die Beherrschung, die es ihn kostet, diesen Martini nicht auf der Stelle in sich hineinzukippen. Er nimmt ihn und reicht ihn Harold zurück. «Tut mir echt leid, Harold. Aber sie hat mir die Drinks für heute Abend gestrichen.»

Harold richtet den Blick kurz auf mich – *Hast du nicht schon für genug Ärger gesorgt?* – und dann Anteil nehmend wieder auf meinen Vater. «Verzeihung, Mr Amory. Das war voreilig von mir.»

Über Dads Schulter hinweg beobachte ich, wie Harold den Drink zur Bar zurückträgt. Der Name des Barkeepers fällt mir jetzt nicht ein, aber ich weiß, dass er ein tätowiertes U-Boot auf dem Oberarm und eine Rolle Pfefferminzdragees in der Hosentasche hat. Harold sagt etwas zu ihm, und sein Gesicht dreht sich ruckartig in unsere Richtung. Er schüttelt den Kopf, kippt den Drink in die Spüle.

Mein Vater öffnet die Speisekarte gar nicht erst. Er bestellt wie immer Filet Mignon mit Sauce béarnaise. Eilig versuche ich, etwas zu finden, das ich essen kann. Alles ist handgeschrieben, in großen, schräg geneigten Schnörkeln. In genau so einem Restaurant habe ich in meiner Collegezeit gekellnert, Leuten wie meinem Vater ihre obligaten Drinks, ihre obligaten Rinderteile serviert.

Es gibt Vichyssoise, aber meine Frage, ob sie Hühnerbrühe enthält, wird von Harold nach seiner Rückkehr aus der Küche stolz bejaht. Mein Vater seufzt. Er entschuldigt sich bei Harold, als ich gedämpften Reis und die grünen Bohnen à la française bestelle.

«Jeder nach seiner Fasson, Dad.»

Jenseits des Hafens beginnt sich das Riesenrad zu drehen. Seine roten und blauen Lichter verwischen sich, bis sie einen einzigen lila Ring bilden. Der Jahrmarkt ist eröffnet.

«Du lieber Schreck.» Sein Blick streift die Tür. «Ist man vor denen denn nirgends sicher?» Er fragt es quengelnd, aber mit Pokerface. Ich wüsste zu gern, wen er meint, aber wenn ich mich jetzt umdrehe, falle ich bei ihm in Ungnade. «Da kommen sie», wimmert er, schaut dann hoch, mimt gekonnt Überraschung und springt von seinem Stuhl auf, um dem Mann jovial die Hand zu schütteln und die Frau auf die Wange zu küssen. Ich kenne sie, seinen vorgereckten Brustkorb, ihre niedrige Stirn. Ich küsse sie beide, während sie sich darüber ergehen, wie lange es doch her ist und was für ein hübsches Mädchen aus mir geworden ist, und mein Vater fixiert mich drohend, weil er weiß, wie ungern ich mich mit meinen neunundzwanzig als *Mädchen* bezeichnen lasse. Um meinem Gedächtnis auf die Sprünge zu helfen, erkundige ich mich nach ihren Kindern. Carly ist in Woods Hole, erfahre ich, Scott arbeitet bei Schwabb, Hatch ist in Colorado – «und macht da Gott weiß was», wie die Frau munter nachschiebt.

«So einen gibt's in jedem Wurf», sagt der Mann mit einem verschleimten kleinen Lachen.

«Bei mir sind es zwei von zwei», sagt mein Vater. Er scheint vergessen zu haben, dass er nicht mit Catherine unterwegs ist.

«Also hör mal.» Die Frau wirft sich in die Bresche. «Ich habe gehört, diese junge Dame hier hat einen tollen Job irgendwo an der Westküste.»

Jetzt weiß ich ihre Namen wieder. Ben und Barbara Bridgeton. Ihre Kinder waren auch an der Ashing Academy, aber in anderen Klassen als Garvey und ich. Mein Vater hat mindestens einen der Söhne trainiert.

«Was ist denn dein Fachgebiet, Daley?», will Mrs Bridgeton wissen.

«Großer Gott. Frag sie nicht», sagt mein Vater.

«Zapoteken mit Zivilisationskontakt, insbesondere die Frage, wie sich die hohe Säuglings- und Vorschulsterblichkeit auf die überlebenden Kinder auswirkt.»

Ich sehe, wie Mr Bridgeton Harold winkt, der gleich mit ihren Drinks angetrabt kommt.

«Okay, Margaret Mead», sagt mein Vater. «Lass sie langsam mal an ihren Tisch gehen.»

«Wie lange bist du noch hier, Liebes?» Mrs Bridgeton legt ihre Hand auf meine.

«Nur bis Sonntag.»

«Wir passen gut auf ihn auf, wenn du weg bist. Du kannst unbesorgt sein.»

Harold führt sie zu ihrem Tisch, und mein Vater und ich setzen uns wieder. «Als Nächstes hättest du wahrscheinlich noch von der ausgeleierten Vagina angefangen. Und ich hätte dich warnen sollen, dass du ihr bloß nicht sagen darfst, wann du abfährst.»

«Wieso das?»

«Die standen jeden Abend bei mir auf der Matte, nachdem Catherine weg war. Quiches, Suppen, irgend so eine Art Gulasch. Musste ich alles in den Müll schmeißen. Nicht mal die Hunde haben den Fraß angerührt.»

«Aber das ist doch nett von ihnen, dass sie an dich denken.»

«Sind auch so ziemlich die Einzigen. Dieses Weibsstück hat derart viele Lügen über mich verbreitet. In der ganzen Stadt.»

Ich muss ihn vom Thema Catherine weglotsen. «Hast du Scott oder Hatch trainiert?»

«Beide. Und sie war von der ersten bis zur letzten Sekunde dabei. Sechs Jahre Dauergequassel. Irgendwann hab ich ihr dann diese Mütze geschenkt, auf der «Zweiter Trainer» stand, und sie lief den ganzen Sommer damit rum. Der Witz ist komplett an ihr vorbeigegangen.»

Unsere Salate kommen. Eisbergsalat, mehlige Tomaten, eine einzelne geschälte Gurkenscheibe, ertränkt in matschigem Kräuterdressing. Das Mainsail ist seine eigene Zeitkapsel. Aber ich hüte mich, eine Bemerkung darüber zu machen.

Mein Vater sticht einmal mit der Gabel hinein und schiebt den Salat dann beiseite.

«Wie geht das jetzt weiter bei dir? Du fährst dahin und kriegst eine Wohnung gestellt?»

«Ich habe mir selbst was gesucht. Ein kleines Häuschen.» Es ist absurd, was da in mir aufwallt, welcher Schwall von Wärme, von Wohlbehagen, welche Flut von Endorphinen – alles nur, weil mein Vater mir eine Frage zu meinem Leben stellt.

«Nah bei der Uni?»

«Fünf oder sechs Straßen.» Ich möchte ihm von dem Eukalyptus vor dem Haus erzählen, von der Farbe der Tür, aber wenn ich das täte, würde er abschalten. Ich muss schnoddrig klingen, als würde es mir nicht viel bedeuten.

«Teuer?»

«Nein, ziemlich moderat, zumindest für Kalifornien.» In Wahrheit ist es ein Schnäppchen, vierhundertfünfzig im Monat. «Könnte allerdings ein bisschen runtergewohnt sein.»

«Hast du es noch gar nicht gesehen?»

«Nein, ein Freund dort hat es für mich angeschaut.»

«Und diese Stelle, die du da hast, wie lange geht die?»

«Ich hoffe, unbefristet, wenn ich es zur Festanstellung bringe.»

«Und wie bringst du es dahin?»

«Das muss ich sehen.» Dabei weiß ich es natürlich genau. Aber ich suche noch nach dem richtigen Ton, nicht zu streberhaft, nicht zu salopp. «Ich muss regelmäßig veröffentlichen, gleichbleibend gute Bewertungen von den Studenten bekommen, mich mit allen meinen Kollegen gut stellen und mindestens einmal ein Feldforschungsteam anführen.»

Sein Blick folgt dem Tablett, das Harold an uns vorbeiträgt, Scotch und Sodawasser für den Tisch hinter uns. «Alles perfekt durchgeplant, was?»

Zu streberhaft.

Ich befehle mir, nicht zu reagieren, gelassen zu bleiben. Der Mann will einen Drink. Er kann gar nicht anders, als reizbar sein.

«Nein, das nicht. Aber ich habe gern ein Ziel vor Augen. Etwas, worauf ich hinarbeiten kann.» Viel zu pädagogisch. Er wird sofort durchschauen, dass ich eigentlich ihn meine. Mir wird ganz flau, während ich auf den Ausfall warte.

Aber er nickt. «Gute Sache, wenn man was im Visier hat.»

Ich bin dankbar, als Harold die Salatteller abräumt und dafür das Filet Mignon und meine Beilagen vor uns hinstellt. Fürs Erste reicht es mir von der Anteilnahme meines Vaters.

Später, als er zu schnarchen anfängt, wähle ich Jonathans Nummer.

«Sechs Tage und sechs Nächte», verkünde ich stolz.

«Und morgen früh fährst du los.»

«Sonntag früh.»

«Du hast gesagt, Samstag.»

«Nein, es war immer Sonntag.» Oder? «Ich hätte echt nie für möglich gehalten, dass er das durchhält. Aber er trottet diesen kleinen Plattenweg entlang zu seinem Treffen und kommt munter und bester Dinge wieder heraus.»

«Sonntag gleich in aller Herrgottsfrühe.»

«Hör auf, dich so zu sorgen.»

«Du lässt dich einwickeln. Ich hör's an deiner Stimme.»

«Ich lasse mich nicht einwickeln.»

«Ich hab mir gedacht, vielleicht können wir nächstes Wochenende am Crater Lake zelten gehen.»

«Sollten wir nicht erst ein bisschen auspacken?»

«Ich habe mir diesen Führer gekauft. Du solltest die Bilder sehen. Ich weiß nicht, ob ich so lange warten kann.»

Am nächsten Morgen rufe ich Garvey an.

«Hmmm», kommt seine Stimme nach endlosem Klingeln. Ich habe ihn geweckt.

«Ich weiß, dass du nichts über Dad hören willst, aber …»

«Goldrichtig.»

«Garvey, er hat mit dem Trinken aufgehört.»

Langes unterdrücktes Gelächter.

«Doch, wirklich. Sechs Tage am Stück.»

«Ach, Hermey, wie naiv bist du eigentlich?»

«Glaub mir, ich habe alles durchsucht. Keine versteckten Vorräte. Er geht jeden Abend zum AA-Meeting in der Kongregationalistenkirche.»

Noch mehr Gelächter. «Ich glaub dir kein Wort.»

«Ich fahre ihn hin. Ich bleibe so lange, bis er drin ist. Er macht sich richtig schick dafür, Sommerhose und Blazer.»

«Und ich wette mit dir, dass er zur Hintertür wieder rausmarschiert.»

«Nein, Garvey. Ich sehe ihn rauskommen. Er redet mit den Leuten, sie geben ihm die Hand.»

«Das macht er jetzt die paar Tage für dich, aber der Mann kann nicht aus seiner Haut.»

«Doch, wenn er Hilfe bekommt, schon. Könntest du nicht nächste Woche, wenn ich weg bin, für ein paar Tage herkommen? Einfach als kleine Starthilfe?»

«Verdammt, nein. Du raffst es einfach nicht, Daley. Shit, für deine ganze Superbildung hast du echt wenig Durchblick.» Er lässt seinen Bostoner Akzent raushängen, genau wie Dad das täte.

«O Mist, gleich zehn Uhr. Er ruft mich. Bitte denk drüber nach, Garvey.»

«Ganz bestimmt nicht. Wohin geht ihr denn?»

«Nur ein bisschen raus.»

«Hmmm. Zehn Uhr vormittags an einem Samstag im Juli. Könnte es sein, dass ihr zum Ashing-Tennis-und-Segelclub wollt?»

«Ich habe eine Wette verloren.»

«Da will ich ein Foto davon.»

«Ich muss los.»

«Du wirst so einen kurzen Faltenrock tragen müssen.»

«Ich habe eine weiße Shorts.»

«Wie schnell wir doch vergessen. Du bist über achtzehn, da musst du Rock tragen.»

«Das war 1972.»

«Aber in Ashing ist es 1952. Und es wird immer 1952 bleiben.»

Er hat recht. Ich brauche Tennisschuhe, Rock und ein Hemd mit Kragen. Mein Vater liefert mich im Pro-Shop ab, und eine Frau, die er H nennt, schickt mich in ein Umkleidekabäuschen mit Westerntüren,

über die sie mit ihrem knochigen, sonnengedörrten Arm Kleidungsstücke anreicht, bis ich mich für einen Rock mit marineblauen Streifen und ein dazu passendes Polohemd entschieden habe. Anschließend staffiert sie mich mit einem Paar dick gepolsterter Tennisschuhe
aus.

«Wer sagt's denn», meint mein Vater, als ich aus der Kabine
komme. Er hält mir einen nagelneuen Schläger hin. Ehe ich protestie-
ren kann, hat H schon meine Haare zu einem Pferdeschwanz hoch
oben am Kopf zusammengebunden. Sie strahlen mich beide an. In
dem Spiegel an der Rückwand sehe ich aus, als wäre ich wieder elf.

Mein Vater besteht darauf, alle zu begrüßen, an denen wir auf unserem Weg zu Platz Nummer 5 vorbeikommen, und stellt mich ihnen
beschwingt vor. «Schaut euch meine Daley an, so groß und hübsch»,
sagt er zu mehreren Leuten.

Schaut euch Daley an, von allen guten Geistern verlassen!

Ich wünsche mir einen Vater, der nicht trinkt. Er wünscht sich eine
Tochter, die er im Club vorzeigen kann. Wir sind beide gleich
schlecht bedient.

Zum Einstieg spielt er mir ein paar sanfte Bälle zu, so perfekt plat-
ziert, dass ich nur auszuholen brauche. Die ersten gehen weit ins Aus,
die darauffolgenden ins Netz, aber mein Vater zeigt mir, wie ich den
Arm durchziehen und ganz zum Schluss das Gewicht nach vorn ver-
lagern muss, und die nächsten Schläge sind passabel.

«Junge, Junge», sagt mein Vater, während er den Ball mühelos zu-
rückspielt, «heute muss ich mich warm anziehen.»

Es fühlt sich gut an, den Körper einzusetzen, mit dem Körper zu
denken. Ich habe seit Monaten keinen Sport mehr getrieben. Ich ko-
piere die Bewegungen meines Vaters. Ich bin völlig konzentriert.
Seine Erwartungshaltung ist mir auch jetzt bewusst, aber sie lähmt
mich nicht mehr wie früher. Zum ersten Mal kann ich richtig würdigen, welch begnadeter Spieler mein Vater ist. Egal, wohin ich ziele, er
hat den Ball mit wenigen Schritten erreicht, seine Richtung im selben
Moment vorweggenommen, in dem er meinen Schläger verlässt.

Seine Schläge sind fließend, anmutig, täuschend leicht. Mit Anstrengung scheint bei ihm nichts verbunden. Sein abendliches Steak bringt ihn mehr ins Schwitzen.

Ich kann mir nicht erklären, warum Tennis plötzlich keine Strafe mehr für mich ist. Vielleicht war ich nie so katastrophal, wie ich dachte. Ich weiß nur, dass es Spaß macht. Der Sand fühlt sich gut an unter meinen neuen Lederschuhen, und der Ball hinterlässt einen so hübschen blassen Abdruck, bevor er hochspringt, und unmittelbar nach seinem höchsten Punkt, wenn er gerade schon wieder zu fallen beginnt, treffe ich ihn genau mit der richtigen Stelle meines Schlägers. Der Schläger hat einen riesigen Kopf und ist erstaunlich zuverlässig. Nicht mal der Rock stört mich mehr; seine Falten schwingen beim Laufen so schön. Ich bin eine Schwindlerin, ein Eindringling in zutiefst vertrauter Umgebung. Ich bin hier, aber bald werde ich weit weg sein. Das hier ist mein schmutziges Geheimnis. Alle, die mich kennen, wären entsetzt, wenn sie es wüssten. Bei der Vorstellung lächle ich.

«Du könntest eine verdammt gute Spielerin sein, Daley, weißt du das?», sagt mein Vater bei einer kurzen Verschnaufpause an dem Wasserspender zwischen unserem und dem Nachbarplatz.

Wir trinken aus Pappbechern, und ich spüre das Wasser kalt im Magen.

Dann sagt er: «Man merkt doch einen Unterschied.»

«Wie meinst du das?»

«Ohne die Cocktails.»

Es ist das erste Mal, dass er eine positive Wirkung erwähnt.

Wir spielen zwei Sätze. Er schlägt mich 6:2 und 6:4. Dabei könnte er mich mit links 6:0 schlagen, wenn er nur wollte. Eine Weile dachte ich, ich könnte ihn ermüden, indem ich abwechselnd auf die eine und die andere Seite spielte, aber er hat jeden Ball bekommen, ohne sich auch nur beeilen zu müssen.

Hinterher sitzen wir auf der Bank neben dem Platz.

«Beim ersten Satz dachte ich schon, es geht mir an den Kragen, als wir Einstand hatten und du diesen Killerball auf die Linie geschmettert hast.»

Ich habe keine Ahnung, was er meint. Ich kann mich hinterher nie an einzelne Punkte erinnern. Sobald die Partie vorüber ist, verschwimmt für mich alles zu einem Einerlei.

«Wenn der Sommer um ist, habe ich keine Chance mehr gegen dich», sagt er.

«Dad.»

Er lächelt und schüttelt den Kopf. «Einen Augenblick dachte ich glatt, du wärst sechzehn.»

Einen Augenblick hätte ich glatt Lust dazu.

Am Nachmittag legt sich mein Vater zu einem Schläfchen hin, und ich rufe Julie an und beichte ihr, womit ich den Morgen verbracht habe.

«Das hört sich vielleicht merkwürdig an, aber ich finde, so ein Tennisrock verleiht einem doch eine gewisse Macht.»

«Großer Gott, Daley», sagt Julie. «Sieh zu, dass du da rauskommst.»

«Du klingst wie Jonathan.»

«Erzähl ihm lieber nicht, wo du warst.»

«Am Telefon bestimmt nicht. Erst wenn ich angekommen bin und er sich wieder beruhigt hat. Aber ich glaube wirklich, dass ich durch den Rock besser gespielt habe. Er ist eine Uniform, und Uniformen haben nun mal mit Macht zu tun.»

«Oder mit Abwertung.»

«Aber mit ihm im Clubhaus gegessen habe ich nicht.»

«Das heißt, ein kleines Fitzelchen Verstand hast du noch.»

«Was siehst du, wenn du aus dem Fenster schaust?» Sie ist gerade in Albuquerque angekommen.

«Erde.»

«Erde?»

«Staubige, gelbbraune Erde. Ich stiefle durch die Gegend, und ich denke: Was tue ich eigentlich hier?»

«Und was *tust* du, bis das Semester losgeht?»

«An meinem Seminarkonzept feilen. Lesen. Essen. Alles Mögliche eben, wofür ich die letzten sieben Jahre keine Zeit hatte. Ich habe heute meinen Vater gesprochen. Er meinte, ich soll mir das lange Wochenende im Oktober freihalten. Er will mir ein Flugticket schicken, sagt er, aber es ist wie immer ein Riesengeheimnis.»

Inzwischen ist mir klar, dass mein gelegentlicher Unmut über Julie und ihren Vater in erster Linie Neid war. Sie stehen sich sehr nahe, sie führen bis zu zweistündige Telefonate miteinander, locker dahinplätschernde Gespräche über alles und nichts, von Zahnpastasorten bis zu Simone Weil. Sie kann ihn spätabends anrufen und muss nie fürchten, dass er betrunken sein könnte. Er ist Arzt, Psychiater, und er hat diese selbstbewusste Glattheit vieler Ärzte. In mir löst er immer die gleiche Mischung aus Verehrung und Abneigung aus. Nach der ersten Begegnung mit mir sagte er zu Julie, ich sei ein ungeschliffener Diamant. Wir lachten über das Bild, aber insgeheim habe ich lange darüber gerätselt, mich gefragt, was an mir denn so ungeschliffen war und wo der Diamant verborgen sein sollte.

«Hoffentlich nach Kalifornien. Dann bist du unser erster Besuch.»

«Wenn du versprichst, dass du deine neue Uniform trägst.»

«Unbedingt. Bis dahin spiele ich sicher schon in der Damenliga.»

An diesem Abend zieht mein Vater einen Zettel aus der einen Blazertasche und seine Lesebrille aus der anderen. «Das habe ich heute bei dem Treffen gehört. *Alles, was du sagen musst, um Gottes Aufmerksamkeit zu erlangen, ist, Danke.* Fand ich irgendwie gut.» Er macht ein verlegenes Gesicht und lacht dann, als er meine feuchten Augen sieht.

Als am Sonntagmorgen der Wecker klingelt, bleibe ich im Bett liegen. Ich höre den Büchsenöffner durch das Blech der Dosen knirschen, höre den Löffel gegen die Hundenäpfe klappern, höre das aufgeregte Japsen und Trappeln, als mein Vater die Näpfe zu ihrem Platz an der Wand trägt, die Stille, während die Hunde fressen und mein Vater zu seinem Kaffee und der Zeitung zurückkehrt, und schließlich das Krachen der Fliegentür, als sie fertig sind und rausmüssen. Mein Vater ruft einem von ihnen etwas zu. Ich bin erleichtert über den Klang seiner Stimme, seinen normalen, ungeduldigen Ton. Diesmal wird es ohne Dramen abgehen. Mehrmals versuche ich, mich aufzuraffen, und kuschle mich dann doch nur wieder in die Kissen. Während der Nacht war mir zu warm, und die Decke liegt zusammengeschoben an meinen Füßen, aber jetzt ziehe ich sie über mich. Der Tag sieht wolkig und kalt aus. Am liebsten würde ich den ganzen Vormittag lang schlafen. Ich habe meine Kleider noch nicht gepackt. Sie liegen in einem Haufen am Boden.

Ich ziehe eine Jeans an, die ich zuletzt in Michigan getragen habe. Sie erinnert mich an den Winter dort, an die dicken schwarzen Stiefel, die ich immer zu ihr anhatte, an Jonathan und den Orgasmus, zu dem er mich einmal mit seinem Daumen außen am Zwickel dieser Hose gebracht hat. Mein Magen macht einen langsamen Rückwärtssalto. Ich muss zu ihm. Ich stopfe den Tennisdress ganz hinten in die Kommodenschublade. Die Tennisschuhe packe ich ein. Ich stecke die Bücher, die ich bei Neal gekauft habe, in die Seiten der Tasche und ziehe den Reißverschluss zu. Auf halber Treppe fällt mir ein, dass ich meine Zahnbürste am Waschbecken vergessen habe, aber ich kehre nicht um. Zahnbürsten sollte es auf dem Weg nach Kalifornien reichlich geben. Ich mag Überlandfahrten. Bis Mitternacht schaffe ich es mindestens bis Indiana.

«Morgen», sage ich und rumple mit der Tasche durch die Tür.

«Na, schon gestiefelt und gespornt?», sagt mein Vater und lässt die Zeitung sinken. Dann steht er auf und nimmt mir die Tasche ab. «Guter Gott, was hast du da drin, das Tafelsilber?» Er stellt sie neben der Tür ab. «Kaffee?»

Fast jeden Morgen hat er mir Kaffee angeboten, und ich habe regelmäßig abgelehnt. Ich fühle mich in der Früh ganz gern noch ein bisschen schläfrig, und er trinkt Instantkaffee. «Okay», sage ich. «Danke.»

Er nimmt eine Tasse aus dem Regal, weiß mit zartrosa Blümchen.

Sie klirrt so laut gegen die Untertasse, dass er beides in getrennten Händen zum Herd trägt.

Ich hätte Nein sagen sollen. Ich muss hier weg, bevor er ausrastet oder zusammenbricht.

«Was planst du heute?»

«Das wüsste ich auch gern. Perry hat sich den Fuß verstaucht, mit dem Tennis wird es also nichts. Den Pool muss ich saugen. Ich hab dir noch gar nicht den neuen Sauger vorgeführt.»

«Das Meeting ist heute um eins. Das weißt du, oder? Weil Sonntag ist.»

«Jep», sagt er und geht zur Tür, an der schon wieder die Hunde kratzen.

Sie trotten geradewegs zu ihren Plätzen um seinen Stuhl.

Gleich wird er mir sagen, dass er sich um eins seinen ersten Martini eingießen wird.

«Ich ruf dich jeden Abend an und schau, wie's dir geht.»

«Das musst du nicht. Wir kommen schon klar.» Er krault den schwarzen Hund zwischen den Ohren, und die anderen heben voller Hoffnung die Köpfe. «Hock nicht den ganzen Tag drinnen. Das ist nicht gesund. Schau, dass du rauskommst, in die Sonne. Spiel ein bisschen Tennis. Hast du deinen Schläger eingepackt? Nicht, oder? Nimm ihn mit. Vorgezogenes Geburtstagsgeschenk.»

«Verspätetes, wenn schon. Mein Geburtstag war vor zwei Wochen.»

«Dann eben verspätet.»

«Das ist eine echte Chance für dich, Dad.»

Seine Augen sehen blicklos geradeaus. Er nickt. «Heute ist der erste Tag vom Rest deines Lebens.»

So viele Jahre habe ich die Emotionen, die er in mir wachruft, heruntergeschluckt, mir ein glatt poliertes falsches Ich konstruiert, das alle Seitenhiebe an sich abprallen lässt, Fragen ausweicht und Umstände, die meinem Vater missfallen könnten, vertuscht, dass ich mir nun schwer damit tue, ihm etwas zu sagen, das wahr klingt.

243

«Du warst so stark diese Woche. Ich weiß, dass du es durchziehen kannst.» Neunzig Meetings in neunzig Tagen, ist die Devise. Wenn man das schafft, verringert sich die Gefahr eines Rückfalls deutlich. «Neunzig von neunzig. Meinst du, du kriegst das hin?» Natürlich gibt es auch die Devise, ein Tag nach dem anderen. Vielleicht sollte ich den Mund halten.

«Alle verlassen mich.» Er sagt es so leise, dass ich es nicht gleich verstehe. Es ist kaum mehr als ein Hauch, so als hätte er es zu unterdrücken versucht, aber ganz schwach bräche es sich trotzdem Bahn.

Danach tritt Schweigen ein. Selbst die Halsbänder der Hunde, diese stetige Geräuschkulisse im Haus meines Vaters, klimpern nicht mehr.

Ich lege meine Hand auf seine und spüre die Wölbung der Adern, das Pulsieren darin. «Ich ruf dich jeden Abend an.» Und dann füge ich hinzu, ungelenk, weil es schon so lange her ist: «Ich hab dich lieb, Dad.»

Er nickt und stößt einen gedehnten Atemzug aus.

Die Hunde verfolgen mein Auto die Einfahrt entlang und traben dann zurück zu meinem Vater, der mit den Händen in den Taschen im Schatten der Garage steht. Er schreit sie nicht an wie sonst immer. Als sie ihn erreicht haben, legt er die Hände auf ihre Köpfe und dreht sich zum Haus um. Sein gebeugter Rücken verschwindet hinter den Bäumen.

Die ersten Strandbesucher kommen bereits den Hügel herauf, obwohl es halb zehn Uhr früh an einem bedeckten Tag ist. Das Riesenrad steht reglos. Ein großes Transparent verkündet, dass der Jahrmarkt mittags wieder aufmacht. Ich habe meine Chance verpasst. Kinder umkreisen das Areal schon ungeduldig auf ihren Fahrrädern. Am Türknauf von Lighthouse Books baumelt ein GESCHLOSSEN-Schild. Die Türen der Kongregationalistenkirche stehen weit offen, Orgelklänge dringen heraus. Die Bridgetons werden meinen Vater noch diese Woche zum Dämmerschoppen einladen. An den vorderen Fenstern unserer alten Wohnung in der Water Street sind die Jalousien heruntergezogen. Ich fahre auf der Middle Street Richtung Highway. Die grünen Schilder tauchen auf, statt der weißen Schrift von früher jetzt ein reflektierendes Silber. Route 4 Nord und Route 4 Süd. Ich werde die Route 4 südwärts bis zur Route 95 nehmen, dann die 90, und in Ohio auf die 80 abzweigen, auf der ich bleiben werde bis Berkeley. Mein Vater wird zu keinem AA-Meeting mehr gehen. Ich passiere die Auffahrt zur Route 4 Nord und setze den Blinker, halte mich stattdessen aber geradeaus, unter der Autobahn hindurch Richtung Mülldeponie. Hinter der Mülldeponie, wo früher Wald war, ist eine Neubausiedlung entstanden. Ich biege auf die lange, frisch asphaltierte Wohnstraße ein und folge ihrem sanften, perfekt ausgezirkelten Bogen an den neuen Häusern vorbei, bis ich wieder auf der Middle Street bin, wieder in der Stadt.

Er steht am Pool, als ich aussteige. Ein dickes Kabel führt aus dem Poolhaus direkt ins Wasser. Ich überquere den Rasen. Über den Boden des Pools kriecht ein kleiner weißer Kasten und saugt in schnurgerader Linie den Schmutz auf. Wenn er gegen die Beckenwand stößt, macht er kehrt und kriecht in anderer Richtung weiter. Mein Vater hebt den Blick erst, als ich neben ihm stehe.

«Du weißt schon, gegen wen die Sox heute um eins spielen, oder?», sagt er.

«Gegen die Yankees?»

«Aber du bestehst darauf, dass ich zu diesem Treffen gehe.»

«Ja.»

«Scheiße.»

Dann schauen wir dem neuen Poolsauger zu, wie er den Beckengrund wahllos mit blitzsauberen Streifen überzieht.

15

Am Nachmittag rufe ich den Leiter des Ethnologischen Instituts an. Ich habe mir ein paar Einstiegssätze zurechtgelegt, aber kaum beginnt das Telefon zu klingeln, ist mein Kopf wie leer gefegt. Ein Teenager meldet sich eifrig. Ich hatte mir Oliver Raskin nicht als Familienvater vorgestellt. Er ist Jahre am Stück im Feld unterwegs, hat über zwanzig Bücher geschrieben. Diese junge Stimme gibt mir Hoffnung, dass Dr. Raskin Familienmensch genug sein könnte, um Verständnis für meine Situation aufzubringen. Der Hörer wird auf einem Tisch abgelegt, und Minuten vergehen, bis Raskin von einem Nebenapparat abhebt.

«Entschuldigen Sie bitte, dass ich Sie am Sonntag daheim störe, Oliver.»

«Sie stören keineswegs.» Er spricht von einem anderen, ruhigeren Zimmer aus. «Sie haben sicher eine Menge Fragen, Daley. Schießen Sie los.»

«Ich kann im Augenblick nicht nach Kalifornien kommen.»

«Das Projekt läuft erst am Mittwoch an. Ich dachte, das sei klar.»

«Ist es auch. Ich werde es bis Mittwoch nicht schaffen. Mein Vater ist krank.»

«Tut mir sehr leid, Daley.» Ich kann nicht abschätzen, was ihm leidtut: dass mein Vater krank ist oder dass seine Krankheit an nichts etwas ändert. «Was fehlt ihm?»

«Das ist etwas kompliziert.»

«Ich höre.»

Ich weiß nicht, wie ich darauf gekommen bin, dass er Verständnis haben könnte. Ich merke schon an seiner Art zu atmen, dass er keins haben wird.

«Er macht gerade eine schwere ...»

«*Stirbt* er, Daley? Denn dafür, dass Sie am Neunten nicht hier antreten, müsste er schon sterben.»

«Ich fürchte, dass er sterben könnte, wenn ich nicht bleibe.»

«Wenn Sie bleiben, stirbt er nicht. Wenn Sie gehen, stirbt er.» Ich höre ihn einen Schluck aus einem Glas nehmen. «Sind Sie ein Gott, Daley?» Ich überlege flüchtig, ob er betrunken ist. «Sie haben einen Vertrag unterzeichnet, wenn Sie sich gütigst erinnern möchten, der Sie verpflichtet, in ein paar Tagen Ihre Arbeit hier aufzunehmen. Von mir aus kriegen Sie noch zehn dazu, wenn Sie glauben, dass Sie Ihre Wunder bis dahin gewirkt haben.»

«Ich werde mehr brauchen.»

«Wie viel mehr?»

Neunzig von neunzig. «Drei Monate.»

Schweigen. Noch ein Schluck. Noch mehr Schweigen. «In anderen Worten, Sie kündigen.»

«Es ist eine Notsituation. Ich hatte gehofft, Sie würden mir vielleicht einen Aufschub gewähren.»

«Wir reden hier nicht von einem Studienplatz. Das hier ist kein Wunschkonzert. Das ist eine der begehrtesten Stellen im ganzen Land. Wir haben über hundert Bewerbungen geprüft. Wir haben fünf Kandidaten zum Vorsingen eingeladen. Das Auswahlverfahren hat ein ganzes Jahr in Anspruch genommen.»

«Das weiß ich.»

«Wollen Sie wirklich meine nächste Suizidantin sein, Daley?»

Ich will mit diesem Mann nicht zusammenarbeiten. So ein Widerling. «Nein, Oliver. Nicht Ihre nächste Suizidantin. Eher Ihre erste Deserteurin.»

Beim Abendessen läutet das Telefon. Mein Vater hebt ab.

«Mmh, ist sie.» Er hält mir den Hörer hin. Aber ich höre nur das Freizeichen.

Ich hänge ein.

«Was war das?», fragt mein Vater.

«Irgendwie muss die Verbindung abgerissen sein.» Ich versuche, mit fester Stimme zu sprechen.

«War das dein Freund?»

Ich nicke.

Ich bekomme keinen Bissen mehr hinunter. Ihn zurückrufen kann ich nicht. Er ist längst unterwegs. Wobei ich auch nicht unbedingt glaube, dass Telefonieren derzeit hilfreich wäre.

Am nächsten Morgen hat mein Vater Sakko und Krawatte an. «Ich treffe mich nachher mit Howard.»

«Howard Gifford?» Allein schon der Name seines Scheidungsanwalts bringt die Beklemmungsgefühle von damals zurück.

Mein Vater nickt. «Ich will die Sache endlich mal auf den Weg bringen.»

«Wenn du dir wirklich sicher bist.»

«Da kannst du Gift drauf nehmen.»

Nachdem er gefahren ist, leere ich den Geschirrspüler. Ich trage die Teller in den Anrichteraum, wo sie bei Catherine immer standen, und halte auf halbem Weg inne. Ich brauche sie nicht mehr nach drüben zu bringen. Catherine kommt nicht zurück. Alles – Besteck, Servietten, Gläser, Salatteller, Cornflakesschalen – kann wieder da hin, wo es hingehört. Beim Räumen ertappe ich mich dabei, wie ich im Geist bald mit Oliver Raskin rechne, bald mit Jonathan, bald mit einer Mischung aus beiden, sie davon zu überzeugen versuche, dass ich keine andere Wahl hatte, als noch hierzubleiben, dass es meine Pflicht nicht nur als Tochter ist, sondern als Mensch.

Als alles an seinem Platz ist, suche ich die Leinen aus dem Garderobenschrank hervor und hänge die Hunde an. Sie wissen nicht, wie man sich an der Leine benimmt; mein Vater leint sie nur für die Fahrt zum Tierarzt an. Schon auf dem Weg die Einfahrt hinab verheddern sie sich so ineinander, dass die leichte Maybelle regelrecht vom Boden abhebt.

«Ein Trauerspiel ist das mit euch», sage ich zu ihnen, als wir die Straße erreichen, und habe allen Ernstes den Eindruck, dass sie beschämt die Köpfe senken. «Wir machen das jetzt so: Sadie, du gehst ganz rechts rüber, Oscar, du gehst ganz links, Yaz läuft vorneweg, und Maybelle, dich hänge ich an meiner Taille an, schau, so.» Ich fädle mir den kleinen Griff ihrer Leine durch die Gürtelschlaufe. «Und los geht's.» Wir nehmen den ganzen Gehsteig und die Grasstreifen auf beiden Seiten ein. Sooft Oscar Stielaugen hinüber zu Sadies Gras macht, befehle ich ihm, die Faxen zu lassen und nach vorn zu schauen. Sie gehorchen mir. Yaz, der Größte und Stärkste, zieht uns alle vorwärts wie ein Schlittenhund.

Wir marschieren an der alten Einfahrt der Vances vorbei – haufenweise bunte Dreiräder und Rutscheautos vor einer überdimensionalen Garage, die den verwilderten Garten der Schwestern ersetzt hat – und nehmen die Abkürzung über die Lotus Lane hinunter zu dem alten Sandweg, ohne uns um die neuen KEIN DURCHGANG-Schilder zu kümmern. Irgendwie bekomme ich nicht richtig Luft. Es fühlt sich an, als würde in meiner Lunge ein Baseball sitzen. Immer wieder denke ich, das Gespräch mit Dr. Raskin war vielleicht nur Einbildung, aber selbst als Einbildung ist es albtraumhaft genug. Die Hunde, die jetzt die Brandung hören und schon Meereswitterung aufnehmen, zerren wie wild an ihren Leinen. Sobald wir den Plankenweg erreichen, wo sich jäh der Blick auf den Ozean auftut, mache ich sie los, und die großen Hunde stürmen über die verwitterte Holztreppe nach unten, jagen vor zum Wasser, dass der feine weiße Sand hoch aufstiebt. Maybelle hält sich dicht bei mir und hoppelt mit tapferer Vorsicht eine steile Stufe nach der anderen hinab.

Warme Luft steigt vom Sand auf, kalte Luft weht vom Wasser heran. Möwen kreischen, Wellen türmen sich auf und brechen in prachtvollen weißen Diagonalen. Weiter draußen ist das Wasser blass und schimmrig oder tiefblau aufgeraut, je nachdem, wie der Wind darüber streicht. Den Atlantik zu sehen ist für mich jedes Mal wie ein Wiedersehen mit einer alten Liebe – dieser Schmerz, dieser

Sog, diese vertraute, abgrundtiefe Traurigkeit. Er ist so gewaltig, so kraftvoll, so herzzerreißend schön. Jonathan und ich haben noch nie zusammen das Meer gesehen. Wir haben es uns für Kalifornien aufgespart. Von unserem Häuschen sind es nur 2,4 Meilen zum nächsten Strand. Er hat die Entfernung gemessen, als er dort war.

Die großen Hunde bleiben im flachen Wasser, bellen die Wellen an, bis sie sich überschlagen, und weichen vor den ans Ufer schießenden Schaumzungen zurück. Ich ziehe die Schuhe aus. Der Wind zerrt an meinem T-Shirt und der Shorts. Ich versuche, tief durchzuatmen.

Ein Stück weiter strandaufwärts, nahe dem Hauptzugang, spannen ein paar vereinzelte Badegäste Sonnenschirme auf, breiten ihre Handtücher auf dem Sand aus. Aber hier unten sind nur ich, die Hunde und ein altes Ehepaar in Anoraks, das auf die Felsen zustapft. Ob mein Vater mit Howard Gifford zum Mittagessen gehen wird? Die Hunde haben das alte Paar erspäht und preschen hin. Sie werden ins Locke-Ober's gehen, und Howard wird sich einen Drink bestellen. Als ich die Hunde rufe, ist meine Stimme dünn, und sie hören mich nicht.

Wieder im Haus, setze ich mich mit einem Bogen Papier – es war nicht leicht, einen ohne den aufgeprägten Briefkopf meines Vaters zu finden – und einem Kugelschreiber an Dads Schreibtisch. Ich muss Jonathan schreiben, und ich muss den Brief noch heute Nachmittag in die Post geben, damit er zugleich mit ihm in Kalifornien ankommt. Ich muss ihm sagen, dass ich hier noch ein bisschen Zeit brauche, höchstens drei Monate. Und dass wir dann zum Crater Lake fahren. Vielleicht können wir uns für nächstes Jahr beide auf Stellen in Philadelphia bewerben. Ich sehe ihn vor mir in seinem Pick-up, dem Pick-up, den er zu Beginn unserer Bekanntschaft noch nicht einmal fahren konnte, unterwegs zu einer Stelle, die er nie wollte. Er wollte wieder in Philadelphia leben. Das war sein Plan.

Aber ich war nicht Teil von Jonathans Plan. Und er hat immer einen Plan. Das ist sein Rezept gegen die Angst. Mein Rezept ist es, nie auf etwas zu zählen, damit ich nicht enttäuscht werden kann. Selbst bei Berkeley habe ich mir nicht erlaubt, mich zu sehr an die Idee zu gewöhnen. Ich wollte die Stelle, aber darauf gezählt habe ich nie. Vielleicht kann ich mich deshalb jetzt davon verabschieden. Ich habe nie wirklich geglaubt, einen Anspruch auf sie zu haben. So wie bei Jonathan auch. Ich habe meine Gefühle zurückgehalten, bis er mir die Pistole auf die Brust setzte.

«Ich will eine Beziehung mit dir.»

Ich lachte. Wir waren beide nackt. «Ich würde sagen, wir haben eine.»

«Aber so etwas muss ausgesprochen werden. Ich glaube, du glaubst mir nicht, dass es mir ernst ist. Oder vielleicht ist ja dir nicht ernst. Was sind deine Absichten mir gegenüber?»

Ich lachte wieder.

«Ganz im Ernst, Daley. Was sind deine Absichten?»

«Meine Absichten? Du redest ja, als hätte ich es auf einen Antrag angelegt.»

«Hast du das nicht?»

«Nein.»

Er schwieg.

«Bist du jetzt nicht erleichtert?»

«Nein. Ich hab nichts am Hut mit Spitzfindigkeiten.»

«Ich bin nicht spitzfindig.»

«Ich weiß nicht, ob dir das alles etwas bedeutet.» Er legte die Hand auf mein Brustbein. «Du bist so fest versiegelt hier drin.»

Das stimmte. Ich liebte ihn so sehr, und ich versuchte so verzweifelt, das Ausmaß meiner Liebe verborgen zu halten. Aber langsam, ganz langsam, gelang es ihm, mich zu knacken. Er holte all meine Gefühle ans Licht und half mir, über sie zu reden. Er schaffte es, selbst Empfindungen, die die meisten Menschen nur als Klumpen im Bauch spüren, mit Worten fassbar zu machen. Sorgfältig, geduldig, hat er ein festes Fundament für uns gebaut, mir immer wieder gezeigt, dass es mein Gewicht aushält. Nur weil ich auf diesem Fundament stehe, bin ich jetzt in der Lage, meinem Vater zu helfen.

Ich starre auf das leere Blatt. Es ist alles so bitter und unsäglich und unbegreifbar. Er fährt an die Westküste, und ich bin nicht da. Ich stehe nicht an der Tür und warte auf ihn. Ich habe mein Versprechen gebrochen. Ich lege den Kopf aufs Papier, und sofort ist es nass und wellig. Ich werfe es in den Papierkorb und gehe hoch in mein Zimmer.

Auf dem Bett ausgestreckt, lasse ich meine Gedanken zurück zu unserer letzten Nacht wandern, bevor Garvey anrief, zu seinem Finger in meiner Hose. Er liegt auf mir, schwer, hart, seine Lippen auf meinen. Ich will dich, flüstere ich, und er stößt in mich hinein, und ich komme. Viel zu schnell. Ein Weilchen liege ich nur da und spüre die Traurigkeit in mir ansteigen, und dann lasse ich mir mehr Zeit und komme intensiver. Diesmal reichen die Schauer überallhin, bis unter die Zehennägel, die Kopfhaut. Ich fühle mich ihm so nah. Ich will nicht, dass es aufhört, will nicht, dass sich die Ferne aufs Neue zwischen uns ausdehnt. Wieder fange ich an, meine Finger in der klebrigen Nässe zu bewegen, da tönt von der Küchentür her lautes Klopfen.

Rasch ziehe ich den Reißverschluss zu und streiche mir die Haare glatt. Meine Gliedmaßen fühlen sich gelockert und belebt an, als ich die Treppe hinuntergehe.

Es ist Barbara Bridgeton. Mein Anblick hinter der Fliegentür verstört sie sichtlich.

«Habe ich dich geweckt?»

Nein, mir nur meinen dritten Orgasmus versaut. «Ich war am Putzen.»

Ich mache ihr auf, und zum Glück sieht die Küche dank meiner Räumaktion untadelig aus.

Ihr Laserblick macht blitzschnell Inventur, bevor sie einen Stapel Tupperschüsseln auf der Arbeitsplatte abstellt. «Ich habe drei Mahlzeiten für deinen Vater gekocht, aber vielleicht braucht er die jetzt ja gar nicht. Ist er nicht da?»

«Er ist nach Boston gefahren.»

«Allein?»

«Ja.»

Sie presst die Lippen zusammen. Sie würde gern wissen, warum er nach Boston gefahren ist. Sie schaut unglücklich auf ihre Gerichte auf unserer Küchentheke. «Ich dachte, du wolltest am Sonntag fahren.»

«Das dachte ich auch. Aber jetzt bleibe ich doch länger.»

«Kannst du das denn?»

«Ja.»

«Vielleicht nehme ich dieses ganze Essen dann besser wieder mit. Scott und Carly kommen nächste Woche.»

«Auf jeden Fall. Wir haben genug da. Und außerdem versuche ich, Dad dazu zu ermutigen, selbst ein bisschen kochen zu lernen.» Ich fühle einen Einwand kommen und rede schnell weiter. «Aber ganz herzlichen Dank. Er ist so dankbar für alles, was ihr für ihn getan habt.»

«Ach, das ist doch selbstverständlich bei so einem lieben alten Freund.»

Sie nimmt ihre Tupperschüsseln wieder, aber froh scheint sie darüber nicht. Wahrscheinlich hätte ich so tun sollen, als kämen sie uns gerade recht.

«Du bist eine gute Tochter», sagt sie, wie um uns beide zu überzeugen. «Dein Dad braucht jetzt seine Familie um sich, und wenigstens hat er dich. Es tut mir nur weh, dass Garvey sich dazu nicht imstande gesehen hat. Wenn je ein Vater seinen Sohn geliebt hat …» Sie setzt die Tupperdosen wieder ab und schüttelt den Kopf. «Wenn je ein Vater stolz auf seinen Sohn war … Sechs Jahre hintereinander haben sie das Vater-Sohn-Turnier gewonnen … Ich werde nie begreifen, was in den Jungen gefahren ist. Und die Hauptrolle bei diesem Musical in der Achten hatte er auch. Was war es gleich wieder?»

«*Bye Bye Birdie.*»

«Stimmt. Du hast wahrscheinlich gar keine Erinnerung mehr daran.»

Und ob ich die habe. Vor allem daran, wie mein Vater hinterher herumtänzelte und auf tuntige Art «*Put on a Happy Face*» sang, sodass das ganze Stück auf einen Schlag lächerlich schien.

«Und er war immer Klassenbester, was mehr ist, als ich von zwei der drei meinigen behaupten kann, wobei diese überintelligenten Kinder ja später oft drogensüchtig werden und ihren Eltern nichts als Kummer machen, insofern hatte das vielleicht auch sein Gutes. Dieser Lukie Whitbeck, erinnerst du dich an ihn, mit seiner Mähne? Er hat so ungefähr jeden Preis gewonnen, den es in Scotts Jahrgang nur gab. Alle waren so begeistert von ihm, aber er hatte auch etwas Hinterhältiges; ich habe seine Eltern öfters darauf ansprechen müssen. Und jetzt saß er letztes Jahr im Gefängnis, nicht lang, aber immerhin! Ach, ich bin so froh, dass du hier bist, Daley.» Ihr Lächeln reicht über das ganze Gesicht. Der kleine Rundumschlag in die Vergangenheit scheint ihr Auftrieb gegeben zu haben. «Du bist eine gute Tochter.» Und sie küsst mich auf die Wange, packt ihr Essen ein und geht.

Mein Vater kommt um drei zurück und schläft auf dem Sofa ein. Als sein Schnarchen seine volle Lautstärke erreicht hat, beuge ich mich über ihn und schnuppere. Burger, Pommes frites und Ketchup, mehr rieche ich nicht. Um halb sieben wecke ich ihn für sein Treffen.

«Versager aller Länder, vereinigt euch», sagt er, als er die Treppe hinaufstakst, um zu duschen.

Ich habe am Nachmittag den Datsun ausgeräumt, einige der Plastiksäcke in mein Zimmer hochgetragen und den Rest in den Schuppen. Er stöhnt laut beim Einsteigen und betont den Platzmangel nach oben und nach vorn zu, indem er sich zu einem kleinen Ei zusammenduckt. Der Geruch nach seinem Old Spice füllt den ganzen Innenraum.

«Du musst mich nicht jedes Mal fahren», sagt er.

«Ich mach's gern.» Ich möchte an den Punkt gelangen, an dem ich ganz selbstverständlich davon ausgehe, dass er jeden Abend um sieben brav zur Kirche fährt, aber das wird dauern. Manchmal ist er auf dem Hinweg so still und bedrückt, dass ich schwören könnte, ohne mich würde er zu Shea's abbiegen, dem Spirituosenladen, und sich im

Auto einen Liter Wodka hinter die Binde gießen, oder schnurstracks weiterfahren zu den Utleys oder Bridgetons, die um diese Tageszeit unfehlbar auf ihren Veranden sitzen und Cocktails trinken.

Nachdem ich ihn an der Kirche abgesetzt habe, gehe ich weiter zum Jahrmarkt. Das Schmalzgebackene ruft. Ich habe keine Termine, nichts, was ich einreichen, recherchieren oder nachbereiten muss. Meine Gedanken kehren immer wieder zurück zu dieser Liste und finden sie immer aufs Neue leer vor. Und mit jedem Mal fühlt sich mein Körper eine Spur leichter an.

Der Park ist zur Jahrmarktszeit nur schwer wiederzuerkennen. Alles, was ihn sonst ausmacht – die Schaukeln und Rutschen, das Baseballfeld, der Pavillon –, verliert sich zwischen den Aufbauten. Als Kind konnte ich die beiden Vorstellungen nur mühsam miteinander vereinbaren, und wenn mir zwischendurch bewusst wurde, dass es die Baseballtribüne war, auf der die Leute saßen und ihre armlangen roten Hotdogs verspeisten, bevor sie hinüber zur Achterbahn schlenderten, war das ein Gefühl, als würde ich ein Artefakt aus einer anderen Zeit entdecken, so wie die Freiheitsstatue am Ende von *Planet der Affen*.

Ich zahle die sechs Dollar Eintritt und gehe hinein. Auf dem Boden ist Stroh ausgestreut, um das Gras zu schützen. Früher durfte man gratis zwischen den Buden herumwandern, und das Gras war einfach Gras. Es wuchs immer wieder nach. Ashing wird langsam ambitioniert in dieser Hinsicht, mit seinen farblich abgestimmten Markisen über den Schaufenstern und den neuen Straßennamen, über die ich in der Zeitung gelesen habe. Die Snelling Street heißt jetzt Coral Avenue. Und aus Pope's Road ist Bayview Lane geworden. Aber die Jahrmarktsmusik ist die gleiche wie immer, «Sweet Caroline» und «Mandy» und «My Eyes Adored You». Jonathan würde die Augen verdrehen, aber dann würde er doch mit mir mitsingen. Er wüsste sämtliche Texte. Es herrscht ziemliches Gedränge, Kinder und Teenager und junge Familien, die Eltern in meinem Alter, die Kinder in Tragetüchern und Sportwägen. Wieder komme ich mir als Eindringling vor, als Spion in meiner eigenen Vergangenheit.

Als Allererstes gehe ich zu der Bude mit dem Schmalzgebackenen. Die Frau reicht mir ein riesiges, öltriefendes Stück heraus, und ich schüttle den Plastikstreuer mit Zimtzucker so lange, bis die ganze Fläche dunkelbraun glänzt. Eigentlich wollte ich mir eine Bank suchen und langsam essen, aber es schmeckt so gut, dass ich es gleich neben der Batterie von Streuern wegputze. Dann kaufe ich ein kleines Päckchen Fahrkarten und schaue mich nach der Walzerbahn um. Sie ist da, wo sie immer war, links vom Riesenrad. Die blau-weißen Schiffchen auf ihrer welligen Drehscheibe schlingern gerade langsam zum Stillstand. Mallory, Patrick und ich müssen über hundertmal Walzerbahn gefahren sein. Ich saß immer in der Mitte, weil Mallory und Patrick schwerer waren und den Schiffchen zusätzlichen Schwung geben konnten, indem sie sich seitlich hinauslehnten. Mallory kreischte mir schrill ins Ohr, und Patrick hielt den Mund fest geschlossen und gab nur winzige, geisterhafte Seufzer von sich. Schon das Scheppern meiner Schritte auf den dünnen Metallstufen, nachdem ich meinen Fahrschein abgegeben habe, lässt ganze Sommer wieder in mir lebendig werden. Die Sitze sind noch aus dem gleichen glatten roten Leder wie früher, der Bügel, der sich einem über die Knie hinabsenkt, hat dieselbe Muschelform. Auch der erwartungsvolle Schauder, der mich durchrieselt, als der Mann den Hebel umlegt und die Scheibe sich in Bewegung setzt, ist der alte. Ich rutsche ganz an den Rand meines Schiffchens, damit es sich schneller dreht. Schon bald schwenkt es mich in so ausladenden Kreisen, dass mein Hirn jeden Versuch einer Erdung aufgibt und ich mich vollauf diesem Taumel überlasse, der zu einem kleinen Teil Angst ist und zum größten Teil reine Ekstase. Ich höre mich in das Gekreische aus den anderen Schiffchen einstimmen. Es gibt Momente in der Walzerbahn, in denen man den Kopf heben und sich umschauen kann, ehe man vom nächsten Wirbel erfasst wird. In einem dieser Momente blicke ich auf und sehe auf einer Bank Neal Caffrey sitzen, der mich beobachtet. Beim nächsten Mal ist er weg. Als die Fahrt vorbei ist, stolpere ich am Rand der Scheibe entlang, um dem Mann meinen nächsten Fahrschein in die Hand zu drücken, und kehre zurück an meinen Platz. Solange ich im Kreis wirble, ist es unmöglich, an Jonathan, Oliver Raskin oder das Häuschen mit der gelben Tür zu denken.

Als ich heraustorkle, bleiben mir nur noch zwanzig Minuten. Ich will Polyp fahren, Twister, Riesenrad. Ich kann mich nicht entscheiden, also hole ich mir noch einmal Schmalzgebackenes. Diesmal sprenkle ich Zimtzucker und Puderzucker darüber, bis alles zeckengrau ist. Herrlich. Dann stelle ich mich am Riesenrad an, wo die Schlange sich die ganze Rampe hinaufzieht. Vor mir warten zwei kleine Mädchen mit ihrer Mutter. Die Mädchen versuchen, sich schlüssig zu werden, welche Farbe ihre Gondel haben soll. Die Gondeln sind rund, mit einer Mittelsäule, über die sich ein Schirm in gleicher Farbe spannt. Die Mädchen hüpfen von derselben Mischung aus Zucker und Aufregung, die auch mich im Griff hat. Ich wünschte, ich könnte mit ihnen fahren, und ich bin fast so weit, dass ich frage, als Neal meinen Fuß antippt.

Er steht unter mir auf dem Boden. «Hallo.» Er sieht aus, als hätte er vergessen, was er gerade sagen wollte.

Die Mädchen und ihre Mutter steigen in eine grüne Gondel. Das eine Mädchen weint. Es wollte Blau.

Ich schaue auf die lange Schlange hinter mir. «Versuchst du, dich vorzudrängen?»

«Keine Ahnung. Vielleicht.»

«Dann beeil dich», sage ich, und er zieht sich an dem Metallgeländer hoch und zwängt sich zwischen den Stäben hindurch.

Unsere Gondel schaukelt heran. Sie ist blau, und über uns heult das kleine Mädchen. Ich gebe dem Mann die Fahrscheine für uns beide, und dann ducken wir uns unter den Rand des Schirms und setzen uns einander gegenüber. Der Mann schiebt einen Stift durch die drei Sicherungsringe an der Tür. Wir fahren ein paar Meter nach oben und halten dann. Ich habe nicht die geringste Ahnung, was ich zu Neal Caffrey sagen soll. Und eigentlich will ich auch gar nicht reden. Ich will mit meiner Gondel in die Höhe schweben und den Blick auf die Stadt und hinaus auf das blasse Wasser auskosten.

«Oh, Mann», sagt Neal, als wir weiter steigen, ein gutes Stück höher diesmal. Dann halten wir wieder, und die Gondel schwankt leise. «Oh, Scheiße.»

«Sag bloß, der Gewinner des Renaissance-Pokals leidet an Höhenangst. Schau, was für eine tolle Aussicht man von hier oben hat.» Ich drehe mich halb und sehe hinaus auf den Hafen, der sich unter uns in die Weite dehnt, und auf das mit Inseln getupfte offene Meer dahinter und den Horizont, an dem schon als flacher Strich die beginnende Dämmerung lagert.

«Bitte, mach das nicht. Bitte, wirf dich nicht so herum.» Er beugt sich vor, die Hände um die ringförmige Haltestange gekrampft.

«So, meinst du?» Ich verlagere mein Gewicht ein klein wenig, ein paar Zentimeter vor, ein paar zurück.

«Bitte nicht», fleht er.

Ich hätte nie gedacht, dass er so ein Schisser ist.

Wir drehen uns weiter und halten erneut, am höchsten Punkt diesmal. Aus Neals Gesicht ist jede Farbe gewichen, seine Augen sind fest zugekniffen.

«Es ist wunderschön hier oben. Der Hafen liegt voller Schiffe, und das Wasser ist spiegelglatt.»

Wir setzen uns wieder in Bewegung, abwärts jetzt.

«Okay.» Er atmet aus. «Okay.»

«Willst du aussteigen?»

«Nein. Ich werd mich schon dran gewöhnen.»

«Bist du sicher? Sie lassen ständig irgendwelche Kinder raus, die es mit der Angst kriegen.»

«Nein. Ich schaff das schon.»

Mehrere Runden fahren wir ohne Unterbrechung. Er lässt die Augen zu. Er entschuldigt sich mehrmals. Er versucht zu lächeln. Ich muss mir seine Züge nur dichter beieinander denken, mir die Sommersprossen dunkler vorstellen und das Haar noch eine Spur wuschliger, dann sitzt vor mir der Junge von damals. Wenn er lächelt, werden dieselben breiten Zähne sichtbar, nur die Lücke zwischen den Schneidezähnen fehlt. Anscheinend hat er irgendwann nach der Achten eine Spange bekommen.

Ganz vorsichtig lehnt er sich auf seiner Bank zurück. «Ich dachte, du wolltest abreisen. Ich dachte, du wärst schon weg.»

«Tja. Vielleicht wird Berkeley einfach ein bisschen überschätzt.»

«Anders als Schmalzgebackenes und die Walzerbahn.» Wieder lächelt er, und wieder sehe ich seine Zähne und die Lücke, die es nicht mehr gibt.

«Genau.»

«Jetzt Spaß beiseite, Daley. Was ist passiert?» Er blinzelt, späht durch schmale Augenschlitze zu mir her.

«Spaß beiseite? Der Institutsleiter gewährt mir keinen Aufschub. Ich musste am Mittwoch da sein oder gar nicht.»

«Ich dachte, deinem Vater geht es so weit gut?»

«Tut es auch. Aber er braucht Hilfe, um dahin zu gelangen, wo er hinsoll.»

Er erwidert nichts. Ich habe keine Ahnung, was er jetzt denkt oder was er alles über meinen Vater weiß. Vermutlich gibt es sehr viel, das ich nicht weiß.

«Wie lange wohnst du schon hier?», frage ich.

Er schüttelt den Kopf. «Lange.»

«Wie lange?»

«Bald zehn Jahre.»

«Oh.» Ich habe gedacht, eins, vielleicht zwei. Zehn Jahre bedeutet, dass er sein Studium abgebrochen haben muss. Es gelingt mir nicht sonderlich gut, meine Bestürzung zu verbergen.

Er lacht. «Ich weiß. Ich bin der George Willard von Ashing.»

Wir haben *Winesburg, Ohio* in der Achten gelesen. Ich lächle, aber seine Augen sind wieder fest zugedrückt. «Solltest du mir dann nicht raten, von hier fortzugehen, solange ich noch kann, und meine Träume zu verwirklichen?», frage ich.

«Nein, ich hasse gute Ratschläge», sagt er, um dann hinzuzufügen: «Lebe dein Leben. So. Das ist mein guter Rat an dich.»

«Lebst du dein Leben?»

«Nein.»

Ich lache. «Da hast du nicht lange überlegen müssen.»

Unsere Gondel hält an und schwankt. Neal stöhnt vor sich hin. Unten steigen die Leute aus. Wir werden zu den Letzten gehören.

«Ich habe dich als Aufhänger für eine Seminararbeit von mir benutzt.» Irgendetwas haben seine geschlossenen Augen an sich, das es mir erlaubt, meine Gedanken auszusprechen.

«Was?»

«Du hast gesagt, meine Brust wäre konkav, und ich habe geschrieben, dass dieser Moment meine Initiation in die Welt des männlichen Blicks war.»

«Ich habe dich nie konkav genannt.» Er klingt, als ob er genau wüsste, wovon ich spreche.

«Nicht mir ins Gesicht. Aber Stacy hat es mir erzählt.»

«Das stimmt nicht. Das habe ich nie so gesagt.»

«Auf die Arbeit habe ich jedenfalls ein A bekommen.»

Unsere Gondel hält mit einem Ruck neben der Plattform, und der Mann entriegelt die kleine Tür und reißt sie weit auf. «Das war super», sagt Neal zu ihm.

Wir gehen zusammmen zurück. Sein Gang, diese langen, wippenden Schritte, lassen mich an seinen König von Siam in *Der König und ich* denken. *There are times I almost think I am not sure of what I absolutely know*, meine ich, ihn singen zu hören. Ich lache laut auf.

«Was ist?»

Seine Augen wirken übergroß, jetzt, wo sie wieder offen sind, und ich muss neuerlich lachen.

«Was ist denn?»

«Nichts. Oder eigentlich eher zu viel.»

«Ich glaube, mit geschlossenen Augen habe ich mich wohler gefühlt.»

«Wieso das?»

«Immer wenn du mich ansiehst, habe ich das Gefühl, du fragst: *Warum bist du hier? Warum bist du hier?*»

«Aber das tu ich nicht, wirklich. Ich habe bloß gerade gedacht, was für ein toller König von Siam du warst.»

«Das ist dasselbe in Grün.»

Vor der Buchhandlung holt er einen Schlüsselbund aus der Tasche. «Arbeitest du jetzt noch?»

«Ich wohne hier. Über dem Laden.» Er zeigt auf ein paar dunkle Fenster im ersten Stock.

«Ich dachte, du wohnst bei deinen Eltern.»

«Ich bin zwar ein Loser, aber so ein Loser dann doch nicht.»

Einem Moment lang befürchte ich schon, er wird mich heraufbitten, aber er sagt Gute Nacht und verschwindet im dunklen Laden. Wenige Sekunden später geht im Obergeschoss ein Licht an, aber von hier unten kann ich nur eine Zimmerdecke sehen. Er tritt nicht ans Fenster. Warum sollte er auch? Ich setze meinen Weg fort. Als ich am Sandwichladen vorbeigehe, kommen drei junge Mädchen heraus, ihre Getränkedosen noch in der Hand.

«Jetzt mach schon», sagt die Vorderste und packt die nach ihr Kommende am Ärmel.

«Nein!» Die zweite reißt den Arm weg. «Ich hab euch doch gesagt, dass es nicht stimmt.»

«Jetzt komm. Er wohnt gleich da vorne. Wir gehen einfach hin und fragen ihn.»

«Nein!», schreit die zweite, als die erste den Gehsteig entlangzurennen beginnt. Das hinterste Mädchen hält sich die Seiten vor Lachen. Aber sie ist nur groß im Reden, die Vorderste, und als sie Neals Tür erreicht, tut sie nur so, als würde sie klopfen, und lässt sich von den anderen weiterziehen Richtung Jahrmarkt.

Mein Vater und der Mann mit der Arbeitshose, der am ersten Abend da war, stehen vor der Kirche und rauchen. Er erinnert mich ein bisschen an Garvey, dieser Mann, so, wie er die Zigarette zwischen Daumen und Zeigefinger eingeklemmt hält, das brennende Ende von der Handfläche verdeckt. Ich winke und setze mich ins Auto. Mein Vater sieht alt aus neben diesem Mann, sein Haar nicht mehr grau meliert, sondern gleichmäßig silbern. Sein Rücken wirkt noch krummer als sonst, zwischen seinem Nacken und dem Kragen des Blazers klafft ein richtiges V. Normalerweise ist sein Ton immer spaßhaft, wenn er sich auf der Straße unterhält; er redet mit den Leuten, Männern wie Frauen, als würden sie zu einem Spiel auflaufen. Hauptsache, locker bleiben, sagt er regelmäßig zum Abschied, locker bleiben, empfiehlt der Mann, der sich über alles echauffiert. Jetzt aber hört mein Vater zu, nickt bedächtig, schaut über das Dach der Bücherei auf der anderen Straßenseite und erwidert dann etwas Ernstes. Sie reden noch ein paar Minuten weiter, nachdem sie ihre Zigaretten auf dem Plattenweg ausgetreten haben, und dann klopfen sie einander auf den Arm und trennen sich.

Mein Vater steigt ein und stößt einen langen Atemzug aus.

Ich lasse den Motor an und fahre los.

«Mannomann, richtig leicht hat's anscheinend keiner.»

Ich schaue zu ihm hinüber. Sein Gesicht ist bedrückt, bedrückt vom Schicksal eines anderen. Mein Vater zeigt Mitgefühl.

Das Armaturenbrett beginnt zu piepsen.

«Was zum Teufel ist das?»

«Das Auto will, dass du dich anschnallst, Dad.»

«Verflixt, schreibt es mir vielleicht auch noch vor, wann ich pinkeln soll?»

Er beugt sich zu mir herüber, um den Gurt einrasten zu lassen – es ist knifflig, man muss den Winkel genau richtig hinbekommen. Er grunzt, schafft es schließlich, und dann fragt er: «Was ist das für ein Geruch?»

«Keine Ahnung.» Der Datsun ist alt und riecht nach allem Möglichen.

«Essen oder Bonbons oder irgendwas.»

«Schmalzgebackenes?»

«Ekelhaft. Und diesen Müll isst du vor dem Essen?»

«Zwei dicke Trümmer.»

«Genau wie deine Mutter», sagt er. Er hat recht. Das hatte ich ganz vergessen. Genau wie sie.

Wir fahren an Neals erleuchteten Fenstern vorbei, dann am Jahrmarkt. Das Riesenrad malt sein großes O an den Himmel. Ein Gefühl steigt in mir auf und überschwemmt mir die Brust, kribbelt mir bis hoch in die Kehle und hinunter in die Waden. Ich brauche ein bisschen, bis ich es einordnen kann. Glück.

16

Mein Vater klackt in seinen Golfspikes über das Linoleum. Er findet sein Fünfereisen nicht.

«Das muss diese Ratte Frank geklaut haben.»

Er schaut noch einmal im Windfang.

«Der war schon immer eine linke Bazille. Mir scheißegal, was für einen Überfliegerjob er jetzt hat oder wie viele Nullen auf seinem Gehaltsscheck stehen. Der Kerl hat mir meinen verdammten Golfschläger gestohlen!» Er ballt die Fäuste. Sein Gesicht ist puterrot. Die Hunde, die seine Erregung missverstehen, springen begeistert um ihn herum.

Irgendwo habe ich den gestreiften Gummigriff eines Golfschlägers gesehen, das weiß ich. Dann fällt es mir ein. «Er ist im Poolhaus.»

«Was?», sagt er, aber dann erinnert er sich auch.

Er stampft über den Rasen und kommt mit dem Schläger zurück. Ich kann ihm ansehen, dass er ihn lieber nicht gefunden hätte. Es macht ihn noch wütender. «Jetzt komme ich zu spät. Jetzt komm ich richtig zu spät.» Dabei liegt er immer noch gut in der Zeit. Abschlag ist erst um neun.

Die Hunde verfolgen sein Auto bis zum Ende der Einfahrt und drängen sich dann um meine Beine, während ich die Spülmaschine ausräume. Sie wollen laufen. Ich habe schon die Leinen in der Hand, da klingelt es an der Vordertür. Die Hunde machen einen Satz weg von mir und rasen dann unter großem Gerutsche und Geheul zur Tür, wo ihr Bellen noch lauter wird. An die Vordertür kommt niemand außer dem Briefträger, und er hat selten Grund zu klingeln. Die Hunde führen sich auf wie irr. Es muss jemand Wildfremdes sein. Neal Caffrey? Ich gehe aufmachen.

Aber es ist nicht Neal, den ich durchs Fenster sehe. Es ist Jonathan.

Um jetzt vor meiner Tür zu stehen, muss er seit dem Anruf mehr oder weniger durchgefahren sein. Er trägt eins von seinen guten Hemden, das gestreifte, das er beim Rigorosum anhatte. In aller Eile schleife ich die Hunde an ihren Halsbändern in die Küche, sperre sie dort ein und renne wieder zurück, um die klemmende Haustür aufzuwuchten.

Ich schäme mich für das Gebell, schäme mich, dass er hier, in dieser Umgebung, anders auf mich wirkt als sonst. «Du bist in die falsche Richtung gefahren, Mr Magoo.» Es kommt geborsten heraus, als hätte ich einen Frosch im Hals, weil ich jetzt schon weine.

«Stimmt», sagt er und schlingt die Arme um mich. Er riecht nach Kaffee und Doritos und, als ich die Nase seitlich in seinen Hals bohre, nach unserem Leben in Michigan. Ich versuche, mein Zittern zu unterdrücken.

Als ich meine Stimme halbwegs im Griff habe, sage ich: «Dass du wirklich und wahrhaftig hergekommen bist!»

«Ich habe von Des Moines aus angerufen, bin noch bis Omaha weitergefahren und dann umgekehrt.»

Ich fühle mich schwach, als hätte ich lange nichts mehr in den Magen bekommen, dabei habe ich eben erst mein Müsli gegessen. Ich will ihn nicht loslassen. Ich will nichts weiter sagen müssen. Ich küsse ihn, und er erwidert den Kuss. Ich spüre ihn hart werden und dränge mein Becken an seines, aber er weicht zurück. Und dann lässt er die Arme sinken, und wir sind wieder getrennt.

In meiner Hand baumeln immer noch die Hundeleinen. Er starrt darauf. Seine Augen sind rot, und sein Mund scheint irgendwie verformt. Zum ersten Mal, seit ich ihn kenne, ist er nicht Herr seiner selbst.

«Komm rein.» Ich mache einen Schritt zur Tür.

Er schüttelt den Kopf.

«Mein Vater ist nicht da.»

«Ich habe keine Angst vor deinem Vater. Denkst du, ich hätte Angst vor ihm?»

«Nein.» Ich fühle mich so klein, so unerwachsen. Ich möchte etwas sagen, das ihn mir zurückbringt. Ich nehme zu dem Erstbesten Zuflucht, das mir in den Kopf kommt. «Hier war neulich ein Waschbär. Er hatte die Mülltonne umgeworfen und den Müllbeutel aufgeschlitzt und saß mit einem Stück Schweizerkäse oben auf der Wölbung – hielt es in zwei Pfoten wie eine Zeitung und knabberte seelenruhig daran herum.»

Er lächelt über meine Bemühungen. Er nimmt meine beiden Hände. Er setzt zu einer ernsthaften Erwiderung an und überlegt es sich dann anders. «Was ist ein Wapiti? Ich glaube, ich hab einen Wapiti gesehen. Direkt am Highway. Auf dem Mittelstreifen. Er hatte dieses Wahnsinnsgeweih.» Er lässt meine Hände los und breitet die Arme aus. Unter seinen Achseln sind riesige Schweißflecken. «So breit nach jeder Seite. Es war grotesk. Von Rechts wegen hätte er einfach umkippen müssen.»

Ich versuche zu lachen.

«So, und jetzt fahren wir.»

«Jon...»

Er sieht am Haus hoch, das von hier vorne so herrschaftlich wirkt wie von keinem anderen Punkt, mit seinen Reihen alter, ladenbewehrter Fenster nach beiden Seiten und darüber den Dachgauben, die den dritten Stock bilden, einen winzig kleinen zwar nur, der als Speicher genutzt wird, aber er lässt das Haus absurd hoch erscheinen. «Alles, was in den letzten zwei Wochen passiert ist, kommt mir nur noch widersinnig vor.»

«Ich muss einfach noch eine kleine Weile hierbleiben.»

«Das Einzige, was du musst, ist, mit mir mitkommen.»

«Ich kann nicht die Nächste sein, die ihn aufgibt.»

«Du gibst ihn nicht auf. Daley, du bist seine erwachsene Tochter. Er weiß, dass du dein eigenes Leben hast.»

«Er würde sich im Stich gelassen fühlen. Und er hat solche Fortschritte gemacht. Er geht gern zu den Anonymen Alkoholikern. Er geht gern zu diesen Treffen.»

«Warum stehen wir hier und reden über die Anonymen Alkoholiker? Was haben die Anonymen Alkoholiker mit unserem Leben zu tun? Daley ...» Er macht einen Schritt weg und klemmt die Lippen zwischen die Zähne.

«Wenn ich fahre, hört er auf, hinzugehen. Das weiß ich einfach.»

«Dann macht er es eben doch nicht für sich.»

«Noch nicht, nicht völlig jedenfalls. Aber das kommt schon, wenn er erst stärker geworden ist.»

«Wie soll er stärker werden, wenn du ihm erlaubst, schwach zu sein? So ist noch kein Mensch stärker geworden. Er muss es aus eigener Kraft schaffen.»

«Im Moment braucht er einfach noch einen Halt. So wie ein gebrochenes Bein eine Schiene braucht. Ich bin seine Schiene.»

«Aber um welchen Preis, Daley? Die Schiene landet zum Schluss auf dem Müll. Und deine Mutter und deine Stiefmutter haben auch jahrelang versucht, Schienen für ihn zu sein, hast du daran schon mal gedacht?»

«Aber sie wollten viel mehr von ihm als ich.»

«Oh, Daley, du willst doch viel, viel mehr, als sie je gewollt haben. Du willst den Vater, den du nie hattest. Du willst, dass er deine ganze kaputte Kindheit heil macht.»

«Es geht hier nicht um mich, sondern um ihn.»

«Natürlich siehst du das so. Du hast es alles wunderbar als großes Opfer getarnt.»

«Jon, auch *unsere* Beziehung kann nur profitieren, wenn mein Verhältnis zu meinem Vater besser wird.»

«Siehst du, genau das meine ich.»

«Ich sag ja bloß, dass es nicht *nur* Nachteile hat.»

«Daley.» Er fasst mich bei den Schultern. Seine Augen sind gerötet und unglücklich. «Du kannst nicht hierbleiben. Für dich steht alles auf dem Spiel. Begreifst du das nicht? Wenn du diese Stelle verlierst, dann ...»

«Dann habe ich eine Stelle verloren. Mehr nicht. Ich werde ein

Mensch sein, der seine Stelle verloren hat.» Auf der anderen Straßenseite ist Mr Emery in seiner Einfahrt erschienen und beobachtet uns. Jonathan merkt es nicht. Ich schüttle seine Hände ab. «Ich habe dieses Zeitfenster, genau hier, genau jetzt, um meinem Vater zu helfen. Es ist das Einzige, das ich je bekommen werde. Und außer mir *kann* ihm niemand helfen.»

«Muss ein tolles Gefühl sein, den lieben Gott zu spielen.»

Warum sagen das alle? «Er ist jetzt schon elf Tage trocken.»

«Ich kenne eine Menge Leute, zu deren Retter ich mich machen könnte, und es wäre nichts als vergebliche Mühe. Das weißt du.»

«Er ist mein *Vater*, Jonathan.»

«Und warum hat dein Vater dich nie interessiert bis jetzt, wo wir zusammenziehen wollen?»

«Bitte vermisch jetzt nicht alles. Mit uns hat das nichts zu tun.»

«Womit denn dann? Bis vor einer Woche gab es nur dich und mich und Kalifornien, und jetzt plötzlich dreht sich alles um dieses gruselige Kaff und diesen verdammten Kasten, den noch die Pilgerväter gebaut haben, mit hauseigenem Patriarchen gleich inklusive.» Er wendet sich ab, zur Treppe und zu seinem Pick-up hin, der auf dem Halbrund darunter geparkt steht. Und dreht sich wieder um. «Hast du Oliver Raskin schon angerufen?»

«Ja.»

«Und er ist einverstanden?»

«Nein.»

«Was soll das heißen?»

«Er vergibt die Stelle anderweitig.»

Irgendwie ist es dieses Detail, das die Sache für ihn real werden lässt. Seine Augen füllen sich mit Tränen. «Wie kannst du dein Leben so sabotieren?»

Julie hat geweint, weil sie sich so für mich freute, und nun weint er um meinen Verlust. Aber ich empfinde sehr wenig. All diese Worte fühlen sich in meinem Mund an wie Pappmaschee. Mr Emery, sehe ich, ist wieder im Haus verschwunden.

Er zwickt sich in den Nasenrücken und schüttelt den Kopf. Dann lacht er. «Ich glaub's nicht.»

«Jonathan.» Die ganze Terrasse liegt nun zwischen uns. «Es hat sich nichts geändert. Ich will mit dir zusammen sein. Ich will mein Leben mit dir verbringen.»

«Nicht genug. Du willst es nicht genug.»

Versteht er denn nicht, dass das nicht meine freie Entscheidung ist? Würde er an meiner Stelle denn nicht genauso handeln? «Was ist los mit dir?» Wut schießt in mir auf. Es ist mir egal, was die Nachbarn hören. «Warum kapierst du das nicht? Warum begreifst du nicht, dass ich das nicht machen *will*, sondern machen *muss*? Ja, wir hatten einen Plan. Und jetzt habe ich den Plan leicht abgeändert. Warum kannst dich damit nicht abfinden?»

«Leicht? Du hast den Plan nicht leicht abgeändert.» Seine Stimme ist tief und klanglos. «Du hast gesagt, du gehst nach Berkeley. Ich bin nicht nach Philadelphia gegangen, um mit dir zusammen sein zu können. Und dann fährst du statt nach Kalifornien plötzlich hierher. Für zwei Tage, hast du gesagt. Und dann hast du gesagt, noch mal sechs Tage. Und jetzt hast du die Stelle hingeschmissen. Wie soll ich darauf vertrauen, dass du überhaupt noch nach Kalifornien kommst?»

«Ich komme ganz bestimmt, Jonathan.»

«Ich glaub dir nicht mehr. Ich weiß, du machst dich gern lustig über mich und meine Planerei, aber ich habe keine *Wahl*. Wenn ich Essen auf dem Tisch und ein Dach überm Kopf haben will, wenn ich je in der Lage sein will, eine Familie zu ernähren, dann geht das nicht ohne Plan. Das ist nicht wie bei dir, wo Entscheidungen keine realen Konsequenzen haben. *Du* kannst einfach alles in Flammen aufgehen lassen, dein Daddy wird schon bezahlen. Aber für mich war das Studium keine bloße Spielerei.»

Ich war acht Jahre lang völlig auf mich gestellt. Mein Stipendium in Michigan war noch kärglicher als seines. Wir waren zusammen arm. Und jetzt plötzlich verdreht er alles. «Weißt du was, Jonathan? Fick dich ins Knie!»

«Fick dich selber ins Knie.» Noch nie habe ich seinen Mund so verkniffen erlebt, so böse.

Er dreht sich um und ist über die Treppenkante verschwunden. So ein erbärmliches Ende. Nicht besser als das Gegifte zwischen meinem Vater und Catherine.

Ich höre den Pick-up anspringen, alt und knatternd, höre die Reifen über den weißen Kies knirschen, und dann Stille, als er den Asphalt erreicht und davonfährt.

Mein Vater kommt weit nach Mittag vom Golfen zurück. Einen Moment lang denke ich, er ist betrunken. Einen Moment lang sehe ich, wie eine Fata Morgana, sein altes Säufergesicht vor mir, diese Schlaffheit um den Mund, Schuldbewusstsein in den gelben Augen. Aber als er näher kommt, als er aufschaut und durch das Küchenfenster meinem Blick begegnet, verwandelt er sich wieder zurück.

«Wir haben keine Gefangenen gemacht», sagt er beim Hereinkommen. Dann mustert er mich scharf. «Was ist los?»

«Nichts.»

«Ganz sicher?»

«Ja. Ich bin bloß müde.»

«Weißt du was? Lass uns heute Abend essen gehen. Du suchst aus.»

17

Der Juli geht dahin.

An den Vormittagen, an denen er nicht Tennis oder Golf spielt, werkelt mein Vater auf dem Grundstück herum. Er mäht mit seinem Aufsitzrasenmäher das Gras, reinigt den Pool, setzt dem Wasser seine Chemikalien zu oder jätet die Beete und fährt die Abfälle weg. Er pusselt in der Garage mit seinen Werkzeugen, sortiert sie um und stapft zwischen Haus, Garage, Schuppen und Poolhaus hin und her, mit einer Geschäftigkeit, die sich mir nicht immer ganz erschließt. Gelegentlich sitzt er mit der Lesebrille auf der Nase an seinem Schreibtisch im Fernsehzimmer und bezahlt Rechnungen. Er scheint die Arbeit nicht im Mindesten zu vermissen. Ich tue ebenfalls geschäftig, obwohl mir nach nichts weniger zumute ist. Trägheit hüllt mich ein wie ein dicker Umhang. Ich führe die Hunde spazieren, am Strand, zum Littleneck Point, in die Stadt zu Neals Laden. Ich habe einen Aufsatz für ein Laienpublikum über Armut und Gemeinschaft in der Sierra Juárez begonnen, der aber nicht recht in Gang kommen will. Über Seite zwei habe ich es noch nicht hinausgeschafft.

Wenn ich nicht aufpasse, schleppt mich mein Vater fast jeden Nachmittag auf den Tennisplatz, also muss ich mir Alternativen ausdenken. Anfang August, als er seine gelbe Dreißig-Tage-Ohne-Medaille in der Tasche hat, fahren wir die halbe Stunde nordwärts zur Fähre nach Hook's Island, die kaum mehr als ein besseres Floß mit abblätterndem grünem Geländer und ein paar Bänken ist. Wir waren beide noch nie auf Hook's Island. Wir stehen am Heck, und mein Vater schaut hinaus auf das kümmerliche weiße Kielwasser, das wir hinter uns herziehen, auf die Hummerreusen und die Handvoll von Motorbooten und Segeljachten näher beim Ufer, auf die Möwen, die laut scheltend immer wieder auf denselben Gischtflecken herabstoßen. Die Luft wird kühler, je weiter wir uns vom Festland entfernen. Der Ozean ist ein Gestrichel von Farben, Blasslila, Taubengrau, Kobalt, Marineblau. Mein Vater sieht hin, aber die Schönheit scheint ihm keinen Kommentar wert zu sein. Ich glaube nicht, dass er das Meer diesen Sommer schon zu Gesicht bekommen hat.

«Meine Mutter hatte mal ein Sommerhaus auf einer Insel gemietet», sagt er. «Erinnert mich an das hier.»

«Ich dachte, ihr seid immer nach Boothbay gefahren.»

«Erst, nachdem sie Hayes geheiratet hatte. Er hatte dieses Haus in Maine.»

«Wo war die Insel?»

«Weiß nicht genau. Duck Island hieß sie, glaube ich. Oder vielleicht Buck Island. Ich war erst fünf oder sechs.»

«Nur ihr beide?»

«Und Nora.»

Durch die Fähre läuft ein Ruck, wir drehen uns zum Bug um, und da liegt schon die Insel, Strand ringsherum und eine kleine Erhebung in der Mitte. Häuser gibt es keine. Das Ganze ist Naturschutzgebiet. Das Boot legt an. Die Augusthitze kehrt zurück.

Die Touristen setzen ihre Rucksäcke auf und warten darauf, dass der Fährmann die Kette löst. Wir lassen einer Familie den Vortritt, vierschrötiger Vater, überschlanke Mutter, zwei Kinder mit Mountainbikes. Sie lächeln uns an. Sie haben erkannt, dass ich eine Tochter bin, die mit ihrem Vater einen Ausflug unternimmt. Es macht mich eine Spur stolz. Ich lächle zurück.

Der beste Strand, hat uns die Frau am Fahrkartenschalter gesagt, liegt auf der anderen Seite der Insel, und wir folgen dem Weg, den sie uns beschrieben hat, durch den Wald. Es ist dämmrig und kühl, der Boden sandig.

«Wir hatten dieses Spiel mit einem weißen Taschentuch», sagt mein Vater. «Es hat fast nur geregnet. Neben dem Kamin stand ein kleiner Kasten mit Anmachholz, und ich habe das Tuch jedes Mal in diesem Kasten versteckt. Jedes Mal. Weil es meine Mutter zum Lachen gebracht hat. Ich glaube, es war in Kanada», sagt er.

Prince Edward Island? Campobello? Aber ich will keine Frage auf das Wo verschwenden. Also sage ich nichts. Ob es die Gespräche bei seinen Meetings sind, die diese Erinnerungen ans Licht holen? Ich stelle keine Fragen zu den Treffen; ich weiß nicht, ob er einen Sponsor hat oder ob er allein die Zwölf Schritte macht.

«Nora ist krank geworden und lag im Bett. Was hieß, dass meine Mutter mit mir spielen musste.»

Durch eine Schneise zwischen den Bäumen kann ich die Dünenkämme sehen, einander überlappend, vom Wind zu scharfen Zacken geweht.

«Von klein auf habe ich mir anhören dürfen, wie gescheit sie war und was für einen großartigen Preis sie am Smith College bekommen hatte und wie sie schon als Studentin für die *New York Times* über ihre Ägyptenreise berichtet hat. Aber weißt du, was ich die meiste Zeit über gesehen habe? Eine Frau, die im Sessel saß und vor sich hin starrte. Auch schon vor dem Tod meines Vaters. Manchmal hat sie sich vielleicht noch beschwert, dass ihr Steak zu durch war oder dass ihr Glas Flecken hatte oder dass ich zu viel Lärm machte. Aber das war's auch schon.»

«Sie klingt verbittert.»

«Sie war auch verbittert. Aber warum? Sie hat ein bequemes Leben geführt. Ihre Eltern hatten ihr ein schönes Auskommen hinterlassen.»

«Vielleicht wollte sie kein bequemes Leben. Vielleicht wollte sie ein Leben voller Herausforderungen. Du als gescheite Frau in Dover, Massachusetts, im Jahr 1930 hättest dir wahrscheinlich die Kugel gegeben.»

Zwischen zwei hohen Dünen steigen wir bergan. Der Ozean ist dunkler hier drüben, wo der Blick direkt nach Osten geht, die Brandung dramatischer. Ich habe gelesen, dass der Horizont auf Meereshöhe immer nur dreieinhalb Meilen entfernt ist, aber von hier oben scheint das undenkbar. Die schiere Ausdehnung verschlägt mir den

Atem in ihrer weiten, leeren Bläue. Nachdem wir dieses erste Mal in meinem Auto miteinander geschlafen hatten, saßen Jonathan und ich an dem schmalen Kiesstrand und debattierten darüber, was genau den Reiz großer Wasserflächen ausmacht. Für mich war es die Farbe, und für ihn war es der Raum – die Tatsache, dass niemand ihn pflastern oder zubauen oder Teile davon verkaufen kann. Es sei einfach diese ungeheure Erleichterung fürs Auge, sagte er. Aber für mich steckt mehr dahinter. Ich habe das Gefühl, dass das Wasser zu mir spricht, dass es etwas von mir fordert, auch wenn ich nicht sagen kann, was.

«Warum machst du das immer?»

«Was?»

«Was du gerade mit meiner Mutter gemacht hast?»

«Was habe ich denn mit ihr gemacht?»

«Alles darauf zurückführen, dass sie eine Frau war. Das ist wie die Geschichte mit diesem Jungen in Garveys Klasse, David Stevens, erinnerst du dich? Wahrscheinlich nicht. Er war nicht lange da. Kam in der Fünften, und dann, in der Siebten, hat er bei einer Klassenarbeit gemogelt und wurde verwarnt, und als er's beim nächsten Mal wieder gemacht hat, ist er von der Schule geflogen. Die Eltern haben einen Riesenwirbel veranstaltet und behauptet, er wäre deshalb geflogen, weil er Jude war. Dabei wusste gar niemand, dass er Jude war. Er hieß Stevens, Himmelherrgott. Aber für sie war das der Grund. Armer Kerl – hat nie die Chance bekommen, für seinen Fehler geradezustehen.»

Ich erinnere mich dunkel, dass an der Sache noch mehr war, dass zwei Schüler gemogelt hatten und der andere nur vorübergehend relegiert worden war. Aber ich habe keine Lust, über die internen Querelen der Ashing Academy zu diskutieren. «Deiner Meinung nach soll ich also lieber sagen: *Wow, deine Mutter hatte echt ein Rad ab*, als zu überlegen, warum sie unglücklich gewesen sein könnte?»

«Die Mutter von Don Finch war Richterin am Berufungsgericht. Die von Shep Holliston war Ärztin.»

«Das waren Ausnahmen.»

«Dann muss man eben die Ausnahme sein. Das Leben ist nun mal nicht fair. Es ist nicht fair zu dir, und es ist nicht fair zu mir. Aber wenn du mir jetzt sagst, ihr Leben war furchtbar, weil sie eine reiche Frau Anfang des zwanzigsten Jahrhunderts war, breche ich deshalb nicht in Tränen aus. Deine Generation scheint zu glauben, wir Männer hätten die Frauen zwangsgeheiratet und in der Küche eingesperrt. Aber das Gegenteil stimmt. *Wir* sind diejenigen, die zur Ehe gezwungen wurden!»

«Jetzt hör aber auf, Dad.»

«Doch, wirklich. Wenn man ein anständiges Mädchen ins Bett kriegen wollte.»

«Ein Mädchen aus gutem Haus.»

«Daran ist ja wohl nichts verkehrt.»

«Das man mit in den Club nehmen konnte.»

Wir sind die Dünen hinuntergerutscht, und nun gehen wir am Strand entlang und halten nach einem Platz für unser Picknick Ausschau.

«Mich stört einfach dieses Gejammer, das deine Generation wegen allem und jedem anstimmt.» Er lacht. «Wie diese Schwarze, die letztes Jahr gegen den Richter ausgesagt hat.»

«Anita Hill.»

«Anita Hill! Was für ein Herzchen. Da hätte sie einem der Ihrigen dazu verhelfen können, Richter am Supreme Court zu werden, und was macht sie? Wirft ihm einen Knüppel zwischen die Beine. Taucht aus dem Nichts auf und demontiert ihn. Ich meine, glaubst du ernsthaft, so ein wichtiger Mann, jemand, der schon sein Leben lang auf diese Sache hinarbeitet, hat nichts Besseres zu tun, als über ein Schamhaar auf einer Coladose zu reden? Und wenn er es aus irgendeinem Grund doch tut, was würdest du machen?»

«Ich habe keine Ahnung.»

«Ich hoffe, ich hoffe inständig, dass du einfach mit deiner Arbeit weitermachen würdest.»

«Dad, Anita Hill ist nicht aus dem Nichts aufgetaucht. Wenn Richter für den Supreme Court nominiert werden, müssen sie Referenzen beibringen wie jeder andere auch, Leute, die mit ihnen zusammengearbeitet haben und die Fragen zu ihrem Charakter beantworten können. Also hat sie gesagt, was sie wusste. Jeder konnte sehen, dass es ihr keinen Spaß gemacht hat. Aber sie hatte die Courage, den Mund aufzumachen und der Kommission zu sagen, dass er seine Machtposition durchgängig dazu missbraucht hat, sie zu beleidigen und mit herabwürdigenden sexistischen Reden zu bombardieren.»

«Worte haben noch keinen umgebracht.»

«Worte können sehr wohl verletzen, Dad.»

«In der Arbeitswelt ist der Ton nun mal ruppig. Wenn die Frauen damit nicht umgehen können, müssen sie daheimbleiben.»

«Tut mir leid. So leicht lassen wir uns nicht aus der Arbeitswelt vertreiben. Die Frauen waren lange genug zu Hause versklavt.»

«Was für große Worte. Bist du neuerdings eine Sklavin? Wurdest du je in Ketten gehalten?»

«Nicht in …»

«Antworte einfach auf meine Frage. Trägst du Ketten?»

«Nein.»

«Darfst du deine Meinung frei äußern? Darfst du für den Kandidaten deiner Wahl stimmen, darfst du die Laufbahn einschlagen, die du möchtest? Wurden dir im Studium Steine in den Weg gelegt, weil du eine Frau bist? Bist du bei dieser Professur übergangen worden, weil du eine Frau bist?»

«Nein, wir haben natürlich Fortschritte erzielt, aber …»

«Na also.» Er bleibt stehen. «Was ist in dem Picknickkorb?»

Wir essen alles, was ich eingepackt habe: Hühnchen-Sandwiches, Kartoffelchips, aufgeschnittene Wassermelone.

«Ich sag dir was, Daley. Alle reden heutzutage von Vorteilen und Privilegien. Die allein machen es aber nicht. Weißt du, wer alle Vorteile und Privilegien hatte, die ich mir nur vorstellen kann?»

Ich weiß es, aber ich schüttle den Kopf.

«Garvey. Alles hat er gehabt. Gute Schulen, gute Erziehung, gutes Was-weiß-ich-noch-Alles, und schau ihn dir an.»

«Ich möchte nicht über Garvey sprechen.»

«Ich sag ja auch nur, dass der Bursche von Glück reden kann, wenn er irgendwann den Rotariern beitreten darf.»

«An Garvey ist absolut nichts auszusetzen, und im Prinzip weißt du das selbst. Es ist traurig, dass du eine so starre Vorstellung davon hast, wie er zu sein hat.»

Mein Vater sitzt auf seinem Handtuch, die knochigen Knie fast bis zu den Schultern gezogen, und lässt Sand auf ein Stück Zellophanfolie rieseln. Eine Familie ganz in der Nähe ist beim Schwimmen, und die Möwen picken an ihrer offenen Packung Salzcräcker herum. «Weißt du», sagt er, «als Garvey in der Vierten war, hat er den ersten Preis für eine Kurzgeschichte gewonnen. Deine Mutter und ich sind zu der Verleihung gegangen, und sämtliche Preisträger haben ihre Geschichten vorgelesen, und als Letzter kommt Garvey. Seine Krawatte sitzt schief, das Hemd hängt ihm aus der Hose, und er liest die langweiligste, ödeste Geschichte, die du dir überhaupt nur denken kannst, über irgendwelche Leute auf einer Cocktailparty. Jemand hat eine Flasche Gin rumgehen lassen, das war meine Rettung.»

«Was ist in der Geschichte passiert?»

«Nichts! Ich konnte ums Verrecken nicht begreifen, wie er dafür den ersten Preis kriegen konnte!»

«Wie fand Mom sie?»

«Ach, für sie war Garvey doch sowieso ein Halbgott. Für sie konnte er doch rein gar nichts verkehrt machen.»

Ich lächle. Sie hat wahrscheinlich verstanden, dass die Geschichte eine Satire war.

«Warst du gern in St. Paul's, Dad?»

«Eigentlich schon, doch. Nur die Frömmelei ging mir auf den Wecker. Alle fünf Minuten irgendeine Andacht.»

«Triffst du noch manchmal Leute von damals?»

«Nein. Die sind alle nach New York gegangen oder sonst wohin.

Mit meinem Tennistrainer hatte ich noch eine Zeit lang Kontakt. Ich hatte ihn auch in Geschichte, wobei ich da nie sonderlich gut war. Aber mit dem war ich befreundet. Ein ganz junger Mann war das noch. Aber dann haben wir uns einmal in Boston getroffen, und das war's für mich.»

«Wie meinst du das?» Ich vermute einen Annäherungsversuch, eine verstohlene Hand auf Dads Schenkel.

«Er hat angerufen und mich in ein teures französisches Restaurant bestellt, und als es ans Zahlen ging, hat er keinen Finger gerührt. Hundert Dollar für zwei Leute, das war damals verdammt viel Geld. Er ruft mich an, wählt das Restaurant aus und lässt mich dann für den Spaß blechen. Ich hab nie wieder ein Wort mit ihm geredet. Auch wenn er ansonsten ein netter Kerl war. Großartiger Tennisspieler. Aber das war eine echt miese Tour.»

Wie offen er spricht. Ich habe das Gefühl, ihn alles fragen zu können. «Hat deine Mutter getrunken?»

Er nickt. «Nora war auf der Insel ja eine Woche lang krank, aber sie musste trotzdem jeden Abend aufstehen und meine Mutter ins Bett bringen.»

«Meinst du, sie hat angefangen, als dein Vater starb?»

«Keine Ahnung. Aber es wurde auf jeden Fall nicht besser, als sie Hayes geheiratet hat.»

«War er auch Trinker?»

«Ich glaube schon. Aber bei ihm merkte man es nicht so. Er war ziemlich massig, weißt du. Ich war eine halbe Portion gegen ihn.»

«Hat er dich geschlagen?»

«Nein, er hat mich nie geschlagen.» Das *mich* scheint mir ganz leicht betont.

«Deine Mutter?»

«Ich glaube schon.»

«Ach, Dad.»

«Tja.» Er bohrt das Zellophan tief in den Sand, buddelt es ein. «Jetzt sind sie alle tot, und ich mach drei Kreuze.»

Damit legt er sich hin, das Gesicht von der Sonne weggewendet, seine Hand zuckt zweimal, und er ist eingeschlafen. Ich gehe vor zum Wasser. Der Sand ist locker und kalt, und der Ausläufer einer Welle strudelt um meine Knöchel, saugt im Zurückströmen allen Sand unter meinen Füßen weg und lässt nur einen schmalen Streifen in der Mitte. Im Freien fühle ich mich Jonathan gleich so viel näher. Wir würden zusammen hier stehen und dieses Ziehen an unseren Sohlen spüren, den scharfen, kippligen Grat, der sich unter jedem Fuß bildet. Als ich mich umdrehe, um zum Handtuch zurückzukehren, ist mir, als würden sich seine Finger um meinen Arm legen. Warte, sagt seine Stimme, einmal noch. Warum bin ich mit ihm nicht zum Ruby Beach gegangen? Warum habe mich mit ihm keinen Spaziergang gemacht? Ich hatte die Leinen doch schon in der Hand. Wir hätten den Hunden zugeschaut, wie sie in ihrer Wolke aus Sand zum Wasser vorpreschen. Wir hätten anders miteinander geredet. Wir hätten keine so grausamen Dinge gesagt. Wenn ich an unseren Austausch von Fickdichs denke, schießt durch meinen Magen ein Brennen, als würde eine Flamme angezündet.

Ich liege auf dem Handtuch und lese *Das Engelstor*. Ich tupfe Sonnencreme auf die Nase meines Vaters, die mir gerötet vorkommt, und er wacht kaum auf, murmelt nur «danke» und döst wieder ein. Schließlich lege ich mein Buch weg und versuche auch zu schlafen.

Aber es geht nicht. Seit Jonathan da war, findet mein Hirn nicht mehr zur Ruhe. Es ist in stetigem Aufruhr. Ununterbrochen zieht es meine Gedanken zu der Szene auf der Terrasse, die sich in meinem Kopf immer neu abspult, und dann noch weiter zurück. Wieder und wieder durchlebe ich alles, was war, als ließe sich dadurch der Ausgang ändern. Wir liegen auf seinem Bett, und es ist meine erste Nacht bei ihm. Stundenlang haben wir geredet und uns berührt. Jetzt ist es drei Uhr früh, sein Kopf ruht auf meinem Bauch, und er streicht mit den Fingerrücken an der Innenseite meines Arms entlang. Er erzählt mir von der Wicker Street.

«Ich fiel aus allen Wolken, als ich zum ersten Mal jemanden von dem ‹Sozialbau in der Wicker Street› reden hörte. In Sozialbauten wohnten andere Leute, aber doch wir nicht.» In der vierten Klasse wurden sie mit dem Bus zu einer weißen Schule gekarrt, die eine halbe Stunde entfernt lag – Integrationsförderung. Um vom Bus ins Schulgebäude zu gelangen, mussten sie durch ein Spalier von weißen Eltern laufen, die alle «Nigger, haut ab!» skandierten. «Wir wären liebend gern abgehauen, das kannst du mir glauben.» Köpfe runter und einfach weitergehen, befahlen ihnen ihre Eltern. Sie verbargen die Fäuste in den Taschen. «Es gibt ein Foto davon, das meine Mutter aus der Zeitung ausgeschnitten hat. Wenn du ganz genau hinschaust, siehst du den Umriss des Stinkefingers, den mein Freund Jeff ihnen heimlich hinstreckt.» Wenn sie das Gebäude einmal erreicht hatten, war das Schlimmste überstanden. Die Eltern waren das größte Hindernis. Sein erster weißer Freund war ein Junge namens Henry. Henry hatte eine Katze, und jedes Mal, wenn sie zu Henry kamen, lag diese Katze auf dem Sofa zusammengerollt, und Henry strich ihr über den Kopf, und dann strich auch Jonathan ihr über den Kopf, und die Katze sprang einen Meter hoch in die Luft.

Das schlimmste Schimpfwort, mit dem einer seiner großen Brüder ihn belegen konnte, erzählte er mir, war *weiß*. «Sie sahen mich mit meinen Freunden spielen und behaupteten, wir würden ‹weiß› spielen. Die braunen Schuhe, die meine Mutter mir kaufte, waren ‹weiß›. Die Art, wie ich mir das Hemd auszog, war ‹weiß›. Und dann gab meine Mutter mir eine Kopfnuss und sagte, du benimmst dich wie ein Nigger.»

Als seine Mutter ihre Schwesternausbildung abschloss, zogen sie in ein eigenes Haus. Hinter dem Haus war ein Stück Garten mit einem einzelnen Baum. «Ich weiß noch, wie ich an einem unserer ersten Abende dort im Gras saß und hinaufsah zu diesem Baum, so ein schlankes kleines Bäumchen mit glatter Rinde, und plötzlich den Eindruck hatte, dass wir uns mochten, das Bäumchen und ich. Und mir ging auf, dass es dem Baum gleichgültig war, ob ich schwarz oder weiß war. Absolut gleichgültig. Es spielte keinerlei Rolle für den

Baum. Und ein paar Sekunden lang überkam mich ein Gefühl, als würde ich schweben. Ich glaube, das war das erste und vielleicht auch das letzte Mal, dass ich mich frei gefühlt habe, ganz und gar frei.»

«Vom Schwarz-Sein?», fragte ich.

«Davon, irgendetwas zu sein außer ich selbst.»

«Hau ab, du Scheißvieh. Hau verflucht noch mal ab!» Mein Vater schlägt nach einer Möwe. Sie ist außer Reichweite gehüpft, beäugt aber mit unverminderter Gier das Eckchen Zellophan, das aus dem Sand hervorlugt. «Dann nimm's in drei Teufels Namen.» Aber als er es ihr hinwirft, hat die Möwe das Interesse verloren. «Wer nicht will, der hat schon.» Er setzt sich auf. «Packen wir's, komm.»

Ich habe gedacht, dass wir die Vier-Uhr-Fähre schaffen, aber wir sind noch im Wald, als wir sie ablegen hören.

«So eine verdammte Scheiße!», stößt mein Vater hervor, Fäuste geballt.

«Sie kommt ja gleich wieder zurück. Sie geht alle halbe Stunde.»

Er stiert mich an, als hätte ich das aus purer Bosheit so eingefädelt. Er ist ein kleiner Junge, der zu lange Mittagsschlaf gehalten hat und jetzt der ganzen Welt grollt.

«Atme ein paarmal tief durch, Dad.»

«Und du leg dich gehackt. Mann, ich brauch einen Drink!»

«Sehr lustig.» Aber es war von ihm nicht als Witz gemeint. Er hatte es vergessen. Ich kann zuschauen, wie ihm die Zornesröte ins Gesicht steigt.

«Ich sag dir was, Daley.» Day-*lee*.

Ehe er weiterreden kann, sage ich: «Ich will es nicht hören. Behalt´s für dich. Du hast eine Stinklaune, und ich hab auch eine Stinklaune, also schauen wir einfach, dass wir auf diese Fähre kommen und heimfahren.»

«Ich geh heute nicht zu diesem Scheiß-Meeting!»

Darauf warte ich seit einer ganzen Weile. Ich habe mir meine stoische Antwort bereits zurechtgelegt. «Auch gut.»

«Mir hängen diese Leute und ihr Geseier dermaßen zum Hals raus. Ich hab nichts mit denen gemeinsam. Gar nichts.»

«Außer dass du einen Drink willst.»

Um Viertel vor sieben ruft er zu meinem Zimmer herauf. Als ich in die Küche komme, ist er geduscht und umgezogen und steht schon an der Tür.

18

Als ich klein war, dachte sich mein Vater am laufenden Band Überraschungen aus. Bei Essenseinladungen konnte es passieren, dass er plötzlich nach oben verschwand und in einer Marie-Antoinette-Perücke oder der Unterwäsche meiner Mutter wiederkam. Einmal hatte er an seinem Geburtstag für uns alle Geschenke gekauft. Zu Weihnachten gab es grundsätzlich Dinge, mit denen wir nicht rechneten: ein Kätzchen, ein Schlagzeug, ein neues Auto in der Garage. Aber wehe, jemand verdarb ihm die Überraschung. Die Tischtennisplatte, die Garvey zwei Tage vor seinem Geburtstag im Schuppen entdeckte, bekam er nie, und als Mr Timmons meiner Mutter viel Spaß auf Hawaii wünschte – Dads Überraschung für sie zum fünfzehnten Hochzeitstag –, redete mein Vater ab da kein Wort mehr mit ihm. Von ihrem abrupten Abgang abgesehen, hielten weder meine Mutter noch Catherine viel Überraschendes für ihn bereit, und seine unglückliche Mutter oder auch Nora, die lieb war, aber nicht eben erfinderisch, hatten, was das anging, schwerlich mehr zu bieten. Also beschließe ich, für meinen Vater am 29. August, der sowohl sein Geburtstag als auch der sechzigste Tag seiner Abstinenz ist, eine Überraschungsparty zu geben.

Ich gehe bei Neal vorbei, um ihn zu fragen, ob er einen guten Partyservice kennt. Er gibt mir die Nummer einer Frau namens Philomena. Sein Geschäft ist leer, deshalb setzen wir uns auf die Türstufe. Die Stadt liegt heute Morgen in einem Nebel, der so feucht und brackig ist, dass das Einatmen Mühe macht, als wäre die Luft mit gemörsertem Salz und Seetang versetzt. Auch ohne die Sonne ist es schon heiß. Neal trägt kurze Hosen, ein ungewohnter Anblick, der ihn selbst zu irritieren scheint, denn er deckt immer wieder die Hände über die blassen Knie. Sein Haar lockt sich über den Ohren zu dichten Ringeln.

«Woher kennst du sie?»

Das würde zu Neal passen: eine Freundin, die Philomena heißt.

«Ach, über die Verblichene.»

«Über *wen*?»

Er betrachtet seine Hände. «Ein Mädchen, das ich mal kannte.»

«Aber das nicht wirklich gestorben ist?»

«Nur für mich.»

«Schlimme Trennung?»

Er nickt. Ich warte ab, ob noch mehr kommt.

«Hast du das schon mal erlebt, dass dein Herz in Stücke zerbricht?», fragt er.

«Ja.»

«Ich meine, *richtig* zerbricht. Alle laufen ja rum und erzählen von ihren gebrochenen Herzen, aber damit meinen sie, dass sie zweimal mit einem Typen aus waren und ihn ganz toll fanden, aber dann hat er nie mehr angerufen. Oder sie sind wie mein Bruder, der zwei Jahre mit dieser Schreckschraube zusammen war und in einer Tour nur über sie gelästert hat, und dann ging sie mit einem anderen ins Bett, und sein Herz war gebrochen. Und Dienstag drauf hatte er schon die Nächste. So was meine ich nicht.»

«Du meinst, die Art, wo du jeden Morgen aufwachst und dich fühlst wie von einem Panzer überrollt und nicht normal atmen kannst?»

Neal schließt die Augen. «Genau die.»

Wir sitzen da. Autos fahren vorbei. Im Schaufenster liegt jetzt Simone de Beauvoirs *Das andere Geschlecht* aus. Ich habe es letzten Winter zum ersten Mal gelesen. Eines Morgens saß ich damit auf Jonathans Couch, während er die Wohnung saugte. Er ist viel ordentlicher als ich. Ich hatte noch nie einen eigenen Staubsauger. «In mir siehst du das dritte Geschlecht», sagte er, als er an mir vorbeikam. «Aber über mich scheint keiner ein Buch schreiben zu wollen.»

«Was ist bei dir passiert?», fragt Neal.

«Stelle weg, Freund weg. Frist leider nicht verlängerbar.»

«Er kommt bestimmt wieder zur Vernunft.»

«Ich glaub's nicht mehr. Dann hätte ich längst von ihm gehört.» Ich fahre immer noch zusammen, wenn das Telefon klingelt, laufe immer noch mit klopfendem Herzen zum Briefkasten. Ich habe die Auskunft angerufen, aber in der Paloma Street gibt es keinen Eintrag für ihn, und in der restlichen Bay Area auch nicht.

«Wie heißt er?»

«Jonathan.» Die Silben stellen sich mir in der Kehle quer. Ich muss das Thema wechseln. «Und die Verblichene?»

Er schüttelt den Kopf. «Ich sage ihren Namen nicht mehr.»

«Was ist bei euch passiert?»

«Das führt jetzt zu weit.»

«Ich hab Zeit.»

«Aber ich nicht.»

«Wenigstens die Eckdaten.»

«Beginn erstes Collegejahr, Ende sechs Jahre später in einem Möbelladen in der Chestnut Hill Mall.»

Ich setze mich vor dem Türstock zurecht. «Ach, komm. Noch ein paar mehr Details.»

«Lehn dich nicht so zurück, als würde jetzt die Märchenstunde losgehen. Das macht ihr Mädchen immer – alles versucht ihr, aus einem rauszuquetschen.»

«Nein, das machen *Mädchen* keineswegs immer. Und *Frauen* – das sind Personen weiblichen Geschlechts von achtzehn aufwärts – genauso wenig. Ich interessiere mich dafür, weil ich zufällig Ethnologin bin. Beziehungsweise war. Also, was ist in dem Möbelladen passiert?»

«Wir wollten zusammenziehen. Hier.» Er zeigt nach oben. «Ich wollte nicht die Hälfte von dem Bett bezahlen, das wir ausgesucht hatten. Nicht wegen dem Geld, ich dachte nur, lieber eine klare Linie – sie kauft das Bett, ich die Couch. Nur für alle Fälle. Und für sie war das gleich ein Beweis für mangelndes Vertrauen und mangelnde Bindungsbereitschaft.»

«Was es ja wahrscheinlich auch war.»

«Ja. Ich hatte inzwischen ein paar Jährchen Zeit, mir die Szene zigtausendmal vorzuspielen, und es war haargenau das.»

«Wo ist sie jetzt?»

«Ich bin mir nicht sicher. Vielleicht in Vermont. So, jetzt bist du dran. Erzähl mir was von Jonathan.»

Ich wollte, ich hätte ihm den Namen nicht gesagt. Es ist ein Gefühl, als hätte ich ihm ein geladenes Gewehr in die Hand gedrückt.

Er stützt die Ellbogen nach hinten.

«Mach's dir nicht zu gemütlich.»

Er lacht. «Erzähl einfach.»

Aber es gibt noch keine Geschichte zu erzählen. Es gibt nur diesen pochenden, brennenden Knoten in mir.

«Hey, ist ja gut», sagt er und stupst mich ganz leicht mit der Schulter.

Eine Frau und ihre Tochter kommen mit einer langen Leseliste für den Sommer die Stufen herauf. «Wir sind etwas spät dran, aber sie liest sehr schnell», sagt die Frau, als sie Neal die Liste reicht.

«Ashing Academy», sagt er und winkt mir mit dem Blatt zu.

«Renaissance-Pokal 1978», sage ich zu ihnen und zeige auf Neal, der schon durch die Tür tritt.

«Tatsächlich?», sagt die Mutter beeindruckt.

Er zielt mit dem Finger auf mich. «Mach das noch einmal, und du kriegst Ladenverbot.» Und dann wird er ganz sachlich und sucht ihnen die Bücher heraus, und ich scheuche die Hunde aus ihrem Mittagsschlaf auf, und wir gehen heim.

Ich versende Einladungen an Dads engste Freunde, diejenigen, die sich nicht auf Catherines Seite geschlagen haben, diejenigen, von denen er mehr oder weniger freundlich spricht. Ich kaufe Petroleumfackeln und bunkere sie in Neals Lager. Im Secondhandladen treffe ich die Frau mit den Fransenhaaren, die so oft zu spät zu den AA-Treffen kommt. Sie erzählt mir, dass sie Patricia heißt und dass sie sich freut, meinen Vater kennengelernt zu haben, also lade ich sie gleich mit ein.

Wenn ich meinem Vater für die nächsten zwei Wochen die Ohren amputieren könnte, ich würde es tun. Ich stehe Todesängste aus, dass jemand sich verplappert. Wenn wir zusammen in der Stadt sind, würde ich am liebsten jedem vorbeugend an die Gurgel gehen, den ich im Verdacht habe, nicht dichtzuhalten. Sooft er vom Baumarkt oder vom Müllplatz oder von einem seiner Meetings zurückkommt, wappne ich mich dafür, rüde mitgeteilt zu bekommen, dass ich mir meine blödsinnige Überraschungsparty abschminken kann. Und als ich ihn schließlich beiläufig frage, wie er seinen Geburtstag feiern möchte, sagt er: «Gar nicht. Ich hasse Geburtstage.»

Ich verspreche ihm, dass wir uns einen ruhigen Abend daheim machen werden, nur wir und die Hunde. Und als der Tag da ist, sage ich ihm, dass ich uns etwas Besonderes kochen will und er deshalb heute allein zu seinem Treffen fahren muss. Es ist das erste Mal, dass ich ihn nicht hinbringe, aber ich habe kein schlechtes Gefühl dabei. Die Zeit ist reif dafür, scheint mir. Sobald er weg ist, rückt Philomena mit ihren Helfern an, und in aller Eile bauen wir auf dem Rasen neben dem Pool Tische und Stühle auf. Mrs Bridgeton kommt früher; sie hat mehrere große Hortensientöpfe dabei, die sie rund um den Pool aufstellt, und hilft mir, die Tische mit Blumen und Kerzen zu dekorieren.

«Ich seh dich noch vor mir, wie du bei den Partys deiner Mutter in deinem flauschigen Bademäntelchen die Horsd'œuvres herumgereicht hast. Du warst so ein kleines Prinzesschen. Und jetzt stehst du hier und organisierst selbst eine Party!»

Die blassblauen Hortensien sehen wunderschön aus. Genau so hätte meine Mutter es auch gemacht.

Neal hat es übernommen, meinen Vater vor der Kirche abzufangen. Ich habe ihm aufgetragen, ihn auf den Home Steal von Billy Hatcher, dem Outfielder der Red Sox, anzusprechen. Das sollte meinen Vater ein Weilchen bei der Stange halten. Das Spiel ist schon einige Wochen her, aber er durchlebt den Moment immer wieder von Neuem.

Ab halb acht finden sich die alten Freunde meines Vaters um den Pool ein. Ich habe sie gebeten, in ausreichendem Abstand zu unserer Auffahrt zu parken, darum kommen sie zu Fuß an. Sie kommen sommerlich gekleidet, leichte, bunt bedruckte Baumwollstoffe. Sie sind eine reinliche, gepflegte Generation. Sie duften nach Blumen und Rasierwasser und Drinks. In der Einladung habe ich sie gewarnt, dass es keinen Alkohol geben wird, deshalb haben sie reichlich vorgetankt.

Mrs Keck bemächtigt sich meiner Hände und lässt nicht mehr los. Sie ist viel zarter, als ich sie in Erinnerung habe. «Es ist ganz wunderbar, was du da für deinen Dad tust.» Ihr Kopf wackelt. Parkinson. Sie schaut auf die weiß gedeckten Tische, die Vasen mit Rittersporn, die durch die Dämmerung leuchtenden Fackeln. «Ganz, ganz wunderbar.»

Und dann klingelt im Poolhaus das Telefon. Das kann nur eines bedeuten. Neal hat meinen Vater nicht getroffen. Er hat das Meeting geschwänzt. Ich hebe ab.

«Der Adler hat seinen Horst verlassen.» Ich kann ihn lächeln hören. Und dann legt er auf.

Ich habe Angst. Meine Hände sind fast völlig taub. Das Auto meines Vaters biegt in die Auffahrt ein. Ich sehe es durch die Bäume, sehe es langsamer werden, als er die Kurve nimmt und den Pool mit den Tischen und Fackeln erblickt. Er hält vor dem Poolhaus. Sein Fenster ist heruntergekurbelt.

«Was zum Teufel macht ihr alle hier?»

«Überraschung!», rufen die Gäste wie aus einem Mund, obwohl das nicht abgesprochen war.

«O Gott!», sagt er und fährt in die Garage.

Als er über den Rasen kommt, rufen wieder alle: «Überraschung», und er schüttelt den Kopf. Einer nach dem anderen begrüßt ihn. Er ist rot im Gesicht. Ich kann nicht einschätzen, ob sein Lächeln gespielt oder echt ist. Eine von Philomenas Helferinnen nähert sich ihm mit einem Teller mit Lachshäppchen, und er nimmt eins und dankt mit einem Nicken.

«Wo ist Daley?», fragt er mit vollem Mund. «Daley, komm mal her!» Aber er kommt schon selber und zeigt mit dem Finger auf mich. «Warst du das? Hast du das alles geplant?»

Ich nicke.

«Aber als ich gefahren bin, hast du gesagt …»

«Ich weiß. Das ist eine Überraschungsparty, Dad. Da muss man ein bisschen lügen.»

«Aber vorhin war doch überhaupt noch nichts da. Und wer sind diese Leute mit den Schürzen?»

«Partyservice.»

«Partyservice.» Er spricht das Wort aus, als hätte er im Lauf seines Lebens nicht Tausende solcher Partys besucht. «Ich glaub's nicht.» Er dreht sich um und schaut über die festlich geschmückten Tische. Ein Kellner schenkt die Wassergläser voll. «Und alle bleiben zum Essen?»

Wieder nicke ich. «Prime-Rib-Steak», sage ich, weil ich weiß, dass er das wissen will.

«Genau wie am Sonntagabend im Club.»

Er scheint leicht unter Schock zu stehen. Immer neue Leute kommen und reden mit ihm, er wird auf dem Rasen herumgereicht. Er macht brav Konversation, wirft dabei aber Blicke um sich, als hätte es ihn in eine völlig fremde Welt verschlagen. Meine Mutter hat zig solcher Einladungen ausgerichtet, Benefizveranstaltungen für so viele Kandidaten, so viele gute Zwecke.

«Ich hol dir was zu trinken, Dad. Und dann essen wir.»

Wir haben den Tisch mit den Säften und dem Mineralwasser hinten beim Sprungbrett aufgebaut. Er steht zu weit weg, und nicht viele haben hingefunden. Die Gläser stehen in ordentlichen Reihen, die Flaschen sind voll. Ich habe keine Ahnung, was mein Vater empfindet, also weiß ich auch nicht, was ich empfinden soll. Ich gieße ein Glas ein und traue mich kaum, mich wieder umzudrehen.

«Das mit Billy Hatcher war echt ein guter Tipp. Hat ihn richtig in Fahrt gebracht.»

Es berührt mich noch immer seltsam, Neals Stimme wieder zu hören. Wie kommt es, dass Klänge aus meiner Vergangenheit etwas Beruhigendes für mich haben, obwohl doch die Vergangenheit selbst so gar nicht beruhigend war?

Ich lächle und beobachte über seine Schulter hinweg meinen Vater.

«Entspann dich ein bisschen», sagt Neal. «Es läuft alles.»

«Aber ich weiß nicht, ob er sich wohlfühlt.»

«Das ist jetzt auch nicht der Punkt. Du hast etwas Liebes für ihn getan. Auf seine Reaktion hast du keinen Einfluss.»

«Wahrscheinlich hast du recht.»

«Hier, trink eine Cranberry-Schorle.» Er reicht mir ein Glas und stößt mit seinem dagegen. «Prost.» Ich frage mich, ob Neal wohl trinkt, ob er sich jeden Abend in seiner kleinen Bude über dem Laden die Kante gibt. Ich frage mich, ob auch er seinen Drink vorweg intus hat.

Unter den Freunden, die ich hatte, waren – nicht überraschend vielleicht – immer wieder Alkoholiker. Der Letzte war ein Engländer, der seine Sucht eine Weile meisterlich verbarg, um sie dann, als er mich glücklich am Haken hatte, vorzuführen, als sei sie ein Grund zum Stolz. Er war klug, sexy und dauergeil, egal, mit wie viel Promille. Ich hatte schnelle, intensive Orgasmen, wenn er betrunken war. Und dann schlug er mich, auf einer Party. Es war kein fester Schlag, er hinterließ nicht einmal eine verräterische Rötung auf meinem Gesicht. Danach lernte ich es, auch die ganz Ausgebufften zu durchschauen. Dan war einer, und ich merkte es, noch bevor ich ihn einen Tropfen hatte trinken sehen, merkte es in der Sekunde, in der er aufs Lenkrad einzudreschen begann. Jonathan und ich mochten den Geschmack von Rotwein, aber nicht das Gefühl, betrunken oder auch nur beschwipst zu sein; eine offene Flasche hielt sich bei ihm in der Wohnung manchmal über Wochen. Trinken war etwas, an das wir beide nur selten dachten.

«Ich muss ihm sein Glas bringen. Und da ist Patricia.» Ich schenke noch eine Cranberry-Schorle ein und bringe eine meinem Vater und eine Patricia, die am Rand des Rasens steht. Ich führe sie zu den anderen, um sie vorzustellen, aber sie scheint fast alle zu kennen.

Ich komme mir wie meine Mutter vor: Gäste begrüßen, Küsschen verteilen, Kellner instruieren, Fremde integrieren. Zwischendurch ist mir, als würde mich Jonathan beobachten, perplex, wütend, zynisch in sich hinein murmelnd. Und so steigt am Schickeriahimmel von Ashing ein neuer Stern auf. Aber das wäre eher Garvey. Jonathan würde nur fassungslos den Kopf schütteln: *Dafür* hast du Berkeley und mich drangegeben? In Kalifornien ist jetzt noch Nachmittag. Wer immer meine Stelle bekommen hat, ist schon mitten in den Vorbereitungen fürs Herbstsemester. Das Forschungsprojekt ist längst angelaufen. Und ich schmeiße mit meinem letzten Geld eine Party in einem Ostküstenvorort.

«Als ich losgefahren bin, sollte es noch ein nettes kleines Essen für zwei sein», höre ich meinen Vater sagen. «Sie hat mich sauber reingelegt, aber wirklich. Sauber reingelegt.»

Schließlich sitzen alle an ihren Plätzen, und die Bedienungen bringen sofort den Salat. Mein Vater und ich sitzen mit den Bridgetons, den Utleys und Neal und Patricia zusammen.

Der Himmel ist schnell dunkel geworden. Die fünf Tische stehen dicht beieinander auf dem Rasen, jeder mit einer Kerze darauf, die unsere Teller und Gesichter beleuchtet, aber nicht viel mehr. Es ist sehr intim, genau, wie ich es mir vorgestellt habe. Ein paar Sekunden lang ist es ganz still. Niemand ist betrunken. Niemand grölt herum. Alle lassen die Stimmung erst einmal auf sich wirken, wie ich.

Mr Gormley am Nachbartisch bricht das Schweigen. «Na, so stilvoll ging's in diesem Haus ja schon lang nicht mehr zu. Normalerweise besuchte man Gardiner auf einen Drink und fand sich mit einem Hula-Hoop-Reifen auf dem Dach wieder.»

«Noch ist nicht aller Tage Abend», sagt mein Vater.

Der Hauptgang wird aufgetragen. Ich überprüfe den Teller meines Vaters: ein dickes Stück Fleisch, sehr blutig und im eigenen Saft schwimmend, dazu fast kein Gemüse, genau, wie ich Philomena angewiesen habe.

«Nicht schlecht», sagt er, als er es sieht. Dann schaut er mich an. «Da hast du ja echt was geleistet.»

«Nein, *du* hast was geleistet, Dad.»

«Ich hab mir vor allem Schnitzer geleistet.»

«Nein, Gardiner», sagt Barbara Bridgeton. Sie sitzt auf seiner anderen Seite und tätschelt ihm die Hand. Ich sehe, wie Patricia den Kopf hebt. «Wir denken alle nur das Beste von dir.»

«Hört, hört!», sagt Mr Utley und erhebt seinen Plastikbecher mit Mineralwasser. Der haushohe Mr Utley, sagten Garvey und ich früher immer, weil er mindestens zwei Meter groß ist.

«Und, wie laufen die Geschäfte?», fragt Mr Bridgeton Neal.

«Na ja, IBM werde ich dieses Quartal wohl noch nicht eingeholt haben.»

Mr Bridgeton, der für IBM arbeitet, macht ein verwirrtes Gesicht und lacht dann. «Wenn's bei dir was zu kaufen gibt, das mit *Shogun* mithalten kann, dann komme ich gleich morgen und hole es mir.»

«Ich habe irgendwo gelesen, dass der Autor japanischer Kriegsgefangener war», sagt Patricia. Sie hat etwas von einer Libelle, dünn und fast eine Spur durchsichtig. «Und dass er dort ganz schrecklich schlecht behandelt wurde und beinahe verhungert wäre.»

«Ach ja?», sagt mein Vater. Wie viel sie wohl übereinander wissen? Wie mein Vater besucht auch sie die Meetings täglich.

«Aber dann hat er ein hochsensibles Porträt dieses Landes verfasst, in dem zuletzt die Engländer als die Barbaren dastehen.»

«So was», sagt mein Vater.

AA empfiehlt Alleinstehenden, besser keine Beziehung einzugehen, ehe sie nicht ein Jahr trocken sind. Das scheint vernünftig. Ich hoffe, bis dahin ist Patricia noch zu haben. Ich mag sie, und ich habe den Eindruck, dass sie meinen Vater mag, auch wenn das an ihm völlig abprallt.

«Ganz große Klasse, dieses Fleisch», sagt er und legt die Gabel weg. Sein Gemüse ist unberührt.

Als der Kuchen serviert ist, stehe ich auf und klopfe an mein Glas.

«Wie viele von euch wissen, ist mein Vater ein Mann der Überraschungen. Mein Leben lang hat er mich immer wieder überrascht, mit Geschenken, lebenden Tieren, Lektionen, höchst unpassenden Scherzen ...» Gelächter. «Aber nichts hat mich je so überrascht wie die Stärke und Entschlossenheit, die er in den letzten zwei Monaten bewiesen hat. Ich könnte nicht stolzer auf ihn sein. Und auch nicht dankbarer. Ich liebe dich, Dad.»

Zu Beifallklatschen küsse ich ihn auf die Wange, und er umarmt mich und sagt etwas, das ich nicht richtig höre.

«Jetzt Gardiner!», beginnen die Leute zu rufen, «jetzt Gardiner!», und mein Vater, dem trotz seiner Geltungssucht vor jeder Form öffentlichen Sprechens graut, steht auf.

«Ihr habt mich alle schön an der Nase rumgeführt, das ist schon mal klar. Ben, der mir erzählt, er will dieses Wochenende mit seinem Sohn zum Fischen fahren, und dann Neal, der so tut, als hätte er Billy Hatchers Home Steal nicht gesehen, dabei war er sogar im Stadion, der Glückspilz! Jedenfalls, danke euch allen, dass ihr heute Abend gekommen seid. Und jetzt muss ich das Glas auf meine Tochter erheben, der ich das alles zu verdanken habe. Sie hat so viel für mich aufgegeben ...» Das nächste Wort kommt als Kiekser heraus, und er schüttelt den Kopf, und in den Runzeln um seine Augen glitzern Tränen. Er hebt sein Glas Cranberry-Schorle und setzt sich dann rasch hin, und seine Serviette bebt zwischen seinen Fingern, als er sich damit übers Gesicht wischt.

Ich klopfe ihm aufs Bein. Er nimmt meine Hand und hält sie ganz fest. Ohne die Party, die Jonathan im Juni für mich gegeben hat, hätte ich meinem Vater jetzt nicht diesen Abend geschenkt. Ich wünschte, er könnte wissen, wie dankbar ich ihm bin.

Nach dem Essen lege ich im Poolhaus Glenn Miller auf, und als ich herauskomme, tanzen schon die Ersten auf dem Gras und am Beckenrand. Bald sind so gut wie alle aufgestanden und hüpfen herum. Nur ein paar von Dads alten Freunden, Männer, die sich ohne entsprechenden Alkoholpegel nicht aufraffen können, sitzen auf Liegestühlen und schauen zu. Mein Vater, der zum Tanzen nicht einmal Musik braucht, schwenkt mich im Kreis. Ich sehe Neal mit Patricia tanzen, Mike mit Mrs Keck, William mit Philomena. Sooft ich hinschaue, haben sich neue Paare ergeben. Als ich mit Mr Utley tanze, löst Dad Mr Keck bei Patricia ab. Er dreht sie unter seinem Arm durch. Dann läuft er ins Poolhaus und kommt mit einem Rettungsring um den Bauch zurück. Die Musik wird langsam, und mein Vater fasst nach Patricias Hand und legt ihr die andere Hand ins Kreuz. Mr Utley macht es bei mir genauso. Er ist so groß, dass ich die Arme hochrecken muss, als würde ich auf eine Leiter steigen.

«So habe ich deinen Vater noch nie erlebt, Daley. Du hast einen guten Einfluss auf ihn.»

Aber Patricia sieht irgendwie unglücklich aus. Sie biegt den Oberkörper weg von ihm, und sobald das Stück endet, verlässt sie die Tanzfläche. Sie geht schnurstracks zu ihrer Handtasche, hängt sie um und will aufbrechen.

Ich hole sie ein, bevor sie die Einfahrt erreicht. «Es tut mir so leid, Patricia. Hat mein Vater irgendetwas gesagt, das Sie gekränkt hat?»

«Nein, nein. Das ist es nicht. Ich fühle mich nur nicht gut.»

«Bitte, sagen Sie es mir.»

«Das möchte ich lieber nicht.»

«Bitte. Ich muss wissen, was er zu Ihnen gesagt hat.»

Sie starrt auf den Autoschlüssel in ihrer Hand. Sie will nichts als weg hier. «Er trinkt, Daley.»

«Nein, das stimmt nicht.»

«Es tut mir so leid.»

«Ich kenne meinen Vater, wenn er getrunken hat. Ich weiß genau, wie er dann ist.»

«Es tut mir wirklich leid.»

Ich lasse sie aus dem Fackelschein fliehen und kehre mit langsamen Schritten zur Party zurück. Mein Vater tanzt jetzt mit Philomena, womöglich noch grotesker als eben mit Patricia: immer noch mit dem weißen Ring um den Bauch, dazu stelzend wie ein Huhn, einen Schnorchel zwischen die Zähne geklemmt wie eine Rose. Ich verstehe, wie sie ihn für betrunken halten konnte. Aber er ist es nicht. Er ist nur er selbst, und er ist glücklich.

«Das war mal eine Party», sagt mein Vater, als wir hinterher auf den Verandastufen sitzen, während die Hunde draußen ein letztes Mal das Bein heben.

«Was dachtest du, als du ankamst?»

«Es brennt. Ich dachte, es brennt.»

«Wegen der Fackeln.»

«Plus die ganzen Leute. Ich hätte schwören können, dass ich ein paar mit Eimern gesehen habe.»

Ich lache.

«Das weißt du wahrscheinlich nicht mehr, aber deine Mutter hat ganz ähnliche Partys gegeben: runde Tische, weiße Tischtücher, Kellnerinnen. Nur waren die nie für mich. Immer für irgendwelche Demokraten. Sie wollte mich nicht mal dabeihaben. Ich hoffe ja, dass sie jetzt von irgendwo zuschaut. Dass sie gesehen hat, was du heute für mich getan hast.»

«Wie hast du von ihrem Tod erfahren, Dad?»

«Wir waren zum Paddle-Tennis bei den Chapmans. Herbie Parker hat es mir auf dem Weg zum Platz erzählt.»

Ich sehe es vor mir: den Paddle-Tennis-Platz der Chapmans in dem Waldstück hinter ihrem Haus, die schweren, klobigen Holzschläger, meinen Vater, der den Kopf schräg legt, um besser hören zu können. Ich muss ihn dazu bringen, darüber zu sprechen. Auch für mich war sie heute so gegenwärtig, die ganze Party hindurch.

«Und was hast du empfunden?»

«Gott, so ziemlich die ganze Palette rauf und runter, glaube ich. Besonders gut gespielt hab ich an dem Tag jedenfalls nicht.»

«Und was hast du danach gemacht?»

«Ich bin heimgefahren. Catherine wusste es schon. Es war ein Schock. Sie war die Erste von uns, die ging.»

«Hast du dich je gefragt, wie es für mich gewesen sein muss? Oder für Garvey?» Ich bringe die Worte kaum heraus. Alles in mir prickelt plötzlich. «Weil du nie angerufen hast oder vorbeigekommen bist.»

«Ich hab es wohl einfach nicht akzeptieren können.»

«Was? Dass sie tot war?»

«Nein.» Er blickt hinab auf seine Hände, die auf den Knien liegen. «Dass du so an ihr hingst.»

«Weil es dir wie ein Verrat vorkam?»

«Wahrscheinlich.»

«Ich wünschte, es hätte keine solche Konkurrenz gegeben.»

«Ich auch.» Er legt den Arm um mich und küsst mich auf die Stirn. Wie Grindy, schießt es mir durch den Kopf. «Es tut mir leid, Daley.»

Das hat er noch nie gesagt, kein einziges Mal, egal, weshalb.

Die Hunde rascheln zwischen den Bäumen herum. Es ist fast zwei. Ich fühle mich schwer und schläfrig.

Mein Vater steht auf, und die Hunde kommen die Stufen heraufgaloppiert. «Tja, ich habe so einige Überraschungen erlebt in meinem Leben», sagt er. «Meistens hässliche. Aber das hier war mal eine schöne.» Er streckt die Hand aus und zieht mich hoch. «Du bist halt doch meine Brave, hmm?»

Sein Schritt ist fest. Er riecht nach Prime-Rib-Steak. Patricia irrt sich. Er ist stocknüchtern.

19

Am nächsten Tag kann ich nicht anders, ich rufe Garvey an.

«Lass mich raten», sagt er. «Du hast einen Risikokapitalgeber aus Marblehead kennengelernt, und die Trauung ist nächsten Samstag in der Episkopalkirche.»

«Er schlägt sich richtig gut, Garvey. Schon einundsechzig Tage.»

«Ganz schön gruslig, wie du die Tage abzählst.»

«Aber es funktioniert.»

«Das kann nur in Tränen enden. Weißt du noch, wie Mom das immer gesagt hat, wenn wir über die Stränge geschlagen haben? *Das kann nur in Tränen enden.*»

Ich frage ihn, was seine Pläne für die neue Niederlassung in Hartford machen, und er sagt, auf die Stelle der Büroleiterin hätten sich ein paar scharfe Bräute beworben.

«Dass sexuelle Belästigung am Arbeitsplatz strafbar ist, weißt du, oder?»

«Wer sagt was von belästigen? Einmal drüber reicht mir völlig. Aber im Ernst, ich hab eine Frau kennengelernt. Diese Ärztin, die wegen Scheidung aus ihrem Haus ausgezogen ist. Zwischen uns knistert's so ein bisschen. Samstagabend ist bei ihr eine Fete.»

«Zu der du gehst?»

«Kann sein. Wenn ich nicht zu k. o. bin.»

Seine letzte Beziehung ist ein paar Jahre her. Seitdem besteht er darauf, dass die Liebe das böse Ende nicht wert ist.

«Komm uns besuchen.»

Er lacht. «Ganz bestimmt nicht.»

«Was hat er zu dir gesagt an diesem Tag, Garvey?»

«Nichts Neues.»

«Es ging ihm miserabel damals.»

«Aber dann hast du deinen Ethnologen-Zauberstab geschwungen, und Simsalabim, war alles gut?»

«Wenn er an Thanksgiving immer noch nicht trinkt – kommst du dann?»

«Vergiss es.»

Und dann, noch am selben Vormittag, kommt ein Anruf für mich. Mein Vater hält mir den Hörer hin, und mein Herz fängt zu rasen an, aber es ist eine Frauenstimme. Mallory.

«Ich habe gehört, du schmeißt große Partys», sagt sie.

«Nur für Leute über sechzig», sage ich. «Wo bist du?»

«Hier, aber wir fahren heute Nachmittag zurück. Wollen wir uns in einer Stunde in der Baker's Cove treffen?»

Ich leine die Hunde an und schnappe mir die kleine Tasche mit meinem Heft. Darin sind meine Entwürfe zu einem Brief an Jonathan. Ich habe schon fünfzehn Seiten, Fragmente ohne Konzept oder Struktur, wie eine hoffnungslose Erstsemesterarbeit. Aber selbst wenn daraus je ein richtiger Brief würde, wüsste ich nicht, wo ich ihn hinschicken soll. Ich weiß nicht, wo er ist. Er hat den Mietvertrag für das Häuschen gekündigt. Der Vermieter hat mir die erste und die letzte Monatsmiete erstattet, aber nicht die Kaution. Und als ich bei der Philosophischen Fakultät der San Francisco State angerufen habe, hatte die Frau im Sekretariat noch nie von ihm gehört. Sie sei neu, sagte sie, aber jemanden namens Fleury gebe es am Institut definitiv nicht.

Es ist Flut, deshalb müffelt die Bucht nicht zu sehr. Ich klettere über die Felsen zu einem kleinen Meerwassertümpel mit seinem eigenen winzigen Strand. Die Hunde lassen sich an einem schattigen Fleck hinter mir niederfallen, und eine lange Zeit sitze ich mit dem aufgeschlagenen Heft da, ohne zu schreiben.

Ein Bums ertönt, und über der Felskante erscheint ein Kindereimer mit weißem Flechthenkel. Und dann kommt ein kleines Mädchen von höchstens sechs hinterhergekraxelt, sieht mich und setzt sich mit einem Plumps hin. Hinter jedem Ohr steht ein zwei Zentimeter langes Rattenschwänzchen hervor. Sie rutscht die Schräge hinunter, und der Eimer bumpert hinter ihr her. Als sie den Sand erreicht hat, stellt sie ihn ab und watet mitten hinein in den Tümpel. Er reicht ihr gerade bis zum Knie. Sie macht ein paar Schritte, bleibt dann stehen, die Hände auf die pummeligen Schenkel gestützt. Sie trägt nichts als ein rotes Bikinihöschen mit weißen Schleifen rechts und links. Sie steht vollkommen reglos, bis ihre Hand plötzlich ins Wasser schießt, eine Sandwolke aufwirbelt und etwas mit rudernden Klauen herauszieht, das sie flink zum Eimer zurückträgt.

«Gracie! Himmelherrgott, ich hab dir doch gesagt, du sollst bei den Felsen auf mich warten.»

Schon die langen Os ihrer Knie sind unverkennbar Mallory. Sie steigt vorsichtig über die Steine, ein Baby im karierten Tragetuch vor die Brust geschnallt, Strandtaschen in beiden Händen.

«Was hast du dabei?», sage ich, «die Larks von deiner Mom oder die Winstons von deinem Dad?»

Sie stößt ihr lautes Lachen aus, das jetzt eine Spur tiefer klingt. «Unglaublich, was für Früchtchen wir waren, oder? Meine Große fängt schon an zu lesen, also muss ich wahrscheinlich meine sämtlichen alten Tagebücher entsorgen, damit sie nicht auf dumme Gedanken kommt. Ich habe ihr gerade heute früh erzählt, wie wir immer gestritten haben, welche von uns den besseren Hund hat.»

Ich umarme sie seitlich, um nicht an das Baby zu stoßen, das so klein ist und so friedlich schläft. In der Grundschule war Mallory einen Kopf größer als ich und hatte «schwere Knochen», wie das damals bei Mädchen genannt wurde. Jetzt fühlt sie sich zart an in meinem Arm, und ihre Knochen wirken um keinen Deut schwerer als meine. Sie trägt das Haar kürzer, aber ihr Gesicht ist unverändert.

«Ich hatte den Besseren», rufe ich Gracie zu. «Ihrer war eine trübe Tasse.»

«Genau das hast du damals auch gesagt! Ich war so wütend, dass ich tagelang nicht mehr mit dir geredet habe. Ihr weißer Hund war *immer* dreckig, Gracie.»

«Grau. Der Hund war grau.»

«Er hätte einfach mal gebadet gehört.»

«Du hast dich fortgepflanzt, wie ich sehe.»

Sie lacht wieder. Sie hat dieses Lachen, das durch den ganzen Körper hochzusteigen scheint, von den Füßen aufwärts. «Ich bin eine Gebärmaschine. Ich habe noch einen Zweijährigen, den gerade meine Mutter sittet.» Sie schneidet ein Gesicht. «Das schwierige Sandwichkind.»

Wir lachen, denn genau das war Mallory auch.

«Ich fass es nicht.» Ich will schon fast hinzufügen, dass ich nicht mal wusste, dass sie verheiratet ist, aber dann blitzt in mir die Erinnerung an eine Einladung auf, mehrfach nachgesendet im Zweifel, die mitten in irgendeiner furchtbaren Krise eintraf: eine überfällige Hausarbeit, zweihundert Klausuren, die korrigiert sein wollten. Habe ich überhaupt zurückgeschrieben? Ich weiß es nicht mehr. Kann es sein, dass ich Mallorys Hochzeitseinladung schlicht ignoriert habe? Ein Trüppchen von Einladungen zieht vor meinem inneren Auge vorbei: Ginny, Stacy, Pauline. Ich bin mir nicht sicher, ob ich auf eine davon geantwortet habe. Ganz bestimmt habe ich keine Geschenke geschickt. Diese ganze Heiraterei war etwas, womit ich nichts anfangen konnte.

Sie wirft einen Blick zu der Stelle, wo ich mit meinem Heft gesessen habe. «Ist bei Ihnen noch was frei?», fragt sie und entdeckt dann erst die hechelnden Hunde hinten im Felsschatten. «Ich glaub, ich spinn! Noch *mehr* dreckige Hunde?»

«Benimm dich. Du hast jetzt Vorbildfunktion.»

«Gott bewahre.» Sie breitet zwei riesige Handtücher aus und spannt ein kleines Zelt für das Baby auf, wenn es aufwacht. Sie befestigt ein Spielzeug an der Deckenstange. «Dieses baumelnde Hühnervieh ist das Höchste für ihn.» Aus ihrer Kühltasche bietet sie mir eine

Auswahl an Säften in bunten Trinktütchen und eine Packung Zoo-kekse an.

«Das sind meine», ruft Gracie und wirft etwas in ihren Eimer, das wie ein kleiner Hummer aussieht. «Aber ihr könnt welche abhaben.»

«Ganz schön forsch, deine Große.»

«Sie hat einen Krebstierfimmel. Wenn wir in Ashing sind, verbringen wir unsere ganze Zeit hier am Strand.»

«Wie weit wohnt ihr denn weg?» Am Telefon hat sie gesagt, dass sie jetzt in New Hampshire lebt.

«Ungefähr eineinviertel Stunden. Wir wohnen in der Nähe von Nashua.»

Nashua. Über Orte mit solchen Namen haben wir uns als Kinder lustig gemacht, Orte, die im Lokalradio Reklame für ihre Rennbahn machten. Für Mallory hatte ich mir einen schillernderen Wohnort vorgestellt.

«Über dich kursieren hier ja die wildesten Gerüchte.» Wieder ihr Lachen. «Dir wird sogar eine Romanze mit Neal Caffrey nachgesagt.»

«Romanze nicht, aber er ist mein einziger Freund hier.»

«Das heißt, du lebst wirklich in Ashing?»

«Mein Vater hatte einen kleinen Zusammenbruch, nachdem Catherine ihn verlassen hat.»

«Ja, das hab ich gehört, dass sie gegangen ist. Im Juni, richtig? Genau wie deine Mom.»

«Der Frühling mit ihm ist anscheinend die Hölle.»

Gracie heult auf, und Mallory springt auf die Füße. Etwas hat sie in den Finger gezwickt. Mallory stützt den Kopf des Kleinen, während sie sich über Gracie im Wasser beugt, aber er wacht dennoch auf. Bis sie zum Handtuch zurückgekehrt ist, brüllt und strampelt er und ist knallrot im Gesicht. Sie löst mehrere Schnallen und hievt aus dem Körbchen ihres Badeanzugs ein riesenhaftes geädertes Euter mit einem großen braunen Hof um die fingerlange Warze, nach der die saugenden Lippen des Kleinen schnappen, dass die umliegende Haut Falten wirft. Gott steh uns bei!

«Dein Dad hat mir immer ein bisschen Angst gemacht», sagt sie und fragt mich, ob ich dieses eine Mal noch weiß, als wir den Zug verpasst hatten und er und Catherine uns in Allencaster abholen mussten. Ich erinnere mich nicht. Sie sagt, in ihrem Tagebuch steht ein langer Eintrag darüber – wie ich ihnen ganz vernünftig erklärt habe, dass die Zeit im Fahrplan falsch angegeben war, und sie uns partout nicht glauben wollten. «Ich habe zu heulen angefangen, als sie uns angeschrien haben, aber du bist ganz ruhig und beherrscht geblieben und nicht eingeknickt.»

«Daran habe ich keinerlei Erinnerung mehr.»

«Echt? Ich sag dir, wenn man erst mal Kinder hat – Gracie!» Wieder springt sie auf, das Baby noch immer angedockt und nuckelnd, und stürzt zum Tümpel. Sie platscht hinein, greift mit dem linken Arm ins Wasser, während der rechte das Baby an seinem Platz hält, und zerrt Gracie hoch, deren Gesicht für diesen Moment seinen überlegenen Ausdruck verloren hat.

«Luft holen!», schreit Mallory und haut ihr auf den Rücken. Und vor meinen Augen kehrt die Farbe in das Gesicht der Kleinen zurück. Dann schaut sie hinunter auf den sandigen Grund und hinauf zu ihrer Mutter und bricht in Tränen aus. «Alles gut. Nichts passiert.» Mallory will ihr das nasse Haar aus den Augen streichen, aber Gracie stößt sie weg.

«Jetzt hätt ich fast einen Aal erwischt, und du hast ihn verscheucht!»

Mallory muss lachen. «Hier gibt's keine Aale, Herzchen. Hier hat's noch nie Aale gegeben», sagt sie, was Gracie nur noch mehr empört.

Als Mallory wieder sitzt, möchte ich ihr eigentlich sagen, wie bewunderungswürdig ich ihre Geduld finde, fürchte aber, damit Gracie zu nahe zu treten. Das Baby hat seine Mahlzeit nicht unterbrochen. Seine Beinchen und der Großteil des blauen Tragetuchs sind quatschnass, aber die Augendeckel sinken mit jedem Schluck tiefer hinab.

«Jetzt denkst du: Und das ist noch nicht mal das schwierige Kind.»

Ich lache.

«Sie hat keine Lust, schwimmen zu lernen. Dabei ist sie von früh bis spät im Wasser.»

Mich interessiert, was sie vorhin über das Kinderhaben sagen wollte. «Und du hast letztens deine alten Tagebücher wieder gelesen?»

«Ja, und das Komische ist – aua!» Sie reißt dem Kleinen die Brustwarze aus dem Mund. Keine leichte Sache offenbar. Die Haut dehnt sich auf doppelte Länge, ehe er loslässt. Er bricht in Geschrei aus, als sie ihn aus dem nassen Tragetuch hebt, und hört nicht auf zu schreien, bis sie ihn ins Zelt unter das baumelnde Huhn legt; da verstummt er schlagartig. «Er beißt neuerdings, wenn er fertig ist. Grauenhaft.» Sie stopft ihre Brust in den Badeanzug zurück. Die Warze muss sich umklappen dafür. Mallory hat früher als ich Brüste bekommen, wie alle Mädchen, aber sie waren normal groß, nicht diese bleichen, unförmigen Ballons. Auch diesmal scheint sie vergessen zu haben, was sie eben sagen wollte.

Wir schauen Gracie zu, die mit beiden Händen am Grund des Tümpels herumfischt und ab und zu Wasser schluckt, das sie heraushustet. Mit dem glatten dunkelblonden Haar und den kräftigen Schenkeln erinnert sie an Mallory in diesem Alter, aber ihr viereckiges, leicht zusammengedrücktes Gesicht hat sie von jemand anderem. Die Konzentration wiederum, diese Vertieftheit in eine Sache, kommt von ihrer Mutter. Obwohl man das jetzt nicht meinen möchte. Nicht einen Gedanken bringt Mallory zu Ende. Ihr Picknick hat sie allerdings vorbildlich gepackt. Sie holt einen Plastikbehälter mit hellgrünem Deckel heraus, in dem säuberlich geschichtet hauchdünne Apfelschnitze liegen. Gracie grapscht sich ein paar und eilt zurück an die Arbeit.

«Maurerdekolletee», ruft Mallory ihr nach, und Gracie zieht sich das heruntergerutschte Höschen höher. «Weißt du noch, wie wir manchmal stundenlang im Schrank von deiner Mutter gespielt haben? Diese wunderschönen Kleider, die sie hatte. Und diese Wand

aus Schuhen! So wie sie habe ich mir immer Prinzessinnen vorgestellt.»

Die Worte klingen bekannt. Sie war bei der Beerdigung, fällt mir
jetzt ein. Ich habe in ihren Armen geweint. Und sie hat auch geweint.
Und danach habe ich sie nicht mehr wiedergesehen bis zu diesem
Moment.

Gracie kommt mit ihrem Eimer angepatscht. Wasser schwappt
über den Rand. «Ich hab Durst und Hunger und Durst», verkündet
sie. Sie stellt den Eimer ab und lässt sich von ihrer Mutter ein Safttüt-
chen geben. Sie steckt den Strohhalm in den Mund, und er färbt sich
lila. Sie saugt, ohne einmal abzusetzen, immer lauter schnaufend,
während ihr Bauch sich immer weiter vorwölbt, und reicht dann das
eingefallene Tütchen ihrer Mutter zurück. «Mehr», fordert sie. Aber
der Kleine in seinem Zelt hat zu greinen begonnen, und Mallory kniet
davor und wickelt ihn.

Ich hole noch eine Safttüte aus der Kühltasche.

«Bedank dich, Gracie», sagt Mallory, ohne den Kopf zu wenden.
Sie hält das Baby mit einer Hand an den Füßen hoch wie ein Suppen-
huhn.

«Danke», sagt Gracie und streckt mir die halb volle Tüte hin.

Ich biete ihr von den Keksen an, aber sie schüttelt den Kopf.

«Willst du mal meine Sammlung sehen?»

Ich stehe auf und schaue in ihren Eimer. Schnecken, Krebse, See-
sterne und Krabben liegen in einem wilden Haufen. Die Krabben
kämpfen, zwei gegen eine. Ich frage sie, was sie mit ihnen vorhat, und
sie sagt, sie lässt sie alle wieder frei. Ob ich ihr helfen will?, fragt sie.

«Den Eimer trag ich», sagt sie und schleppt ihn zurück zum Rand
des Tümpels. Die kleinen weißen Schleifen an ihrem roten Höschen
sind aufgegangen. «Aber nicht alle auf einmal ausschütten. Wir müssen erst jeder den richtigen Platz suchen.» Sie watet hinein. «Da. Das
ist ein guter Platz für eine Krabbe.»

Ich soll in den Eimer langen und ihr eine geben. «Aber erst ausein-
andermachen.»

«Das sagst du so einfach!», sage ich.

«Ich weiß!» Ihr Lachen klingt genau wie das von Mallory. Ich habe das Gefühl, wieder mit Mallory zu spielen, nur, dass ich schon erwachsen bin und sie noch nicht.

Ich stecke die Hand in das kalte Wasser, fasse eine von ihnen seitlich am Panzer und schüttle, aber sie bleiben ineinander verkrallt.

«Hier», sagt sie und greift mit ihren kleinen Fingern hinein, und alle Krabben stieben auseinander. Ich habe keine Ahnung, wie sie das gemacht hat.

Wir setzen jede Krabbe an einer anderen Stelle aus.

«Ab mit dir», sagt sie jedes Mal leise. Wir schauen ihnen zu, wie sie auf den Grund hinabsinken und sich dann hastig in den Sand wühlen, außer Sicht.

Bevor sie auch die Schnecken zurücksetzt, legt sie sich eine mit dem Loch nach oben auf die Hand. «Wusstest du, dass sie aus ihrem Haus kommen, wenn man ihnen was vorsummt?»

«Wie?»

«Echt wahr. Schau.»

Sie summt, immer denselben Ton, aber das Loch bleibt dunkel. Dann summt sie die ersten Töne von «Edelweiß», etwas Wasser sickert hervor, und kurz darauf schiebt sich ein braunes Rohr aus der Öffnung wie ein Periskop.

Oben auf dem Sand packt Mallory das Baby zurück in sein Tragetuch. Sie müssen los. «Ich ruf dich an, wenn wir das nächste Mal herkommen. Bist du dann noch da?»

«Kann schon sein.»

Gracie schwenkt ihren leeren Eimer in einem weiten Kreis. «Kommst du morgen auch wieder her, Daley?»

«Ich schon, aber dich treffe ich dann ja nicht.»

«Ich weiß. Da bin ich schon wieder bei uns zu Hause. Aber kannst du sie von mir grüßen? Du musst sie auch nicht aus dem Wasser holen dafür. Einfach Winken reicht.»

«Mach ich.»

«Danke.»

Ich streiche dem Baby über das Fleckchen flaumiger Haare am Hinterkopf. Sie sind so leicht und weich wie Pusteblumen. Und der Schädel darunter fühlt sich schwammig an, als wäre der Knochen noch nicht richtig ausgehärtet. Ich stehe auf den Steinen und sehe sie langsam zum Ende der Bucht stapfen, Mallorys Schultern heruntergezogen von den Strandtaschen, dem Zelt und der Kühltasche, während Gracie durchs Wasser pflügt und Mallory sie ermahnt, nicht zu tief hineinzugehen. Ich hätte ihr anbieten sollen, ihr beim Tragen zu helfen. Ich weiß nicht einmal, wie der Kleine heißt oder wie alt er ist. Sie lassen einen Schmerz in meiner Brust zurück, alle drei.

In mein Heft schreibe ich: *Mallory. Gracie. Baby mit dicken strampelnden Beinchen im Tragetuch. Doch, das will ich. Ich will es, J.*

Sein Geburtstagsgeschenk für mich war ein Morgenrock aus blauer Seide. Wir lagen auf seinem Bett, er hatte mir mein Frühstück und eine schön verpackte Schachtel gebracht.

«Meine erste Wahl ist natürlich das hier.» Er schlug die Decke ganz zurück und küsste meinen nackten Bauch. «Aber gleich danach kommt … hier, bitte schön.»

Ich öffnete die Schachtel. Er wusste, dass es meine Lieblingsfarbe und meine liebste Stoffart war. Ich steckte die Arme durch die Ärmel und band die Schärpe zu. Der Morgenrock war skandalös kurz.

«Wenn das mal kein heißes weißes Girl ist!»

«Frau.»

«Tut mir leid, aber ‹weiß› geht für mich nicht mit Frau zusammmen. Bei ‹weiße Frau› sehe ich sofort Edith Bunker aus *All in the Family* vor mir. Oder Maude.»

«Von Maude habe ich gelernt, was die Wechseljahre sind», sagte ich. «Davon hatte ich vorher noch nie gehört.» Jonathan war einer der wenigen Freunde von mir, die ähnlich viele Siebzigerjahre-Serien kannten wie ich.

«Oh, bitte, lass uns nicht über weiße Frauen in den Wechseljahren reden.»

«Noch zwanzig Jahre, dann bin ich auch eine.»

«Im Ernst? Nur zwanzig? Dann halten wir uns besser ran, oder?» Ich schüttelte den Kopf.

«Willst du keine Kinder?»

Nach Kindern hatte mich noch keiner meiner Freunde gefragt. Ich hätte auch nicht gefragt werden *wollen*. Genauso gut hätten sie mich fragen können, ob ich einen Eisbären will.

Er knotete die Schärpe an dem neuen Morgenrock auf und ließ einen Finger meine Hüfte entlangwandern. «Dabei hast du ideale Hüften zum Kinderkriegen.»

«Was du nicht sagst.»

«Willst du wirklich keine Kinder?»

«Jedenfalls nicht in nächster Zeit», sagte ich schließlich.

«Und überhaupt?»

«Ich weiß es nicht.»

«In zwei Jahren? Vier Jahren?»

«So langfristig plane ich nicht.»

«Sag schon. Wann willst du deine weißen Kinder bekommen?»

«Ach, *darum* geht's dir also.»

«Worum?»

«Meine *weißen* Kinder.»

«Das habe ich nicht gesagt.»

«Aber sicher hast du das gesagt. Du hast gesagt: Wann willst du deine weißen Kinder bekommen?»

Er grinste. «Ich wollte es jedenfalls nicht sagen.»

«Es ist einfach ein sehr aufgeladenes Thema.»

«Das werden bei uns alle Themen sein. Schwarz und Weiß ist von Haus aus aufgeladen.»

«Ich hatte jetzt das mit dem Kinderkriegen gemeint. Ich meine, versuchst du hier, irgendwelche Muttertriebe aus mir rauszukitzeln, vor denen du dann davonlaufen kannst? Oder willst du mir unterstellen, dass ich unmütterlich bin? Oder ist das ein Test, ob ich ein Problem mit der Vorstellung habe, dass aus meiner weißen Vagina ein braunes Baby herauskommt?»

Er zog die Brauen hoch, Augen geschlossen. «Keine Panik, Miss Erstens, Zweitens und Drittens. Kein Grund, hier gleich so drastisch zu werden. Oder so misstrauisch. Ich dachte, ich hätte dir klar genug zu verstehen gegeben, dass es mir ernst mit uns ist. Immerhin musste ich mein ganzes Gehirn neu verkabeln, um mich mit einem weißen Mädchen einlassen zu können.»

«Frau.»

«*Maude.* Und deshalb interessiert es mich, ob besagte Mädchen-Frau Kinder möchte. Ich persönlich möchte nämlich welche. *Ich* möchte Kinder, und für mich ist es nicht zu kompliziert, das zu sagen.»

«Sehr viele Dinge sind für Männer weniger kompliziert als für Frauen.»

«Stimmt auch wieder.»

«Ich muss darüber erst nachdenken. Vielleicht fragst du mich in Kalifornien noch mal.»

«In Ordnung.»

«Aber nicht vergessen.»

«Keine Angst.»

Ich kann nicht einschlafen. Immerzu sehe ich Gracie vor mir, ihre kleinen drallen Hände, die aufgegangenen Schleifen. Es ist wie ein Ohrwurm, eine Melodie, die man nicht aus dem Kopf bringt.

Leise stehe ich auf und ziehe mich wieder an. Mein Vater schnarcht, als versuchte er, einen Hühnerknochen herauszuwürgen. Er macht solchen Krach, dass die Hunde meine Schritte im Flur nicht hören. Ich setze mich ins Auto und fahre los. Ich fahre an der Hummerbude vorbei, über die Bahngleise, dann bei Neal vorbei, wo oben wie unten alles dunkel ist, und durch die Stadt. Vor Mel's Tavern stehen lauter Fords und Chevys, vor dem Captain's Table ein paar handverlesene ausländische Sportwagen. Arm und Reich säuberlich getrennt, so gehört sich das in Ashing. Ich winke unseren Fenstern in der Water Street zu. Im Zimmer meiner Mutter brennt Licht hinter den geschlossenen Vorhängen. Als wir frisch eingezogen waren, nahm sie mich, wenn ich nicht schlafen konnte, manchmal zu sich ins Bett. Dann sah ich zu, wie sie sich in den Schlaf wiegte, eine Hand über die Taille geschlagen, die andere um den Nacken, kurze, flache Schaukelbewegungen, ein kleines Ruderboot. Und nun bin ich auf dem Highway. Außer mir sind nur Laster unterwegs. Ich fahre so lange, bis das orangerote Kuppeldach von Howard Johnson's auftaucht.

Als ich den Parkplatz überquere, ertönt über mir lautes Schnattern und Schreien. Ich schaue hoch und sehe über dem Dach des Restaurants eine Schar Vögel in einem langen, unregelmäßigen V, die alle durcheinanderrufen. Kanadagänse. Jonathan und ich in meinem Auto, Jonathans Hand, die mir das Fernglas reicht. Sie fliegen direkt über mich hinweg, ihre Stimmen rau und stark und reiselustig. Der Klang dröhnt noch in mir nach, als der Vogelzug längst hinter den Bäumen verschwunden ist.

Der Laden ist leer bis auf ein paar Leute, die am Tresen stehen und Eiscreme bestellen. Die ältere Frau an der Kasse blickt kurz auf und sagt, ich kann mich hinsetzen, wo ich möchte. Sie hat sich die orange-türkise Matrosenmütze in den Haaren festgesteckt. Ich wähle die Sitznische hinten rechts. Da saßen wir damals. Sie trug ihr Tuch um den Kopf und ihr nervöses Lächeln auf dem Gesicht. Draußen im Wagen waren mein Rad und Hörkassetten und der Fernseher.

Eine Kellnerin nimmt meine Bestellung auf und bringt mir Pommes frites und einen grünen Salat. Vier Cops kommen zur Tür herein. Die Kassiererin grüßt sie unbefangen. Die Leute, die auf ihr Eis warten, machen ihnen mehr Platz als nötig. Sie trinken ihren Kaffee im Stehen. Ihre Walkie-Talkies piepsen und knistern im Chor. Und dann stellt der eine seine Tasse auf den Tresen und steuert auf meinen Tisch zu.

Panik ergreift mich. Zulassung? Irgendeine Plakette, die fehlt? Ein

Bußgeld, das ich nicht bezahlt habe? Ich hasse Bullen, hasse es, von ihnen angehalten zu werden, kann in ihrer Gegenwart nie natürlich und locker sein wie die Bedienungen hier. Es ist mir ein Rätsel, wie jemand es schafft, bei einem Polizisten gut Wetter zu machen. Ich kann nicht anders reagieren als verstockt und gedemütigt, sobald sich ein Cop meinem Autofenster nähert.

«Daley?»

Mit Mühe hebe ich den Kopf und nicke.

Er lacht über mein hochrotes, schuldbewusstes Gesicht. «Du erkennst mich nicht, stimmt's?»

Keine Sekunde lang ist mir in den Sinn gekommen, dass ich ihn persönlich kennen könnte, diesen bewaffneten, breitbrüstigen Volluniformierten mit den fleischigen Zügen. Als ich klein war, gab es in Ashing genau zwei Polizisten: den Schlaksigen, der ein bisschen wie der trottelige Gilligan aussah und der Freund von dem Mädchen aus dem Coffeeshop war, und den Rothaarigen, der immer zu uns kam, wenn mal wieder jemand versehentlich den Alarm ausgelöst hatte. Dieser Mensch ist keiner davon. Meine Ratlosigkeit macht ihm sichtlich Spaß.

«Jason Mullens», sagt er schließlich. «Der Freund von Patrick.»

«Shit.» Während ich an der Uni geblieben bin, sind andere Leute herumgekommen und erwachsen geworden, haben Berufe ergriffen, Uniformen angelegt. «Das gibt's ja wohl nicht, dass ich einen Cop kenne.»

Er lacht wieder, und ich stehe auf und umarme ihn. Er fühlt sich sehr hart und huckelig an mit seiner rechteckigen Brust, den ganzen Abzeichen und Knöpfen und Schnallen. Ich bin magere, unrasierte, untrainierte Männer in Flanellhemden gewohnt. Es ist, als stünde plötzlich eine andere Spezies vor mir.

Er zwängt sich auf die Bank gegenüber und stützt seine dicken Unterarme auf den Tisch. Meine Kellnerin bringt ihm eine Kaffeetasse und gießt sie voll.

«Danke, Amy», sagt er gedämpft, so als wüsste er zwar, dass er aussieht wie der Sheriff aus der Andy-Griffith-Show, könnte seine Manieren aber trotzdem nicht ablegen.

«Ich fasse es nicht. Du bist unter die Cops gegangen. Ich sitze hier mit einem Cop.» Dieser Koloss soll einmal das kleine Schlitzohr Jason Mullens gewesen sein? Die Vorstellung scheint so absurd, dass jegliche Beklommenheit von mir abfällt, als wäre es alles gar nicht real. «Wieso um Himmels willen bist du ein Cop?»

«Das ist eine längere Geschichte.» Er schielt zu seinen Kollegen hinüber. Sie reden mit einem älteren Paar und kehren uns den Rücken zu. «Eigentlich wollte ich Jura studieren, aber dann hat mir auf dem College ein Freund von meinem Vater dieses Praktikum in einer Kanzlei verschafft, wo ich den Anwälten den ganzen Sommer durch zuschauen durfte, wie sie von früh bis spät nichts anderes gemacht haben, als das Recht zu verdrehen. Es hat mich total runtergezogen.» Er schaut hinab auf seine Hände und dann hoch zu mir, ganz erstaunt, dass ich auf mehr warte. «Und da ist mir einfach bewusst geworden, dass ich die Gesetze lieber aufrechterhalten als beugen will.»

«Aber du warst so ein aufmüpfiger Rotzbengel.»

Er grinst zur Decke hoch. «Vor allem bei euch zu Hause.» Seine glatt rasierten Wangen sind rund und glänzend.

«Wie geht's Patrick? Ich wollte mich eigentlich bei ihm melden, aber …» Ich weiß nicht, wie ich den Satz beenden soll.

«Ja, ich hab das von deinem Dad und Catherine gehört. Tut mir echt leid. Patrick war vor ein paar Wochen hier und hat ihr beim Umzug geholfen.»

Ich weiß, dass sie ein Kutscherhaus nördlich von Ashing gemietet haben soll. Aber Patrick war hier, ohne dass wir uns gesehen haben? Warum habe ich ihn nicht schon vor Monaten angerufen?

«Ich hab ihn auch nicht getroffen», sagt er tröstend – die Enttäuschung ist mir offenbar anzumerken. «Ich war an dem Wochenende nicht da.»

Einer seiner Kollegen steht an der Tür, die beiden vorderen sind schon draußen auf dem Gehsteig. Jason hält einen Finger hoch, und der hinterste lächelt nachsichtig.

Der Mann denkt allen Ernstes, Jason will mich anbaggern!

Da sagt Jason: «Um Mitternacht habe ich frei. Wollen wir noch irgendwohin gehen?»

«Um Mitternacht?»

«Mel's hat bis zwei offen.»

Also treffen wir uns bei Mel's Tavern. Ich warte im Auto, bis ich ihn vorfahren sehe. In Zivil wirkt er noch massiger. Er riecht sauber, sein dichtes Haar ist feucht und glatt gekämmt. Alle in der Bar kennen ihn. Er stellt mich reihum vor. Ich beobachte ihn, wie er befangen mit den anderen herumflachst. Er ist in seinem Element, aber er sorgt sich wegen mir. Er versucht, mich einzubeziehen. Er ahnt nicht, wie wohltuend es für mich ist, mit einem Bier in der Hand zwischen Leuten in meinem Alter zu stehen, die zu angeschickert sind, um groß auf mich einzugehen. Es ist so lange her, dass ich Alkohol getrunken habe, dass mir das Bier sofort ein bisschen zu Kopf steigt. Normalerweise kann ich das Gefühl nicht ausstehen, aber für den Augenblick ist es eine Erleichterung. Jason ist von einer Traube von Leuten umgeben. Einer streckt ihm einen Schnaps hin, und er schaut zu mir hin und lehnt ab. Ein anderer raunt ihm etwas zu, und er lacht, bis er rot im Gesicht ist. «Erklär ich dir nachher», sagt er zu mir. Wie Garvey hat auch Jason den sozioökonomischen Status gewechselt, und das interessiert mich. Ich hoffe, dass wir bis zum Schluss bleiben, aber anstatt uns Nachschub zu holen, lotst er mich zum Ausgang.

Wir gehen in seine Wohnung im ersten Stock eines Hauses in der South Street. Drin riecht es wie in einer Turnhalle. Er eilt herum und sammelt zerknüllte Kleidungsstücke und benutzte Gläser ein. Er öffnet die Fenster und schaltet einen Ventilator an und gibt mir ein Bier. Wir sitzen auf einer Couch aus rotem Veloursleder, und er zerrt sich das Hemd vom Leib, als würde er sich von einer Zwangsjacke befreien. Sein Oberkörper ist eine wahre Hügellandschaft, breit und hoch, nahezu haarlos, mit winzigen, strammen Brustwarzen, zu den

Hüften hin schmaler werdend, der Bauch straff, der Nabel tief und scharf definiert. Er nimmt meine Hand und legt sie sich auf die Brust, und ich kann sie nicht wegziehen, ich muss diese Landschaft erkunden. Meine Finger streichen über seinen Brustkorb, halten bei der Senke in der Mitte inne, wandern dann hinüber auf die andere Seite und weiter zu seinem rechten Arm, der locker herabhängt, aber trotzdem kompakt wie Stahl ist unter den Strängen der Adern. Und dann küsse ich seine feste, warme Bauchdecke, drücke die Zunge in den straffen Nabel, und er wird sofort hart und stöhnt, und ich spüre seine Lippen an meinem Hals, ehe er mich mit einem einzigen schnellen Griff auf seinen Schoß hebt, und wir küssen uns, so heftig, dass die Zähne gegeneinanderschlagen, und dann höre ich Jonathan, der all das – die Knarre, die er bestimmt irgendwo hat, die Uniformen, den bleichen, absurd aufgepumpten Brustkasten – auf sich wirken lässt, völlig baff fragen: «Was machst du da eigentlich, Tweet?» Jonathan, dessen schöner Finger meine Hüfte nachzeichnet, Jonathan, der Kinder von mir will. Ich höre mit dem Küssen auf und lege den Kopf an seine Schulter.

«Es tut mir leid, Jason. Es tut mir so leid.»

Seine Hände fahren über meinen Körper. «Schon in Ordnung.»

Als ich auf der Highschool war, hatte ich in den Ferien einmal das Zimmer direkt neben dem von meinem Vater und Catherine, und die Wand dazwischen war sehr dünn. «Ach, jetzt willst du plötzlich nicht mehr?», hörte ich ihn mitten in der Nacht zu ihr sagen. «Ich dachte, du willst es, und jetzt willst du's doch nicht?»

Eine unendliche Schwere sackt in meinen Körper hinab.

«Wirklich, es ist in Ordnung, Daley.»

Er hilft mir, mein Hemd und die Schuhe zu suchen.

«Es ist meine Schuld», sagt er, als ich an der Tür bin. «Ich bin es zu schnell angegangen. Ich habe die Signale falsch interpretiert.» Es klingt wie ein Spruch aus einem Lehrvideo zum Thema sexuelle Kommunikation. «Ich hatte schon immer eine kleine Schwäche für dich.» Jetzt lügt er, der arme Kerl. Niemand hatte damals eine Schwäche für mich, auch keine noch so kleine. Er will mein Gesicht zwischen die Hände nehmen, um den Grad meiner Aufgewühltheit zu ermessen, aber ich drehe mich weg und schlüpfe zur Tür hinaus.

20

Meinen ersten Freund hatte ich, als ich schon aufs College ging. Davor war das einzige Mal, dass die Möglichkeit auch nur in Reichweite rückte, ein Wochenende, als Patrick einen Freund aus dem Internat mitbrachte. Nach dem Essen am ersten Abend wollte Patrick wissen, ob mir Cole gefiel. Ich sagte, doch, ja. Cole fände mich nämlich sehr nett, sagte er und zog mich dann damit auf, wie glühend rot ich wurde. Ich wartete darauf, dass etwas passierte, aber es passierte nichts, obwohl mir Cole immer besser gefiel. Er war sehr amüsant und gescheit, schlagfertig, ohne je gehässig zu sein. Wir drei spielten Tischtennis, gingen ins Kino, aßen zusammen im Peking Garden. Ich lachte über Coles Witze, und er lachte über meine, aber darüber hinaus geschah nichts. Am Sonntag fuhren sie mit dem Zug ins Internat zurück. Als Patrick das nächste Mal heimkam, fragte ich ihn – scherzhaft, um die vielen Stunden zu überspielen, die ich mich deswegen gegrämt hatte –, womit ich Cole denn verschreckt hätte, und Patrick sah mich verwundert an.

«Sag mal, merkst du das gar nicht?», fragte er.

«Was merke ich nicht?»

«Kaum hatte ich dir erzählt, dass er dich mag, hat alles an dir signalisiert: Bleib mir vom Leib!»

Das traf mich tief. *Bleib mir vom Leib!* Irgendetwas an der Außenseite sagte: *Bleib mir vom Leib!*, während in mir alles schrie: *Komm her!*

«Mit einem *Cop* hast du geknutscht?», sagt Julie. «Dein Uniformtick scheint immer schlimmer zu werden.»

«Bitte erzähl's keinem weiter.» Jonathan, meine ich. Falls sie Kontakt mit ihm hat. Was eine Frage ist, die ich nie stelle. Es ist besser, wenn ich es nicht weiß.

«Sag mir lieber, was du am Donnerstag machst», sagt sie.

«Nicht viel. Halt, nein» – ich tue so, als würde ich in einem Terminkalender blättern –, «der Tag ist schon ziemlich voll. Die Hunde kriegen ihre Krallen gestutzt.»

«Da muss ich dabei sein.»

«Wie das?»

«Das Geburtstagsgeschenk von meinem Vater. Eine Reise nach New York zum fünfundfünfzigsten Hochzeitstag meiner Großeltern, dann weiter die neuenglische Küste hoch. Sag mir, wie wir zu euch kommen.»

«Da hat dir aber mal jemand was Schönes erzählt», sagt mein Vater, als er mein Gesicht sieht.

«Das war meine Freundin Julie. Sie und ihr Vater kommen nächsten Donnerstag hierher.»

«Zum Übernachten?»

«Nein, nur über Mittag. Ich dachte, wir könnten mit ihnen vielleicht Hummer essen gehen.»

«Was heißt hier ‹wir›?»

«Oh, Dad, bitte komm mit. Ich will, dass du sie kennenlernst. Sie ist meine allerbeste Freundin.»

«Deine allerallerbesteste Freundin? Noch allerbester als Maybelle und ich?»

«Es ist ein Kopf-an-Kopf-Rennen», sage ich und kraule Maybelle das Köpfchen.

«Woher sind sie?»

«Brooklyn. Aber er lebt derzeit in San Francisco und sie in Albuquerque.»

«San Francisco. Ist er vom anderen Ufer?»

«Dad.»

«Fragen darf man ja wohl.»

«Er war dreimal verheiratet.»

«Auch das noch!»

Ich verkneife mir den Hinweis, dass er nicht viel besser ist.

«Was macht er beruflich?»

«Er ist Arzt.» Das hätte ich eigentlich lieber nicht erwähnt. Fremde mit erfolgreichen Berufslaufbahnen flößen ihm Unbehagen ein. Wenigstens habe ich nicht gesagt: jüdischer Psychiater.

Den ganzen Donnerstagmorgen über ist er knatschig. Der Rasenmäher eiert. Der neue Verkäufer im Baumarkt ist eine Trantüte. Er schnauzt die Hunde an. Ich sehe ihn Blicke zur Uhr werfen wie früher, wenn er darauf wartete, sich den ersten Drink mixen zu können. Mir scheint, er will mich damit provozieren, aber ich reagiere nicht.

Und dann sind sie da, Julie springt aus dem Auto, ehe ihr Vater noch den Motor ausstellt, und rennt im Slalom zwischen den Hunden hindurch, sodass ich nicht weiter als bis zum Fuß der Verandatreppe komme. Sie trägt ihr Haar jetzt viel kürzer, in einem kinnlangen Pagenschnitt. Sie hat es mir erzählt, aber ich hatte es vergessen. Auch ihre Kleider sind neu. Sie sieht verändert aus, älter. Sie ist mittlerweile Professorin. Es hat fast etwas Verstörendes, sie hier in meinem Garten zu sehen. Julie, das heißt Michigan und Kartenspiele und durchgearbeitete Nächte und Jonathan, der mit uns seine Drei-Dollar-Spaghetti isst, im Schneidersitz auf dem Boden, weil wir uns nie einen Küchentisch angeschafft haben. Sie umarmt mich sehr fest. So viele Dinge, die ich nie zurückbekommen werde.

«Die Stadt ist ja bildhübsch! Ich weiß gar nicht, ob ich überhaupt wusste, dass sie am Wasser liegt. Ich meine, direkt am Wasser. Ich habe mir Ashing immer so düster und deprimierend vorgestellt. Und dieses Haus ist gigantisch. Fast wie ein Hotel!»

Ihr Vater kommt den Weg herauf und stopft sich im Gehen den Hemdzipfel zurück in den Hosenbund. «Jetzt verstehe ich langsam, warum selbst Berkeley dem Vergleich nicht ganz standhalten konnte.» Er küsst mich auf die Wange.

«Es war keine rein geografische Entscheidung.» Ich höre die plötzliche Gereiztheit in meiner Stimme und beeile mich, sie zu bemänteln. «Danke, dass Sie so einen Umweg für mich machen.»

«Gar kein Umweg. Das war immer Teil des Plans», sagt er.

Ich habe Julies Vater ein, zwei Jahre nicht mehr gesehen. Er wirkt unverändert, ein mittelgroßer Mann mit vollem Silberhaar, das er in einer Art herausgewachsener Meckifrisur trägt. Ob er sich noch an seine Bemerkung über den ungeschliffenen Diamanten erinnert? Und was wird er nach diesem Besuch wohl sagen? Von Julies Seite schwingt immer die Erwartung mit, dass wir uns auf Anhieb verstehen. Aber für mich war es nie ganz leicht, mit den beiden zusammen zu sein.

Mein Vater tritt heraus auf die Veranda. Ich führe die beiden die Stufen hinauf.

«Haben Sie gut hergefunden?», sagt er und streckt die Hand aus. «Gardiner Amory.»

«Alex Kellerman.»

Wenn zwei Männer ihrer Generation sich die Hand geben, dann geht das nie ohne Subtext ab. Es ist immer auch ein Machtkampf. Ich sehe, wie mein Vater seinen Größenvorteil betont, während Alex übertrieben breitbeinig dasteht, wie um sich nötigenfalls zum Sprung ducken zu können.

«Und das ist Julie, Dad.»

Die Schultern meines Vaters lockern sich etwas. Bei ihr lässt er den Arm nicht steif. «Schön, Sie kennenzulernen. Ich weiß, dass Sie Daley fehlen. Mit ihrem jetzigen Mitbewohner ist nicht gerade viel los.»

In meinem ganzen Erwachsenenleben habe ich meinen Vater noch nie jemandem vorgestellt.

Alex späht Richtung Haus. Er würde sich gern umsehen, wie ich es an seiner Stelle auch täte. Aber ich habe nur wenige Stunden mit Julie und will sie nicht in diesem WASP-Museum verbringen. Ich schlage einen Strandspaziergang und dann Essen in der Stadt vor. Alex fragt, ob er die Toilette benutzen darf.

Er folgt mir durch Flur und Esszimmer zu dem Bad, das vom Fernsehzimmer abgeht.

«Der Lichtschalter klemmt ein bisschen», sage ich und drücke den schwarzen, zylindrischen Knopf sehr fest.

«Hoppla», sagt er beim Anblick all der Mannschaftsfotos. An den Knien der Jungen in der vordersten Reihe lehnt immer die gleiche schwarze Tafel, auf der mit Kreide Mannschaft und Jahr angeschrieben stehen. 1940 bis 1949 sind die Jahre, die für St. Paul's dokumentiert sind, und ich weiß, dass das Julies Vater nicht entgehen wird. Zwei Großonkel von Julie sind in Treblinka umgekommen, während mein Vater auf seinem Elite-Internat war.

«Welcher ist Ihr Vater?», fragt er und tippt auf das Glas des Football-Teams 1941.

Ich zeige auf den kleinsten Jungen ganz vorne, der wachsam um sich blickt, statt in die Kamera zu schauen.

«Er guckt ängstlich, finden Sie nicht? Gut, ist natürlich auch ein furchtbar junges Alter, um von der Mutter getrennt zu sein. Ach, und hier ist er höchstens zwölf und schon in der Schulmannschaft», sagt er und tippt auf ein anderes Bild.

«Im Tennis war er von Anfang an gut.»

«Er ist halb so groß wie seine Mannschaftskameraden.»

«Er war immer der Kleinste, und dann ist er in die Höhe geschossen. Sehen Sie.» Ich deute auf ein Foto an der anderen Wand, neben dem Waschbecken. Darauf steht mein Vater ganz rechts, sein Haar dunkler jetzt, das Gesicht viel schmaler, Ruder in der Hand, der Größte der Mannschaft. Er schaut, als hätte er Besseres zu tun, als für irgendeinen schwachköpfigen Fotografen zu posieren.

«Ein richtiges Stück Geschichte, nicht wahr?», sagt er.

«Ein sehr privilegierter kleiner Ausschnitt, ja.» All die St.-Paul's-Schüler starren mich an, ihre Stollenschuhe dick mit frisch gemähtem Gras verklebt. Dann fällt mir wieder ein, dass Alex ja nach der Toilette gefragt hatte, und ich verdrücke mich schnell.

Draußen auf der Veranda fachsimpeln mein Vater und Julie über

Poolsauger. Er gibt sich sichtlich Mühe mit ihr. Er sieht ihr ins Gesicht, statt irgendwo in die Gegend zu schauen, wie er das sonst so oft macht, und beugt sich zu ihr vor, um sicherzugehen, dass er alle ihre Antworten versteht. Er fragt sie, ob sie schon Freunde in Albuquerque gefunden hat, und sie sagt, sie hätte gedacht, in einer wärmeren Gegend würden die Menschen zugänglicher sein, aber bei ihr im Haus rennen die Leute nur immer mit Mountainbikes auf den Schultern die Treppe herunter, sodass kein Gespräch zustande kommt.

«Vielleicht müssen Sie sich auch ein Mountainbike zulegen», sagt mein Vater.

«Eher friert die Hölle zu.»

Mein Vater lacht. Julie, wird mir klar, ist die Art Frau, die er als «flotten Käfer» bezeichnen würde.

Wir steigen in ihr Mietauto, die Männer beide vorn.

«Da sitzen wir zwei also mit unseren Vätern», sage ich leise.

«Ja, ja, ein ganz normaler Tag», sagt Julie.

Wir blicken auf ihre Hinterköpfe und lachen.

Ich zeige ihr die Einfahrt der Vance-Schwestern.

«Die sich mit Mutter und Vater angeredet haben», ergänzt sie, als wäre es etwas aus einem Buch, das sie vor langer Zeit gelesen hat.

Ich zeige ihr auch das Haus von Mallorys Eltern und dann, unauffällig, Patricks altes Haus. Der Strandparkplatz ist voll, deshalb stellen wir den Wagen in der Einfahrt eines Sommerhauses ab, das seit Jahren leer steht. Statt Fenstern sieht man nur fest geschlossene grüne Läden.

«Das Haus der Ramsays», sagt Alex beim Aussteigen.

«Verblasst ihr?», fragt Julie. «Vergeht ihr?»

«Wir bleiben!», schmettert Alex.

Mein Vater schießt einen Blick zu mir herüber: *Sind die noch ganz dicht?*

Der Ozean liegt gleich neben der Straße, wellentosend. Alex hält einen Moment inne, bevor er den ersten Schritt auf den Sand macht. «Was für ein Schauspiel!»

Julie und ich ziehen die Schuhe aus und lassen die Väter vorgehen.

«Also, wer ist der Typ mit dem Mountainbike?», frage ich.

«Wie?»

«Der Typ, der nicht mit dir redet.»

Sie verschränkt die Arme. Der Wind bläst ihr kurzes Haar zu einem kleinen Trichter. «Mist. Woher weißt du das?»

«Du hast dich noch nie darüber beklagt, dass Leute nicht *zugänglich* sind.» Bei Julie würde sogar eine Auster aus sich herausgehen.

«Er wohnt eins über mir. Allein. Aber ich schaffe es nicht, ein Gespräch anzufangen.»

«Wie kann das sein?»

«Ich weiß, es ist verrückt. Mir ist irgendwie so … genant zumute.»

Ich lache in den Wind. «Dem müssen wir nachgehen. Das hat die Welt noch nicht gesehen: ein Mann, der deine genante Seite ans Licht bringt!»

«Es ist so schön, dich zu sehen.» Sie hakt sich bei mir ein, und ich drücke ihren Arm an mich. «Ich versuche, ein Gefühl dafür zu bekommen, wie deine Tage hier ablaufen.»

«Mein Vater hatte vor zwei Wochen seinen neunzigsten Tag bei den Anonymen Alkoholikern. Das ist eine ziemliche Leistung.»

«Ich hatte eigentlich *deine* Tage gemeint», sagt sie, aber die Männer sind stehen geblieben und warten auf uns, dadurch komme ich um die Antwort herum. Was sollte ich ihr auch sagen? Dass ich in dreieinhalb Monaten nicht ganz drei Seiten eines nicht-akademischen Artikels zu Papier gebracht habe?

«Dieser Strand hat die idealen Maße», sagt Julies Vater.

«90-60-90, Daddy?»

Er zuckt die Achseln. Er mag es, wenn sie ihn neckt. «Manche Strände sind zu lang und schmal, bei manchen braucht man ewig bis vor zum Wasser. Dieser ist gerade richtig.»

«Das platonische Ideal eines Strandes?»

«Genau. Und seht ihr diese Insel da draußen, die fast mittig liegt, aber nicht ganz? Die Idee des Vollkommenen muss immer eine kleine Asymmetrie enthalten. Wie Julies Nase.»

«Daddy!», sagt sie und deckt die Hand darüber. Ihre Nase ist ganz leicht nach rechts gebogen.

Er legt den Arm um sie und küsst sie auf die Stirn. «Asymmetrische Vollkommenheit, mein Engel. Nicht mehr und nicht weniger.»

Auf dem Weg zurück zum Auto gehen mein Vater und ich hinter ihnen her.

«Netter Bursche», sagt mein Vater. «Wusstest du, dass er Irrenarzt ist?»

«Ja.»

«Er hat mir eine Geschichte von einem Mann erzählt, der mehrere Jahre bei ihm in Behandlung war, passionierter Fliegenfischer. Er bringt zu jeder Sitzung seine Schachtel mit Fliegen mit, und sonst reden sie über nichts. Nur über jede einzelne Fliege – welche Fische er damit gefangen hat und zu welcher Jahreszeit. Der Mann hat ihm nie gesagt, warum er zu ihm kommt, er kann diese Frage nicht beantworten. Zwei Jahre vergehen, und eines Tages hält der Mann einen Köder hoch und sagt: ‹Diese Fliege hat mein Sohn einen Tag vor seinem Tod gebunden.› Irre Geschichte, oder?»

Beim Essen bestellen wir alle Hummer, nur mein Vater nicht, der Alex aufzieht, weil er sein Lätzchen umbindet.

«Ich brauche mein Hemd noch», sagt Alex.

«Gott, hoffentlich sieht uns niemand, den ich kenne.»

«Sagen Sie einfach, ich bin Ihr debiler Vetter aus Akron.»

«Daddy!»

«Pardon, Julie. Und wie hat es Sie hierher nach Ashing verschlagen, Gardiner?»

«Meine Frau hat mir gesagt, dass wir aus Boston wegziehen, und einen Tag später stand der Möbelwagen vor der Tür.»

Alex lacht. «So sind sie, die Frauen. Die wissen, was sie wollen.»

«Und was sie nicht wollen», sagt mein Vater, den Blick auf seinen Pappteller gerichtet.

Ich frage, wen sie in Maine besuchen, und Alex erzählt uns von seinem Freund aus dem Medizinstudium, der Kliniken in Kriegsgebieten aufbaut. Sie haben Glück, ihn im Lande anzutreffen. Er schildert seinen eigenen Besuch in der Klinik in Guatemala, wo er Therapiesitzungen mit Dolmetscher abgehalten hat – durch die Verzögerung im sprachlichen Verstehen, sagt er, konnte er ganz anders auf die Gefühle der Patienten beim Sprechen achten als sonst. Julie und ich stellen ihm Fragen zu den Lebensbedingungen dort, zum Bürgerkrieg, und seine Antworten werfen wieder neue Fragen auf. Mein Vater isst seine Hotdogs und nickt und sagt ab und zu «Ach ja?», aber er hört nicht zu. Er wirkt angespannt. Sein Bein neben mir wippt unaufhörlich. Er ist wie ein Schuljunge, der nur auf das Schrillen der Glocke wartet, oder, wenn man genauer hinsieht, wie ein wildes Tier, das einen Feind zu wittern meint.

Als alle ihre Teller geleert und sich die Finger mit Frischetüchern abgewischt haben, holt Alex eine kleine Schachtel Aquarellstifte und einen kleinen Skizzenblock heraus. Er blickt über meine Schulter Richtung Hafen und bedeckt ein Blatt mit raschen Strichen. Mein Vater besteht darauf, die Rechnung zu übernehmen.

Er und ich sitzen auf dem Weg zurück in die Myrtle Street auf der Rückbank. Die Ahornbäume zu beiden Seiten der Straße sind alt und prächtig, himmelhoch; ihr Laub beginnt sich eben erst zu färben. Mein Vater wetzt mit dem Daumen an seiner Hosennaht herum.

Ich bitte sie ins Haus, aber Alex sagt, sie müssen um fünf in Wiscasset sein. Diesmal fragt Julie nach der Toilette, also zeige ich ihr den Weg und warte in der Küche auf sie, während sich unsere Väter draußen unterhalten.

Als sie herauskommt, sagt sie: «Ich dachte, wenn ich herkomme und dich sehe, hilft mir das vielleicht, deine Entscheidung zu verstehen.»

«Aber es hat nicht geholfen?»

«Dem Mann geht's prima. Du brauchst nicht hier zu sein, Daley.»

«Er kann sich extrem gut verstellen. Und er macht eine Entwicklung durch. Er wächst.»

«Ich habe Angst, dass du dir hier etwas erwartest, was du von ihm nie bekommen wirst. Und falls nicht, kann ich nur hoffen, dass dir klar wird, dass dein Leben und deine Entwicklung haargenau so wichtig sind wie seine.»

Noch eine Abschiedslektion an der Tür ertrage ich nicht. «Am besten, du siehst mich ab sofort einfach als eine Art Charlotte-Brontë-Figur. Die altjüngferliche Tochter des Dorfpfarrers.»

«Bitte sag nicht so was, auch nicht als Witz. Ich begreife nicht, wie du alles einfach wegwerfen konntest.» Sie sieht aus, als würde sie gleich in Tränen ausbrechen.

«Willst du mir erzählen, *du* würdest nicht alles stehen und liegen lassen, wenn dein Vater dich braucht?»

«Das würde er niemals dulden.»

«Wenn dein Vater sich den Rücken brechen würde und ans Bett gefesselt wäre, dann wärst du sofort da.»

«Er würde mich aber nicht bleiben lassen. Es wäre ihm schrecklich, wenn ich seinetwegen auf etwas verzichten müsste, auf das ich mein ganzes Erwachsenenleben hingearbeitet habe.»

«Dein Vater hat haufenweise Leute, die ihm beistehen, aber mein Vater hat derzeit niemanden außer mir. Ich bin alles, was er hat.»

«Mir ist völlig klar, dass du dir das so zurechtlegen musst, aber … »

«Bitte erspar mir den Psychojargon. Mein Vater und ich sind dabei, etwas zu kitten, das zu Bruch gegangen ist, als ich elf war. Welche Unistelle kann mehr zählen als das?»

«Ich spreche nicht von der Stelle, Daley. Du findest eine neue Stelle. Ich rede von Jonathan. Von einer Beziehung wie eurer träumen wir anderen doch alle.»

«Warum idealisierst du sie? So perfekt kann sie nicht gewesen sein, wenn er meine Entscheidung nicht verstehen konnte.»

«Ich kann sie auch nicht verstehen. Niemand versteht, warum du das getan hast.»

«Aber du sprichst noch mit mir. Jonathan ist weg.»

«Ich hab das Gefühl, das, was du mit Jonathan hast, macht dir aus irgendeinem Grund Angst.»

«Er ist weg, Julie. Es ist aus. Sprich im Imperfekt.»

«Nein.»

«Weißt du denn, wo er ist?»

«Nein.»

«Du hast nichts von ihm gehört?» Mein Herz klopft wie verrückt.

«Nein.»

Mir wird klar, dass ich fest davon ausgegangen bin, heute von Julie zu erfahren, wo er steckt und wie es ihm geht. Die große Faust des Schmerzes ändert ihren Griff und pumpt mir Tränen in die Augen. Julie nimmt mich in den Arm, und das Brennen wird noch stärker. Sie fährt weg, und Jonathan ist wirklich fort.

«Wir machen einen Plan für dich», sagt sie sanft. «Wie lange meinst du, dass du noch hierbleiben musst?»

«Ich weiß ja nicht, wie lange er mich noch braucht.»

«Dann musst du entscheiden, wie lange du von ihm gebraucht werden willst.»

Alex ruft von der Veranda nach ihr. Er befürchtet, der Verkehr könnte zu dicht werden.

«Ich ruf dich heute Abend an», sagt sie.

Ich wische mir über die Augen und begleite sie zum Auto. Mein Vater sagt ihnen, sie sollen sich jederzeit melden, wenn sie wieder mal in den Nordosten kommen. Er sieht erschöpft aus. Sobald sie weg sind, wird er hochgehen und schlafen.

Ich umarme sie beide. Alex drückt mir ein Aquarell in die Hand. Es zeigt nicht den Hafen, wie ich dachte, sondern mich und Julie mit ihren kurzen Haaren. Wir beugen uns zueinander vor und reden. Mit mir kann ich wenig Ähnlichkeit entdecken, aber Julies Mund und die unvollkommen-vollkommene Nase sind mit ein paar knappen Strichen eingefangen.

Nach AA-Meeting und Abendessen sehen wir das Spiel der Red Sox gegen Cleveland. Mein Vater wütet gegen Clemens, wütet gegen die Kommentatoren. Sie schwafeln ihm zu viel. Während der Pause im siebten Inning geht er sein Glas nachfüllen. Er lässt die Hunde raus und wieder rein. Er kommt zurück, und als die Spieler wieder auf dem Platz stehen, schaut er schweigend zu, nur sein Atem geht laut. Mo Vaughn spielt ein Doubleplay, und er sagt: «Na, geht doch.» In seinem Ton schwingt etwas Selbstzufriedenes mit, das mich aufschauen lässt. Er begegnet meinem Blick, zieht leicht die Brauen hoch. Er hat sich den ganzen Tag mustergültig benommen, hat sich nicht mit einer Silbe über Julie oder ihren Vater mokiert, seit sie weg sind. Aber ich merke, dass ich nicht mehr weiß, ob er mit mir Spielchen treibt oder nicht.

21

Im November ist Neal noch immer mein einziger Freund in Ashing, aber ich sehe ihn nur, wenn ich ihn im Laden besuche. Von seinem restlichen Leben weiß ich nichts.

«Bist du wirklich so ein Einsiedler, wie du scheinst?», frage ich ihn.

«Mehr oder weniger.»

«Warst du immer so?»

«Nicht ganz.» Er wirkt heute besonders fahrig, beobachtet durch die Tür die vorbeifahrenden Autos, spielt mit einer Füllerkappe herum. Er hat Ringe unter den Augen. Sonderlich blühend sehe ich vermutlich selbst nicht aus. Mit der Kälte haben sich Zweifel und Angst eingeschlichen. Ich schaffe es nicht, einen Plan zu fassen. Das Tote-Sterne-Gefühl hat mich fest im Griff. Alles scheint davon zu vibrieren, als wäre mein Körper eine riesige Glocke, die nicht zu schlagen aufhört. Ich schlafe kaum noch. Nachts streife ich durchs Haus, suche nach Flaschen, die mein Vater gebunkert hat. Es beschämt mich, dass ich ihm so wenig vertraue, wo ich doch immer dachte, unser Problem sei sein mangelndes Vertrauen zu mir. Ich schreibe verstreute Fragmente in mein Jonathan-Heft. Mein Herz klopft zu schnell und zu dumpf. Was soll aus mir werden? Manchmal kommt es mir vor, als würde mich nur eine papierdünne Wand von einem Zustand permanenter Panik trennen. Bei Neal fühle ich mich ruhiger. Wenn ich ihm schildern würde, wie es in mir aussieht, würde er sagen, ihm geht es genauso.

«Du und Jason Mullens wart einen trinken, habe ich gehört.»

Ich lache. «Vor zwei Monaten.»

«Triffst du ihn noch mal?»

«Nein.»

«Hat er angerufen?»

«Er hat ein paarmal auf Band gesprochen. Er meldet sich immer mit Officer Mullens. Mein Vater denkt wahrscheinlich, es läuft ein Haftbefehl gegen mich.»

Neal lacht halbherzig. Dann steht er auf und sagt, er muss gehen, er wird den Laden über Mittag zusperren.

Zwei Tage später lade ich auf dem Parkplatz vor Goodale's meine Einkäufe ins Auto, als neben mir ein Kombi mit einem riesigen leuchtend roten Kleiderschrank auf dem Dach hält.

Zur Fahrertür heraus springt Neals Mutter, die, seit sie den Pinto nicht mehr hat, normalerweise einen VW Fox fährt. «Ist er nicht himmlisch?», sagt sie und reißt mich in ihre Arme. Ein grauenvoller Gestank hängt um sie, beißend, raubtierhaft. «Ist er nicht ein Gedicht?»

Ich bewundere den Schrank nach Kräften. Ich streiche über seine unlackierten Füße, beglückwünsche sie zu seiner Größe. Wie soll ein derart monströses, grelles Möbelstück in ihr kleines Haus in der July Street passen? «Wow», sage ich.

«Und er hat mindestens zweihundert Fächer an den Seiten. Alles an seinem Platz, das ist die Devise *chez moi.*» Dazu starrt sie mich mit einer Intensität an, als müsste ich jeden Moment ein grandioses Geheimnis enthüllen. Da ist sie bei mir an der falschen Adresse. Ich habe den ganzen Morgen mit Badputzen verbracht. Ich habe wenig Zündendes mitzuteilen.

«Ich hab heute Sachen erlebt, Daley. So faszinierende Sachen, das glaubst du gar nicht. Ich habe eine Entdeckung gemacht. Über Nylonstrümpfe.»

«Über Nylonstrümpfe?»

«Es ist ein richtiges Wunder. Und niemand spricht je darüber. Ich glaube, außer mir weiß das keiner. Du kannst einfach reinpieseln. Wusstest du das? Du kannst in deine Strumpfhose pieseln, und es läuft nichts raus. Es verdunstet einfach irgendwie. Ich hab's die ganze

Woche durch getestet. Niemand merkt etwas! Aber jetzt muss ich mich sputen. Ich hatte Neal versprochen, dass ich brav daheimbleibe, aber ich bin ausgebüxt, und jetzt sind Seine Majestät wahrscheinlich stinksauer auf mich.» Sie wirkt hochzufrieden bei der Vorstellung. «Dass er den Renaissance-Pokal gewonnen hat, weißt du, oder?»

«Und ob ich das weiß.» Ich lächle sie an. «Ich erinnere ihn öfter daran, als ihm lieb ist.»

«Oh, er kann so ein Ekel sein, findest du nicht? Man ahnt ja nicht, was man mit Söhnen mitmacht, bis man selbst welche hat. Aber immer noch besser als Ehemänner. Meiner ist einfach verschwunden. Puff. Weg.»

«Wirklich?»

«Er kriegt zwischendurch diese Anwandlungen. Eine fürchterliche Diva. ‹Ich ertrage dies nicht, ich ertrage jenes nicht› – in einer Tour. Die in dem Laden wollten meinen Scheck erst nicht annehmen, ist das zu fassen? Ärsche auf Stelzen, das sind sie. Dreckige Straßenköter.» Sie sieht mich an, als wäre ich plötzlich vor ihr aufgetaucht. «Ach, Daley, es tut so gut, dich hierzuhaben.» Sie zieht mich wieder an sich, und nun, da ich den Geruch einordnen kann, ist er noch schlimmer. «Wir brauchen deine Jugend und deine Schönheit und deinen Schwung in dieser saft- und kraftlosen alten Stadt.» Ihre Stimme gellt mir ins Ohr. «Schau?» Sie macht einen Schritt weg und blickt auf den Boden zwischen ihren Füßen. «Ich hab's wieder gemacht, und nichts läuft raus.»

Als sie weg ist, fahre ich direkt zu Neal. Der Laden ist geschlossen, und auch oben klingle ich vergebens. Ob er unterwegs ist, um sie zu suchen? Das hat mein Vater also gemeint mit seiner Bemerkung. Am Nachmittag probiere ich es nochmals, wieder ohne Erfolg. Ich hinterlasse ihm eine Nachricht. Am Tag darauf eine nächste. Der Laden bleibt die ganze Woche durch geschlossen. Die Wohnung liegt immer im Dunkeln. Ich frage mich, wie schlimm es wird und womit es endet.

Jetzt, da die Tage kürzer werden, geht mein Vater noch früher ins

Bett. Am ersten Abend, an dem Neal kommt, ist es gerade erst neun vorbei, und mein Vater schläft schon. Er klopft leise an die Hintertür. Erst denke ich, die Tür ist nicht richtig im Schloss und ruckelt im Wind. Aber dann erkenne ich durch das Glas Neal, der den Kopf zu einer der Scheiben herabduckt.

«Ich seh dich, Shirley Temple», sage ich, ehe ich öffne. Es überrascht mich selbst, wie erleichtert ich über seinen Anblick bin.

«Hallo», sagt er leise, gepresst. Seine Hände stecken in den Taschen.

Ich trete auf die Veranda heraus, um ihn zu umarmen, und er kippt mir förmlich entgegen. Seine Atemzüge sind tief, aber unstet.

«Es tut mir so leid», sage ich.

«Sie hat mir gesagt, dass sie dich getroffen hat. Ich gebe mir solche Mühe, sie von anderen Leuten fernzuhalten, wenn es wieder anfängt.»

«Wo ist sie jetzt?»

«McLean's. Da landet sie jedes Mal. Sie pumpen sie wieder mit Lithium voll und predigen ihr, dass sie es konstant nehmen muss, auch dann, wenn sie es nicht zu brauchen glaubt, *besonders* dann, wenn sie es nicht zu brauchen glaubt. Und dann schicken sie sie nach Hause.» Er hebt den Kopf nicht von meiner Schulter. Ich berühre sein Haar, zu vorsichtig, als dass er es spüren könnte. «Mein Vater kann damit nicht umgehen. Konnte er noch nie. Ihre manischen Phasen lösen bei ihm irgendwelche Urängste aus. Inzwischen sage ich ihm einfach, er soll alles mir überlassen, und rufe ihn an, wenn es vorbei ist. Ich weiß nicht, wie sie bei dir war, aber sie kann unglaublich bösartig werden. Und dann ist sie wieder honigsüß und wimmert dir vor, dass du das heiligste, vollkommenste Geschöpf bist, das je auf dieser Erde gewandelt ist. Einmal, als ich noch klein war, wollte sie mir einreden, dass ich Jesus Christus bin. Ich hab mich halb tot gefürchtet. Ich wollte nicht Jesus sein. Ich wollte nicht diese ganzen Löcher in meinem Körper haben.»

Ich wiege ihn.

Als sein Atem ruhiger geht, frage ich, ob ich uns einen Tee machen soll.

«Ich war so viele Tage immer nur drin. Macht es dir etwas aus, wenn wir hier draußen bleiben?»

Ich hole mir meine Jacke, und wir gehen zu den Liegestühlen am Pool. Das Becken ist jetzt mit einer straffen grünen Plane abgedeckt, aber die Stühle haben wir noch nicht wieder in den Schuppen geräumt.

Neal setzt sich in einen Liegestuhl und zieht mich zu sich herunter. Wir liegen auf der Seite, mein Rücken an seiner Brust, sein Atem in meinem Haar. Es tut so gut, gehalten zu werden.

«Ist das okay so?», fragt er.

«Ja.»

«Das Schlimmste ist immer, wenn sie sie fixieren. Ihr Gerede macht mir nicht so viel. Das kann ich ausblenden. Aber dieser Ausdruck auf ihrem Gesicht. Und die Riemen überall, mit denen sie festgezurrt ist.»

«Wie oft passiert das?»

«Die längste Pause zwischen zwei Schüben war bis jetzt zweieinhalb Jahre. Aber meistens sind die Abstände kürzer.»

«Ich hatte wirklich keine Ahnung.»

«Die Leute sind sehr taktvoll. Ashing ist ein guter Ort in dieser Hinsicht.»

«Und während unserer Schulzeit war das auch schon so?»

«Mein ganzes Leben. Früher haben sie mich über den Sommer zu meiner Tante nach Maryland verfrachtet.»

«Jeden Sommer?»

«Nur in den schlimmeren.»

Danach kommt er fast jeden Abend. Er klopft ans Fenster, und dann liegen wir im Dunkeln auf einem Liegestuhl. Als die Nächte kälter werden, bringt er eine Decke mit. Wir schauen hinauf zu den herbstlichen Sternen und kennen nur wenige beim Namen. Wir machen

Löffelchen, und manchmal rutschen wir noch ein wenig enger zusammen, aber wir küssen uns nie.

Seine Mutter kommt aus McLean's zurück, und er öffnet den Laden wieder. «Hat eh keiner gemerkt, dass ich zuhatte», sagt er.

Wir reden, aber eigentlich ist es mehr ein Laut-Denken. Oft bin ich mir nicht sicher, was ich tatsächlich gesagt habe. In klaren Nächten stanzen die Sterne eine Million Löchlein in die Schwärze. Jonathan hat einmal gesagt, die Sterne würden ihm ein Gefühl von Macht geben.

«Komisch», sagt Neal. «Mir geben sie das Gefühl, ein Nichts zu sein.»

«Mir auch. Liegt wahrscheinlich an Ashing.»

«Denkst du an Gott, wenn du die Sterne siehst?»

«Nein.»

«Glaubst du nicht an Gott?»

«Falls es ihn gibt, sind wir uns noch nicht vorgestellt worden.» Ich starre hoch zu der dunklen Kuppel über uns, zu den winzigen Lichtpünktchen, die in Wahrheit Feuerbälle sind, viele davon größer als unsere Erde. All diese Dinge, die man glauben soll ... «Mich erinnern die Sterne immer nur an den Tod.» Ich erzähle ihm von dem Abend, als ich zum ersten Mal das Tote-Sterne-Gefühl hatte. Ich erwähne nicht, dass ich es auch jetzt habe, dass es sich in meiner Brust häuslich eingerichtet zu haben scheint.

Neal sagt, ihm gefällt die Theorie, dass sich das Universum ausdehnt und wieder zusammenzieht, sodass sich jedes Leben irgendwann wiederholt, alle sechzig Milliarden Jahre etwa.

Eines Abends frage ich ihn, ob er zufällig an einem Roman schreibt, der mit dem ersten Collegejahr beginnt und in einem Möbelladen endet.

Er antwortet nicht, und ich fange an zu lachen.

«Ich hasse dich.» Er drückt mich fester an sich. «Entlarvst mich hier als wandelndes Klischee.»

Er hat drei Jacken, die alte Lederjacke von seinem Bruder, eine braune Segeltuchjacke und eine rot-schwarze Holzfällerjacke. Die Holzfällerjacke ist XXL. Er knöpft mich mit darin ein, mein Rücken an seiner Brust. Manchmal treffe ich ihn in dieser Jacke tagsüber auf der Straße, dann muss ich lächeln.

«Ähnelt sie deiner Mutter?»

«Wer?»

«Die Verblichene.»

«Nein. Doch. Ich meine, sie hat keinen Hau, aber sehr lebhaft ist sie schon.»

«Meine Mutter fand ja immer, je temperamentvoller, desto besser.»

«Gegen Temperament habe ich auch nichts. Aber es muss mit der nötigen Ernsthaftigkeit einhergehen.»

«Und die hat die Verblichene?»

«Verblichen sein hilft.»

«Sag mir, wie sie heißt.»

«Nein.»

Ich schlage Namen vor. Megan. Susan. Leslie. Er verneint jedes Mal. «Gott sei Dank. Leslie finde ich furchtbar. Obwohl, das stimmt so nicht. Nur Lessslie mit stimmlosem S. Mit stimmhaftem geht es. Aber wehe, du sprichst eine stimmlose Lessslie stimm*haft* aus. Dann gnade dir Gott, wobei man es an der Schreibweise ja nun wirklich nicht erkennt.»

Er nimmt die Hand von meinem Bauch und klappt sie mir über den Mund. «Sie heißt nicht Leslie.»

«Molly?», frage ich durch seine Finger.

«Kalt. Und jetzt Schluss mit dem Gerate. Du hast deine Wochenration aufgebraucht.»

Am nächsten Abend sagt er: «Ich habe nicht gesagt, dass du konkav bist. Ich habe gesagt, von mir aus könntest du sogar konkav sein. Was du schon damals nicht warst. Und heute erst recht nicht.»

«Jetzt auf einmal!», sage ich.

Und dann kommt der Abend, an dem wir die Gänse hören, nur

eine Handvoll, die nicht einmal ein V bilden. Sie fliegen zu tief, und zunächst dringt kein Laut zu uns. Und dann höre ich es, ein dünnes, geborstenes Rufen, und wieder eines, noch matter, entkräfteter.

«Die sind zu spät aufgebrochen», sagt Neal. «Die kommen nicht durch.» Und dann sagt er: «Hey, hey, nicht», aber ich kann nicht aufhören, um diese Gänse zu weinen.

Und eines Abends, als ich in seine rot-schwarze Jacke eingeknöpft liege, sagt er: «Was würde passieren, wenn du dich zu mir umdrehen würdest?»

«Ich weiß es nicht.»

«Ich weiß es auch nicht.» Der Hauch seines Atems steigt an meinem Ohr vorbei zu den Sternen.

Dann bleibt er drei Abende hintereinander weg. Ich schaue bei ihm im Laden vorbei. Es ist erst halb fünf, aber schon fast dunkel. Die Autos fahren mit Licht, die Straßenlaternen brennen. Schnee liegt in der Luft. Ich trage meinen alten Parka aus Michigan. Ich habe ihn in einem Secondhandladen für zehn Dollar gekauft. Er ist orange und unförmig – das UFO, sagte Jonathan immer, wenn ich damit ankam.

Neal ist mit einer Kundin beschäftigt, als ich die Tür aufstoße. Sie kehren mir den Rücken zu und blicken zu einem oberen Fach auf. Beide drehen sich gleichzeitig um, Neal mit einem Grinsen im Gesicht, entschuldigend, dankbar, glücklich. Die Wangen der Frau sind gerötet. Neben Neals Tisch steht ein Koffer.

«Die Verblichene», rutscht es mir heraus.

«Die Verblichene», sagt er.

«Was?», fragt sie und fährt herum. Sie ist sehr apart, wie kaum anders zu erwarten, mit runden braunen Augen und leicht ironischem Lächeln.

«Ich heiße Daley.» Ich strecke ihr die Hand hin.

«Nennst du mich allen Ernstes so?», fragt sie ihn.

«Wie heißt du richtig?»

«Sag's ihr nicht!» Aber er war nicht schnell genug.

«Anne.»

«Anne?» Ich schaue ihn an. Auf Anne wäre ich bestimmt noch gekommen.

Er zuckt die Achseln.

«Ein furchtbarer Name», sagt sie. «Ich kann ihn nicht ausstehen.»

«Immer noch besser als Lessslie.» Er hält den Blick auf mich gerichtet: Begreife ich, wie die Dinge stehen? Da kann er beruhigt sein. Völlig beruhigt.

«Zehnmal besser», sage ich.

22

Und dann kommt Thanksgiving. Kalt, trübe, so wie noch jedes neuenglische Thanksgiving, an das ich mich erinnern kann. Garvey konnte ich nicht zum Kommen überreden, obwohl ich ihn Woche für Woche bearbeitet habe. Aber telefoniert hat er immerhin mit Dad. Es war ein kurzes Gespräch, steif, aber ohne Feindseligkeiten. Vielleicht, meinte Garvey hinterher zu mir, schaut er über die Weihnachtstage vorbei.

Das AA-Meeting findet heute um ein Uhr statt, und danach sind wir bei den Bridgetons eingeladen.

Sie wohnen nördlich von Ashing an einer langen, bewaldeten Straße. Alles Laub ist von den Bäumen abgefallen. Jedes einzelne Blatt. Als wir schon fast da sind, sagt mein Vater, dass sie heute über Segen gesprochen haben.

«Sägen?» Ein bisschen irritiert bin ich doch.

Der Wagen hält. Die Straße endet; vor uns liegen der Ozean und das Haus der Bridgetons. «Patricia meinte, Segen bedeutet, Liebe annehmen zu können. Wir alle verbringen so viel mehr Zeit damit, Liebe zurückzuweisen, als sie anzunehmen, meinte sie. Eigentlich eine komische Vorstellung, oder, dass man Liebe zurückweist. So dumm irgendwie. Aber wahrscheinlich macht man das andauernd.»

«Wahrscheinlich.» Ich reagiere sehr verhalten. Ich hasse Thanksgiving.

«Tja. Also dann.» Er stößt die Autotür auf. «Stürzen wir uns auf den Puter.»

Die Bridgetons haben ihr eigenes Stück Steinstrand unter ihrem grünen Schindelhaus. Ich hätte geschworen, dass ich noch nie hier war, bis ich über den Rasen vor zur Felskante schaue und mir plötzlich eine Erinnerung daran kommt, wie ich mit einem größeren blonden Jungen über diese Felsen geklettert und abgerutscht bin und mir die Knie aufgeschürft habe. Durch ein Fenster sehe ich den Vorraum mit dem kleinen Waschbecken, an dem meine Mutter mir meine Schrammen ausgewaschen und verpflastert hat.

Mein Vater und ich haben den ganzen Vormittag gekocht und gebacken: grüne Bohnen, Knoblauch-Kartoffelstampf und Apfelkuchen. Er kann inzwischen fünf verschiedene Hauptgerichte und wäscht seine Wäsche selbst. Wir stapfen mit unseren Schüsseln zur Eingangstür. Mein Vater wollte unbedingt, dass ich mich ein bisschen schick mache, deshalb trage ich das beige Kostüm mit den hochhackigen Stiefeln, das ich sonst nur zum Vorsingen anziehe.

Carly Bridgeton öffnet uns.

«Onkel Gardiner!», sagt sie und fällt meinem Vater um den Hals. Carly ist sein Patenkind. Das hatte ich völlig vergessen. Sie ist das älteste der Bridgeton-Kinder, Ende dreißig schon, aber die gesteppte Weste und die Kniestrümpfe, die sie trägt, machen sie gleich um zwanzig Jahre jünger.

«Na, mein kleines Fräulein», sagt er.

«Schau dich an», sagt sie. «Du siehst großartig aus, Onkel G.»

Das stimmt. Er hat Farbe im Gesicht, seine Augen sind klar und wach. Leicht zugenommen hat er auch. Er wirkt fit und gesund und deutlich jünger als seine einundsechzig.

«Kennst du Daley noch?»

«Natürlich.» Sie umarmt auch mich. «Weißt du noch, wie wir immer zusammen Himmel-und-Hölle gefaltet haben?» Aber ich erinnere mich nicht. Ihre schmale Nase und die großen Sommersprossen kommen mir in keinem konkreten Sinn vertraut vor, aber wenn sie mir auf irgendeiner Großstadtstraße über den Weg liefe, würde ich denken, ich kenne sie. Sie sieht aus wie so viele der Menschen aus meiner Jugend.

Carly nimmt uns die Mäntel ab und führt uns ins Wohnzimmer. Auf den rosa Chintzsofas sitzen die zwei Söhne der Bridgetons, beide in Anzug und Krawatte, und schütten sich Händevoll Knabbermix in den Mund. Als sie uns sehen, stehen sie auf und wischen sich die salzigen Finger an den Hosen ab, bevor sie uns die Hand geben. Welcher treibt gleich wieder «Gott weiß was» in Colorado? Ich komme nicht darauf. Beide erscheinen sie mir als typische Produkte der Ashing Academy, gefolgt von Internat und einem kleinen geisteswissenschaftlichen College in Neuengland: nett aussehende, unprätentiöse, parkettsichere junge Männer. Gemeinsam finden wir heraus, wer von ihnen ein Jahr älter als Garvey ist (Scott) und wer ein Jahr jünger (Hatch), wer drei Jahre hintereinander in Dads nie geschlagener Jugendliga-Mannschaft war (Hatch) und wer sich noch daran erinnert, wie Garvey den Vortragswettbewerb mit Kiplings «Gunga Din» gewonnen hat (wir alle).

Wenig später kommt Mr Bridgeton herein, humpelnd, sein rechter Fuß in einem blauen Gehgips, aus dem ein weiß bestrumpfter Zeh hervorlugt. Auf diesen kleinen Sockenausschnitt hat jemand einen Smiley gemalt. In seiner Hand klappert ein Whiskey Soda.

«Himmelarsch!», ruft mein Vater. «Was ist denn mit dir passiert?»

«Ach, nur ein kleiner Zusammenstoß mit einem Elch.»

Die Jungen lachen, und Hatch holt einen Türstopper vom anderen Ende des Zimmers herbei. Es ist ein Ziegelstein in einem handbestickten Überzug mit einem beige-braunen Elchkopf darauf.

«Aua», sage ich.

«Voll drübergefallen über das verdammte Ding. Am hellen Tag auch noch. Hat mich echt kalt erwischt.» Mr Bridgeton lächelt vage über unsere Köpfe hinweg. Die Schmerzmittel scheinen gut zu wirken.

Ich höre das Schnurren eines Pürierstabs und entschuldige mich, um Mrs Bridgeton zu helfen.

«Geh da nicht unbewaffnet rein», warnt Hatch mich.

Scotch streckt mir das Käsemesser hin.

Die Küche ist klein und in demselben Erbsengrün gehalten wie so viele Fünfzigerjahre-Küchen hier in Ashing. Mrs Bridgeton verteilt

Pekannüsse auf den pürierten Süßkartoffeln, die sie liebevoll in einer geriffelten Auflaufform verstrichen hat. Auch sie hat ein Cocktailglas neben sich stehen, das schon fast leer ist.

«Das riecht ja köstlich», sage ich. Und das tut es. Es riecht wie früher in unserer Küche, wenn meine Mutter das Thanksgivingessen gekocht hat.

«Daley, wie schön, dass ihr hier seid.» Sie küsst mich auf die Wange. Ihre eigene Wange ist warm und riecht nach Babypuder. «Und schau dich an!» Mehr an Kompliment fällt ihr zu meiner strengen, freudlosen Aufmachung sichtlich nicht ein.

«Mein Vater hat darauf bestanden, dass ich das anziehe», sage ich, um ihr aus der Patsche zu helfen.

«Ach, wirklich? Es sieht jedenfalls sehr hübsch aus.» Sie senkt die Stimme. «Wie geht es ihm?»

Ich lange in die Tüte mit den Nüssen und beginne einen zweiten, kleineren Kreis in dem großen, den sie gerade zu Ende legt. «Gut geht es ihm. Er hat diese Woche als Basketballtrainer bei dieser Jugendgruppe angefangen. Er geht richtig auf darin.» Die Stelle hat ihm sein Sponsor vermittelt – denn er hat einen, wie ich seit Kurzem weiß, einen Mann namens Kenny.

«Ich würde ihm so wünschen, dass Hugh ihn zurücknimmt!»

«Ich glaube, er hätte gar keine Lust, wieder im Büro zu sitzen. Das hier liegt ihm viel mehr.» Er wäre schon immer am liebsten Sporttrainer geworden, hat er mir vor ein paar Tagen erzählt, aber damals galt das nicht als seriöse Berufswahl. «Pfeif auf die Seriosität, Dad. Folg deiner Neigung», war meine Antwort.

«Ja, er hat eine wunderbare Art mit Kindern», sagt Mrs Bridgeton. «Das wissen wir alle.»

«Meine Mutter hat die Süßkartoffeln auch so gemacht.»

«Ich weiß. Das Rezept hatte sie von mir.» Sie fischt eine neue Handvoll Pekannüsse aus der Tüte. «Sie und ich waren befreundet, weißt du, bevor das mit den Demokraten bei ihr anfing.» Sie sagt das Wort Demokraten genauso wie mein Vater, als wären die Demokraten ein Kult, der brave Bürger spurlos vom Erdboden verschwinden lässt.

«Und jetzt streut man jede Menge braunen Zucker drüber und schiebt sie unter den Grill?»

«Erst backen. Der Grill kommt dann ganz am Schluss.»

«Meiner Mutter sind sie manchmal verbrannt.»

«Sie verbrennen auch sehr leicht. Der Übergang von Braun zu Schwarz geht extrem schnell.»

«Danke noch mal für die Einladung. Das war sehr nett.»

«Die Feiertage sind das Schwerste, wenn man allein ist.»

Er ist nicht allein, möchte ich sagen. Ich bin nicht allein. Ich wünschte, sie könnte seine Fortschritte mehr würdigen.

«Na, wen haben wir denn hier!» Unter der niedrigen Küchentür duckt sich mein Vater hindurch.

Mrs Bridgeton streicht sich das Haar aus dem Gesicht und zieht ihr grünes Kleid glatt.

«Nur uns zwei Thanksgiving-Wichtel», sagt sie.

Mein Vater sieht fesch aus in seinem anthrazitfarbenen Anzug, dem gestärkten weißen Hemd und der Krawatte mit ihrem Muster aus blauen und grünen Fischen. «Jetzt schau einer dieses Festmahl an.» Sein Blick wandert über die Beilagen in ihren Schüsseln, den goldbraunen Truthahn im Ofen.

«Alles Sachen, die ich schon seit neununddreißig Jahren koche», sagt sie und wischt sich die Hände an einem Geschirrtuch ab.

«Warum was Gutes verändern», sagt mein Vater abwesend und blickt durchs Fenster auf das graue Wasser. Ich spüre, wie es ihn hinüberzieht zu den anderen mit ihren Drinks. Ich spüre den Drang, als wäre es mein eigener Körper, der danach schreit. Ich möchte seine Hand halten und ihm versichern, dass es vorübergehen wird. Sei stark, möchte ich ihm sagen. Die Feiertage sind immer am schwierigsten.

«Ich habe ein Fläschchen Sekt gekauft, das wir zum Dessert trinken wollten. Darfst du wenigstens ein kleines Schlückchen probieren, Gardiner?»

Es ist ein Gefühl, als hätte sie mich mit einem Eimer Eiswasser übergossen. Ich schaffe es, nichts zu sagen.

Mein Vater schüttelt den Kopf. «Nichts da. Ich bleibe bei meinem Soda.»

Ich lächle ihm zu, aber er schaut mich nicht an.

«Daley», sagt sie und reicht mir einen silbernen Krug, «bist du so lieb und schenkst die Wassergläser drüben im Esszimmer voll? Wir können bald essen.»

Auf dem Esstisch stehen große Schalen voll orangenen und grünen Flaschenkürbissen. Die Tischkarten haben die Form von aufgefächerten Truthahnschwänzen. Ich habe den Platz links von Mr Bridgeton und rechts von Scott. Für meinen Vater ist auf der anderen Seite gedeckt, neben Mrs Bridgeton. Alle um ihn herum haben Highball-Gläser voller Alkohol. Was wollen wir hier bei diesen Leuten, die nicht wissen, was er durchgemacht hat, die im Zweifel nicht einmal verstanden haben, dass es eine Krankheit ist? Ich habe versagt. Ich hätte ihm einen anderen Freundeskreis suchen müssen, eine andere Art zu leben.

Schließlich sitzen wir alle um den Tisch und häufen uns Essen auf die Teller. Scott und ich stellen einander höfliche Fragen. Uns gegenüber schwelgen Hatch und mein Vater in Erinnerungen an die Acorns. Mrs Bridgeton deutet mit ihrer Serviette und dem Wort *Stachelbeere* an, dass Mr Bridgeton Soße an der Backe hat. Sie trinken alle stetig, aber niemand wirkt sonderlich betrunken. Niemand braust auf. Niemand verändert plötzlich die Persönlichkeit. Sie necken sich, aber immer liebevoll. Sie scheinen sich miteinander rundum wohlzufühlen. Als ich frage, wie oft sie sich sehen, sagt Hatch, nicht oft genug, aber es stellt sich heraus, dass keiner je bei einem Thanksgiving oder Weihnachten gefehlt hat und dass sie jedes Jahr mindestens zwei Wochen alle zusammen in ihr Sommerhaus in den Berkshires fahren und im März zehn Tage auf die Bahamas.

Nach dem Essen gehen alle außer Mr Bridgeton mit seinem Gipsfuß zum Wasser hinunter. An dem kleinen Strand herrscht Ebbe, der

Sand glänzt in einem nassen Dunkelgrau. Von ihrer Landzunge aus sieht man mehr Inseln als vom Ruby Beach. Hatch nennt mir ihre Namen. Die anderen lassen Steine hüpfen. Scott beugt sich nach hinten und holt seitlich aus.

«Ein Spitzenwurf», ruft mein Vater, als Scotts Stein über die graue Wasserfläche flitscht. «Neun mal war das!»

Hatch erzählt mir von der Software-Firma, für die er in Boulder arbeitet. Ich habe keine Ahnung, wovon er spricht. «Und du? Wie lang bleibst du noch hier?»

«Nicht sehr viel länger.» Ich fühle mich in die Enge getrieben und müde. «Bis nach Weihnachten vielleicht.» Stimmt das? Meine Zukunft hat die gleiche Farbe wie der Ozean.

Mrs Bridgeton hebt einen Stein auf und wirft ihn, ungeschickt, aber einen Hüpfer schafft er vor dem Sinken doch.

«Nicht schlecht», sagt mein Vater milde. «Wir versuchen's gleich noch mal.»

Mrs Bridgeton lächelt mit hochrosa Bäckchen.

Auf dem Heimweg sehen wir Jason Mullens neben einem Streifenwagen stehen und durchs Fenster mit dem Fahrer reden. Er blickt auf, als wir vorbeifahren, und seine Hand schießt zu einem Winken hoch.

«Hast du was mit dem?»

«Nein.»

«Warum schaut er dich dann so an? Und hinterlässt Nachrichten für dich?»

«Ach, das war dumm von mir. Ich war einmal abends mit ihm was trinken.»

«Was *trinken* warst du mit ihm? Wann?»

«Im Sommer.»

«Du hast dich rausgeschlichen?»

«Ich hab mich nicht raus*geschlichen*, Dad. Ich konnte nicht schlafen, und wir sind uns zufällig begegnet und zu Mel's gegangen.»

«Zu Mel's. Der Junge hat Niveau!»

«Red nicht so. Er ist wirklich nett.»

«Ach ja? Heiratest du jetzt einen Bullen?»

«Jason interessiert mich nicht.»

«Und mit wem warst du noch alles was trinken? *Mich* lässt du jeden Abend zu diesen Drecks-Meetings trotten, und du ziehst derweil um die Häuser und machst einen drauf?»

«*Ein* Mal. *Ein* Bier.»

Wir biegen in die Myrtle Street ein. Es ist so ein trister Nachmittag. Ich muss mir etwas einfallen lassen, was seine Laune hebt. In dieser Stimmung können wir nicht nach Hause zurückkommen.

«Du musst grade reden», sage ich. «Ich glaube, Barbara Bridgeton hat ein Auge auf dich geworfen.»

«Was? Niemals», sagt er. Die Vorstellung amüsiert ihn. «Bist du jetzt endgültig übergeschnappt, oder wie?»

«Ich sag ja nur, dass du aufpassen sollst. Sonst kannst du dich vor lauter Quiches und Aufläufen bald nicht mehr retten.»

Am nächsten Tag rufe ich Mrs Bridgeton an, um mich zu bedanken.

«Ach, es war eine solche Freude, euch hierzuhaben. Vielleicht sollten wir eine Tradition begründen.»

«Nächstes Jahr bei uns», sage ich. War das ein Witz? Ganz sicher bin ich mir nicht. «Doch, so ein bisschen Familienleben tut einfach gut. Dad ist glänzend gelaunt heute.» Ich kann ihn durchs Fenster sehen. Er ist bester Dinge aufgewacht und hat verkündet, dass er sofort die Garagentür reparieren und die restlichen Blätter zusammenharken will, beides Dinge, die er seit Wochen vor sich herschiebt.

«Ach, das freut mich, Daley.»

Es kommt so von Herzen, dass ich mich ihr plötzlich ganz nah fühle. Ich denke an die Mahlzeiten, die sie ihm anfangs gebracht hat, an die Hortensien für das Fest. Viele Frauen in Ashing erkundigen sich nebenher nach meinem Vater, aber ihr liegt wirklich etwas an ihm. Sie unterschätzt vielleicht seine Alkoholsucht, aber ihre Hilfsbereitschaft ist echt. Ich habe das Gefühl, für meine Sprödigkeit Abbitte leisten zu müssen.

«Ganz herzlichen Dank jedenfalls noch mal. Für alles.»

«Wir sind immer da, wenn ihr uns braucht. Wir kennen deinen Dad schon so lange. Ich kannte ihn schon vor deiner Mutter.»

«Das wusste ich gar nicht.»

«Doch, er hat mit Bens Zimmergenossen Doppel gespielt. Er hatte eine ganze Reihe von Mädchen, musst du wissen. Und dann hat er deine Mutter zum Herbstball mitgebracht, und um ihn war's geschehen. Danach hat man ihn mit keiner anderen mehr gesehen.»

«Wie war er damals denn so?»

«Genauso wie jetzt. Zuvorkommend, charmant, hochanständig. Ach, Daley, ich wünsche dir so sehr, dass du eines Tages einen Mann wie ihn findest.»

Am Wochenende schneit es. Der Schnee breitet eine zweite Abdeckung über den Pool, formt glatte Wülste auf den Plastikbändern des Liegestuhls.

Neal ist mit Anne nach Vermont gefahren.

Am Montag kommt mein Vater vom Training heim, in der Hand einen großen Frischhaltebeutel mit Plätzchen.

«Wo hast du die denn erbeutet?», frage ich.

«Die hat mir Barbara mitgegeben.»

«Wo hast du Barbara getroffen?»

«Ich hab auf dem Heimweg bei ihnen vorbeigeschaut.»

Am Mittwoch schleppt er einen Biskuitkuchen mit Kokosstreuseln an. Am Donnerstag einen Shepherd's Pie. Ich habe seit der Grundschule keinen Shepherd's Pie mehr gesehen: unten tot gegartes Hackfleisch, oben eine Schicht Kartoffelbrei, auf die Paprikapulver gestreut ist.

Am Freitag steht er mit der nächsten Reine im Arm da und eröffnet mir, dass Barbara Bridgeton und er heiraten.

Ich fange an zu lachen. «Was redest du da?»

«Ich habe sie gefragt, und sie hat Ja gesagt.»

«Dad, sie ist schon verheiratet. Du streng genommen übrigens auch.»

«Sie verlässt ihn.» Er schaut auf die Uhr. «Sie sagt es ihm heute Abend.»

«Dad! Ihr könnt doch ihre Familie nicht auseinanderreißen.»

«Sie liebt mich. Das hat sie mir gesagt. Sie möchte mit mir verheiratet sein.»

«Aber Ben Bridgeton ist so ein alter Freund von dir.»

«Sie ist nicht glücklich mit ihm. Was soll ich daran ändern?» Er stellt die Reine ab und zieht die Zellophanfolie straffer über die Kanten. «Meine Schuld ist das nicht.»

«Denk dran, dass sie bei AA sagen, man sollte mindestens ein Jahr keine neue Beziehung eingehen.»

«Bei AA sagen sie viel, wenn der Tag lang ist. Barbara meint sowieso, dass ich gar kein echtes Alkoholproblem habe, nicht so wie die anderen dort.»

Alles Blut weicht aus meinen Händen und Beinen. Ich versuche, ganz ruhig zu klingen. «Und was meinst *du*?»

«Ich weiß nicht, was ich meine. Irgendwie wird mir ja schon sehr lange keine eigene Meinung mehr zugestanden.»

In meiner Brust und im Hals hebt ein Summen an. Die Küche kommt mir auf einmal so klein vor. «Von mir, meinst du?»

«Von allen. Alle reden so klug daher. Reden, Reden, Reden.» Auf seinem Gesicht ist ein Ausdruck, der mich an die frühen Jahre mit Catherine erinnert, etwas Raubtierhaft-Triumphierendes. Er hat heute Nachmittag mit Barbara Bridgeton geschlafen. Und dann hat er, ganz Kavalier der alten Schule, um ihre Hand angehalten. «Was interessiert dich das überhaupt?», sagt er. «Du fährst nach den Feiertagen doch eh ab.»

Ist *das* der Auslöser gewesen?

«Möchtest du, dass ich fahre?»

Er antwortet nicht.

«Das hab ich doch nur zu Hatch gesagt, um irgendetwas zu sagen. Du musst los. Dein Meeting beginnt gleich.»

Er schaut wieder auf die Uhr. «Barbara wollte anrufen.»

«Ich finde, du solltest mit Kenny sprechen, Dad. Dafür ist ein Sponsor doch da.»

«Kenny kann mich mal», sagt er, aber er fährt zur Kirche.

Barbara ruft nicht an. Wir essen stumm zu Abend. Danach gehe ich hoch in mein Zimmer und höre ihn auf die Patriots einschimpfen. «Zeigt's diesen Sackgesichtern doch endlich!», höre ich, dann: «Du Lahmarsch! Du unfähiger Stümper!», und schließlich: «Siehst du, geht doch, ja, ja, JA!» Er bleibt auf und sieht das ganze Spiel und im Anschluss die Nachrichten.

Um halb zwölf klingelt das Telefon. Noch vor dem zweiten Klingeln ist er dran. Er schaltet den Fernseher aus, aber ich verstehe trotzdem nichts. Ich steige aus dem Bett und pirsche bis zur Treppe vor.

«Mach dir keine Sorgen, Schnuckel. Keine Sorge, wirklich. Alles wird gut.»

Dann hört er lange zu, und dann sagt er: «Doch. Das weißt du doch, dass ich das tue. Und immer tun werde. Wir kriegen das hin, du und ich.»

Am nächsten Tag steht Barbara Bridgeton mit zwei himmelblauen Hartschalenkoffern vor der Tür. Mein Vater wuchtet sie die Treppe hinauf, während ich uns einen Tee koche. Barbara lehnt an der Spülmaschine, noch im Mantel. Ich hantiere bewusst langsam, um den Augenblick hinauszuzögern, wo ich mich umdrehen und sie ansehen muss.

«Ich kann mir gut vorstellen, wie seltsam dir das alles vorkommt, Daley», sagt sie zu meinem Rücken. «Aber ich liebe ihn – eure ganze Familie –, schon seit ich denken kann.» Ihre Stimme bricht, und ich höre, wie sie sich auf einen Stuhl fallen lässt. «Bitte sei du nicht auch gegen uns. Es können doch nicht alle gegen uns sein.» Ihr Schluchzen ist jammervoll. Ich muss an Thanksgiving denken, an ihre Söhne in Anzug und Krawatte und den Ziegelstein mit dem gestickten Elch. Es war ihr sechsunddreißigstes Thanksgiving in diesem Haus, hat mir Scott erzählt.

«Wissen die Kinder es schon?»

Das Schluchzen wird lauter.

«Und sie haben es nicht gut aufgenommen?»

Ihre Stimme ist kaum verständlich. «Scott hat aufgelegt. Hatch und Carly haben mir zugehört, aber sie finden meine Entscheidung übereilt.»

«Sie ist von euch beiden übereilt.»

«Wir sind keine Teenager mehr. Wir wissen, was wir wollen.»

«Mein Vater weiß momentan *nicht*, was er will. Genau darum geht es doch. Er muss hart an sich arbeiten.»

«Er soll nicht an sich arbeiten müssen. Er ist wunderbar, wie er ist!»

«Ich weiß, dass er auf Außenstehende so wirkt, aber … »

«Ich bin ja wohl keine Außenstehende, Daley.»

So viele Seiten seines Wesens kennt man offenbar nur, wenn man mit ihm zusammenlebt. Wir hören ihn das Esszimmer durchqueren und den Anrichteraum betreten. Sie wischt sich übers Gesicht und steht auf.

Er umarmt sie, und sie fängt wieder zu weinen an, und er sagt ihr, dass er bei sich oben eine Kommode für sie leer geräumt hat. Ich stehle mich weg.

Barbara besteht darauf, unser Abendessen zu kochen. Sie braucht eine Beschäftigung, sagt sie. Im Kühlschrank ist Rinderlende, aber sie schickt mich zu Goodale's, damit ich Lammgeschnetzeltes und vollfette Sahne hole. Es ist klar, dass sie keinen Wert darauf legt, selbst zu fahren. Im Zweifel hat es sich schon herumgesprochen, wo sie jetzt einzieht. Sie hat recht. Ich merke es an der Art, wie Mrs Goodale mich grüßt, ihre Stimme eine Spur lauter als sonst und ein ganz klein wenig verschmitzt.

Als ich mit den Einkäufen nach Hause komme, sind sie wieder in seinem Zimmer. Sie haben bereits nach dem Mittagessen «Siesta» gehalten, wie Barbara es nannte. Ich gehe mit den Hunden zum Strand hinunter. Es ist bitterkalt. Ich mag Schnee auf Sand nicht. Es hat etwas Unnatürliches. Ich mache die Hunde nicht los, damit sie nicht zu schwimmen versuchen. Sie zerren an ihren Leinen. Wir sind die einzigen Lebewesen weit und breit.

Wenn ich jetzt abfahre, geht mein Vater zu keinem einzigen AA-Meeting mehr. Es wird nicht von Dauer sein mit ihnen. Ihre Affäre wird enden, und sie wird zurückkehren zu ihrer heilen, netten Familie. Ich muss hierbleiben, für ihn die Stellung halten, damit er, wenn sie ihn dann verlässt, nicht wieder bei null anfangen muss.

Als er abends den Mantel anzieht, um zu seinem Treffen zu fahren, sagt Barbara: «Warum muss es um sieben sein? Warum ausgerechnet zur Abendessenszeit?»

Ich warte darauf, dass mein Vater ihr sagt, dass er nie vor acht isst, aber er sagt nichts. Er zuckt nur die Achseln.

«Vielleicht deshalb, weil das die Zeit ist, wenn die Leute am meisten Lust auf einen Drink haben», sage ich.

«Ach so», sagt sie schmollend.

Als er heimkommt, will sie wissen, ob jemand dort war, den sie kennt.

«Deshalb heißt es *Anonyme* Alkoholiker», sage ich.

Mein Vater pickt die Lammstücke aus der Soße, isst ein paar Bissen und erklärt dann, dass er satt ist.

Er lehnt sich in seinem Stuhl zurück und sieht mich an. «Du trägst deine Haare nicht oft so nach hinten, oder?»

«Nein.»

«Schlau von dir. Bei diesen Riesenohren, die du hast.»

Das ist das erste Mal seit Langem, dass er an mir herumkrittelt. Es sticht ein bisschen, aber ich lasse mir nichts anmerken. «Ich kann dir sogar sagen, wo ich sie herhabe.»

«Ach ja, kannst du das?»

«Garvey hat sie auch geerbt. Irgendwann haben wir mal nachgemessen. Rate, welche größer sind, Garveys oder meine?»

«Deine.»

«Falsch. Die von Garvey, um sechs Millimeter.»

Er steht auf und kramt in der Küchenschublade herum. «Dann schauen wir doch mal.» Er hält mir ein Lineal ans linke Ohr. «Sechs komma neun Zentimeter.»

Ich messe sein Ohr. «Sieben komma acht.»

Er reckt die Arme in die Luft. «Gewonnen!»

«Und ich darf nicht antreten?», fragt Barbara.

Wir sehen auf ihre Ohren. Sie sind winzig.

«Keine Chance», sagen wir im Chor und lachen.

Am nächsten Morgen will Barbara mir helfen, den Geschirrspüler auszuräumen. Dad ist draußen und schaufelt die Autos frei. Ich sage ihr, sie soll sitzen bleiben und in Ruhe ihren Kaffee austrinken, aber sie will wissen, was wo hingehört. Ich habe keine Lust, es ihr zu sagen. Ich habe keine Lust, mir anzuhören, dass die Tassen besser näher bei der Kaffeemaschine aufgehoben wären. Aber sie sagt nichts dergleichen. Sie hält einen von den Tellern mit Goldrand und rosa Blümchen hoch und sagt, dass das das Frühstücksservice ist, das meine Eltern von Dads Mutter zur Hochzeit bekommen haben.

«Ich sehe deine Mutter noch vor mir, wie sie bei der Brautparty zwischen diesen ganzen Geschirrkartons saß.» Und dann stellt sie den Teller auf den Tisch. «Ich wünschte, du würdest dich nicht so auf die Schwächen deines Vaters einschießen, Daley.»

«Was?»

«Das ist nicht gut für sein Selbstwertgefühl.»

«Wegen der Ohren, oder wie?»

«Ja, unter anderem.»

«Ich finde es etwas sehr Wertvolles, wenn man über die eigenen kleinen Unvollkommenheiten lachen kann.»

«Er hat bildschöne Ohren. Und du auch. Wenn du deinem Dad wirklich helfen willst, bau ihn auf, anstatt ihn niederzumachen.»

Drei Abende hintereinander sieht mein Vater nach dem Abendessen keinen Sport. Aber am vierten Abend haben die Patriots ein wichtiges Spiel, und er fragt sie, ob es sie stört, wenn er ein bisschen guckt.

«Natürlich nicht», sagt sie und holt ihren Stickrahmen. Mein Vater sitzt mit zuckenden Händen neben ihr, so sehr muss er sich bezähmen, um nicht zwischendurch aufzuspringen und Kraftausdrücke in Richtung Bildschirm zu schleudern.

Das Telefon klingelt. Mein Herz gerät aus dem Takt wie immer. Etwas in mir hofft selbst jetzt noch, es könnte Jonathan sein. Ich hebe beim dritten Läuten ab.

«Kann ich bitte meine Frau sprechen, Daley?»

Ich blicke zu Mrs Bridgeton hinüber. Sie hat die Nadel zwischen die Lippen geschoben und entwirrt einen kleinen Knoten in ihrem Garn. Die roten Flecken auf ihren Backen wecken in mir den Verdacht, dass auch ihr Herzschlag ausgesetzt hat. Aber sie spielt ihre Rolle gut.

«Barbara?» Sie zwingt sich, einen Moment abzuwarten, bevor sie aufschaut. «Für dich.»

Sie steht auf und legt ihre Stickerei in die Mulde im Polster, wo sich noch ihr Gesäß abdrückt. Er beobachtet sie, als sie in die kleine Telefonnische geht. Ich reiche ihr den Hörer und schließe auf dem Weg nach draußen die Tür.

Das nächste Play hindurch sind seine Fäuste geballt. Nachdem sich wieder alle Spieler zu einem riesigen Haufen verkeilt haben, wird Werbung eingeblendet.

«Ich brauch eine neue Nummer», sagt er. «Das geht nicht, dass der einfach hier anruft.»

«Dad, du musst sie miteinander sprechen lassen.»

«Nein. Sie hat ihre Wahl getroffen.»

«Er ist bestimmt am Boden zerstört. Und falls es auf eine Scheidung hinausläuft, geht sie glatter über die Bühne, wenn die Kommunikation zwischen ihnen funktioniert.»

«*Falls* es auf Scheidung hinausläuft? Auf was soll es denn sonst hinauslaufen, hmm?»

«Du musst sie selbst entscheiden lassen. Du kannst nichts erzwingen.»

«Denkst du, sie geht zurück zu ihm? Denkst du das, Daley?»

«Ich habe keine Ahnung, was sie tun wird. Aber vierzig Ehejahre darf man nicht unterschätzen.»

Und bei der nächsten Werbung sage ich: «Du darfst dich nicht zu sehr aus dem Tritt bringen lassen, Dad. Du musst Kurs halten und dir darüber klar werden, was du wirklich willst.»

«Ich weiß, was ich will. Ich weiß haargenau, was ich will. Und du halt dich da gefälligst raus.»

Böse stiert er auf den Bildschirm. Barbara öffnet die Tür, und ich ziehe mich eilig in die Küche zurück und klirre mit den Leinen. Die Hunde kommen angestürmt.

Ich höre meinen Vater lostoben. «Das gibt's doch nicht, verdammt!» Erst denke ich, er schreit einen der Schiedsrichter an, aber dann murmelt Mrs Bridgeton etwas, und er brüllt: «Von mir aus kann er hundertfünf werden!»

Ehe ich noch die letzte Leine am Halsband festmachen kann, stürzt Mrs Bridgeton herein. «Aber er ist doch mein kleiner Junge!», jammert sie und bricht in bitterliches Schluchzen aus.

Ich warte nur, dass ihr Weinen nachlässt. Ich würde lieber nicht ihre Vertraute werden, und die Hunde kratzen wie wild an der Tür.

«Entschuldige, Daley.»

Ich strecke ihr ein Stück Küchenrolle hin.

«Wir planen die Feier zu Hatchs fünfunddreißigstem Geburtstag schon seit Januar», sagt sie. «Wir haben extra diese Band aus Boston engagiert, die er so toll findet, und ein paar ganz alte Freunde von ihm kommen angereist, einer sogar aus Deutschland. Ben wollte nur kurz fragen, ob ich dem Partyservice die endgültigen Zahlen durchgegeben habe, das war alles. Aber das glaubt dein Vater mir nicht, und er will auch nicht, dass ich zu der Feier gehe.» Wieder übermannt das Weinen sie. Ihr zarter Körper bebt wie in Zeitlupe.

«Natürlich musst du hingehen. Das wird er schon einsehen.» Aber so sicher bin ich mir nicht. «Letzten Endes wird er es einsehen.»

«Ich habe so Angst, dass ich dadurch unsere Beziehung zerstöre.»

Welche Beziehung, bitte schön? Was an Beziehung wollen sie in fünf Tagen aufgebaut haben? «Das wirst du schon nicht.» Ich berühre die weiße Wolle ihres Pullovers. «Das wirst du nicht.»

Die restliche Woche wird die Geburtstagsfeier – in meinem Beisein zumindest – mit keiner Silbe erwähnt.

Am Samstag hat die Mannschaft meines Vaters ein Spiel in Allencaster. Vor sechs wird er nicht zurück sein, sagt er mir.

Um vier kommt Barbara in einem dunkelblauen Kleid und dunkelblauen Pumps die Treppe herunter. Über ihrer linken Brust steckt eine Brosche, ein vergoldeter Teddybär, an dessen Füßen und Gesicht das Silber durchscheint. «Die hat mir Hatch zu Weihnachten geschenkt, als er fünf war. Sein Vater hat ihm in dem Geschäft freie Wahl gelassen, und Hatch hat das ausgesucht.» Tränen treten ihr in die Augen, und sie hebt die Stimme, wie um sie zu übertönen. «Das ist jetzt dreißig Jahre her. Ach, Daley, hoffentlich tue ich das Richtige.»

«Was hat Dad gesagt, bevor er gefahren ist?»

«Gar nichts.»

«Hast du ihm gesagt, dass du hingehst?»

«Ich hab mich nicht getraut.» Neue Verzweiflung erfasst sie.

«Ich erkläre es ihm schon. Fahr einfach.»

Sie lächelt unsicher. «Danke, Daley. Ich bleibe auch nicht lang. Nur für das Essen. Dann verlasse ich den Ball wie Aschenbrödel.»

Der Vergleich bestärkt mich in meiner Vermutung, dass sie nicht zurückkommen wird.

Als mein Vater heimkommt, ist er aufgedreht. Seine Mannschaft hat mit sechsundzwanzig Punkten Vorsprung gewonnen. «Du hättest das letzte Viertel sehen sollen. Unglaublich. Diese Kids sind abgegangen wie die Raketen.» Er sieht sich um. «Ist Barbara beim Einkaufen?»

Fragt er im Ernst, oder tut er nur so?

«Heute ist Hatchs Geburtstag.»

«Was?» Es ist keine Frage. Bis jetzt hatte ich gedacht, um mit solch beißendem Zorn zu sprechen, müsste er betrunken sein.

«Dad, sie hat eine Familie.»

Er richtet den Finger auf mich, den Finger mit der Bleistiftmine im Knöchel. «Sie kennt meine Haltung in dieser Sache. Nimm sie nicht in Schutz.»

«Wie du meinst», sage ich. Den Kampf muss sie ausfechten, nicht ich. Besser, sie lernt jetzt und nicht irgendwann später, was für Opfer mein Vater von einem verlangt.

Er fährt zu seinem Meeting und isst danach vor dem Fernseher. Ursprünglich war für den Abend Schnee angesagt, aber jetzt regnet es, schwere, kalte Tropfen prasseln an die Fenster des Fernsehzimmers. Ich gehe früh ins Bett und hoffe nur, dass ich die Nacht durchschlafen kann.

Nach Mitternacht weckt mich lautes Klopfen. Ich trete auf den Flur hinaus. Alle Lichter sind aus, die Tür meines Vaters steht einen Spalt offen wie vor Barbaras Zeiten. Ich kann ihn nicht schnarchen hören. Das Klopfen kommt aus der Küche. Leise schleiche ich die Hintertreppe hinunter, ohne irgendwo Licht zu machen.

Auf der Veranda steht Barbara und trommelt mit beiden Handballen an die Hintertür.

«Daley!», ruft sie erleichtert aus. «Daley!» Sie lehnt die Stirn an die Scheibe.

Ich habe die Küche erst halb durchquert, da höre ich meinen Vater zischen: «Lass sie rein, und ich schlag euch beide zu Brei.»

Ich kann ihn nur als Umriss ausmachen; in der Schlafanzughose, die Fäuste geballt, duckt er sich in dem Durchgang zum Anrichteraum, wo sie ihn nicht sieht.

«Herrgott noch mal, Dad», sage ich und gehe weiter. Barbara wirft sich weinend an die Tür, dass ihre Teddybärbrosche gegen das Glas scheppert. Hinter ihr stehen ihre beiden Koffer im pladdernden Regen. Er muss sie hinausgestellt haben, ehe er abgesperrt hat.

Ich greife nach dem Türknauf. Das Metall fühlt sich kalt an. «Oh, Daley!», wimmert Mrs Bridgeton, ich drehe den Knauf, sie schreit auf, und plötzlich rutschen meine Finger ab. Etwas schleudert mich gegen die Wand: Kopf, Schulter, Hüfte. Ich finde mich auf dem Fußboden wieder. Meine ganze linke Seite schmerzt; die Schulter muss gezerrt sein. Vor der Glastür ist niemand mehr zu sehen. Vielleicht war ich bewusstlos.

Erst jetzt fällt mein Blick auf meinen Vater, der an meiner Seite kauert. «Alles in Ordnung mit dir?»

Ich nicke.

«Sicher?»

Ich nicke wieder.

Er hilft mir die Treppe hinauf. Er schlägt meine Bettdecke zurück, damit ich mich leichter hinlegen kann. Er setzt sich zu mir auf die Kante, neben meine Knie. In meinem Ohr pocht es. Die Schulter brennt wie Feuer. Das darf ich ihn nicht merken lassen. Ich kann seinen Nachtgeruch riechen, diesen feuchten metallischen Geruch meiner Kindheit. Ich rieche ihn jetzt, genau den Geruch von damals, der von ihm ausströmt wie Dampf.

Durch die Decke hindurch tätschelt er mein Bein. «Das war Rettung in letzter Minute, hm?»

«Gute Nacht, Dad», sage ich ruhig. Es ist jetzt ganz wichtig, ruhig zu wirken.

Er rührt sich nicht. Er streichelt mein Bein. Ich mache die Augen zu, und nach einiger Zeit lasse ich meine Atemzüge schwerer werden. Endlich steht er auf und geht über den Gang in sein Zimmer.

Ich warte. Ich warte einfach. Der körperliche Schmerz wirkt beinahe erlösend in diesen Minuten. Er überdeckt alles andere. Seine ersten Schnarcher sind schwach und unregelmäßig. Aber schon bald festigen sie sich zu dem steten Dröhnen, das durchs ganze Haus zu hören ist.

Meine Sachen in Müllsäcke zu packen, dauert nicht lang. Es tut weh, und ich kann keine zwei Säcke auf einmal zum Auto tragen mit meinem Arm, trotzdem brauche ich nicht mehr als eine halbe Stunde.

Barbaras Koffer stehen noch auf der Veranda, aber ihr Wagen ist weg.

Ich trage meinen letzten Sack durch die Küche. Ich schaue zum Küchentisch. Von mir wird dort kein Zettel liegen.

III

23

Meine Tochter spricht mit britischem Akzent, was bedeutet, dass sie entweder eine Königin oder Vorsteherin in einem Waisenhaus ist.

«Du musst den Leuten richtig ins Gesicht schauen, wenn sie mit dir sprechen», befiehlt sie ihrem kleinen Bruder herrisch. «Sie meinen es nur gut mit dir.» Das kennt sie von mir, diese Mahnungen, Blickkontakt herzustellen. Wenn sie im Traum reden, schnappe ich auch manchmal solche Einsprengsel auf, kleine, säuberlich eingearbeitete Bruchstücke aus ihrem Leben.

«Aber Hexen nicht. Hexen mit grünen Gesichtern meinen es nicht gut», sagt Jeremy. Es ist jetzt schon ein paar Jahre her, dass er bei seiner Großmutter *Der Zauberer von Oz* gesehen hat, aber ganz hat er es bis heute nicht verwunden.

«Nicht immer. Aber Leute schon.»

«Ja.»

«Mylady», soufliert sie.

«Ja, Mylady.»

Feierlich klappern sie durch die Küche, Lena in meinen hochhackigen Sandalen und dem schwarzen Wollrock als Umhang, Jeremy mit einem kunstvollen Gürtel aus Isolierband, in der Hand einen Stock aus dem Garten. Ich habe so zu tun, als bekäme ich von alldem nichts mit.

Das Telefon klingelt, und eine Stimme fragt sehr förmlich nach Daley Amory.

«Am Apparat.» Ich warte auf die übliche Verkaufsmasche. Stattdessen folgt eine lange Pause.

«Hier ist Hatch. Hatch Bridgeton.» Er sagt seinen Namen, als wäre das ein kleiner Scherz zwischen uns.

«Oh.» Das heißt, mein Vater ist tot.

Die Kinder mit ihrem feinen Ohr für meinen Tonfall unterbrechen ihr Spiel.

«Dein Dad hatte einen Schlaganfall. Einen schweren. Sie können ihn nicht stabilisieren.»

Ich habe eine Einladung zu Hatchs Hochzeit bekommen und sechs Jahre später eine Rundmail anlässlich seiner Scheidung. Auf die Einladung hin habe ich eine bedauernde Absage und eine Keramikschale geschickt, auf die Mail eine kurze, aber, so hoffte ich, mitfühlende Antwortmail. Mehr Kontakt gab es zwischen uns beiden in all unseren Jahren als Stiefgeschwister nicht.

«Bist du jetzt dort?», frage ich.

«Ja. Aber ich fliege morgen nach Hause. Ich bin jetzt schon eine Woche hier, und in der Arbeit geht alles drunter und drüber.»

«Eine Woche?»

Ich merke, wie er um eine Rechtfertigung für die sieben Tage ringt, die zwischen dem Schlaganfall und seinem Anruf liegen. Aber er befolgt ja nur seine Anweisungen. «Garvey habe ich eine Nachricht draufgesprochen. Sie glauben nicht, dass er das Wochenende überlebt.»

«Ich weiß nicht recht», sage ich.

«Kann ich verstehen. Scott und Carly sitzen es auch aus.»

Vor meinem geistigen Auge sind Carly und Scott in Ashing und lassen an ihrem Strand Steine über das Wasser hüpfen. Aber das Leben ist weitergegangen für sie, so wie für uns alle.

In den fünfzehn Jahren, die ich meinen Vater nicht mehr gesehen habe, haben wir uns genau ein Mal gesprochen. Das war an dem Abend, als die Red Sox den Bann endgültig brachen und die World Series gewannen. Im Bett konnte er noch nicht sein. Ich überlegte nicht groß. Ich wählte einfach die Nummer. Barbara hob ab und war völlig verdattert. Sie wusste nicht, welchen Ton sie anschlagen sollte. Moment, sagte sie und hielt den Hörer zu. Ich hörte sein Nein und

Barbaras Bitten. Ich hörte, wie sie die Löcher der Sprechmuschel noch besser abzudecken versuchte, hörte seine Stimme lauter werden und überschnappen und dann ein plötzliches «Ja, hallo?», gekünstelt und sturzbesoffen.

«Ich will dich gar nicht lang aufhalten, Dad. Ich rufe bloß wegen der Red Sox an. Ich hab einfach an dich denken müssen.»

«Wie? Ach so, ja. Tolle Sache.» Seine Stimme war ausdruckslos. Ich sollte an seiner Freude nicht teilhaben dürfen, nicht eine Sekunde lang. «Okay, ich muss Schluss machen.»

«Ist gut.»

«Jep», sagte er und legte auf.

Barbara erwartet mich im Krankenhaus von Allencaster, das sich jetzt Drehtüren und einen Eingangsbereich mit Glaskuppel und gigantischem Informationsschalter leistet. Sie ist kleiner geworden, verhutzelter. Um ihre Augen liegen schwarze Vertiefungen, als würden die Höhlen immer weiter in den Schädel zurückweichen. Ihre breite Stirn wirkt noch niedriger; dicke, scharfe Furchen durchziehen sie. Ich weiß nicht, ob an dieser Entwicklung die fünfzehn Jahre mit meinem Vater schuld sind oder nur die schlaflose letzte Woche.

«Ach, Daley, ich bin so froh, dass du da bist.» Sie ist winzig in meinen Armen. Sie will etwas hinzufügen, aber es geht nur ein Schauder durch ihren Brustkorb wie bei meinen Kindern, bevor sie spucken müssen.

«Ist ja gut. Ist ja gut.» Ich streichle über das grobe Haar an ihrem Hinterkopf.

Unsere Kinder stehen uns vielleicht nicht immer nah, Daley, aber wir hören nie auf, sie zu lieben, schrieb sie mir, nachdem sie und mein Vater geheiratet hatten. Sie hoffe, ich würde sie einmal besuchen kommen. Sie hätten die Küche renoviert. Als von mir keine Antwort kam, und bei der nächsten und übernächsten Karte auch nicht, wurde der Ton schärfer. Ich sei schon immer ein ungezogenes, verwöhntes Kind gewesen. Sie erinnere sich noch genau an diesen Weihnachtsumzug, als ich fünf oder sechs war und mich, als sie mein hübsches Samtkleid-chen bewunderte, nur naserümpfend wegdrehte. Julie sagte, ich solle die Karten gar nicht mehr lesen. Auf der Vorderseite war regelmäßig ein zartes kleines Blümchen oder ein Tierkind abgebildet. Sie be-schwor mich, sie ungeöffnet zu verbrennen. Ich wohnte damals bei ihr in New Mexico, deshalb sah sie, wie sehr mich jede Einzelne herunter-zog, wie lange ich jedes Mal brauchte, um mich wieder zu fangen. Es waren weniger Barbaras Angriffe auf meinen Charakter, die mich so trafen, als die beiläufigen Erwähnungen meines Vaters, die Einblicke in sein Leben mit ihr, die sie mir ungewollt verschaffte. Er arbeite jetzt wieder für Hugh. Er habe aufgehört, diese «Asozialen» im Jugendzen-trum zu trainieren. Sie seien auf einer Party gewesen, und alle hätten sich gebogen vor Lachen, als er plötzlich in einem Kimono und mit dickem Lidstrich die Treppe herunterkam.

«Wie geht es ihm heute?», frage ich sie, als hätten wir uns gestern das letzte Mal gesprochen.

«Den Kreislauf haben sie jetzt stabilisiert. Der Blutdruck ist immer noch zu hoch, und er war letzte Nacht furchtbar unruhig. Aber im-merhin haben sie ihn heute Morgen losschnallen können, das ist schon mal gut.»

«Losschnallen?»

«Er hatte sich ein bisschen mit den Schwestern angelegt.»

«Ich denke, er ist ohne Bewusstsein.» Ich versuche, meine unbe-hagliche Überraschung zu verbergen.

«Mal so, mal so.»

«Redet er?» Hatch hat mir gesagt, er könnte nicht sprechen. Wenn ich gedacht hätte, dass er etwas zu mir sagen kann, wäre ich nicht hergekommen.

«Nein. Nichts Zusammenhängendes. Nur Kauderwelsch.»

Sie geht voraus. An den Wänden der Korridore hängen Hafen- und Strandszenen. Vor einer Doppeltür bleibt sie stehen und hält die Hand unter einen Spender. Ich mache es ebenso. Eine Desinfektions-lösung spritzt heraus. Ich verreibe sie an den Händen, während wir durch die Tür treten. Die Lösung ist erst kalt und verdunstet dann. Der ganze Saal riecht danach. Die eine Wand entlang stehen Tische, an der anderen eine Reihe von Betten mit Vorhängen als Sichtschutz. Die meisten Vorhänge sind offen. Im ersten Bett liegt ein Schwarzer, an dessen nacktem Brustkasten eine Vielzahl von Schläuchen festgeklebt ist; die runden Pflaster haben die falsche Farbe für seine Haut. Im zweiten sitzt eine Frau, der eine Krankenschwester Wackelpudding in den Mund löffelt. Fernseher dröhnen: Nachrichten, Sitcoms, Tiersendungen. Zwei Krankenschwestern sitzen an Computern. Von irgendwoher rieche ich hart gekochte Eier. Ich nehme alles gleichzeitig wahr, als wäre jede einzelne meiner Poren ein Empfangsgerät, das das Signal meines Vaters aufzufangen versucht. Da ist er, im dritten Bett. Ich habe das Gefühl, ein paar Millimeter über dem Boden zu schweben, eine leichtgewichtigere Version meiner selbst. Ich folge Barbaras Mantel auf das Bett zu. Er liegt unter der Decke wie ein langer Balken, nur Kopf und Arme stehen heraus. Die Arme sind übersät mit großflächigen Blutergüssen, schwarz und zur Mitte hin grünlich. Überall sonst ist seine Haut grau und lose. Sie schlackert an seinem Hals wie Stoff, und seine Züge, von jeher kantig und scharf, wirken überzeichnet wie bei einer schlechten Karikatur. Die schmale, gerade Nase hat einen Höcker bekommen, und die Ohrläppchen sind fast so enorm wie die Ohren, mit einem Knick in der Mitte, als hätte sie jemand frisch auseinandergefaltet. Sein Haar ist so weiß, dass es fast ins Silbrige geht, nur die Augenbrauen schimmern noch gelblich, so borstig und dicht wie eh und je. An der Nasenscheidewand ist ein Schlauch befestigt, aber er atmet geräuschvoll durch den Mund. Der Halsausschnitt seines OP-Hemds gibt den Blick auf noch weitere Schläuche frei, die an seiner Brust festgeklebt sind, und der satte Pfirsichton der Pflaster passt zu seiner grauen Haut so schlecht wie zu der schwarzen seines Nachbarn. Die Hände am Ende der zerschundenen Arme liegen an seinen Seiten, gesünder aussehend als der Rest, beide leicht gekrümmt, aber nicht geschlossen, als hielten sie etwas: einen Tennisschläger, einen Drink.

Nichts ist mir so vertraut wie diese braunen, geäderten Hände.

Es gibt zwei Stühle, einen neben seinem Kopf, einen bei den Füßen. Barbara zeigt auf den am Kopfende. Ich setze mich hin, ohne Mantel oder Schal auszuziehen. Barbara zieht beides aus, legt es über den freien Stuhl, zupft ihre Bluse zurecht und nimmt am Fußende Aufstellung.

«Daley ist da, Gardiner.» Ihre Stimme klingt laut, fast schon zornig, wenn man nicht sieht, wie sehr sie mit den Tränen kämpft. «Deine Tochter ist gekommen, um dich zu besuchen.»

Seine Augen klappen auf. Damit habe ich nicht gerechnet. Mein ganzer Körper zuckt zurück. Sie suchen den Raum ab, diese gelben Augen, deren Farbe und Form und Skepsis unberührt von Zeit oder Krankheit scheinen, bevor sie sich auf mich richten. Ich lächle wie in eine Kamera. Freund oder Feind?, fragen die Augen.

«Hallo», sage ich mit enger Kehle.

Freund, entscheidet er. Ein Teil der Skepsis schwindet. Und wird durch Furcht ersetzt, als er die Apparate hinter mir entdeckt und erkennt, dass er nicht in seinem eigenen Bett liegt.

«Dir geht's bald besser», sage ich leise.

Sein Kopf dreht sich langsam hin und her.

Ich berühre die Metallstange seitlich an seinem Bett. «Doch, ganz sicher.»

Das Kopfrucken wird stärker. Er hebt den Arm mit den vielen Schläuchen. Sein Zeigefinger versucht, sich von den übrigen abzuspreizen und auf die Matratze zu tippen.

«Nein, Dad, es geht nicht abwärts mit dir.»

Seine Augen weiten sich, verblüfft, dass ihn jemand versteht, und er nickt.

«Mit dir geht's aufwärts. Bald bist du über den Berg.»

Er schließt die Augen. Seine Hand zuckt. Und dann stöhnt er: «Chunna. Chaan-tsunna.» Runter. Ganz runter. In die Hölle, meint er.

«Nein, Dad, du kommst nicht in die Hölle.»

«Daley!», protestiert Barbara.

Mein Vater grunzt. Die Augen bleiben zu. Sein Kiefer sackt herunter, und er fängt zu schnarchen an.

«Was sollte das denn sein?» Sie klingt nicht erfreut.

«Er *kann* sprechen.»

«Das ist nur Kauderwelsch. Und er redet ganz sicherlich nicht über die Hölle. Alles, was recht ist!» Sie ist ungehalten; wahrscheinlich fragt sie sich jetzt, ob es klug war, Hatch bei mir anrufen zu lassen.

Mein Blick kehrt zurück zu meinem Vater. Ich darf ihn nicht aus den Augen lassen. Es erscheint mir unnatürlich, zu Barbara zu schauen oder ihr zuzuhören, wenn er im Zimmer ist. Ich umfasse wieder die Stange und lehne mich nach vorn. Mein Ring klappert leicht gegen das Metall, und bei dem Geräusch öffnen seine Augen sich und starren in meine. Mein Puls geht schneller. Auch ich habe Angst.

«Hallo, Dad.» Es fühlt sich seltsam an, wieder das Wort Dad zu sagen.

«Chsaachsdi.» Ich sag's dir.

Ich beuge mich weiter hinunter. «Sag's mir.»

Ich spüre, wie Barbara uns fixiert.

Sein Gesicht ist ein Labyrinth dünner Linien, die in alle Richtungen laufen. Speichel kriecht ihm seitlich am Kinn herab. Sein Mund schließt sich und geht langsam wieder auf. «Blöslokaa. Chriestkaadringie.» Blödes Lokal. Kriegst keinen Drink hier. «Saamangeh.» Zahlen wir und gehen.

«Was sagt er?»

«Hohalmury.» Hol Hal Murry.

«Hal Murry?», sage ich zu Barbara.

«Was?»

«Er will, dass ich Hal Murry hole. Ist das sein Arzt?»

«Guter Gott, nein. Hal Murry. Wie soll er denn jetzt auf Hal Murry kommen?»

Ich warte, bis ihr von selbst aufgeht, wie unwahrscheinlich es ist, dass *ich* auf ihn komme.

«Das ist der neue Geschäftsführer im Mainsail. Dein Vater kann ihn nicht ausstehen.»

«Lahnier tautni.»

«Dad, der Laden hier taugt momentan sehr gut für dich. Bis du dich erholt hast.»

Sein Kopf zuckt abwehrend. «Michehtsuu.»

«Dir geht's jetzt im Augenblick nicht gut, aber das wird wieder. Du bist auf dem Weg der Besserung.» Ich bin mir nicht sicher, dass das stimmt. Immerhin bin ich hier, um Abschied zu nehmen. Aber er sollte bewusstlos sein und im Sterben liegen. Wie ein Sterbender kommt er mir nicht vor.

«Hhnhhn. Chunna.» Wieder versucht er, mit dem Finger zu zeigen, und grimassiert dazu.

«Gardiner, du darfst nicht so herumzappeln. Schön still liegen.» Barbara sieht suchend um sich. «Ich hole jemanden. Er regt sich schon wieder auf.»

Er schaut Barbara an, während sie spricht, und als sie sich zum Gehen wendet, schiebt er seine struppigen Augenbrauen zusammen. Wer zum Teufel ist das?, will er wissen.

«Das ist Barbara», sage ich leise.

«Wawidiihi?»

«Sie ist deine Frau, Dad.»

«Baabaa *Wischta*? Umööchich.»

«Psst, Dad, sonst hört sie dich noch», warne ich ihn, und sein einer Mundwinkel biegt sich nach oben.

«Niehmleem.»

Barbara kommt mit einer Schwester zurück, die seine sämtlichen Schläuche und die Geräte überprüft, an die sie angeschlossen sind. Er scheint Flüssigkeiten aller Art zugeführt zu bekommen. Ein Beutel ist fast leer getropft. Sie holt einen vollen aus ihrer Tasche und tauscht ihn aus.

«Möchten Sie sich ein bisschen aufsetzen, Mr Amory?», fragt sie. Sie ist eine kräftige Frau etwa in meinem Alter, mit tiefdunkler Haut und einem südwestlichen Akzent, vielleicht Texas. Wie hat es sie ausgerechnet in diese Ecke des Landes verschlagen?

«Hmm.»

Sie drückt mehrere Sekunden auf einen Knopf unten am Bett, und das Kopfteil fährt hoch, aber mein Vater rutscht nach der Seite weg. Also setzt sie ihn mit festem Griff gerade hin, und er schreit auf, direkt in ihr Ohr.

«Na, na, Sie sind doch kein Baby», sagt sie. «Wenn Sie mir das Trommelfell kaputt schreien, dann verklage ich Ihre Sie-wissen-schon-Was.»

«Ich verklag zuerst Sie», sagt mein Vater, aber die Schwester versteht ihn nicht.

«Die mag er am liebsten», sagt Barbara, als sie gegangen ist. «Bei ihr ist er ganz brav. Gardiner, siehst du die Kette hier um meinen Hals?»

«Mmm.»

«Weißt du noch, wie du sie mir geschenkt hast?»

«Mhmmhmm.»

«Du hast sie mir geschenkt, als du das letzte Mal aus dem Krankenhaus entlassen wurdest. Weißt du, warum?»

«Mhmmhmm.»

«Weil ich mich so gut um dich gekümmert habe, hast du gesagt.»

Mein Vater nickt und sieht dann mich an, durchdringend. Ich weiß, was er jetzt denkt. Ich höre ihn laut und deutlich: Toll hat sie sich um mich gekümmert, schau mich an, wie ich hier liege, Schläuche in der Nase, Schläuche hinten im Arsch …

Damals in der Nacht fuhr ich von der Myrtle Street auf direktem Weg zu Julie, mit einer Rotatorenmanschettenruptur und drei angeknacksten Rippen. Ich spülte das Paracetamol mit Kaffee herunter und schaffte die Strecke in sechsunddreißig Stunden. Julie brachte mich ins Krankenhaus und von dort in ihre Wohnung. Im Rückblick können wir es mit Humor nehmen – das verwundete Rehlein, das ich war, meine Monate auf ihrer Couch, meine Tränen an öffentlichen Orten. Und Michael, der unzugängliche Mountainbiker, schildert die Sache aus seiner Sicht: wie er gerade seinen ganzen Mut zusammennehmen wollte, um die introvertierte Professorin anzusprechen («eine meiner zahlreichen Fehleinschätzungen», fügt er an dieser Stelle hinzu), als von unten plötzlich Abend für Abend Reden und Schluchzen heraufdrangen. Er dachte, ihre Lebensgefährtin sei bei ihr eingezogen, und wir brauchten eine Weile, um diesen Eindruck zu korrigieren. Ich fand eine Stelle als Fremdenführerin in Chaco Canyon, Mesa Verde und anderen Anasazi-Stätten. Ich führte Reisegruppen durch die in den Fels gebauten Dörfer der Anasazi und versuchte, meinen Zuhörern – Rentnern, Schulklassen, Lehrern – ein Gefühl für das Leben zu vermitteln, das sich hier einmal abgespielt hatte. Oft fing ich mitleidige Bemerkungen darüber auf, wie entbehrungsreich dieses Leben gewesen sein musste, wie primitiv die Bedürfnisse, wie eng der Horizont. Aber je mehr ich in den sorgsam durchdachten Felsanlagen herumkletterte und mir die Familien vorstellte, die in diesen Räumen einmal gegessen oder geschlafen hatten, desto stärker empfand ich, wie geringfügig der Unterschied im Grunde war, wie simpel unsere wahren Bedürfnisse sind: Nahrung, Wasser, Geborgenheit. Ich ging völlig darin auf, meinen Gruppen diese Welt nahezubringen, besonders den Kindern mit ihrem offenen, unverstellten Denken. Als es so weit war, dass Michael bei Julie einzog, nahm ich mir eine Wohnung ein paar Häuser weiter. Vier Jahre lang beschränkte sich mein Sozialleben auf Julie und Michael, so, wie sich das von Julie einmal auf mich und Jonathan beschränkt hatte. Gelegentlich luden sie jemanden zum Essen ein, irgendeinen Kollegen oder eine Kollegin, aber es wurde nie mehr daraus, bei keinem von uns. Wir hatten unseren Rhythmus. Neuzugänge brachten uns aus dem Takt. Als sie mir erzählte, dass sie heiraten wollten, so Julie, hätte ich ein Gesicht gemacht wie jemand, der zu lächeln versucht, obwohl ihm das Bein abgesägt wird. Mir wollte einfach nicht in den Kopf, wieso sie ihre wunderbare Beziehung durchs Heiraten zerstören mussten.

Immer wieder saß ich am Computer und starrte auf Jonathans Adresse auf dem Bildschirm:

1129 Trowbridge Avenue
Philadelphia, PA 19104

Da war er. Er war da. Er war wieder zu Hause angekommen. Ich hatte auch seine Telefonnummer gefunden, vermochte mir jedoch nichts anderes auszumalen als seine höflichen Versuche, das Gespräch möglichst rasch zu beenden. Julie wollte ihn zur Hochzeit einladen, aber ich hätte es nicht ertragen, einer Freundin oder Ehefrau vorgestellt zu werden, Säuglingsfotos anschauen zu müssen. Aber dann schickte ich, ohne ihr etwas davon zu sagen, doch eine Einladung an ihn ab. Ich wusste, wo sie ihre Antwortkarten aufbewahrte; von ihm kam keine.

Julie und ihr Vater waren sich uneins über den Ablauf. Alex missbilligte die Brautjungfern, die Gedichte, die selbst formulierten Gelübde. Er hatte plötzlich seinen Hang zu den orthodoxen Riten entdeckt. Er wollte, dass Julie die Chuppa siebenmal umkreiste und dann mit vollständig verschleiertem Gesicht allein unter den Traubaldachin trat. Er wollte, dass der Rabbi den traditionellen Ehevertrag auf Aramäisch verlas. Julie sagte, das würde eine Dreiviertelstunde dauern und von nichts als der Anzahl von Kühen handeln, die Michael hergeben musste, wenn er sich von ihr scheiden ließ. Dann solle Michael aber wenigstens ein Glas zerbrechen, beharrte Alex, als Warnung vor zu großem Überschwang. «Ich *will* Überschwang!», schrie Julie ihn an.

Sie wurden in dem kleinen Garten des Hauses getraut, das sie kurz vorher gekauft hatten. Die Gäste nahmen draußen schon auf den Stühlen Platz, während ich ihr noch beim Ankleiden half, die letzten Satinknöpfe durch die Knopflöcher fädelte, ihr die letzten Blumen ins Haar flocht.

Dann standen wir nebeneinander, ich in meinem dunkelblauen Seidenkleid, sie in weißem Tüll.

«Meine Doktorarbeit hieß: ‹Frauen und Ritus: Die Mysogynie des Brauchtums›», sagte sie. «Wie soll ich meinen Studenten dieses weiße Kleid erklären?»

«Sie brauchen es ja nicht zu wissen.»

Sie betrachtete mich prüfend. «Du siehst wunderschön aus, Daley.» Sie sagte es, als sei es mein großer Tag, nicht ihrer.

Ich schüttelte den Kopf. «*Du* siehst wunderschön aus, Jules. Du leuchtest buchstäblich.» Denn sie leuchtete wirklich. Der Überschwang leuchtete aus ihr. Aber warum man deshalb heiraten musste, verstand ich immer noch nicht.

Und dann rief ihr Vater vom Fuß der Treppe nach uns. Es war so weit.

Ich sah ihn nicht gleich. Er saß hinter den großen Hüten von Julies Tanten, und ich stand unter dem gerüschten Baldachin. Alex in der ersten Reihe strahlte mit feuchten Augen zu uns herauf, von Meinungsverschiedenheiten keine Spur mehr. Und dann beugte sich eine Tante zur Seite, um einer anderen etwas zuzutuscheln, und da war er. Meine Entgeisterung war so sichtbar, dass sein nervöser Ausdruck einem breiten Grinsen wich, und auf mein Gesicht fiel nach Jahren im Schatten die Sonne. Die Tränen flossen sofort. Während ihre Cousine ein Emily-Dickinson-Gedicht vortrug, nahm Julie meine Hand und flüsterte: «Siehst du, es gibt *viele* gute Gründe fürs Heiraten.»

Nach der Trauung trafen wir uns in der Mitte des Rasens und hielten einander lange Zeit ohne ein Wort, unsere Körper wie in ein und dieselbe Form gegossen. Alles – sein Geruch, seine Haut, sein klopfendes Herz, sein Atem in meinem Nacken – war vertraut, so selbstverständlich wie die Jahreszeiten. So geht es also weiter mit mir, dachte ich, und endlich begriff ich, was meine Mutter gemeint hatte, als sie das mit dem Roman sagte. Diese Überrumplung, die Erkenntnis, dass alles, alles, von Beginn an nur auf eins abgezielt hat.

«Ich dachte, du kommst nicht», sagte ich.

Er zog vier Einladungen aus seiner Jackentasche. «Was für eine Wahl hatte ich denn?»

Trotz meines Verbots hatte Julie ihm eine geschickt. Und Michael hatte schon davor eine geschickt. Und Alex, wie sich herausstellte, ebenfalls. All diese Menschen, die über mich gewacht hatten.

«Jetzt haben wir die Bescherung», murmelte er dicht an meinem Ohr. Ich wollte, dass sein Mund da blieb, einfach nur da. Es gab nichts auf der Welt, das ich mir darüber hinaus hätte wünschen können.

«Was?»

Er schob die Hand zwischen uns und rieb sich über die Brust. «Diese ganzen *Gefühle*.»

«Du klingst nicht so richtig erfreut.»

«Ich hab mich gern ein bisschen mehr unter Kontrolle, das weißt du doch.»

Ja, das wusste ich. So viele Dinge wusste ich plötzlich.

Wir heirateten ein paar Jahre später an genau diesem Fleck, im Garten von Julie und Michael. Außer den beiden waren nur Garvey, Jonathans Mutter, seine Brüder und Paul dabei. Ich hatte vor diesem Moment nicht gewusst, dass man Liebe spürt wie einen Luftzug, wenn sie nur stark genug ist. Du kannst es wagen, schienen sie mir alle zu versichern. Hier ist deine Liebe gut aufgehoben.

Nach Hatchs Anruf stellte ich mich in die Tür von Jonathans Arbeitszimmer.

«Mein Vater ist auf der Intensivstation.»

«Was ist passiert?»

«Schlaganfall.»

Er kam und legte die Arme um mich.

«Sie denken, dass er stirbt.» Ich drückte die Wange an sein Schlüsselbein. Das Traurige schien mir nicht, dass mein Vater im Krankenhaus lag. Sein ganzes Leben machte mich traurig.

«Was denkst du jetzt?», fragte er nach einer Weile.

«Ich weiß nicht. Allein könnte ich nicht hinfahren. Ich bräuchte dich dabei.» Das habe ich in den elf Jahren gelernt: ihn zu brauchen, mir bei ihm Kraft zu holen, was noch einmal anders als lieben ist.

Ich konnte spüren, wie er sich das eingehen ließ. «Dann fahren wir hin. Alle zusammen», sagte er. «Wir suchen uns ein Hotel mit Swimmingpool. Die Kinder werden es großartig finden.»

«Meinst du wirklich?» Wir sparten eigentlich auf eine Reise nach Trinidad, zu den Verwandten seines Vaters.

«Notfälle gehen vor.»

«Ich weiß nicht, Jon. Ich weiß nicht, ob ich das packe.»

«Er ist bewusstlos. Du wirst ihm sagen können, was immer du möchtest, und er kann nicht Kontra geben.»

«Ich weiß gar nicht, ob ich ihm etwas zu sagen habe.»

«Dann nimmst du einfach Abschied. Bei deiner Mutter konntest du das nicht.»

Und er bei seinem Vater auch nicht. «Aber es ist alles so verfahren.»

«Was erwartest du denn?»

«Ich glaube nicht, dass ich es bereuen würde, wenn ich nicht fahre.» Ich müsste Sonderurlaub beantragen; wir müssten die Kinder aus der Schule nehmen.

«Aber möglicherweise bist du hinterher froh, gefahren zu sein, was ein deutlich größerer Mehrwert wäre als Nicht-Bereuen.»

«Sprach der Philosoph.»

«Für irgendwas muss die Promotion schließlich gut sein.»

Beide sind wir nicht an der Uni gelandet. Ich unterrichte Gemeinschaftskunde für die Mittelstufe – alte Kulturen und Weltgeschichte. Ich mag diese Altersstufe, sechste bis neunte Klasse, wo die Schüler noch so aufgeschlossen sind, so zugänglich in ihrer Wissbegierde, ihrer Phantasie, ihrem Humor, so offen für ihr Gegenüber. Jonathan arbeitet Teilzeit für seinen Bruder, der Bauunternehmer ist, und schreibt Bücher. Er und Dan sind letztes Jahr beide für denselben Preis nominiert worden (und beide leer ausgegangen), aber die meiste Beachtung findet nach wie vor sein erster Roman. Ich sehe jeden

Herbst Taschenbuchausgaben davon in der Schule, weil einer meiner Kollegen das Buch in der Oberstufe durchnimmt. Es basiert auf dem Jahr nach Jonathans Besuch in der Myrtle Street, als er mit seinem Pick-up ziellos durch die Lande fuhr, sich Arbeit suchte, wenn er Geld brauchte, und weiterzog, sobald er wieder flüssig war, seine ganze sorgsame Planung in Trümmern. Er war so unbehaust und abgebrannt wie sein Vater bei seiner Ankunft aus Trinidad und entging dem Tod mehrmals nur haarscharf. Davon zu lesen fällt mir bis heute schwer.

Am nächsten Morgen brachen wir nach Massachusetts auf.

Barbara und ich essen in der Cafeteria zu Mittag. Sie dankt mir, dass ich gekommen bin. Ihr schrumpeliges Gesicht schrumpelt noch mehr. «Das bedeutet ihm sehr, sehr viel, Daley, wirklich.»

«Ich bezweifle ja, dass er überhaupt weiß, wer ich bin, aber ich bin froh, hier zu sein.»

«Doch, das weiß er. Du hast ihm gefehlt.»

Ganz glaube ich ihr das nicht, aber *er* hat *mir* gefehlt.

Am Nachmittag döst mein Vater, mit lauten, rasselnden Atemzügen. Es sind kurze Schläfchen, manchmal nur wenige Minuten lang. Und dann öffnen die Augen sich wieder. Sie wandern erst Richtung Fernseher, dann zu mir und Barbara, dann zur Schwesternstation, wo es immer etwas zu sehen gibt, Ärzte, die Befunde holen und bringen, Leute, die auf Computern herumtippen.

«Von mir aus, *machen* Sie das», sagt seine Lieblingsschwester ins Telefon. Mein Vater ahmt sie nach, ohne dazu den Mund zu öffnen. Er trifft ihren Tonfall perfekt. Er ist wie ein Papagei mit zugebundenem Schnabel. Barbara holt ihre Stickerei heraus und drängt mich, doch mein Buch zu lesen oder mir eine Zeitschrift aus dem Wartebereich zu holen, aber mir ist nicht nach Ablenkung zumute.

Besucher für Patienten weiter hinten im Saal kommen und gehen. Sie tauchen kurz auf, queren unsere Zwei-Meter-Bühne von Vorhang zu Vorhang und sind verschwunden. Eine große junge Frau mit Cape und langen schwarzen Haaren eilt vorbei. Sie sieht ein bisschen wie Catherine aus, damals vor all den Jahren. Mein Vater reißt den Kopf zu mir herum, Augen weit aufgesperrt. Ich lache. Er will etwas sagen, aber es wird nur ein langes Krächzen daraus, ein hoffnungsvolles Krächzen, fast, als wollte er sie begrüßen.

«Ich glaube nicht, dass sie das war. Aber sie sah ihr ähnlich, nicht?»

Er nickt, den Blick noch immer auf die Stelle gerichtet, wo sie verschwunden ist.

«Wer sah wem ähnlich?», fragt Barbara.

Ich kläre sie lieber nicht auf.

Er döst ein. Eine Viertelstunde später wird er wieder wach und verkündet mit klarer Stimme, dass er heute Morgen Besuch von Chad Utley hatte.

«Ach, Gardiner, nein, das kann nicht sein», sagt Barbara. «Chad Utley ist tot.»

Mein Vater schaut mich an. «Too?»

Ich zucke die Achseln. Es tut mir leid, das zu hören. Der haushohe Mr Utley. Er war immer nett zu mir. Aber ich weiß nicht, wie dringend mein Vater gerade jetzt an seinen Tod erinnert werden muss.

«Wir waren bei seiner Beerdigung», sagt sie.

Mein Vater nimmt die Nachricht schwer. Er starrt auf seine Hände, die gefaltet auf seinem Bauch liegen. Barbara und ich arbeiten einander entgegen. Sie braucht ihn hier, in der Gegenwart, und mir kann er gar nicht tief genug in der Vergangenheit bleiben.

Sein Mund wird schlaff, und er schläft wieder.

«Weißt du, Daley», sagt Barbara leise zu mir, «dein Vater hat sehr viele Freunde verloren, als er mich geheiratet hat. Sie haben alle Partei für Ben ergriffen, gegen uns. Wir waren allein. Vollständig allein. Hatch war so ziemlich der Einzige, der uns noch besucht hat. Und am schlimmsten von allen war Virginia Utley. Aber als Chad starb, war dein Vater noch am selben Nachmittag zur Stelle, vor allen anderen. Und sie hat ihm gar nicht genug danken können. Ich weiß, dass ihr zwei eure Probleme miteinander hattet, aber ich glaube, du machst dir keine Vorstellung davon, was für ein wunderbarer Mensch er ist.»

Es ist deutlich zu sehen, dass sie erst am Beginn ihres Plädoyers ist, darum frage ich sie, was sie da stickt.

«Das ist das Schiff, auf dem dein Vater und ich nach Frankreich gefahren sind, nachdem wir geheiratet hatten. Es war die romantischste Reise, die du dir nur denken kannst. Wir haben jeden Abend getanzt. Die Kapelle war einfach großartig.»

«Was haben sie so gespielt?» Ich muss die Stimme heben, solchen Krach macht mein Vater im Schlaf.

«Ach, alles Musik vor deiner Zeit. Unser Lied war ‹It's Like Reaching for the Moon›. Das haben sie jeden Abend zum Abschluss gespielt. Oben an Deck. Unter den Sternen.»

«Das kenne ich gar nicht.»

«Nicht? Es ist so ein schönes Lied.»

«Wie geht es?»

Bei den wenigsten Menschen lässt sich an der Sprechstimme erkennen, ob sie singen können oder nicht. Barbara reden zu hören, war nie ein Hochgenuss, aber sie singt wirklich gut, mit erstaunlich tiefer, klangvoller Stimme:

It's like reaching for the moon,
It's like reaching for the sun,
It's like reaching for the stars -
Reaching for you.

Erst singt sie auf ihre Stickerei hinunter, hebt aber schon bald das Gesicht zu mir auf; ich höre ihr richtig gern zu. Dann sieht sie zu meinem Vater hin und bricht ab. «Ach, Liebster, Liebster, nicht!» Sie springt auf und läuft ums Bett herum, um ihm die Tränen abzuwischen, aber ihre eigenen Tränen tropfen herab. Sie fasst seine beiden Hände. «Nicht wahr, das war unser Lied?»

Mein Vater nickt, sein Gesicht rot und nass.

«Es ist so seltsam», sage ich am Abend im Hotelzimmer zu Jonathan. «Sie hatten ein Leben zusammen. Ich habe es immer als reinen Verzweiflungsakt gesehen, aber ich glaube, er hat sie wirklich lieben gelernt. Und sie ist voller Geschichten, in denen er der Held ist.»

«Wie war sie zu dir?»

«Sehr lieb, extrem dankbar, dass ich gekommen bin.»

«Da bin ich froh.»

Wir sitzen auf dem großen Bett in unserem Zimmer. Lena und Jeremy hocken vor dem Fernseher auf dem Boden, Haare nass vom Schwimmen, und zappen sich durch die zweihundertachtzig Programme. Ich schiele besorgt zum Bildschirm hinüber – was erwischen sie wohl als Nächstes?

Jonathan dreht mein Gesicht mit der Fingerspitze zu sich her, weg vom Fernseher. «Alles gut», sagt er. Meine Gluckenhaftigkeit kann manchmal ein Streitthema sein.

«Mein Vater ist so völlig er selbst, das ist das Verrückte. Man kann einem Menschen so viel wegnehmen, und er ist trotzdem noch da. Allein schon die Art, wie seine Hände auf der Matratze liegen.»

«Es muss schwer für dich sein, ihn so zu sehen.»

«Sollte es eigentlich, ich weiß. Aber ich fühle mich viel sicherer, wenn er in dieses Bett gepackt ist. Ich habe nicht gedacht, dass ihn etwas fällen könnte.»

«Ich irgendwie auch nicht», sagt Jonathan.

«Danke», flüstere ich und küsse die Mulde unter seinem Ohr. «Danke, dass du mit mir hergekommen bist.» Auch jetzt wieder staune ich, wie verletzlich meine Liebe zu ihm mich macht, wie ganz und gar wehrlos, keine Deckung weit und breit.

Lange wollte ich partout nicht heiraten. Julie hörte sich meine Bedenken an und sagte: «Du glaubst offenbar, sobald ihr verheiratet seid, verträufelt eure Liebe wie Benzin aus einem lecken Kanister, den ihr einmal volltanken könnt und danach nie wieder. Hast du schon mal überlegt, dass Liebe nicht nur dahinwelken, sondern genauso gut wachsen kann?» Ich hielt sie für sträflich optimistisch.

«Ist da jemand ganz labbrig?», murmelt Jonathan. Das sagt Lena immer, wenn sie sich kraftlos vor lauter Verschmustheit fühlt.

«Hmm.»

«Nicht kuscheln!» Jeremy reckt den Kopf über den Bettrand. Und als wir uns nicht loslassen, klettert er zu uns herauf und versucht, unsere Arme aufzubiegen. Aber er bringt uns nicht auseinander.

Ich kann mich nicht erinnern, dass meine Eltern sich je in meinem Beisein berührt hätten. Ich sehe es als Luxus an, Jeremys Widerstreben gegen jede Zärtlichkeit zwischen uns. Ich hoffe, er wird nicht immer so empfinden.

Lena schaltet zu CNN um. Bis zu den Vorwahlen sind es noch vier Monate, aber über Hillary Clintons und Barack Obamas Auftritte in verschiedenen Teilen von Iowa wird berichtet, als wäre die Wahlversammlung nächste Woche. Jonathan und ich schauen hin, steigen jedoch nicht in unsere übliche Diskussion über sie ein.

«Stirbt dein Vater?», fragt Lena, nachdem wir das Licht ausgemacht haben und alle vier in unserem Zwei-mal-zwei-Meter-Bett liegen. Sie haben keinen Namen für ihn. Er ist mein Vater, aber für sie ist er nichts.

«Ich weiß nicht, was passieren wird.»

«Gehen wir dann morgen mit dir ins Krankenhaus?», fragt Lena weiter.

«Kurz. Daddy bringt euch am Vormittag hin, und wenn euer Großvater in der Verfassung dafür ist, könnt ihr ihm Hallo sagen.»

«Hallo und tschüs», sagt Jeremy. Der Tod imponiert einem Sechsjährigen nicht groß. Dann überlegt er weiter. «Magst du deinen Dad?» Dass ich einen Dad habe, ist ein neuer Gedanke für sie. Sie haben immer gewusst, dass mein Vater in Massachusetts lebt und ich ihn lange vor ihrer Geburt zum letzten Mal gesehen habe. Aber erst jetzt wird er für sie real.

Ich habe keine Ahnung, wie ich ihnen die Sache erklären soll. «Ja, ich mag ihn.» Ich suche nach einer Begründung dafür, denn das wird die nächste Frage sein. «Ich kenne ihn einfach so gut.»

«Klar, weil er dein Dad ist», sagt Jeremy.

«Genau.»

Aber damit gibt er sich nicht zufrieden. «Warum ist Granny die einzige von Moms und Dads Eltern, die wir kennen?»

«Weil der Vater von Daddy tot ist», sagt Lena. «Moms Mutter ist auch tot, und Moms Dad stirbt, deshalb.»

«Aber er ist nicht schon immer gestorben.»

Früher dachte ich, wenn ich erst Kinder hätte, würde ich auf meinen Vater zugehen. Ich dachte, es würde mir wichtig sein, dass sie ihren Großvater kennen. Aber das Gegenteil war der Fall. «Da kommen die kleinen Negerbälger», hörte ich ihn in sich hineinmurmeln, während wir auf sein Haus zukamen. Es war nicht nur die Angst, dass sie eine rassistische Bemerkung aufschnappen oder sein betrunkenes Gewüte miterleben könnten. Als ich Mutter wurde, bekamen selbst die Erinnerungen, die mir immer lieb gewesen waren, einen Hautgout: seine Verhohnepipelung von Mister Hooper aus der Sesamstraße, meine Stofftiere, die er abends durchs Zimmer boxte. Einmal, als die Kinder noch jünger waren, kam die elfjährige Maya von nebenan zum Kekse-backen zu uns. Sie trug ein Flechtarmband ums Handgelenk, unter ihrem T-Shirt zeichnete sich ganz schwach ein erster Brustansatz ab, und mir ging auf, dass sie so alt war wie ich bei der Scheidung meiner Eltern und Lena so alt wie Elyse damals. Sie waren so klein, alle beide. Die Kehle schnürte sich mir zu, ich konnte meine Anweisungen nur noch hervorkrächzen. «Warum redest du so komisch, Mommy?», fragte Lena. Sobald die Kekse im Ofen waren, floh ich ins Bad und drückte mir einen kalten Waschlappen an die Augen. Genauso ein kleines Mädchen war ich gewesen, mit einem Flechtarmband und Mini-brüstchen und einem Vater, der uns abends aus dem *Penthouse* vorlas.

Am nächsten Morgen ist mein Vater wieder fixiert. Er hat in der Nacht alle mit Gebrüll und Getobe auf Trab gehalten. Eine Schwester läuft mit Halskrause herum, und ich fürchte, das ist sein Werk.

Barbara hat ihr Meer schon fast fertig gestickt. Nur der rote Schiffsrumpf fehlt noch. Mein Vater schläft. Er hat sich völlig verausgabt.

Eine neue Schwester macht sich an den Apparaten zu schaffen. Sie wechselt den Infusionsbeutel, sticht ihm dann mit einem Schnäpper in den Finger. Laut schreiend fährt er hoch.

«Ist ja gut, Sie Held, keiner tut Ihnen was», sagt sie. «Wollen Sie losgeschnallt werden?»

Mein Vater nickt mit flehendem Blick.

«Und Sie benehmen sich auch?»

Wieder nickt er.

Geübt schnallt sie die steifen Stoffriemen auf und entfernt sie. «Wie haben Sie sich denn so weit runtergearbeitet?» Sie dreht sich zu uns um. «Fassen Sie mal kurz mit an?»

Sie und Barbara packen ihn je unter einer Achsel, und ich soll die Füße abstützen. Mein Vater ist beunruhigt.

«Nei», sagt er. «Nei!»

«Sie müssen jetzt ein bisschen mithelfen, Mr Amory», sagt die Schwester. Sie schlägt das untere Ende der Decke zu seinen Knien hoch. «So, und jetzt hält Ihre Tochter Ihre Füße schön fest, und Sie schieben sich mit den Beinen an.»

Wie seltsam, dass jemand von mir als Tochter spricht. Ich wölbe die Hände um seine bloßen Füße. Sie sind nur Haut und Knochen, jeder Zehennagel lang und wellig und grau. Seine Waden sind fast so dünn wie die von Lena und genauso geformt, mir also doppelt vertraut.

«Schieben. Schieben», befehlen ihm Barbara und die Schwester. «Schieben!»

Sobald sein Oberkörper in der Luft ist, fängt er zu jammern an. «Obamimi», sagt er. Ich weiß nicht, was er meint. «Obamimi.» Es ist das erste Mal, dass ich ihn nicht verstehe.

«Was sagt er, Daley?», fragt Barbara.

«*Obamimi!*» Sein Gesicht ist verzogen und rot.

Wir schaffen es, ihn ein paar Zentimeter höher zu wuchten. Er ist schweißgebadet. Obacht mit mir, hat er gesagt. Ich denke an seine betrunkene, die Wand anstarrende Mutter. Ist das nicht letztlich das, was wir alle einander zurufen, Generation um Generation: *Gebt Obacht*? Ich versuche so sehr, Obacht auf meine Kinder zu geben. Ich sehe meinen Vater an. Er wimmert immer noch ein bisschen. Es tut mir leid, sage ich stumm. Es tut mir leid, dass wir nicht besser Obacht aufeinander geben konnten.

Danach schläft er wieder. Ich versuche zu lesen, gebe vor zu lesen, aber hauptsächlich beobachte ich ihn. Er fasziniert mich wie ein Gemälde. Sein Körper erzählt mir eine lange Geschichte, die ich über die letzten fünfzehn Jahre hinweg nahezu vergessen hatte.

Mein Telefon plingt.

«Sie sind da», sage ich zu Barbara, nachdem ich die SMS gelesen habe.

Wir gehen hinaus vor die Doppeltür der Intensivstation. Sie verreiben gerade die Desinfektionslösung auf ihren Händen. Jeremy schnüffelt an seinen Handflächen, dann an denen seiner Schwester.

Jonathan streckt Barbara die Hand hin, aber sie ignoriert sie, geht schnurstracks daran vorbei und wirft die Arme um ihn, als hätte sie in ihrer letzten Karte (auf eine Begegnung mit Neals Mutter hin, die uns bei Neals und Annes Hochzeit getroffen hatte) nie geschrieben, dass ich nicht mit Schwarzen anzubändeln bräuchte, um die Aufmerksamkeit meines Vaters zu gewinnen. Diesmal schrieb ich zurück und hörte nie wieder von ihr.

«Danke. Vielen Dank», flüstert sie. Ich schaue zu, wie seine Arme sich um ihren flauschigen rosa Pullover legen. Instinktiv hat sie verstanden, dass ich ohne Jonathan nicht hier wäre, und sie ist dankbar für seine Vergebung. Sie beugt sich hinunter, um die Kinder zu begrüßen. Beide blicken verwundert auf zu diesem Hobbit-Gesicht, zu den Tränen, die im Zickzack durch die Falten in ihren Bäckchen laufen. «Ihr zwei habt einen weiten Weg hinter euch. Unten in der Cafeteria gibt es leckeren Obst-Pie. Habt ihr eine Lieblingssorte?»

Sie sehen mich an.

Ich lege Lena die Hand auf den Kopf. «Erdbeer-Rhabarber oder Pekan», sage ich und rücke weiter zu Jeremy, «und Heidelbeere.»

«Oder Apfel. Oder zur äußersten Not auch Kirsch», fügt er hinzu. Er trägt seine Baseballmütze mit dem Schild nach hinten. *Zur äußersten Not.* Meine Augen schwimmen.

Zum ersten Mal lächelt Barbara. «Ich glaube, die müssten sie so ziemlich alle haben.» Sie wendet sich an mich und Jonathan. «Darf ich sie mit runternehmen, während ihr erst mal zu zweit reingeht?»

Darauf war ich nicht gefasst. Ich bin noch nicht bereit, ihr meine Kinder anzuvertrauen. Mein Hirn sucht hektisch nach einer Ausrede. Aber ehe ich noch eine gefunden habe, sagt Jonathan: «Gern», und die Kinder hüpfen vor Freude. Kuchen um zehn Uhr morgens!

Jonathan und ich treten allein durch die Tür. Der Mann im vordersten Bett schaut zu Jonathan hoch, den er im ersten Moment für seinen Besucher hält. Jonathan merkt es auch und hebt kurz die Hand in seine Richtung.

Mein Vater hat die Augen offen. Zum ersten Mal sieht er meinen Ehemann.

«Guten Morgen», sagt Jonathan. Wie unsere Kinder hat auch er keinen Namen für meinen Vater. Auf seinem Gesicht ist ein wachsamer Ausdruck, ein Visier, das nur ich sehen kann. Er hat seine eigene quälerische Beziehung zu diesem Mann. Was hat er durch mich mit ihm gerungen, mit dem Geist meines Vaters, der mir keine Ruhe lässt.

Mein Vater nickt, gibt einen kleinen Laut von sich, wendet den Blick nicht von Jonathan. Er wirkt nicht verängstigt wie vorhin, als wir ihn hochgehievt haben, auch nicht zornig oder überrascht. Wenn überhaupt etwas, dann mache ich in den Augen meines Vater eine kindliche Neugier aus. Was kommt als Nächstes?, scheint er zu fragen. Und er denkt offenbar, dass Jonathan die Antwort weiß.

«Dad, das ist mein Mann. Jonathan.»

Mein Vater nickt ohne einen Blick zu mir. Weiß ich doch, bedeutet das. Sein rechter Arm zuckt. «Iegee?»

«Mir geht's gut, danke», sagt Jonathan. «Wie fühlen Sie sich heute?»

«Ganischech.» Gar nicht schlecht. «Ganischech.»

«Das freut mich. Dann kommen Sie ja wahrscheinlich bald hier raus.»

Mein Vater sieht rechts und links an Jonathan vorbei, versucht, sich zu orientieren. «Ah», sagt er. «Mmm.»

«Werden Sie gut gepflegt hier?»

«Mmh. Gutalaan.»

Jonathan zieht etwas aus seiner Tasche. «Ich war mir nicht sicher, ob man mich heute zu Ihnen lässt, deshalb habe ich vorsorglich das hier besorgt.» Es ist eine Karte, eine Genesungskarte. Auf der Vorderseite ist ein Korb schlafender Mopswelpen. Jonathan hält sie hoch, sodass mein Vater sie sehen kann. Ich habe keine Ahnung, wo diese Karte herkommt.

Mein Vater stößt einen erfreuten kleinen Seufzer aus.

«‹Schön brav im Körbchen bleiben›», liest Jonathan vor und klappt die Karte auf. Aus einem Mikrochip im Papier ertönt vielstimmiges Gekläff. ‹Dann bist du bald wieder mopsfidel!›

Mein Vater ist hochbeglückt. Zum ersten Mal sehe ich ihn beide malträtierten Arme auf einmal heben. Er nimmt die Karte in die Hand und klappt sie zu und wieder auf, um das Bellen zu hören, und wieder zu und wieder auf. Er schaut zu Jonathan hoch. «Dasis guu.»

«Freut mich.»

Er zeigt auf Jonathan. «Au chun?»

«Keine Hunde», sagt Jonathan. Daran bin ich schuld. «Zwei Kinder, aber keine Hunde.»

«Kinna? Wo?»

«Sie sind mit Barbara Pie essen», sage ich.

Er macht ein verwirrtes Gesicht. «Wees Baabaa?»

«Barbara Bridgeton. Deine Frau.»

«Meie Fau!», sagt er und lacht, zuckt dann zusammen, greift sich an den Bauch und lacht wieder. Er zeigt auf mich. «Daley ist ulkig», sagt er laut und klar.

Der Klang meines Namens erschreckt mich, zerstört meine Illusion, anonym zu sein in diesem Raum, ein Exemplar der Gattung Tochter und sonst nichts. Und dann, bevor ich etwas erwidern kann, ist er eingeschlafen; aus seinem offenen Mund kommt wieder das erstickte Röcheln.

Jonathan nimmt meine Hand und zieht mich näher zu sich. Wir haben unnötig weit voneinander weg gestanden. Wir lachen darüber, ohne es zu kommentieren.

Ein Rollwagen rattert hinter dem Vorhang vorbei. Mein Vater wacht nicht auf. Wir setzen uns auf die Stühle.

«Jedes Mal, wenn er einschläft», sage ich leise, «bekomme ich Angst, dass meine Schonfrist vorbei ist, dass er aufwacht und wieder weiß, dass er mich hasst.»

Dann höre ich draußen die Kinder, ihre kurzen Schritte, ihre Versuche, zu flüstern.

Barbara zieht den Vorhang zur Seite. «Sie meinten, ich könnte sie ruhig hereinbringen, für ein paar Minuten nur, wo er jetzt so friedlich ist. Ich muss sowieso noch runter zur Apotheke. Diese Kinder sind so was von artig.» Sie lächelt sie an. Hätte sie das auch gesagt, wenn sie weiß wären? «Bis gleich, ja?» Sie schließt den Vorhang, schließt uns mit meinem Vater ein.

Seine Augen stehen offen, und mein Herz beginnt zu rasen. Wie, wenn ihm jetzt, in diesem Moment, alles wieder einfällt? Wie, wenn jetzt, wo meine beiden Kinder vor ihm stehen, seine Erinnerung zurückkehrt und er brüllt: *Was wollt ihr denn hier drin? Raus hier!* Ich wünschte, er wäre noch festgeschnallt.

Er macht ein kleines Geräusch, nicht unzufrieden. Lena winkt ihm. Er macht ein zweites Geräusch, höher, heller. *Na ihr*, sagt er, nicht gespielt, sondern echt, wie er es früher zu den Hunden sagte, wenn er abends heimkam und sie ihn an der Tür umdrängten.

Ich schiebe die Kinder sacht ein Stück vorwärts. Ich bleibe dicht hinter ihnen. Jonathan hält sich am Fußende des Betts in Bereitschaft. Ich frage mich, ob mein Vater noch weiß, dass er ihn vor einer Viertelstunde kennengelernt hat. «Das ist Lena, und das ist Jeremy, Dad. Unsere Kinder.»

Er starrt Lena an. Ihre Haare stecken in einem gepunkteten Stirnband. Ein bisschen sieht sie damit aus wie meine Mutter mit ihrem Kopftuch. Das schmale Gesicht hat sie von mir geerbt, aber ihr Lächeln hat sie von Jonathan. Sie stellt Blickkontakt her. Sein Kopf macht eine schnelle, eulenhafte Drehung zu Jeremy hin, der sich mit seinem ganzen Gewicht an mich lehnt. Er trägt ein Sixers-T-Shirt, und mein Vater sagt etwas darüber, das ich nicht verstehe, aber als ich ihn bitte, es zu wiederholen, schüttelt er den Kopf. Er versucht, die Hand zu heben, kommt aber nicht weit damit. Er schaut wieder zu ihnen hoch, entschuldigend.

Lena beugt sich vor und berührt seine Hand. «Freut mich, dich kennenzulernen.»

«Freut mich, dich kennenzulernen», sagt Jeremy ihr nach.

«Feumiau», bringt mein Vater hervor. Sein Blick wandert zwischen ihnen hin und her.

Wenn meinem Vater ihre Hautfarbe auffällt – Lenas Milchkaffeebraun, Jeremys konzentrierterer Braunton –, lässt er sich nichts anmerken. Er tastet nach der Karte, die Jonathan ihm gegeben hat. Er braucht ein wenig, aber er bekommt sie zu packen und hält das Foto von den kleinen Möpsen in ihrem Korb hoch.

«Ooooh», rufen meine Kinder wie aus einem Mund.

Mein Vater nickt glücklich. Und dann klappt er die Karte auf, und Lena und Jeremy lachen bei dem Gekläff laut los.

Ein Mundwinkel meines Vater biegt sich nach oben. Er schnauft schwer durch die Nase.

«Zei kleie Streue.» Zwei kleine Strolche.

Er sieht meine Kinder an.

«Hat er da was von den *Kleinen Strolchen* gesagt?», fragt mich Jonathan flüsternd, als ich sie zum Ausgang hinunterbegleite.

Ich lache.

Mir ist leicht ums Herz.

«Nicht die Serie. Er meinte nur, dass sie zwei süße Racker sind.»

«Er ist gar nicht böse, Mom», sagt Jeremy. «Warum haben wir ihn bis jetzt nie besucht?»

Beide Kinder beobachten mich aufmerksam. War es falsch von mir, ihn meinen Kindern vorzuenthalten? Vielleicht hätte mein Vater sie geliebt, vielleicht wäre er bei ihnen gütig und großzügig gewesen. Ich sehe ihn auf dem Tennisplatz vor mir, wie er ihnen Rückhand beibringt. Ich sehe seine eleganten Bewegungen vor mir, die sie mühelos nachahmen.

Ich weiß nicht, was ich ihnen sagen soll. Ich will fair sein: zu ihm, zu ihnen, zu mir.

«Manche Leute kann man besser aus der Ferne liebhaben», sagt Jonathan.

Unten beim Ausgang küsse ich sie zum Abschied. Sie fahren über Mittag nach Ashing. In Lenas Tasche ist der Stadtplan, den ich ihnen heute früh aufgemalt habe: Myrtle Street, Water Street, Ruby Beach, der Sandwich-Laden, das Bonbongeschäft. Die Buchhandlung gibt es nicht mehr. Es ist ein Handyladen daraus geworden, hat mir Neal in seiner letzten E-Mail geschrieben. Jonathan wird ihnen die Terrasse vor dem Haus in der Myrtle Street zeigen, wo er stand und mich beschworen hat, mit ihm nach Kalifornien zu fahren. Sie lieben diese Geschichte. Sie wollen sie immer wieder hören, wohlig schaudernd bei der Vorstellung, dass wir um ein Haar keine Familie geworden wären. Ich kann zuhören, wenn Jonathan sie erzählt – wenn er das riesige Haus schildert, das Hundegebell, die Leinen in meiner Hand –, und mit den anderen darüber lachen. Aber wenn ich allein bin, dann denke ich an die Jahre des Unglücks, die folgten, an die Leere, die in mein Leben einzog, und der Schmerz klingt nach, als hätte diese Zeit nie geendet, als wäre aus alldem nie eine lustige Geschichte geworden, die wir unseren Kindern erzählen.

Ich hole mir ein Sandwich in der Cafeteria und kehre zurück auf die Intensivstation. Die Frau aus dem Nachbarabteil wird auf eine andere Station geschoben. Sie sitzt aufrecht in ihrem Rollbett, im Arm eine Vase mit Blumen. Ihre beiden Söhne, selbst alte Männer, flankieren die Trage. Mein Vater schläft geräuschvoll, mit offenem Mund, in dem dicke weiße Spuckefäden beben und abreißen und sich nach jedem Schlucken neu bilden. Barbara bricht wieder zu Besorgungen auf, und zum ersten Mal bin ich mit ihm allein. Ich beobachte ihn, als wäre er eine Art Schauspiel. Sein Gesicht ist tief gefurcht: Lachfalten, Zornesfalten, Blinzelfalten. Auf seiner Stirn verlaufen sie vollkommen rechtwinklig, längs und quer, ein in die Haut gekerbtes Tennisnetz. Seine Hände zucken im Traum. Erstaunlich, wie glatt sie sind, gar nicht knittrig und zerklüftet wie das Gesicht. Die Adern, eher grün als violett, treten als dicke Stränge hervor, am schärfsten über dem mittleren Knochen. Durch die Haut am Zeigefingerknöchel schimmert bläulich die Bleistiftmine.

Aus einem der Apparate ertönt ein Piepsen, und seine Lieblingsschwester erscheint. Sie scannt das Bändchen an seinem Handgelenk, überprüft den Tropf, beendet mit einem Knopfdruck das Piepsen. Er blickt voller Hingabe zu ihr auf.

«Haben Sie Durst, Mr Amory?»

Er nickt, und sie öffnet eine Schublade und entfernt die Plastikhülle von etwas, das wie ein Lutscher aussieht, fährt ihm damit im Mund herum und wirft es in den Papierkorb. Es ist ein kleiner feuchter Schwamm. Dankbar sieht er sie an.

«Da drin ist eine ganze Packung.» Sie klopft an die Schublade. «Das können Sie zwischendurch auch mal machen.»

Sie legt einen Hebel seitlich am Bett um, und sein Oberkörper surrt fast zu sitzender Position hoch. Aus einer anderen Schublade holt sie zwei kleine Kissen, die sie ihm unter die Arme schiebt. So bequem hatte er es den ganzen Tag nicht. Ich bedanke mich bei ihr. Ich bin mir nicht sicher, ob sie mich hört.

«Schöne grüne Augen», sagt sie im Hinausgehen zu mir. «Ganz der Papa.»

Ich warte darauf, dass er wieder wegdämmert, aber er bleibt wach. Er sitzt aufrechter, als ich es diese ganze Zeit über erlebt habe, die Arme auf die Kissen gestützt, als hielte die eine Hand einen Drink und die andere die Zigarette – als läge er in einem Liegestuhl am Pool, zu faul zum Schwimmen. «Was wohl die Armen heute so machen?», meine ich ihn fast sagen zu hören. Er stiert geradeaus, bläst die Backen auf und pustet dann die Luft aus, während er zwischen den Vorhängen hindurch seine Krankenschwester beobachtet, wie sie einen Bericht in einen Computer tippt und über etwas lacht, das ein Arzt hinter ihr sagt. Hat mein Vater je ein Gewissen besessen? Lag er je im Dunkeln wach und dachte: Ich habe jemanden schlecht behandelt, ich war selbstsüchtig, ich habe anderen Leid zugefügt? Oder hat er diese Entwicklungsstufe tatsächlich nie erreicht? War er immer nur fähig, seine eigenen Bedürfnisse wahrzunehmen, seinen eigenen Schmerz? Hätte es irgendeinen Weg gegeben, eine gute Beziehung zu ihm zu haben?

Er dreht mir das Gesicht zu und stöhnt. «Au», macht er. «Au, au.» Er zeigt auf seinen Bauch. «Daas irngs komsch.» Da ist irgendwas Komisches.

«Ja, Dad. Das ist der Katheter.»

«Au!», sagt er, lauter jetzt, und fasst mit den Händen unter die Decke. Gleich darauf heult er laut auf.

«Nicht dran ziehen, Dad. Den brauchst du.»

Er holt die Hände wieder heraus, aber sein Blick ist drohend. Er ballt die Fäuste und stößt etwas hervor. «Ich hab's satt», meine ich zu verstehen. «Ich hab's satt.»

«Ich weiß, dass es unangenehm ist, Dad.»

Wieder der finstere Blick. Nichts weißt du, sagt dieser Blick. Keinen blassen Schimmer hast du.

Da ist er. Das ist der Mann, den ich kenne. «Versuch, dich zu entspannen. Versuch, an etwas zu denken, das dich freut.» Was gäbe es außer einem Martini, das ihn in diesem Moment freuen könnte? «Stell dir vor, du bist zu Hause, und es ist ein schöner Sommertag.»

Bitterböses Starren. Er fängt zu murmeln an, so schnell, dass ich kaum etwas verstehe. Er ist dermaßen sauer. Er verflucht alle und alles, aber seine Stimme reicht mit knapper Not zu einem Flüstern. Ich kann ein paar Schimpfwörter ausmachen, viel mehr nicht. Sie scheinen an seine eigenen Fäuste gerichtet. Ich bin offenbar weit weg für ihn, dieser ganze Gefühlsaufruhr, merke ich, hat mit mir nichts zu tun. Nur gut, dass ihn meine Kinder jetzt nicht hören.

«Schlaf ein bisschen, Dad», sage ich schließlich. «Du musst dich ausruhen.»

Er wendet den Kopf und sieht mich wieder. Aus seinen Augen sickern Tränen. Ich stehe auf und wische sie weg, öffne dann die Schublade mit den Schwammlutschern. Ich packe einen aus und lege ihn ihm auf die Zunge. Mit einem Seufzer schließt er die Lippen darum. Als er ihn wieder loslässt, hole ich ihn heraus, werfe ihn in den Papierkorb und setze mich wieder an meinen Platz.

Seine Hand schlägt gegen die Eisenstange. «Hälsu mahaa?»

Ich lange über die Stange und lege meine Hand in seine. Sie ist kalt. Ich drücke sie, und er drückt zurück. Ich halte seine Hand den ganzen restlichen Nachmittag.

In der Nacht, gegen drei Uhr früh, wache ich weinend auf. Ich weine auf dem Bauch liegend, meine Tränen durchtränken das Laken. Das ganze Bett wackelt, aber niemand wird wach.

Um sechs ruft Barbara an. Sie haben ein großes Gerinnsel in seiner Lunge entdeckt. Sie lassen sie nicht zu ihm.

«Wir kommen sofort», sage ich ihr, und wir ziehen uns eilig an.

Wir treffen uns in der Cafeteria. Ich erlaube den Kindern, sich ein Stück Pie auf ihr Frühstückstablett zu laden. Barbara besteht darauf, zu bezahlen. Ihre Hände zittern, als sie das Kleingeld aus ihrem Portemonnaie heraussucht.

Wir setzen uns an einen Tisch ganz in der Ecke. Und dann schnappen Lena und Jeremy nach Luft. Rasch blicke ich auf, um festzustellen, was für Gräuel im Iran oder in Afghanistan die Fernseher oben an der Decke jetzt wieder zeigen, aber sie schauen nicht zur Decke hoch.

Sie schauen auf einen Mann in der Mitte der Cafeteria, der sein Gesicht für sie mit beiden Händen zu einer Grimasse zieht. Sie schauen auf ihren Onkel Garvey.

Sie rennen zu ihm und hüpfen an ihm hoch, klettern an ihm hinauf wie auf einen Baum, und er tut so, als wollte er sie abwerfen. Sie hängen immer noch an seinem Rücken, als er die weinende Barbara umarmt, dann Jonathan und als Letztes mich, die auch weint. Er riecht wie sein Auto: Hühnchen und kalter Rauch.

«Sie lassen mich nicht zu ihm rein», sagt er.

«Sie intubieren ihn gerade», sage ich.

«Guter Gott. Was heißt das?»

«Er hat nicht genug Sauerstoff im Blut, weil sich in seiner Lunge ein Gerinnsel gebildet hat, deshalb muss er durch einen Schlauch atmen, während sie das Blut zu verdünnen versuchen.»

Garvey nickt, holt tief Atem. Er ist nervös. Er hat sich für die Begegnung mit Dad gewappnet. Jetzt muss er warten. Jetzt könnte es zu spät sein.

«Und, kommst du einigermaßen klar?», fragt er Barbara.

«Ihr Kinder seid momentan mein einziger Lichtblick.» Ihre Stimme schwankt. Ich muss an das Thanksgiving damals denken. Fast vierzig Jahre lang hat sie ihre Familie zusammengehalten, bevor sie sie für meinen Vater verlassen hat. Familie ist ihr wichtig. Und wir sind Dads Familie.

«Komm, holen wir dir ein Stück Pie», sage ich und ziehe ihn hinüber zu den Vitrinen.

«Na, da hat aber jemand Kreide gefressen», sagt er zu mir, als wir außer Hörweite sind. Auch er hat sein Quantum Karten abbekommen.

«Ich weiß.»

«Was ist mit Dad? Kratzt er ab, bevor wir uns an die Gurgel gehen können, oder wie?»

«Ich weiß es nicht. Er schien viel besser dran. Er war wach, und er hat geredet.»

«Und wie lief's so?»

«Gut. Für ihn ist es ungefähr 1980, das macht es zwischen uns einfacher.»

«Nicht im Ernst, oder?»

«Er findet es urkomisch, wenn ich ihm sage, dass er mit Barbara Bridgeton verheiratet ist.»

Garvey lacht.

«Hatch hat gesagt, er ist ohne Bewusstsein, und dann komme ich hier an, und er macht die Augen auf und redet mit mir. Zwischendurch müssen sie ihn fixieren, weil er die Schwestern anfällt. Sie laufen alle mit Halskrausen und Verbänden rum.»

«Cool.»

«Ein bisschen surreal ist es schon.» Es tut so gut, mit Garvey zu sprechen und schamlos übertreiben zu können.

«Und stirbt er jetzt? Wird der Arzt zu uns herauskommen und uns die Schulter tätscheln und versichern, dass sie getan haben, was sie konnten?»

«Ich weiß es nicht.»

Dass mein Vater stirbt, scheint mir nach wie vor nicht im Bereich des Möglichen. Ihn auf der Intensivstation zu sehen, läuft für mich allen Naturgesetzen zuwider. Und jetzt, wo Garvey hier ist, wird er prompt wieder zur Karikatur: Stoff für unsere Witze, nicht unser im Sterben liegender Vater. Damit ernst umzugehen, müssen wir erst noch lernen.

Garvey schaut auf den Parkplatz hinaus. «Ich glaube nicht, dass ich das miterleben will.»

Wir zahlen und gehen zurück zum Tisch. «Die Kids scheinen ja prima drauf», sagt er. «Lena ist mindestens einen Meter gewachsen. Stinkt es ihnen gar nicht, dass du sie für die makabre Sterbeszene hierhergeschleift hast?» Er wirft den Kopf zurück, spannt sämtliche Sehnenstränge an seinem Hals an und klappert mit den Zähnen, aber so leise, dass Barbara es nicht hört. «*Er holt mich!* Sanft wird er nicht grade abtreten, oder? Jeremy ist noch mal dunkler geworden seit Weihnachten, kann das sein? Der hat ein paar echt afrikanische Gene abgekriegt. Ganz der Massai. So ein Glückspilz – da bleiben ihm diese schmalzigen Porträts erspart, wo er mit aufgeflufften Haaren auf einem Scheiß-Brunnenrand sitzen muss wie der kleine Lord.»

«Wie geht's Baby D?», fragt Lena, als wir bei den anderen ankommen.

Baby D heißt nach mir. Garvey zeigt das neueste Foto von ihr. Sie ist eine sehr propere Zweijährige, und Garvey fotografiert sie mit Vorliebe in Pippi-Langstrumpf-Posen. Auf dem jetzigen Bild stemmt sie das Heck eines seiner Umzugslaster in die Höhe.

«Wie macht sie das?», will Jeremy wissen.

«Sie hat Bärenkräfte», sagt er und zwinkert Lena zu.

«Wir haben einen riesenfetten Fernseher bei uns im Hotel», lässt Jeremy einfließen.

«Kabel?»

«Zweihundertachtzig Programme!»

«Sie dürfen daheim nicht viel fernsehen», erkläre ich Barbara. «Deshalb ist das eine große Sache für sie.»

Sie nickt, aber sie hört uns nicht zu.

«Da hast du auch einen Fernseher», sagt Garvey zu Jeremy und deutet zur Decke hinauf. Der Bildschirm ist dreigeteilt: John McCain, der in einen schwarzen SUV steigt, Hillary, die vor einer gewaltigen Zuhörermenge spricht, und Obama, der dynamisch die Stufen seines Flugzeugs mit dem aufgehenden Sonnen-O hinauffedert. «Euch muss man ja wohl nicht fragen, für wen ihr seid.»

Ich überlasse das Antworten Jonathan. Garvey hat bei ihm weitgehend Narrenfreiheit, aber solche Äußerungen sind etwas, worauf er allergisch reagiert.

«Wir sind eine von diesen Familien, die in den Lokalnachrichten interviewt werden, wo der Riss mitten durchgeht», sagt er.

«Ja, Daley war schon immer eine verkappte Lesbe», sagt Garvey. «Ich hätte dich warnen sollen.»

«Keine so losen Reden bitte», ermahne ich ihn, mein ständiger Refrain, wenn er da ist. «Und die Obama-Anhängerin in unserer Familie bin ich, tut mir leid.»

«*Du* bist für Hillary?», fragt Garvey Jonathan.

Das kennt Jonathan mittlerweile. Er liefert seine Begründung in Kurzform. «Er kann nicht gewinnen. Sie schon. Sie hat die Partei hinter sich, und sie ist eine knallharte Kämpferin.»

«Stimmt, diese medizinische Untersuchung neulich hat ja bestätigt, dass sie einen Hoden mehr als er hat», sagt Garvey. Lena und Jeremy machen große Augen. Ich sollte Ohrstöpsel für sie bei mir tragen. «Ich weiß nicht», fährt er fort, jetzt ganz ernst. «Ich glaube, du unterschätzt ihn. Der Mann weiß, was er tut.»

«Aber an der Spitze, ganz oben an der Spitze, ist kein Platz für Farbige.»

«Hast du die Menschenmassen gesehen, die zu seinen Auftritten kommen?»

«Hillary führt in den Umfragen fünfzig zu zwanzig.»

«Nicht mehr lange.»

«Sollte er nominiert werden, wird sich als Einziges zeigen, wie zutiefst rassistisch dieses Land ist. Er hat keine Chance.»

«Er wird unser nächster Präsident.»

«Womit wir dann alle fein raus sind und uns keine Gedanken mehr über die Armutsrate unter der schwarzen Bevölkerung machen müssen oder darüber, warum jeder neunte junge Schwarze im Knast sitzt. Wir werden *post-ethnisch* sein. Hast du das schon gehört?»

«Mann, und ich dachte, *ich* wäre zynisch», sagt Garvey. «Ich wette, deine Mutter liegt da nicht auf einer Linie mit dir.» Er und Jonathans Mutter sind dicke Freunde, von den vielen Ferien her, die wir alle zusammen verbracht haben.

Jonathan lacht. «Nein, absolut nicht. Meine Mutter ist die unverbesserlichste Optimistin aller Zeiten. Wahrscheinlich geht sie jetzt gerade wieder mit ihren Obama-Broschüren Klinken putzen.»

«Das hat unsere Mutter auch immer gemacht», sagt Garvey. «Weißt du noch, diese ganzen Kundgebungen, auf die sie uns mitgeschleppt hat?»

Ich schüttle den Kopf. Garvey phantasiert mich gern mit in seine Jugend hinein, dabei saß ich die meiste Zeit zu Hause bei Nora.

«Ich würde für Obama stimmen», sagt Barbara.

Garvey tätschelt ihr die Hand. «Du sollst doch nicht gleich frühmorgens die ganz harten Sachen kippen, Barbara!»

«Ich mag ihn. Ich mag sein Lächeln.»

«Tja, die Weißen hier am Tisch hat er auf seiner Seite», sagt Garvey. «Das Problem sind mal wieder die Schwarzen.»

Kurz vor zwölf ziehen wir in den Wartebereich vor der Intensivstation um. Jeremy hat Spielkarten dabei, und Jonathan und Garvey setzen sich zu ihm und Lena auf den Boden und spielen mit ihnen Leben und Tod. Garvey führt lauter neue Regeln und Taktiken ein, nach denen Allianzen und Pakte und Spione und Sprengstoff erlaubt sind. Es geht recht laut zu mit alldem Geballer und Gekicher, aber wir haben den Wartebereich für uns. Ich sitze mit Barbara auf einem geblümten Sofa, und als ich merke, dass sie weint, streichle ich ihren Arm.

Um Viertel nach eins kommt der Arzt heraus. Sie haben den Sauerstoffgehalt in seinem Blut etwas anheben können. Er ist noch sediert, aber wir dürfen kurz zu ihm, immer nur zwei auf einmal.

Barbara nötigt Garvey und mich, als Erste zu gehen. «Er wird euch sehen wollen. Er wird wissen wollen, dass ihr beide hier seid.» Wird er das? Oder tun wir nur alle so als ob, spielen wir nur brav jeder seine Rolle?

Er liegt in demselben Abteil wie zuvor. Das Kopfteil ist heruntergefahren, was den Eindruck von Siechtum verstärkt. Aus seinem Mundwinkel führt ein Schlauch, der an der Backe festgeklebt ist, und ein dünnerer Schlauch kommt aus seiner Nase. Er schläft, ohne Geröchel jetzt. Der Apparat atmet für ihn, *pschsch, klick, pschsch, klick*. Garvey bleibt auf halber Strecke zum Bett stehen.

«Scheiße.» Er dreht sich nach mir um.

«Ich weiß», sage ich.

Ich überlasse ihm meinen Stuhl. Er setzt sich hin, widerstrebend, und beugt sich nicht vor. Er betrachtet meinen Vater, seinen Vater, lange. Es ist seltsam, unsere ganze DNA auf so engem Raum versammelt zu wissen: unsere großen Ohren, unsere knochigen Knie, unseren spröden, defensiven Humor. Und ihn so liegen zu sehen, unseren Vater, diese klaffende Wunde im Herzen seiner Kinder.

Garvey öffnet den Mund, um etwas zu sagen, steht dann abrupt auf. «Ich kann das nicht, Daley. Ich weiß nicht, was ich hier soll.»

«Setz dich hin. Das kommt schon.»

«Glaub ich zwar nicht.» Aber er setzt sich.

Wir schauen seinem mechanischen Atmen zu.

Garvey lacht auf. «Erinnerst du dich an Libby Moffet?»

Im Geist sehe ich ein vierschrötiges junges Mädchen einen Köpfer machen. «War das die Babysitterin bei den Tabors?»

«Genau. Irgendwann wollte ich mal Dad und Catherine besuchen, aber sie waren ausgegangen, und Libby hat auf Elyse aufgepasst.»

«Daran habe ich keine Erinnerung.»

«Du warst nicht da. Du warst im Ferienlager.»

«Ich war nie im Ferienlager.»

«Dann hast du eben bei Goodale's mit dem Regalauffüller gekokst. Jedenfalls kommen die Alten heim, Libby und ich sind nackt im Ehebett eingeschlafen, und Dad ist fuchsteufelswild. Er will sich mit mir prügeln. Und ich sage ihm, dazu ist er zu betrunken, ich komme lieber morgen früh wieder, damit es ein fairer Kampf wird. Also komme ich am nächsten Morgen, Punkt acht, wie wir ausgemacht haben, und Dad sitzt auf der obersten Verandastufe. Seine Augen sind nass.» Er hat mir die Geschichte doch schon erzählt, fällt mir ein, aber ich lasse ihn weiterreden. «Das war der Morgen, nachdem Gus Barlow sich erschossen hatte. Weißt du noch? Dad hatte es gerade eben erfahren. Ich musste ihm versprechen, dass ich nie, nie eine solche Dummheit begehen werde.»

Das mit dem Versprechen erwähnt er heute zum ersten Mal.

«War gar nicht immer so leicht, Wort zu halten, um ganz ehrlich zu sein. Er sieht zum Fürchten aus, findest du nicht? Mindestens fünfzig Jahre älter als beim letzten Mal. Wie alt ist er überhaupt? Bist du sicher, dass das unser Vater ist?» Er tut so, als wollte er aufstehen und eine der Schwestern fragen.

«Er ist sechsundsiebzig.»

«Er sieht aus wie sechsundneunzig.»

«Er hat sich ja auch nicht gerade geschont.»

«Tja, muss echt hart gewesen sein, jeden Tag Tennis- und Segelclub Ashing, jeden Abend Martini on the Rocks und Filet Mignon.»

«Ich glaube, es ist einfach nicht mehr viel an Substanz da nach dem ganzen Alkohol.»

«Möglich.»

«Vielleicht sollten wir ihm unsere liebste Erinnerung an ihn sagen und uns dann verabschieden.»

Er lacht, schüttelt den Kopf, reibt sich mit beiden Händen langsam übers Gesicht. «Na gut. Du zuerst.»

Eigentlich dachte ich, ich nehme die Geschichte, wie wir als Blitzer um den Pool gerannt sind. Auch wenn ich es noch so sehr wollte, ich habe dieses Gefühl von Glück und Leichtigkeit und Liebe nie von dem Moment abzukoppeln vermocht. Es war etwas, an das ich mich noch so lange nach ihrer Scheidung klammern konnte. Aber stattdessen sage ich: «Ich fand es sehr schön, gestern deine Hand zu halten, Dad.»

Garvey wartet auf eine Fortsetzung, und als keine kommt, lacht er wieder und sagt: «Mann. Das ist eine verdammt zeitnahe Erinnerung.» Er wendet sich an meinen Vater. «Ich finde es toll, wie du diesen Spuckefaden vorhin einfach an deinem Kinn runterlaufen lassen hast. Das habe ich als sehr schön und wahrhaftig empfunden.»

«Lass den Blödsinn und mach.»

«Ich sag dir jetzt meine Erinnerung, Dad. Hörst du zu? Als ich ein kleiner Knirps von sechs, sieben, acht Jahren war, hast du mich immer zum Eishockeytraining gebracht. Weißt du das noch? Fünf Uhr früh, fünf Mal die Woche. Du hast kein Eishockey gespielt, du mochtest Eishockey nicht mal. Aber du hast mich um Viertel nach vier geweckt, und dann sind wir den ganzen weiten Weg bis zur Eisbahn in Burnham gefahren. Wir haben bei Dunkin' Donuts angehalten, und du hast dir einen Kaffee und mir eine heiße Schokolade gekauft, und den Rest der Fahrt über haben wir noch ein paar Krapfen verdrückt. Es war immer arschkalt, und bis sich die Heizung im Kombi richtig warm gelaufen hatte, waren wir jedes Mal fast da. Wir haben geredet, frag mich nicht, über was, und dann sind wir in den Parkplatz eingebogen, und ich bin zur einen Tür rein und du zur anderen, und ich war eine Stunde auf dem Eis, und du hast auf der Tribüne mit den Füßen gestampft und dir in die Hände geblasen, um nicht völlig einzufrieren. Du hattest danach einen ganzen Arbeitstag vor dir, in einem Job, von dem wir alle wussten, dass du ihn hasst, und mit meinem Hockey war es auch nie weit her, aber du hast dich nie beklagt. Du hast über tausend andere Sachen geschimpft, unentwegt, aber darüber nicht ein einziges Mal.»

Ich lege Garvey die Hand auf den Rücken, und er stützt das Kinn auf die Eisenstange an Dads Bett und sagt lange nichts mehr.

Noch am selben Abend brechen wir nach Hause auf. Fünf Tage später wird mein Vater aus der Intensivstation entlassen, bleibt noch acht weitere Tage im Krankenhaus und kommt dann in eine Rehaklinik in Lynn. *Lynn, Lynn, du alte Synndenstadt*, würde mein Vater sagen, wenn er noch könnte. Im Juni ist er so weit, dass er in sein Haus in Ashing zurückkehren kann.

Das passiert vermutlich häufiger, als man denkt: Jemand liegt im Sterben, alle kommen geeilt, und dann stirbt er doch nicht. Das Leben, so unfassbar das manchmal scheint, schlingert weiter.

Das Gedächtnis meines Vaters kehrt nie mehr ganz zurück. Seine

Verbindung zur Gegenwart bleibt lose. Es hat etwas von einem Theaterstück, von den ausgedachten Geschichten meiner Kinder, diese letzten Monate seines Lebens, in denen ich ihn anrufe und gleich höre, wie freudig seine Stimme klingt, und ehe ich ihn noch fragen kann, wie es ihm geht, fragt er mich schon, wie es mir geht und was die Kinder machen, und er nennt sie immer beim Namen. Manchmal vergisst er, dass wir in Philadelphia wohnen, aber er erkundigt sich jedes Mal, ob wir jetzt endlich einen Hund haben. Schließlich schaffen wir uns einen an, einen Welpen mit wuschligem Fell und dickem Kopf, und das befriedigt ihn enorm. Er ist immer lieb zu mir am Telefon, aber manchmal dreht er den Mund vom Hörer weg und holt seine schartige Stimme hervor, um jemanden wüst zu beschimpfen, Barbara oder die Pflegerin, die sie für ihn eingestellt haben. Barbara sagt, es frustriert ihn, dass er so vieles nicht mehr kann. Sie sagt es, als wären diese hitzigen, ordinären Ausbrüche etwas ganz Neues. Sie wünscht sich, dass ich sie besuchen komme, aber mir sind die höflichen Anrufe lieber.

Das letzte Mal spreche ich ihn am Wahlabend. Jonathan und ich sind zu Hause geblieben, um den Ausgang dort zu verfolgen. Ihm ist nicht nach Gesellschaft zumute. Seine Mutter gibt bei sich zu Hause eine «Sieges-Party», aber er will das Schicksal nicht herausfordern und hat sich geweigert, hinzugehen. Ich habe ihn noch nie abergläubisch erlebt, aber im Vorfeld des 4. November sieht er überall böse Omen. Seit Iowa haben wir beide Wahlkampf für Obama gemacht – Abende durchtelefoniert, unsere Kinder an den Wochenenden von Haustür zu Haustür geschleppt. Garvey hat ihn weidlich zu Kreuze kriechen lassen für seinen Pessimismus.

Als die ersten Hochrechnungen hereinkommen und es aussieht, als gingen Virginia und Indiana an McCain, will Jonathan schon den Fernseher ausschalten.

«Seht ihr? Seht ihr? Es war einfach naiv zu denken, jemand wie er hätte in diesem Land eine Chance!»

Lena und Jeremy befehlen ihm, sich hinzusetzen und still zu sein.

Ich halte seine Hand. Ich bete. Seit Neuestem bete ich nämlich, Stoß-gebete, kleine Lichtzeichen des Flehens und des Danks. Es ist schwer, an gar nichts zu glauben, wenn das Herz so zum Überfließen voll ist. Und dann geht es Schlag auf Schlag: Pennsylvania, Ohio, Florida, ein Staat nach dem anderen fällt an Obama. Als er zum nächsten Präsi-denten der Vereinigten Staaten erklärt wird, springen wir alle im sel-ben Moment auf und fallen uns als wirres Knäuel in die Arme, und für die Dauer dieser Zeit sind wir ein Ganzes, wir alle vier, vereint in unserer Überwältigung. Dass all das tatsächlich hier passiert, denke ich immer wieder, in dieser Welt! Jonathan hält mich an sich gepresst, noch lange, nachdem die Kinder schon losgelassen haben, am ganzen Körper zitternd, und nicht einmal Jeremy versucht, uns auseinander-zuzerren. «Das ist so ein irres Gefühl!», flüstert er. Beide weinen wir, und ich sende Leuchtfeuer heißesten Danks zum Himmel empor. Ich halte meinen Mann in den Armen. Ich bin ihm so nahe, ein Teil von ihm, aber gleichzeitig spüre ich, von welch unterschiedlichen Warten wir zwei den Moment erleben. Diese Nacht hat mich noch enger mit ihm – und mit Lena und Jeremy – zusammengeschmiedet, und zu-gleich trennt sie uns.

Minuten später klingelt das Telefon. Jonathans Mutter oder einer seiner Brüder, denke ich, oder vielleicht Garvey oder Julie und Mi-chael.

«Seid ihr noch auf?» Seine Aussprache ist klarer, als hätte er nur zwei Murmeln im Mund statt der üblichen zehn.

«Was glaubst du denn?»

«Jonathan da?»

«Na logisch.»

«Kids auch noch wach?»

«Und ob.»

«Sehr gut. So soll's sein.»

«Es ist ganz schön spät.»

«Gleich halb zwölf. Ich muss ab in die Koje. Treibt ihrs mal nicht zu toll, ja?»

«Du auch nicht, Dad.»

«Kann ich sowieso nicht mehr.»

«Ist wahrscheinlich auch besser so.»

«Grüß Jeremy. Sag ihm, vielleicht schafft er's ja eines Tages auch noch ins Weiße Haus.»

«Oder Lena.»

Er lacht. «Oder Lena. Mann. *Das* ist mal 'n Ding, oder?»

«Ich weiß, Dad. Das ist echt mal 'n Ding.»

Drei Tage danach ruft Barbara an. Ein neuerlicher Schlaganfall.

Er ist ganz friedlich gegangen, sagt sie. Ganz ruhig.

Danksagung

Innigsten Dank an meinen Mann und Leser der ersten Stunde, Tyler Clements, außerdem an Susan Conley, Sara Corbett, Caitlin Gutheil, Anja Hanson, Debra Spark, Liza Bakewell, Wendy Weil, Deb Seager, Morgan Entrekin, Eric Price, Jessica Monahan, Lisa King, Apple King und meine Mutter sowie natürlich an meine geliebten Töchter, die diese Zeit mit mir durchstehen mussten. Und ein gesondertes Dankeschön an meine unvergleichliche, tief verehrte Lektorin Elisabeth Schmitz.